～『虹の谷のアン』の風景～

プリンス・エドワード島州、オンタリオ州

虹の谷のモデル、雪景色。パーク・コーナー、プリンス・エドワード島州

フォー・

ズ、キャベンディッシュ

モンゴメリが本作を書いた牧師館
オンタリオ州リースクデイル

リースクデイルの旧長老派教会
最前列が牧師家族席

アメリカ、スコットランド、ドイツ

詩人ロングフェローの屋敷
米国マサチューセッツ州

ロングフェローが題辞の詩を書いた書斎

長老派教会の創始者ジョン・ノックスの家、エジンバラ、スコットランド

笛吹きと
子どもたちが
歩いた
ハーメルンの通り

ハーメルンの町と笛吹きの看板
ドイツ

撮影・松本侑子

文春文庫

虹の谷のアン

L・M・モンゴメリ
松本侑子訳

文藝春秋

Rainbow Valley

7

虹の谷のアン

若き日の想いは、遠い遠い想い

ロングフェロー（1）

祖国の平和な谷の神聖を、侵略者の蹂躙《じゅうりん》から守り
尊い犠牲となった
ゴールドウィン・ラップ、ロバート・ブルックス
そしてモーリー・シーアを追悼して（2）

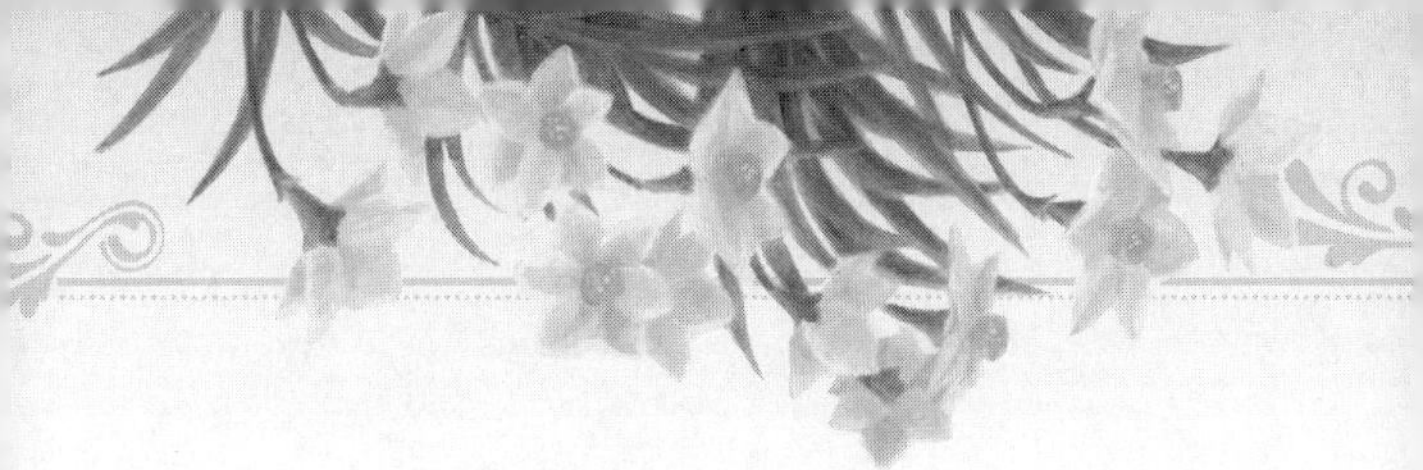

目次

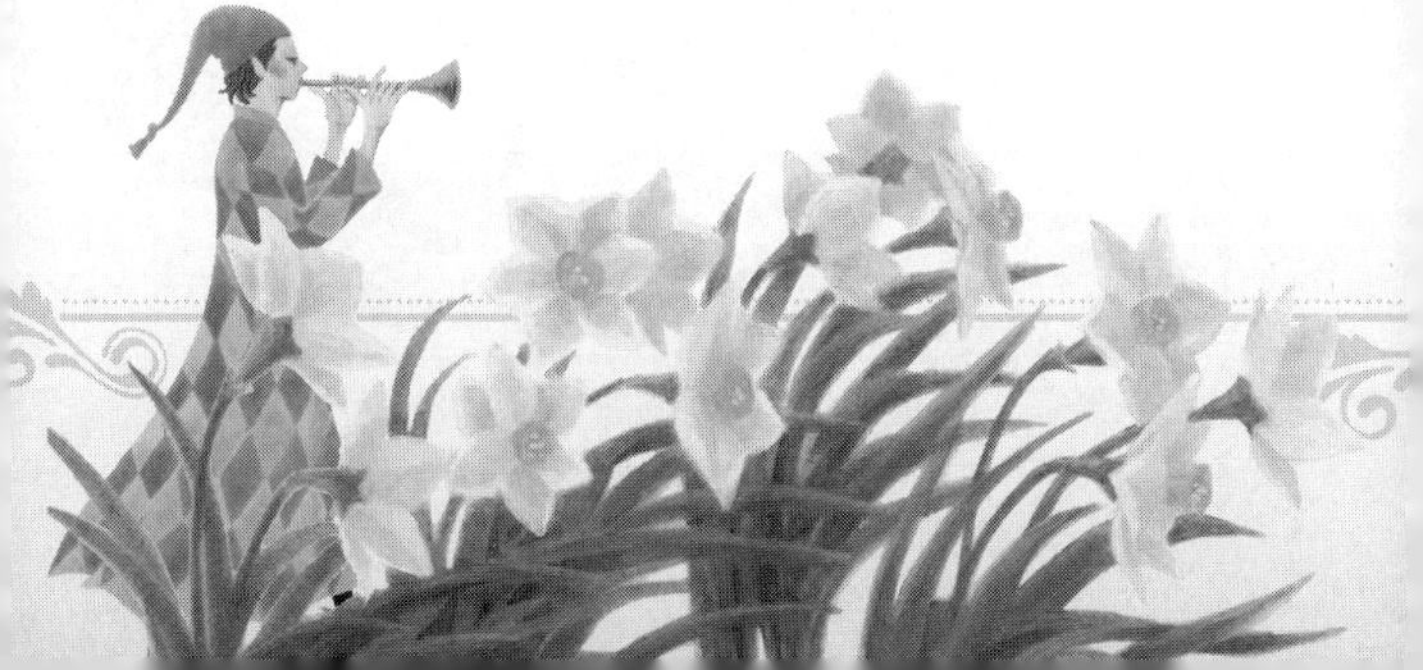

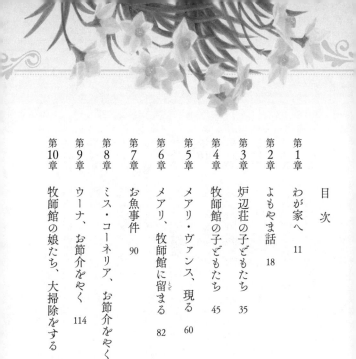

地 図

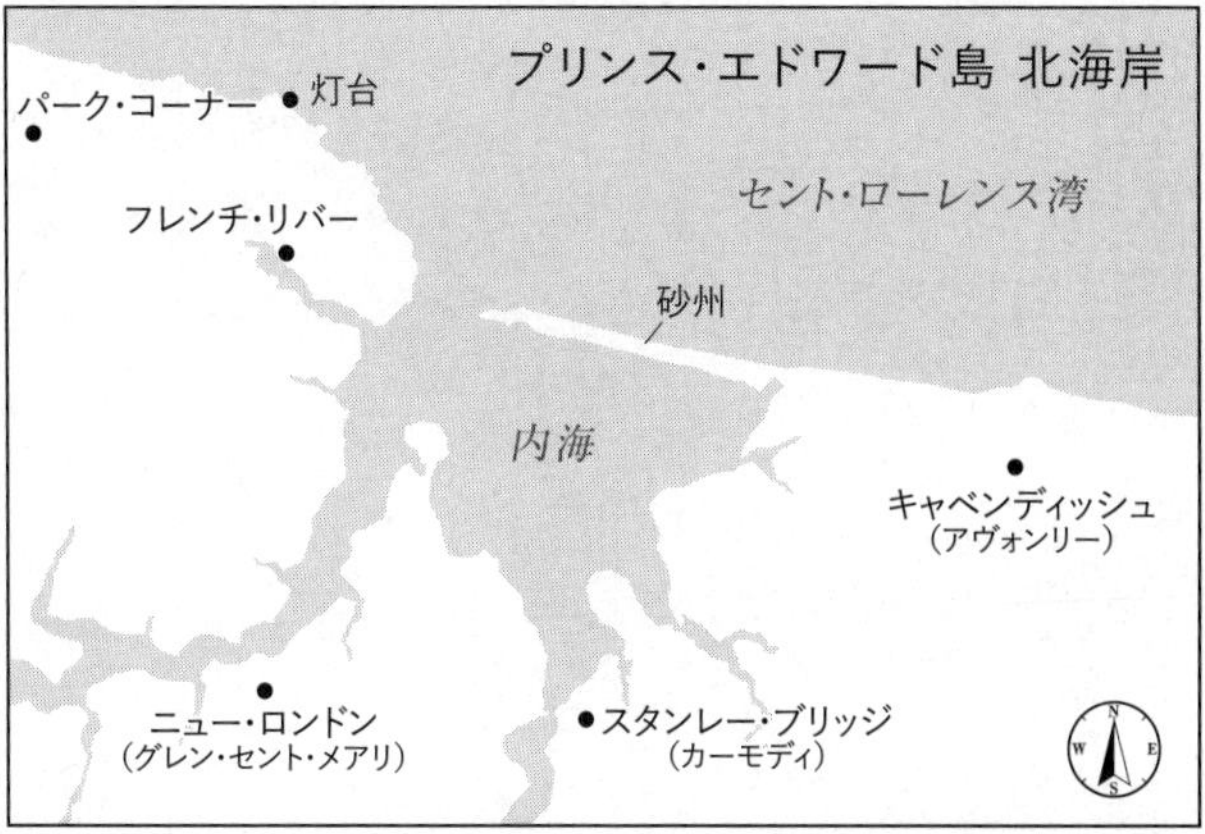
プリンス・エドワード島 北海岸
パーク・コーナー
灯台
セント・ローレンス湾
フレンチ・リバー
砂州
内海
キャベンディッシュ
（アヴォンリー）
ニュー・ロンドン
（グレン・セント・メアリ）
スタンレー・ブリッジ
（カーモディ）
N
W
E
S

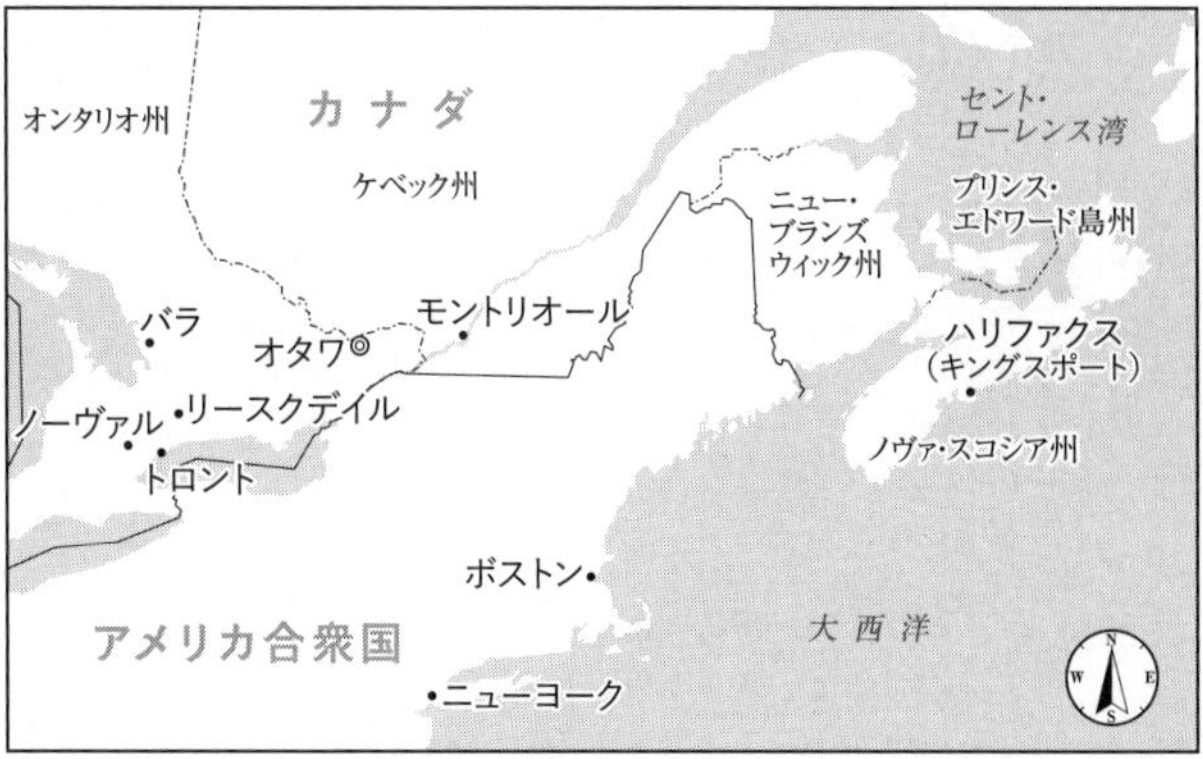
オンタリオ州
カ ナ ダ
ケベック州
セント・
ローレンス湾
ニュー・
ブランズ
ウィック州
プリンス・
エドワード島州
バラ
オタワ
モントリオール
ハリファクス
（キングスポート）
ノーヴァル
リースクデイル
トロント
ノヴァ・スコシア州
ボストン
アメリカ合衆国
大 西 洋
ニューヨーク
N
W
E
S

第1章　わが家へ

それは五月の澄みわたる青林檎《あおりんご》色の夕べ（1）だった。フォー・ウィンズの内海（2）は、柔らかに暮れていく両岸の間に広がり、金色に照り映える西空の雲の群れを、その水面《みなも》に映していた。海は砂州《さす》（3）で不気味なうなり声をあげ、春というのに悲しげだった。しかし赤土の内海街道には、狡賢く陽気な風が笛吹きのようにやって来て（4）、その道をミス・コーネリアの好もしい主婦然とした貫禄のある姿が、グレン・セント・メアリ村へむけて、いましも歩いているところだった。ミス・コーネリアは、正しくはマーシャル・エリオット夫人であり、マーシャル・エリオット夫人となって十三年たつ（5）にもかかわらず、いまだにエリオットの奥さんではなく、ミス・コーネリアと呼ぶ人が多かった。古くからの友人にとっては元の名前のほうが親しみ深かったのだ。ところが一人だけは、まるで小馬鹿にでもするように、ミス・コーネリアとは呼ばなかった。スーザン・ベイカーである。炉辺荘《ろへんそう》のブライス家に忠実につかえる白髪頭《しらがあたま》の厳《いか》めしいこの女中は、「マーシャル・エリオットの奥さん」と、本人に呼びかける機会があれば、決して逃《のが》さなかった。しかも、「あんたは奥さんになりたがってたんだから、人はいざ知らず、私にとっちゃ、何がなんでもあんたは奥さんなんです」とでも言わんばかりに、なんとも剣呑《けんのん》に、辛辣《しんらつ》に、語気を強めて呼ぶのだった。

そのミス・コーネリアはブライス医師夫妻に会いに、炉辺荘へむかっていた。夫妻はちょうどヨーロッパから帰ってきたところだった。ロンドンの有名な医学会に出席するために、二月に出発し、三か月ばかり留守にしていたのだ。二人が出かけている間、グレンでは様々な出来事があり、ミス・コーネリアは話したくて、うずうずしていた。一つには、牧師館に新しい一家が越してきたのである。まったく、この家族ときたら！ミス・コーネリアは足早に歩きながら、この一家のことを考えては、幾度も首をふった(6)。

ミス・コーネリアがやって来る姿を、スーザン・ベイカーと、かつてのアン・シャーリーは見ていた。炉辺荘の広いヴェランダに、二人は腰をおろし、夕焼けのうっとりするような美しさや、薄暮《はくぼ》につつまれてゆく楓《かえで》の木立《こだち》でこまどりたちが眠たげにさえずる声の甘美さや、らっぱ水仙の花々(7)が風に吹かれ、芝生をかこむ古びて落ち着いた赤煉瓦塀にゆれそよぐさまを愛《め》でていた。

アンはヴェランダの上がり段にすわり、片膝の上で両手を組みあわせていた。その姿は心優しい夕闇のなかでは、何人も子どもがいる母親の風情というより娘のように見えた。内海街道を見晴らしている灰色をおびた緑色の美しい瞳は、昔と変わらず、消すことのできない輝きと夢にあふれていた。アンの後ろのハンモックには、リラ・ブライスが丸くなって寝ていた。この女の子はぽっちゃりして、丸々とした六つになる幼な子で、炉辺荘の末っ子である。赤い髪は巻き毛で、はしばみ色の目は今は固く閉じられ、おかしな具合にしわが寄っていた。リラは眠るといつもそうなるのだ。

「鳶色《とびいろ》の坊や」として、一家の「名士録」に知られるシャーリーは、スーザンの腕に眠っていた。彼は鳶色の髪に、鳶色の瞳、日に焼けた鳶色の肌に、薔薇のような赤い頬をしており、スーザンの溺愛する秘蔵っ子であった。この男の子が生まれた後、アンは長らく肥立《ひだ》ちが悪く、スーザンが熱烈なる情愛をそそいで「母親代わりとなって育てた」のだ。スーザンにとっては、ほかの子どもたちも可愛かったが、シャーリーほどの愛情をかけたことはなかった。スーザンがいなかったらこの子は生きられなかったろうと、ブライス先生が言ったほどだった。

「先生奥さんが、坊ちゃんに命を与えなすったように、私もあの子に命をかけたんです」と常々、スーザンは言うのだった。「あの子は先生奥さんの赤ちゃんですけど、私の赤ちゃんでもあるんです」実際、シャーリーは、たんこぶをこしらえたのでキスをしてもらいたいときや、優しく揺すって寝かしつけてもらうとき、当然受けるべきおしおきでお尻をぶたれそうになり助けをもとめるとき、必ずやスーザンのもとへ走ってゆくのだった。スーザンは、尻叩き《スパンキング》（8）が必要であり、ブライス家の子の為《ため》になると思えば、どの子も良心的に叩きはしたが、シャーリーには決して手を上げず、母親にもさせなかった。一度、ブライス先生がシャーリーの尻を叩いたときは、烈火のごとく怒った。「先生なら、天使にだって尻叩き《スパンキング》をしますよ、先生奥さんや、そうですとも」と手厳しく宣《のたま》い、気の毒な先生に何週間もパイを食べさせなかった。

　両親の留守中、ほかの子はみなアヴォンリーへ行ったが、シャーリーは、スーザンが自分の兄の家へつれていき、幸せな三か月間、自分だけで面倒を見た。とはいうものの、彼女は炉辺荘に戻り、ふたたび愛する者たちに囲まれて、すこぶる満足していた。炉辺荘はスーザンの世界であり、この家に全権をもって君臨《くんりん》していたのだ。アンでさえ、スーザンが決めたことには滅多に疑義《ぎぎ》を唱えなかった。グリーン・ゲイブルズのレイチェル・リンド夫人はこれを大いに不服とし、フォー・ウィンズに来るたびに、おまえさんはスーザンをのさばらせすぎだね、いまに後悔するよと、陰気な顔つきでアンに言うのだった。

「ほら、コーネリア・ブライアントが、内海街道をやって来ますよ、先生奥さんや」スーザンが言った。「三か月分の噂話をぶちまけに来るんですね」

「そうだと嬉しいわ」アンは両膝をかかえて言った。「グレン・セント・メアリの噂話を聞きたくてたまらないんですもの、スーザン。留守中に起きたことを、何もかも、ミス・コーネリアに教えてもらいたいわ……何もかもよ……誰が生まれて、結婚して、酔っ払ったか。誰が亡くなって、引っ越していって、あるいは越してきたか、誰が喧嘩をして、誰の牛がいなくなって、誰が恋人を見つけたか。だって私、懐かしいグレンの人たちがみんないる地元に帰ってきて、とても嬉しいんですもの。村の人たちのことを一切合切知りたいの。そういえば、ウェストミンスター寺院（9）を歩いているとき、ミリセント・ドリューは、結局、二人いる恋人のうち、どちらと結婚するのかしらって思ったのよ。スーザンは知っているかしら、私はどうも噂好きなんじゃないかっていう気がするわ」

「それは当然ですよ、先生奥さんや」スーザンが認めた。「ちゃんとしたご婦人がたは、みんな新しい話を聞きたいものです。ミリセント・ドリューのことは、私もかなり興味がありましてね。私には、恋人は二人どころか一人もいませんでしたけど、今は、気にしてませんよ。慣れてしまえば、年をとった独身女《オールド・メイド》だって、どうってことはありません。いつもミリセントの髪型は、私には、箒《ほうき》でとかしたみたいに見えますけど、殿方は、そんなことはお構いなしのようですね」

「男の人たちは、ミリセントの可愛らしい、気取った、人をからかっているような小さなお顔しか、目に入らないのよ、スーザン」

「そういうことかもしれませんね、先生奥さんや。聖書には、好意はあてにならず、美しさはつかの間なり（10）って書いてありますけど、もしそうなら、私もそれを自分で確かめてみても悪くなかったですよ。あの世で天使になれば、みんなが美人《きれい》になるって、わかってますよ。でも、死んでから美人になって、何の役に立つんでしょう？　噂話といえば、内海向こうのハリソン・ミラーの奥さんが、お気の毒に、先週、首をつろうとしたって、もっぱらの話ですよ」

「まあ、スーザン！」

「落ち着いてくださいな、先生奥さんや。うまくいかなかったんですから。だけど死のうとしたからって、あの奥さんをあんまり責める気にはなりませんよ。ご亭主がろくでもない男ですから。だけど首をつろうなんて馬鹿ですよ。亭主がほかの女と結婚するように、みすみす道を空けてやるなんて。私なら、先生奥さんや、亭主のほうが首をつるように苦しめてやったですよ。もっとも、首をつるような人の味方は何があってもしませんけど」

「それにしてもハリソン・ミラーは、どういうところがいけないの？」アンはじれったそうに言った。「いつも人に極端なことをさせるのね」

「そうですね、宗教のせいだと言う人もいれば、罰当たりな大馬鹿者だって言う者もおります、すみません、先生奥さんや、こんな言葉を使って。ハリソンはどっちなのか、誰彼世間もわからないようです。あの男は、おれは永遠の天罰を受ける定めなんだって誰彼かまわずがみがみ言うかと思えば、もうどうでもいいんだって馬鹿みたいに酔っ払うこともありましてね。私に言わせれば、頭《おつむ》がいかれてるんです。ミラー家の分家は誰一人まともじゃありませんから。あれの祖父《じい》さんは頭《あたま》がおかしくなったんです。大きな黒い蜘蛛《くも》にとり囲まれてると思いこんで、蜘蛛が体中を這《は》いずりまわったり、まわりにうようよ浮かんでいるって。この私は気がふれないよう願ってますよ、先生奥さんや。だけど大丈夫でしょうよ、うちのベイカー家にそうした傾向はありませんから。もっとも、全知全能の神さまがそうなるとお決めになっても、大きな黒い蜘蛛は御免《ごめん》です、そんな生きものは虫酸《むしず》が走ります。それで、ミラーの奥さんですが、同情に値するだか、どうだか。ハリソンと一緒になったのは、リチャード・テイラーを見返すためだって言う者もおりますからね。だけど結婚するには、おかしな理由ですよ。もちろん私は、結婚の機微《きび》にはうといですよ、先生奥さんや。そら、コーネリア・ブライアントが門に来ました。じゃあ、可愛い鳶色の坊ちゃんをベッドに寝かせて、私は編み物をしましょうか」

第2章　よもやま話

ミス・コーネリアは最初の挨拶《あいさつ》を――彼女自身は真心から、アンは嬉しさいっぱいで、スーザンは威厳をもって――交わすと、たずねた。「ほかのお子さんたちは、どちらで?」

「シャーリーは、ベッドで寝ていますわ。ジェムとウォルターと双子は、大好きな虹の谷です」アンが言った。「あの子たちは今日の午後、家に帰ってきたばかりなので、夕食が終わるのも待ちきれずに、谷へ飛んでいきました。世界中のどこよりも気に入っているんです。あの谷が大好きで、かえでの森ですら、かないませんわ」

「大好きなのも結構ですけど、度がすぎてますよ」スーザンが陰気な顔をした。「いつだったか、ジェム坊ちゃんは、死んだら、天国よりも虹の谷へ行きたいっておっしゃいましてね、まともな言い草じゃありません」

「お子さんたち、アヴォンリーで、さぞ楽しんだろうね」ミス・コーネリアが言った。

「それはもう存分に。マリラが大甘《おおあま》に甘やかすんです。とくにジェムですわ。あの子が何をしても、マリラは悪いことだと思わないようで」

「カスバートさんも、お年でしょうね」ミス・コーネリアは、スーザンに負けじと編み物をとりだした。いつも手を動かしている女は、手を遊ばせている女より優れていると、ミス・コーネリアは考えていた。

「マリラは八十五歳(1)になりました」アンはため息をもらした。「髪は雪のように白くなって。でも不思議なことに、目は六十歳のころよりいいんです」

「そうですか、アンや。おたくのみんなが帰ってきて、ほんとに嬉しいよ。とても寂しかったんでね。もっとも、グレンが退屈だったわけじゃないよ、ほんとだよ。教会のことで、こんなに面白かった春はなかった。新しい牧師さんが、やっとこさ決まったんだよ、アンや」

「ジョン・ノックス・メレディス牧師(2)というんですよ」スーザンは、ミス・コーネリアに全部話をさせるものかと、口をはさんだ。

「いい方ですか?」アンは興味をひかれて、たずねた。

ミス・コーネリアはため息をつき、スーザンはうめき声をもらした。

「そりゃ、いい人かと聞かれりゃ、とってもいい人だよ」ミス・コーネリアが言った。「まことにいい人です……たいそう学はあるし……実に信心深い。だけど、ああ、アンや、常識のかけらもなくて!」

「じゃあ、どうしてその方をお呼びになったんです?」

「それは、今までのグレン・セント・メアリ教会のどの牧師より、お説教がうまいからだよ」ミス・コーネリアは話の方向を変えて言った。「だけどあの人は、ぼけーっとして、心ここにあらずだもんで、町の教会からはお呼びがかからなかった。でも試しになすったお説教(3)は、そりゃあ見事だった、ほんとだよ。誰もが感動した……あの人の見た目にも」

「ものすごい美男子なんです、先生奥さんや。なんだかんだ言っても、説教壇に美男子が立ってるのを見るのが、私はとっても好きですから」スーザンが割りこんだ。また自分の意見を言うころあいだと思ったのだ。

「それに」ミス・コーネリアが言った。「もういい加減、牧師を決めたいって、みんな、うんざりしてたんでね。メレディス牧師は、全員がいいと思った初めての候補者だったんだよ。ほかの候補者は、何かしら物言いがついて、誰かが反対したんだ。フォルサム牧師を呼ぼうって話もあった。この人も説教がうまかったんで。だけど見た目が気に入らないという人がいて。色黒の肥えた男でね」

「大きな黒いおす猫そっくりでしたよ、ええ、先生奥さんや」スーザンが言った。「毎週日曜日に、あんな人が説教壇にいるなんて、たまりませんよ」

「次に、ロジャーズ牧師が来たけど、これまた毒にも薬にもならない男で……害はないけど良くもなしで」ミス・コーネリアが続けた。「もっとも、あの人がペテロやパウロみたいなお説教をしても、あの人には何の利益もなかったよ(4)。というのは、あの日、ケイレブ・ラムジー(5)爺さんの羊が教会に迷いこんできて、ロジャーズ牧師が、お説教に、聖書のどこを話すか言ったとたんに、でっかい声で『メエー』だからね。みんなが笑ってしまって、お気の毒に、こんなことがあったんじゃ、ロジャーズ牧師に勝ち目はなかったよ。スチュアート牧師を呼ぶべきだって言う者もいたよ、教養があるって。新約聖書を五カ国語で読めるんだと」

「でも、だからといって、他の人より、確実に天国に行けるわけじゃないと思いますよ」スーザンが割りこんだ。

「あたしらのあらかたは、あの人の話し方が気に入らなかったんだよ」ミス・コーネリアはスーザンを無視して言った。「まるで、ブーブーうなってるみたいに話すんでね。それからアーネット牧師は、てんでお説教ができなかった。おまけに候補の牧師さんのお説教としちゃ、最悪の句を聖書から選んだ……『汝《なんじ》ら、メロズを呪え』(6)だよ」

「あの牧師さんは、考えにつまるたびに、聖書を、バンと叩《たた》いて、『汝ら、メロズを呪え』って大声で叫ぶんです。メロズって人は、誰だか知りませんけど、かわいそうに、あの日は、徹底的に呪われましたよ、先生奥さんや」スーザンが言った。

「牧師の候補として説教にきたなら、とりあげる聖書の句には、よくよく気をつけるべきだよ」ミス・コーネリアが真面目くさって言った。「だからピアソン牧師は、別の句を選んでたら、ここの牧師に決まったのに、あの人ときたら、『私は目を上げて、丘《ヒル》を見ましょう』(7)って一節を選んで言ったもんで、それで一巻の終わり。みんなが、にやっとしてね。というのも、内海岬《ハーバー・ヘッド》のヒル家の娘二人が、この十五年、グレンに独身の牧師さんが来ると必ず色目を使っているのは、みんな知ってるからね。それからニューマン牧師は、子どもが多すぎだよ」

「その牧師さんは、私の義理の兄のジェイムズ・クロー(8)のうちに泊まったんです」スーザンが言った。「それで私が『お子さんは何人いなさるんですか?』って聞いたら、『男の子が九人おりまして、それぞれに妹がおります』とおっしゃったので、『十八人ですか! あれまあ、なんという大家族で!』って言いましたら、あの牧師さん、大笑いされました。どうしてそんなに笑うのか、わかりませんでしたけど、先生奥さんや。とにかく、どんな牧師館だろうと、十八人も子どもがいたんじゃ、多すぎますよ」

「お子さんは、十人だよ」ミス・コーネリアが軽蔑混じりの寛容さを示して言った。「それでも、いい子が十人なら、今、牧師館にいる四人よか、ましだよ、牧師館にとっても、教会の信徒にとっても。もっともアンや、その四人がものすごく悪いとは言わないよ。あたしは、あの子らが好きだよ……誰もが好いてるよ。好きにならずにはいられないんだ。もしあの子たちのお行儀を見てやって、正しいことや、まともなことを教えてやる者がいれば、とってもいい子だよ。学校じゃ模範生だって、先生が言いなさるんだから。だけど家では、野放《のばな》しで」

「メレディスの奥さんは、どんな方ですの？」アンがたずねた。

「メレディスの奥さんは、いないんだよ。だから困ってるんだ。メレディス牧師は男やもめでね、奥さんは四年前に亡くなったそうな。そうと知ってりゃ、呼ばなかったのに。信徒にとっちゃ、男やもめは、独り者より始末に負えないからね。だけどあの牧師がお子さんの話をしたんで、母親もいるものと思ったんだ。ところがいざ来てみれば、母親はいない。いるのはお年寄りのマーサおばさん（９）だけ。あの一家はおばさんと呼んでるが、メレディス牧師のおっ母さんのいとこだよ、確か。メレディス牧師が、救貧院から引きとったそうな。おばさんは七十五歳で、目はろくろく見えないし、耳は遠いし、たいそう気難しいときて」

「おまけに、とてつもなく料理が下手なんです、先生奥さんや」

「牧師館をまかせるには、あり得ないほど下手でね」ミス・コーネリアが苦々しげに言った。「なのにメレディス牧師は家政婦を雇おうとしない、マーサおばさんの気持ちを傷つけるからって。アンや、牧師館のありさまときたら、目もあてられない、ほんとだよ。どこもかしこも埃《ほこり》の山、おまけに何一つ、収《おさ》まるべきとこにない。あの一家が来る前に、すっかりペンキを塗り直して、壁紙も貼りかえたってのに」

「お子さんは、四人とおっしゃいましたね？」アンはたずねた。心の中では、すでに子どもたちの母親のような気持ちになり始めていた。

「年子だよ、階段を一段ずつおりるみたいに。長男はジェラルド、十二歳、ジェリー(10)と呼ばれてる。頭のいい子だよ。フェイス(11)が十一歳。この女の子はいつもお転婆だけど、絵みたいにきれいでね、ほんとだよ」

「見た目は天使みたいですけど、手に負えませんよ、先生奥さんや」スーザンが真顔で言った。「先週のある晩、牧師館へ行きましたら、ジェイムズ・ミリソンの奥さんがいて、卵を一ダースと、牛乳を手桶に少し持って来てたんです……でも牛乳は手桶にほんの少しでしたよ、先生奥さんや。それをフェイスが受けとって、さっさと地下室(12)へ持っておりたはいいが、階段の下のほうで、けつまずいて、落ちたんです、牛乳と卵もろとも。どうなったか、お察しの通りですよ、先生奥さんや。ところがあの子は笑いながら上がってきて、「これじゃ、私なんだか、カスタード・パイ(13)なんだか、わからないわ」ですからね。ジェイムズ・ミリソンの奥さんはかんかんに怒って、二度と牧師館に寄付を持ってくるものですか、こんなふうに滅茶苦茶にされて無駄にされるなんて、とおっしゃって」

「牧師館に何か持ってったところで、マリア・ミリソンは痛くもかゆくもないくせに」ミス・コーネリアがふんと鼻で笑った。「あの奥さんは、牧師館がどうなってるか興味津々だったんで、あの晩は、出かける口実に持ってってっただけだよ。だけどかわいそうに、フェイスは四六時中、災難にあってるね。そそっかしくて、考えなしだから」

「まるで私にそっくり。フェイスが好きになりそうだわ」アンははっきり言った。

「あの子は元気潑剌《はつらつ》としてますよ……私は元気な子が大好きです、先生奥さんや」スーザンがうなずいた。

「あの子は、どこか愛嬌があるね」ミス・コーネリアも認めた。「フェイスはいつ見ても笑ってるもんで、なぜだか、こっちも笑いたくなるんだよ。あの子は、教会でも真面目な顔をしてられないんだ。それからウーナ（14）は十歳……とても感じのいい子だよ……きれいじゃないけど、心の優しい子だ。それからトーマス・カーライル（15）が九歳。みんなはカールと呼んでる。ひきがえるやら虫やら蛙《かえる》やらを夢中で集めちゃ、家に持ちこんでるよ」

「先だっての午後、グラントの奥さんが牧師館に出かけなすったら、客間の椅子に、死んだ大ねずみ《ラット》が転がってたのは、カールの仕業《しわざ》だと思います。奥さんは腰を抜かしたそうです」スーザンが言った。「当たり前ですよ、牧師館の客間は、死んだ大ねずみが転がってる場所じゃありませんから。もっとも、猫が置いたのかもしれません。あの猫ときたら、悪魔の権化《ごんげ》みたいでしてね、先生奥さんや。牧師館の猫は、中身はどうであれ、せめて見た目は、きちんとしてるべきだと思います。あんな放蕩者みたいな見てくれの獣《けだもの》は見たことがありません。日が暮れると、毎晩のように、牧師館の屋根のてっぺんをのその歩きまわっては、尻尾《しっぽ》をぶんぶんふりまわして、牧師館に、ふさわしくありませんよ」

「いちばん頭が痛いのは、子どもらが、まともな身なりをしてないってことだよ」ミス・コーネリアは、ため息をついた。「おまけに雪が溶けてからは、裸足《はだし》で学校へ通ってるんだから。わかるでしょ、アンや、牧師館の子がすることじゃないよ……メソジスト教会(16)の牧師の娘は、いつも、しゃれたボタン留めのブーツをはいてるから、なおのことだ。それにあの子らは、メソジストの古い墓地で遊ばないでもらいたいね」

「遊びたくもなりますわ、牧師館のすぐ隣ですもの」アンが言った。「墓地は、遊ぶと楽しいところだって、前から思っていたんです」

「まさか、先生奥さんは、そんなこと、お考えじゃありませんとも」忠義者のスーザンが、アンを弁護すべしとばかりに言った。「奥さんは常識も礼儀も十分にわきまえておいでです」

「そもそも、どうしてメソジスト墓地の隣に、長老派の牧師館を建てたんですか?」アンがたずねた。「牧師館の芝生の庭は、あんなに狭いんですもの、子どもが遊ぶところは隣の墓地しかありませんわ」

「たしかに、あれは失敗だった」ミス・コーネリアも認めた。「でも、あの土地が安く手に入ったんだよ。だけど、今までの牧師館の子は、墓地で遊ぼうなんて、考えもしなかった。つまりは、メレディス牧師が、自分の子どもに目をつぶってんのがいけないんだよ。あの牧師ときたら、牧師館にいるときは、いっつも本に顔を突っこんで、本の虫みたいに読んでるか、考え事にふけって書斎を歩きまわってるかでね。今んとこは、日曜に教会へ行くのを忘れたことはないが、祈禱会（17）は二度忘れて、長老の誰かが牧師館へ呼びにいく羽目になった。それから、ファニー・クーパーの結婚式も、きれいに忘れて、電話をかけたら、すっ飛んできたはいいが、室内履き（18）も何もかも、着の身着のままでね。メソジストの信徒があんなに笑わなきゃ、あたしも気にしなかったけど。でも一つ、いいこともあるよ……メソジストの連中も、メレディス牧師のお説教は悪く言わなかった。あの牧師は、説教壇に立つと、しゃんと目がさめるんだ……ほんとだよ。それに引きかえ、メソジストの牧師はろくな説教ができない……って聞くんでね。ありがたいことに、あたしは、その牧師の説教は聞いたことはないけど」

ミス・コーネリアは結婚してから、男に対する軽侮《けいぶ》の念はいささか薄らいだものの、メソジスト信徒への侮蔑《ぶべつ》の念は、キリスト教の隣人愛（19）のご利益《りやく》はないままだった。

スーザンは狡そうな笑みをうかべた。

「マーシャル・エリオット夫人、噂では、メソジストと長老派が、合併する話しあいをしてるそうですよ」

「そうかい。そんなことは、あたしが墓に入ってからにしてもらいたいね」ミス・コーネリアは言い返した。「あたしは、メソジストとは、何の関わり合いも、取引も、するつもりはない。メレディス牧師も、あの連中とはつきあわないほうが身のためだって、そのうちわかるよ。まったく、あの牧師は、メソジストとかかわりすぎだ、ほんとだよ。いやね、あの牧師は、ジェイコブ・ドリューの銀婚式の夕食会に行って、恥ずかしい目にあったんだ」

「何があったんです?」

「ドリューの奥さんに、鵞鳥《がちょう》の丸焼き《ロースト》を切り分けてほしいって頼まれて(20)……ご亭主のジェイコブ・ドリューは切り分けたことなんかないし、できもしないから。そんでメレディス牧師が切り分けたら、その最中《さいちゅう》に、鵞鳥をぐいっと押したところ、お皿から、鳥がまるごとすっ飛んで、隣にすわってたリース夫人の膝の上へ、ぽんと乗ったんだよ。なのに牧師さんは、例の半分寝てるみたいな調子で、『リースの奥さん、鵞鳥を、お返し願えませんかね』としか言わなかった。リースの奥さんは、『お返し』しましたよ、モーセみたいに控えめに(21)。だけどはらわたは煮えくり返ってたに違いないよ、なにせ新調の絹のドレスだったんでね。悪いことに、あの奥さんはメソジストなんだよ」

「長老派じゃなくて、よかったですよ」スーザンが口をはさんだ。「長老派だったら、教会に来なくなりましたよ。信者を減らすわけにはいきませんから。でもリースの奥さんは、気取りすぎで、ご自分の教会で好かれてないんです。だからメレディス牧師がドレスを台無しにして、メソジストも喜んだでしょう」

「大事なことは、あたしたちのメレディス牧師が笑い者になったことだよ。あたしは、自分の牧師が、メソジストの前で笑い者になるとこなんて見たかありません」ミス・コーネリアは重々しく言った。「奥さんがいれば、こんなことにならなかったのに」

「あの牧師に奥さんが一ダースいても、ドリューの奥さんが、銀婚式の料理に、年をとった肉の固い鵞鳥《がちょう》を出すことは、止《と》められませんでしたよ」スーザンは片意地張って言った。

「いやいや、固い鵞鳥を使わせたのは、ドリューの亭主だって話だよ」ミス・コーネリアも言った。「ジェイコブ・ドリューはケチで、うぬぼれ屋で、威張り散らす亭主だから」

「でも、あのご夫婦は犬猿の仲だって話ですよ……結婚した者同士が、そんなふうに暮らすなんて、正しいとは思えませんね。もっとも、その方面の経験は、もちろん、私には、ありませんけど」スーザンは頭をつんと振りあげた。「でも私は、何でもかんでも男のせいにはしません。ドリューの奥さんは、ご本人も、しみったれなんです。寄付したものはたった一つ、それもねずみが中に落ちたクリームで作ったバター一壺《ひとつぼ》。それを教会の集まりに持ってきたんです。もっとも、ねずみのことは、後になるまで誰も知りませんでした」

「幸い、メレディス一家が怒らせた相手は、これまでのところ、メソジストの連中だけだよ」ミス・コーネリアが言った。「二週間前の晩、牧師館の息子のジェリーが、メソジストの祈禱会へ行って、ウィリアム・マーシュ爺さんの隣にすわったんだ。あの爺さんはいつもみたいに立ちあがって、自分が神に救われた次第を話したんだよ、恐ろしいうめき声で。そんで爺さんが腰をおろしたら、『少しは気分がよくなりましたか？』ってジェリーが小声できいたんだ。かわいそうに、ジェリーは親切の気持ちで言ったのに、マーシュの爺さんは、生意気だって怒りだして。もちろん、ジェリーがメソジストの祈禱会に出かける筋合いはないよ。ところがあの子らは、行きたいとこはどこでも行くんだ」

「あの子たちが、内海岬のアレック・デイヴィスの奥さんを怒らせなきゃいいですけど」スーザンが言った。「あの奥さんは短気ですけど、たいそう裕福で、牧師の給料を誰よりもたくさん払ってくださるんです。ところが奥さんは、メレディスの子ときたら、あんなに育ちの悪い子どもは見たことがないって、おっしゃってるそうです」

「お二人の話を聞くと、メレディス牧師一家は、ヨセフを知る一族(22)だという気持ちが、ますます強くなりますわ」女主人であるアンはきっぱりと言った。

「なんだかんだ言っても、その通りなんだよ」ミス・コーネリアも認めた。「それで何もかも帳消しになってるんだ。ともかく、あの一家はもう来たんだから、あたしらは出来るだけのことをして、あの一家でうまくやってもらって、あの一家がメソジストに負けないように助けるべきだよ。じゃあ、そろそろ内海へ戻るよ。マーシャルが家に帰ってきて……今日は内海向こうへ行ったんでね……夕はんをじっと待ってるころあいだ。男のやりそうなことですよ。ほかのお子さんたちに会えなくて残念だったよ。で、先生はどちらで？」

「内海岬です。家に戻って三日なのに、その間、自分のベッドで寝たのは三時間、家で食事をしたのは二回なんですよ」

「そりゃそうだよ、この六週間というもの、病気を抱《かか》えてる者はみんな、先生のお帰りを待ってたんだ……患者たちを責める気はしないよ。なにしろ、内海向こうのお医者ときたら、ローブリッジの葬儀屋の娘と結婚したんだよ。みんなして首をかしげてるところだ。だって、人聞きが悪いじゃないか。近いうちに、先生とうちに来て、旅行の話を聞かせておくれ。さぞ楽しかったでしょう」

「ええ」アンはうなずいた。「長年の夢が叶いましたわ。旧世界《ヨーロッパ》は、とてもきれいで、それはすばらしかったです。でも戻ってみると、やっぱり自分の国がいいですわ。カナダは、世界でいちばんすばらしい国ですわ、ミス・コーネリア」

「当たり前だよ」ミス・コーネリアは得意げに応《こた》えた。

「そして、懐かしいプリンス・エドワード島は、カナダでいちばんきれいな州（23）ですし、フォー・ウィンズ(24)は、プリンス・エドワード島でいちばん美しいところですわ」とアンは笑い、谷間と内海とセント・ローレンス湾に広がる夕焼けの美しさに見《み》惚《と》れながら言った。「ヨーロッパでも、ここよりもきれいなところは、ありませんでしたわ、ミス・コーネリア。お帰りですか？　子どもたちが寂しがりますわ、お会いできなくて」

「お子さんたちも、近々、うちに遊びにきなさい。ドーナツの壺《つぼ》は、いつも一杯だよって、伝えておくれ」

「ええ、夕食のとき、子どもたちは、おたくに行こうって計画してましたから、近々、おじゃまするでしょう。でも、また学校が始まって落ち着くころですし、双子の娘たちは音楽のレッスンを受けるんです」

「まさか、メソジストの牧師の奥さんに教わるんじゃないだろうね？」ミス・コーネリアが心配げにたずねた。

「いいえ……ローズマリー(25)・ウェストです。昨日の夕方、おうかがいして、お願いしたんです。ほんとにすてきな娘さんですね！」

「ローズマリーは若く見えるね。前ほどじゃないけど」

「とてもチャーミングな方だと思いましたわ。きちんとお付き合いしたことは一度もないんです、ええ。ウェスト家は、村から離れているので、教会でお見かけするほかは、滅多にお会いすることもなくて」

「みんながローズマリー・ウェストを好いてるよ。もっとも、あの人のことを、理解はしてないと思うがね」ミス・コーネリアは、自分がローズマリーの魅力に払っている敬意には無自覚に言った。「というのは、言うなれば、姉のエレンが、ローズマリーを抑《おさ》えつけてんだよ。暴君みたいに、妹のローズマリーを牛耳《ぎゅうじ》ってる。でも一方では、いつも何かと甘やかしてる。ローズマリーは、一度、婚約したんだよ、うん。マーティン・クローフォードという若者と。ところが彼が乗った船がマドレーヌ諸島(26)で難破して、乗組員は全員、溺れ死んでしまった。ローズマリーはまだ子どもだった……ほんの十七歳。以来、あの子は変わってしまった。それからお袋さんが亡くなって、エレンと二人きりで家《うち》にいる。自分たちの地区のローブリッジの教会にだって滅多に行かないよ。エレンが、長老派教会にはしょっちゅう行くもんじゃないって言うんでね。だけどエレンの肩をもてば、あの二人はメソジスト教会には絶対に行かないよ。ウェスト家は監督教会員(27)だからね。エレンもローズマリーも裕福だから、ローズマリーは音楽を教える必要なんかないんだ。好きでしてるんだよ。あの二人は、レスリー(28)の遠い親戚だよ、そうだよ。フォードの一家は、この夏も、内海に来るのかい？」

「いいえ、日本へ旅行に行くのですって。おそらく一年間はあちらにいるでしょう(29)。オーエンの新しい小説は、日本が舞台なんです。夏の間、あの懐かしい夢の家に、誰も住まないのは、私たちがあの家を出てから、初めてなんです」

「書くネタなら、オーエン・フォードも、カナダでたっぷり見つかるだろうに。何も女房と、いたいけな子どもを、日本みたいな異教徒の国へ引きずってかなくとも」ミス・コーネリアが不満げに言った。「オーエンの最高傑作は『人生録』(30)であって、そのネタは、ここフォー・ウィンズで仕入れたんだよ」

「でも、その元ネタは、ほとんど、ジム船長からですわ、ご存知でしょ。ジム船長が世界中から集めたものです。でも、オーエンの本はすべて面白いと思います」

「ま、彼の本は、ある程度までは、結構ですよ。あの人が書くものは、どれも読むことにしてるけど、アンや、小説を読むなんざ、罪深い時間の浪費だって、かねがね思ってるんだよ。日本行きについては、あたしの思うところを手紙に書いて送りつけてやります、ほんとだよ。あの男は、ケネスとパーシスを、異教徒にしたいのかね?」

この返答しがたい難問をのこして、ミス・コーネリアは帰っていった。スーザンはリラをベッドに寝かしつけにいった。そしてアンは、ヴェランダの階段にすわり、瞬《また》きはじめた星影のもと、昔と変わらぬ夢を思いめぐらせながら、フォー・ウィンズの内海に映る月の光とその輝きはなんと麗しいだろうと、百回も幸福に愛《め》でてきたが、その思いをまた新たにしていた。

第３章　炉辺荘の子どもたち

　ブライス家の子どもたちは、日盛《ひざか》りのうちは、豊かに柔らかに茂る青葉と木陰のある大きなかえでの森（１）で遊ぶのが好きだった。炉辺荘とグレン・セント・メアリ池の間に広がる森である。しかし日が傾いてから、にぎやかに遊ぶなら、かえでの森のうしろに開けた小さな谷間ほどすてきなところはなかった。子どもたちにとって、そこは物語《ロマンス》の妖精の王国だった。いつだったか、炉辺荘の屋根裏部屋から外を見ていると、この大好きな谷に、見事な虹が、夏の雷雨が去った名残りのもやを透かして、かかっていたのだ。虹の片端は、谷の低いほうへ流れていく池の隅《すみ》に、まっすぐおりているように見えた。

「虹の谷と呼ぼうよ」（２）ウォルターが嬉しげに言い、それから「虹の谷」となったのだ。

　風たちは、虹の谷の外では、浮かれ騒いだり荒々しかったとしても、この谷ではいつも優しく吹きそよいでいた。えぞ松の根もとには、苔のあちらこちらに、妖精たちの曲がりくねった小さな道が続いていた。花盛りには白いかすみのようになる野生の桜が、谷間のいたるところ、暗いえぞ松の間に点々と生えていた。琥珀色《こはくいろ》の小川がグレンの村からこの谷を通って流れていた。村の家々は、谷からほどよく離れていた。しかし谷の上手のはずれには、人の住まない荒れ果てた小さな田舎家があり、「ベイリーの古屋」と呼ばれていた。そこは何年も空き家だった。家のまわりを草の茂る盛り土が囲み、その内側は古い庭だった。花どきになると今なお、すみれ、ひな菊《デイジー》、六月の白い水仙《ジューン・リリー》が咲くのを、炉辺荘の子どもたちは見つけた。ほかに、ひめういきょう《キャラウェイ》も深く茂り、夏の宵《よい》に月光を浴びてゆれるさまは、銀色の波が泡立つようだった(3)。

谷の南側には池があり、そのむこうは紫色の森が遠くまで続いていた。ただ、小高い丘の上に、ぽつんと灰色の古い屋敷があり、谷と内海を見下ろしていた。虹の谷は、村に近いにもかかわらず、人里離れた原生林のような雰囲気があり、炉辺荘の子どもたちは気に入っていた。

虹の谷には、心惹かれる親しみ深い窪地《くぼち》がいくつもあり、いちばん大きな窪地が子どもたちの行きつけだった。ブライス家の子どもたちは、村に帰ってきたこの夕べも、ここに集まっていた。この窪地には、若いえぞ松の木立があり、そのなかほどにある小さな草原《くさはら》が、小川の土手へ続いていた。小川のほとりには一本の白樺があり、その若々しい木は信じられないほどまっすぐに立っていた。ウォルターは「白い貴婦人」と名づけた。草原には「樹《き》の恋人たち」(4)も生えていた。えぞ松とかえでの木がならんで、たがいに枝を絡《から》ませているさまをウォルターがそう呼んだのだ。「樹の恋人たち」に、ジェムが、グレン村の鍛冶屋でもらった古い橇《そり》の鈴《ベル》を連ねたひもをかけたところ、そよ風が吹くと、にわかに妖精の鐘のようなかそけき音がチリンチリンと鳴った。

「ここに帰ってきて、なんて嬉しいでしょう！」ナンが言った。「虹の谷ほどすてきなところは、アヴォンリーのどこにもないわ」

もちろん、アヴォンリーにも大好きな場所はいくつもあった。グリーン・ゲイブルズへ泊まりに行くと、いつも大歓迎のもてなしをうけた。マリラおばさんはたいそう優しかった。レイチェル・リンドのおばさんも親切だった。リンドのおばさんは老いてもなお、アンの娘たちが「家を出ていく」日にそなえて、暇さえあれば、木綿糸のベッドカバー（5）をせっせと編んでいた。愉快な遊び仲間もいた――デイヴィ「おじさん」の子どもたちと、ダイアナ「おばさん」の子どもたちだ。炉辺荘の子どもたちは、自分の母が懐かしいグリーン・ゲイブルズの少女時代に愛した場所を、すべて知っていた――野薔薇の咲くころに生け垣が淡紅色《うすべにいろ》に染まる長い「恋人の小径」、柳とポプラがならび、いつもきちんと片付いている裏庭、昔と変わらず澄み切って美しい「木の精《ドライアド》の泉」、「輝く湖水」、そして「柳の湖《ウイローミア》」。双子は、母がかつて暮らした玄関上の切妻の部屋に泊まった。夜、二人が眠ると、マリラおばさんがやって来て、目を細めて双子の女の子を見つめた。しかしマリラおばさんはジェムをいちばんに可愛がっていることを、みなが知っていた。

そのジェムは今、池で釣り上げたばかりの小さな鱒《ます》をどっさりフライパンに入れて、油で焼く（6）のに忙しかった。かまどは、島の赤い石を丸く並べて火をおこしたもので、料理道具は、古びたブリキの空き缶（7）を平らに叩いたものと、歯が一本になったフォークだった。これで、すてきにおいしい料理を今まで作ってきたのだ。

ほかの子はみんな炉辺荘の生まれだったが、ジェムは、夢の家の子どもだった。ジェムは母さんのような赤毛で、縮れた髪に、父さんと同じ率直な、はしばみ色《ヘーゼル》の瞳をしていた。母譲りの形のいい鼻に、父のユーモアのあるしっかりした口もとだった。家族のなかで唯一人、スーザンの眼鏡にかなう形のいい耳をしていた。ところが彼は長らくスーザンに反発していた。ジェム坊やと呼ぶのをやめてくれないからだ。十三歳のジェムは、そんなのはひどいと思っていた。母さんのほうがずっと物わかりがよかった。

彼は八歳の誕生日に、「ぼくは、もう、坊やじゃないよ、母さん」と、むっとして言ったのだ。「ぼくは、うんと大きくなったんだよ」と。

母さんはため息をもらし、笑い、またため息をついた。しかしそれから母さんは、二度とジェム坊やと呼ばなかった——少なくとも、彼に聞こえるところでは。

ジェムは以前から、そして今も、たくましく頼りになる少年だった。彼は決して約束をやぶらなかった。話し上手ではないせいか、教師は彼のことを、才気煥発《かんぱつ》とは思っていなかったが、善良で、何でもできる生徒だった。また物事を鵜呑《うの》みにしなかった。それが本当かどうか、いつも自分で調べることを好んだ。以前、スーザンが、霜のついた掛け金《がね》に舌をあてると、舌の皮がむけると言うと、「確かめよう」と、さっそく試した。結果、「そうなる」とわかったが、代償として、何日もひどく舌が痛んだ。だが彼は、科学を探究して被《こうむ》る苦しみなら惜しまなかった。こうした実験と観察から学ぶことは非常に多いからだ。ジェムは、子どもたちの小さな世界について幅広い知識をそなえており、それを弟たち、妹たちはすばらしいと考えていた。たとえばジェムは、よく熟れた苺《ベリー》が真っ先になるところ、すみれの薄青《うすあお》い花がいちばん最初に冬の眠りからそっと目をさますところ、かえでの森の決まったこまどりの巣に空色の卵がいくつあるか、いつも知っていた。ひな菊の花びらで運勢を占うことも、あかつめくさの花の蜜を吸うことも、食べられる植物の根を池の土手で掘り出すこともできた。そのためスーザンは、子どもたちが毒のあるものを食べやしないか、日々案じていたけれど。ジェムは、いちばんいい松やにのガム（8）はどこにあるか、知っていた。それは苔の生えた樹《き》に淡い琥珀色のこぶがついているところなのだ。また彼は、内海岬《ハーバー・ヘッド》一帯のぶなの森のどこに木の実《ナッツ》がたくさんなるか、小川のどこで鱒《ます》がよく釣れるか、知っていた。フォー・ウィンズの野鳥と動物の声を真似ることができた。春から秋にかけてあらゆる野の花々が咲くところも知り尽くしていた。

ウォルター・ブライスは「白い貴婦人」のもとに腰をおろしていた。かたわらに一冊の詩集があったが、読んではいなかった。今の彼は、池のほとりの柳の新緑がエメラルド色にかすむさまを見つめ、また雲の群れが、小さな銀色の子羊のように風に吹かれて虹の谷の上を流れゆくさまを、ぱっちりした美しい目に、喜びをたたえて眺めていた。ウォルターの瞳はなんとも不思議だった。地面の下に眠っている幾世代もの人々の喜びと悲しみ、笑い、忠誠、抱負が、彼の濃い灰色の瞳の奥から垣間見えるようだった。

外見から言えば、ウォルターは「一族の変わり種」だった。わかるかぎりでは親族の誰にも似ていなかった。炉辺荘の子どものなかで、とびきりの美男子であり、まっすぐな黒い髪に、くっきりした顔立ちをしていた。しかし彼は、母親の生き生きとした想像力と美を愛する情熱をそっくり受けついでいた。冬の霜、春の誘《いざな》い、夏の夢、秋の魔力はすべて、ウォルターには意味深いものだった。

学校では、ジェムは大将格だったが、ウォルターは重きをおかれていなかった。「女の子みたい」で、なよなよしている(9)と思われていた。なぜなら決して喧嘩をせず、スポーツにも滅多に加わらないからだ。むしろ誰もいない片すみへ行き、本を――とくに「詩の本」を開くのが好きだった。ウォルターは詩を愛していた。本が読めるようになったときから詩集に心を奪われていた。様々な詩が奏《かな》でる音楽が、育ちゆく彼の魂に織りこまれていた――それは永遠不滅の音楽であった。ウォルターは、いつか詩人になりたいという夢を温めていた。それは叶わないことではなかった。なぜならポールおじさん——親しみをこめて、そう呼ばれていた——は、今は「合衆国」という不思議な国に暮らし、ウォルターの憧れだった。ポールはかつてアヴォンリーの小さな生徒だったが、今や、彼の詩はいたるところで読まれていた。だがグレンの男子生徒たちは、ウォルターの将来の夢など知るよしもなく、仮に知ったところで、大して感心もしなかったろう。ウォルターは腕力には欠けていたが、「本の話を語る」口ぶりのうまさゆえに、一定の者は、渋々ながらも敬《うやま》っていた。ウォルターのように物語を語る者は、グレン・セント・メアリ学校にいなかったのだ。ある少年は「説教師のようだ」と言った。そのおかげでウォルターは、大概《たいがい》、一人で放っておいてもらえた。いじめられることもなかった。大半の男子は、殴りあいを嫌がり、怖がっていると気取られたが最後、いじめられるのだが。

十歳の双子は、双子の伝統をやぶり、まったく似ていなかった。いつもナンと呼ばれているアンはきれいで、天鵞絨《ヴェルヴェット》のような深い栗茶色の瞳に、つややかな栗茶色の髪をしていた。たいそう快活で、可愛らしい小さな女の子だった——名字のブライスの通り、気立ても快活《ブライス》だと、教師の一人は言った。顔の色つやは申し分なく、母親は大いに満足だった(10)。

「ピンク色を着られる娘がいて、とても嬉しいわ」ブライス夫人は顔をほころばせて言うのが常だった。

ダイこと、ダイアナ・ブライスは母親似で、黄昏どきになると独特の光と輝きを帯びる灰緑色の瞳と、赤い髪をしていた。おそらくはこのために父親のお気に入りだった。ダイはウォルターと特に仲がよくて、ウォルターが自作の詩を読み聞かせるのは彼女だけだった――ウォルターは秘かに、叙事詩《じょじし》を苦心して書いており、その作品が、ほかの点はともかく、ある点では『マーミオン』(11)に驚くほど似ていると知っているのも、ダイだけだった。このウォルターの秘密をダイは守り、ナンにも言わなかった。またダイは自分の秘密を、すべて彼に打ち明けた。

「お魚は、もうじき焼けるの?」ナンがきれいな鼻をふんふんさせた。「匂いをかいでたら、おなかがすいたわ」

「もうじきできるよ」ジェムは魚の一匹を上手に返しながら言った。「女の子たちは、パンとお皿を出しておくれ。ウォルターは、目をさませってば」

「この夕暮れの空気は、なんと光り輝いているのだろう」ウォルターは夢見るように言った。油で焼いた鱒《ます》を見下すつもりはまったくないが、ウォルターには、魂の糧《かて》となる食べもののほうが大切だった。「今日は、お花の天使が、お花たちに声をかけながら、世界中を歩いていたんだよ。森のそばのあの丘を飛んでいる青い翼が、ぼくには見えるんだ」

「私が今まで見た天使は、どれも白い翼だったわ」ナンが言った。

「お花の天使の翼は、ちがうんだよ。淡いかすみのような青い色をしているんだ、ちょうど谷間にかかるもやみたいに。ああ、ぼくも飛べたらいいのに。きっとすばらしいだろうな」

「夢でなら、飛ぶこともあるでしょ」ダイが言った。

「ぼくは、ちゃんと空を飛んでいる夢を見たことがないんだ」ウォルターが言った。「地面から飛びあがって、柵《さく》の上や、木の上を、ふわふわ浮かんでいる夢ならよく見るよ。とても愉快なんだ……だから、『これは夢じゃない、今までとはちがう、これは本当のことなんだ』って思うんだけど……やっぱり目がさめて、がっかりするんだ」

「急いでおくれ、ナン」ジェムが命じた。

ナンは宴会用の板を用意した――それは喩《たと》えではなく、文字通り、一枚の板だった――この板の上に、ほかでは味わえない色々なごちそうをならべて、虹の谷では数々の宴会が開かれてきたのだ。苔の生えた二つの大きな石に、この板をのせると、食卓になった。新聞はテーブルクロスに、スーザンがお払い箱にした欠けたお皿と持ち手のとれたカップは食器になった。ナンは、えぞ松の根もとに隠しているブリキの箱から、パンと塩をとりだした。小川は、水晶のように澄みきったアダムの水(12)を提供してくれた。そして、さわやかな空気と若者の食欲というソースが、すべてに最高の風味をそえてくれた。虹の谷に腰をおろしていると、やがて金色と紫水晶色の黄昏につつまれていった。春爛漫《はるらんまん》のころ、バルサムもみと、育ちゆく森の植物の匂いが満ちてゆき、あたり一面に白い星のような野いちごの花が咲き、風がさわさわと鳴りわたり、木の梢《こずえ》がゆれて橇《そり》の鈴が鳴るなかで、焼いた鱒《ます》と乾いたパンを食べる。それはこの世の権力者もうらやむものであろう。

「さあ、すわってちょうだい」ナンが声をかけた。じゅうじゅう音をたてている鱒がのったブリキの板《プレート》をテーブルに置いた。「ジェムが、お祈りを唱える番よ」

「鱒を料理したんだから、ぼくの役目は終ったよ」ジェムが言った。彼はお祈りを唱えるのが嫌いだった。「ウォルターにやってもらおう。お祈りが好きだから。だけど短くしてくれよ、ウォルト。腹ぺこなんだ」

しかし、長くも、短くも、ウォルターはお祈りをしなかった。ちょうどそのとき邪魔が入ったのだ。「牧師館の丘からおりてくるのは、誰かしら？」ダイが言った。

第4章　牧師館の子どもたち

マーサおばさんは家事が下手だということだったが、実際、その通りだった。そしてジョン・ノックス・メレディス牧師はぼんやり者で、子どもに甘いとのことだったが、これもその通りだった。しかしグレン・セント・メアリ牧師館は散らかっているにもかかわらず、えも言われぬ家庭的で愛すべき何かが漂っていることは否《いな》めなかった。グレンの口やかましい主婦たちでさえ、それを感じて、知らず知らず点が甘くなった。牧師館に心が惹かれるのは、たまたま、あたりの風情《ふぜい》がすばらしいという理由もあるのかもしれない——建物の灰色の板壁（1）には華やかに蔦《つた》がしげり、屋敷のまわりにはアカシア（2）とギレアド・バルサム（3）の木が昔なじみの友のようにならび、正面の窓からは内海と砂丘の絶景を見晴らすのだ。だが、これらはメレディス牧師の前任者が住んでいたころもあったのである。以前の牧師館は、グレンでもっとも取り澄まして整然としていたが、もっとも面白みに欠ける家だった。つまり新しく来た住人たちの人柄によって、牧師館がほめられるものになったに違いない。今の牧師館には笑い声と友情の雰囲気があった。扉はいつも開け放たれ、中の世界と外の世界が手をつないでいた。グレン・セント・メアリ牧師館の法律は、愛情だけだった。

教会の信徒たちは、メレディス牧師が子どもを甘やかして駄目にしていると言った。それはその通りだろう。事実、彼はわが子を叱ることに耐えられなかった。子どもがことさら悪目立ちする悪戯をして、メレディス牧師でさえ気がつくと、ため息をもらし、「あの子たちには母親がいないのだから」と自分に言い聞かせていたのだ。しかし彼は、わが子の行状《ぎょうじょう》の半分も知らなかった。彼は夢想家の部類に属していた。彼が、魂の不滅について深く考えながら書斎をゆっくり行き来しているとき、窓は墓場にむいているにもかかわらず、ジェリーとカールが、メソジスト教徒の死者が眠る平らな墓石で蛙飛びの大騒ぎをしていることに気づかなかった。もっとも、そんなメレディス牧師も、妻が亡くなる前は、わが子の世話が身体面でも道徳面でも行《ゆ》き届いていたものの、今はそうではないと、はっと胸をつかれることもあった。またマーサおばさんが家事をするようになってから、妻のセシリアがいたころとは、家のなかや食事が大きく違っていることも潜在意識では、常にうすうすとは感づいていた。だがそれ以外の点では、彼は書物と抽象的な概念の世界に生きていた。そのため、自分の服にろくにブラシがかかっていなくとも、グレンの主婦たちが、彼の整った顔と手が象牙のように白いのは十分に食べていないからだろうと決めつけようとも、彼自身は不幸せではなかった。

もし墓地が愉快な場所だと言えるなら、グレン・セント・メアリ村の古いメソジスト教会の墓地はそうだった。メソジスト教会のむこうには新しい墓地もあり、そちらは整然として墓場らしく陰気だった。だが古いほうは長い間、大いなる自然の優しく慈悲深い手にゆだねられ、今やまことに気持ちのいいところになっていた。

この古い墓地の三方は、石垣と芝土の盛り土（4）に囲まれ、その上にぐらつく灰色の柵《さく》がめぐっていた。盛り土の外側には、高いもみの木がならび、樹脂《バルサム》の芳《よ》い匂いのする枝がしげっていた。この盛り土は、グレン村の最初の移住者が築いたもので、歳月を経《へ》た美しさがあった。盛り土の隙間《すきま》から草がのび、春浅いころは盛り土のすそに紫色のすみれの花が咲き、秋にはアスター（5）とあきのきりんそう（6）が隅々《すみずみ》を輝くばかりに彩《いろど》った。若い羊歯《しだ》が石の間に仲良くしげり、あちらこちらに大きな蕨《わらび》も生えていた。

墓地の東側は、柵も盛り土もなかった。墓地はそのあたりから次第にもみの若木の植林地となっていた。墓石の近くまで木がせまり、東の奥のほうは深い森がひろがっていた。あたりにはハープの音色のような海の声と、灰色の古い木々が奏でる音楽がいつも聞こえていた。そして春の朝、二つの教会のまわりの楡《にれ》の木にこだまする小鳥たちの合唱《コーラス》は、死ではなく生命《いのち》を歌いあげていた。メレディス家の子どもたちは、この古い墓地を愛していた。

地面に埋まった墓石をおおうように青目蔦《あおめづた》や、「庭園えぞ松《ガーデン・スプルース》」、薄荷《ミント》がはびこっていた。もみの林へつづく砂地の一角には、ブルーベリーのしげみもあった。この墓地には三世代にわたる、さまざまな様式の墓石があった。昔の移住者たちの墓石は平らな長方形の赤い砂岩《さがん》だ。時代が下ると、しだれ柳（7）や握手する手（8）の彫刻がほどこされている。そして近ごろの墓には、高さのある記念碑の上に、ひだの寄った布をかけた壺《つぼ》（9）の彫刻をのせた醜いものもある。この墓地でもっとも巨大かつ、もっとも醜悪な墓は、アレック・デイヴィスという人物に捧げられたものだった。彼はメソジストの家庭に生まれたが、長老派教会に通うダグラス家の花嫁を娶《めと》った。すると妻は、夫をむりやり長老派に改宗させ、生涯、長老派教会に通わせた。しかし、いざ夫に死なれると、彼女は、内海向こうにある長老派の墓地に、夫を一人寂しく葬《ほうむ》る気にはなれなかった。彼の身内はすべてメソジストの墓地に眠っていたからだ。そこでアレック・デイヴィスは、死後は、元の宗派にもどることになったが、未亡人は、どのメソジストの信者も賄《まかな》えないような高価な記念碑を建立することで、気持ちの折り合いをつけたのだった。この墓を、メレディス家の子どもたちは、なぜかしら好まなかった。むしろ、まわりに草が高く生えている昔風の平らなベンチのような墓石が好きだった。すわり心地のいい椅子《いす》になるからだ。今、子どもたちは一つの墓石にそろってすわっていた。ジェリーは蛙飛びに飽きて、口琴《こうきん》（10）を鳴らしていた。カールは珍しいかぶと虫を見つけて、好もしそうに観察していた。ウーナは人形の服を作っていた。フェイスは、日に焼けてほっそりした両腕を後ろにつき、はだしの足を、口琴にあわせて元気よくぶらぶらふっていた。

　ジェリーは、父親譲りの黒髪と大きな黒い瞳だったが、その目は夢見がちではなく、きらりと光があった。隣にいるフェイスは、憂いを知らない真紅の薔薇のような美貌だった。金褐色の目に、金褐色の巻き毛、頰は紅《あか》かった。フェイスは笑い上戸で、父親の教会の信徒たちが眉をひそめるほどだった。夫に続けて先立たれた孤独なテイラーの老夫人にむけて、フェイスは生意気にも「この世は涙の谷間じゃありません、笑いの世の中です」と――教会の玄関ポーチで――言い放ち、ショックを与えたこともあった。

　小さな夢想家のウーナは、笑い上戸ではなかった。まっすぐな黒髪を三つ編みにして下げ、ほつれ毛もなく整えていた。その口は無意識にひらいて、可愛い白い歯がのぞいていた。アーモンド形をした目の濃紺の瞳には、憧れと悲しみを思わせる何かがあった。そして内気そうな、考え深げなほほえみが、ときおり小さな顔に浮かぶのだった。彼女はフェイスよりも世間の意見に敏感で、自分たちの生活が、どこかまともではないことを居心地悪く察していた。それをどうにかしたいと願っても、どうすればよいか、わからなかった。ウーナは時々、家具に、はたきをかけた――だが、はたきが見つからないことが多かった。同じ場所にしまわれたためしがないからだ。服のブラシが見つかれば、父が日曜に着る上等なスーツにブラシをかけた。一度は、とれたボタンを太い白糸で縫いつけた(11)。明くる日、メレディス牧師が教会へ行くと、女性たちは一人残らずそのボタンに目が釘づけになり、それから何週間も、婦人後援会の静けさがかき乱されたのだった。

カールは、澄んだ明るい濃紺の瞳をしていた。母から受けついだその目は恐れを知らず、率直だった。母と同じ茶色の髪は金色に輝いていた。彼は虫たちの秘密を知っており、蜜蜂や、かぶと虫に、ある種の友愛をいだいていた。彼のそばに、ウーナはすわろうとしなかった。近くにどんな薄気味の悪い生きものがいるか、わからないからだ。ジェリーも絶対に弟と寝なかった。カールは、一度、小さなガーター蛇(12)をベッドに入れていたのだ。そのためカールは、前に使っていた子ども用の寝台で眠ったが、短すぎて足を伸ばせなかった。カールは奇妙な仲間と寝ていた。ベッドを整えるマーサおばさんの目が悪くて、むしろ好都合だったかもしれない。とは言うものの、子どもたちは、ほがらかで愛らしいきょうだいだった。セシリア・メレディスは、わが子を遺《のこ》して逝《い》かなければならないと悟ったとき、どうにかなりそうなほど胸を痛めただろう。

「ねえ、もしメソジストの信者だったら、この墓地のどこに埋葬されたい？」フェイスが楽しそうにきいた。

この問いかけをきっかけに、興味深い考えが交《か》わされた。

「選びようがないよ。この墓地はもうお墓でいっぱいだ」ジェリーが言った。「だけど街道に近いあの隅《すみ》なら、いいかもな。馬車が通って、人が話すのが聞こえるから」

「私は、しだれ樺《かば》の下の、ちょっと窪んでいるところがいいわ」ウーナが言った。「あの樺の木には小鳥が集まってきて、朝になると、にぎやかに歌ってくれるもの」

「あたしは、ポーター家のお墓がいいな、子どもがたくさん埋葬されてるもの。あたしは仲間が大勢いるのがいいの」フェイスが言った。「カール、あんたはどこ？」

「ぼくは、埋められるなんて、真っ平だ」カールが言った。「でも、どうしてもというなら、蟻《あり》の巣がいいな。蟻はとっても面白いんだよ」

「ここに埋められている人は、いい人ばかりだったのね」ウーナが、古い墓碑の賛辞《さんじ》を読んで言った。「この墓地に、悪い人は一人もいないみたい。ということは、メソジストの信徒は、長老派よりも、いい人たちなのね」

「メソジストでは、悪い連中は、猫を埋めるみたいにするのかも」カールが思いついた。

「つまり、墓地までわざわざ運ばないのかもしれないよ」

「馬鹿ね」フェイスが言った。「ここに埋められてる人が、ほかの人より立派だったわけじゃないのよ、ウーナ。人が死んだら、いいことだけ書くの。さもないと、この世にもどってきて、とり憑《つ》くんだから。マーサおばさんがそう言ったのよ。父さんに、それは真理《ほんと》なのって聞いたら、あたしをまじまじと見て、『真理《しんり》とな？　真理とな？　真理とは何か？(13)　真理とは何であるのか？　おお、せせら笑うピラト(14)？』って、ぶつぶつおっしゃったの。だから真理《ほんと》のことだってわかったわ」

「もし、アレック・デイヴィスさんのお墓の天辺の壺に、石を投げたら、生き返って、ぼくにとり憑《つ》くかな？」ジェリーが言った。

「デイヴィスの奥さんが、とり憑《つ》くかも」フェイスがくすくす笑った。「あのおばさんは、教会で、あたしたちのことを見張ってるの、猫がねずみを見張るみたいに。この前の日曜日、あたしがおばさんの甥《おい》っ子に、あかんべえをしたら、その子もやり返したんだけど、まあ、おばさんのおっかない顔ったら、見せたかったわ。外に出てから、きっとあの子の横っ面《つら》を叩いたわよ。何があってもあの奥さんを怒らせちゃ駄目って、マーシャル・エリオットのおばさんが言うから、しなかったけど、そうでなきゃ、奥さんにも、あかんべえをしたわ！」

「ジェム・ブライスが、前に、デイヴィスの奥さんに舌を突きだしたんだ。それから、おばさんは二度とあの子の父さんにかからないんだって。旦那さんが死にかけてたときですら」ジェリーが言った。「ブライス家の子どもって、どんな子たちかな」

「見た目は気に入ったわ」フェイスが言った。その日の午後、ブライス家の子どもたちが駅に帰り着いたところへ、ちょうど牧師館の子どもたちも居合わせたのだ。「とくにジェムの顔がすてきだったわ」

「ウォルターは弱虫だって話だぞ」ジェリーが言った。

「そんなことはないと思うわ」ウーナが言った。ウォルターをすこぶるハンサムだと思っていたのだ。

「そうだな、とにかく、あいつは詩を書くんだ。去年、詩を書いて、先生から賞をもらったって、バーティ・シェイクスピアが言ってたよ。バーティの母さんは、名前からすると、うちの息子が賞をもらうはずなのにって思ったらしいけど、バーティは、ぼくは名前がなんだろうと、詩は書けないって言ってたよ」

「ブライス家の子どもたちが学校にまた通うようになったら、すぐに仲良くなると思うわ」フェイスが言った。「女の子たちが感じがいいといいな。このへんの女の子はあんまり好きじゃないの。親切な子でも、退屈でつまらないもの。でもブライス家の双子は楽しそう。双子って、必ず似てると思ってたのに、あの二人は似てないわね。赤い髪の女の子が、いちばんすてき」

「私は、あの子たちのお母さんの見た感じが好きよ」ウーナはため息をもらした。ウーナは、母のいる子どもはみんな羨《うらや》ましかった。自分の母親が亡くなったとき、彼女はまだ六つだったが、お母さんの大切な思い出がいくつかあり、宝石のように胸にしまっていた。お母さんが夕方に抱きしめてくれたこと、朝は生き生きと快活に動きまわっていたこと、慈愛にみちたお母さんのまなざし、優しい声、きれいな明るい笑い声。

「ブライス家のお母さんは、ほかの人と違うらしいよ」ジェリーが言った。

「本当は、まだ大人になってないって、エリオットのおばさんは言ってるよ」フェイスが言った。

「でも、ミセス・エリオットより、背が高いよ」

「そうよ。でも、心の中は……エリオットのおばさんによると、ブライスのおばさんは、心の中は、まだ小さな女の子なんだって」

「なんの匂いかな？」カールが鼻をひくひくさせて、話に割りこんだ。

一同は匂いに気づいた。この上なくおいしそうな匂いが、牧師館の下の小さな森の谷間から、静かな夕べの空気にのって漂ってきたのだ。

「この匂いをかいでたら、おなかが空いたな」ジェリーが言った。

「夕ごはんはパンと糖蜜《モラセス》(15)だけだったし、お昼ごはんも、冷たい『前と同じ《ディットー》』(16)だったもの」ウーナは泣き言のように言った。

マーサおばさんの習わしは、一週間のはじめに、羊《マトン》の大きな厚切りの塊をゆで、その冷たくて脂っぽい肉がなくなるまで、連日、食卓に出すのだ。フェイスがぱっとひらめいて、「前と同じ《ディットー》」と名づけ、以来、牧師館ではそう呼ばれていた。

「この匂いがどこから来るのか、見にいこうよ」ジェリーが言った。

四人は勢いよく立ちあがった。元気のいい子犬のように自由に、にぎやかに、墓地の芝生を走り、柵をよじ登り、ますます強くなるうまそうな匂いにつられて、苔の生えた斜面をおりていった。数分後、息を切らせて虹の谷の至聖所《しせいじょ》(17)に着くと、ブライス家の子どもたちが食前の祈りを捧げ、今しも食べようとしていた。

牧師館の子どもたちは決まり悪そうに足をとめた。ウーナは、こんなに慌てて走ってくるんじゃなかったと思った。一方、ダイ・ブライスは、このときはもちろん、どんな事態にも対応できた。ダイは、自分はあなたたちの仲間だという笑顔で、前へ進み出た。

「私、あなたたちのこと、知ってるわ。牧師館の人でしょ？」ダイが言った。

フェイスは、くっきりしたえくぼを浮かべて、うなずいた。

「鱒《ます》を焼いてる匂いがしたんで、何かしらって思って」

「さあ、すわって、一緒に食べてちょうだい」ダイが言った。

「きみたちが食べる分しか、ないんじゃないかな」ジェリーがブリキの板《プレート》をひもじそうに見た。

「山ほどあるよ……一人三匹ずつだ」ジェムが言った。「すわっておくれ」

それ以上の堅苦しいあいさつは要らなかった。子どもたちはみんなで苔むした石にすわった。宴《うたげ》は愉快に、いつまでも続いた。カールは上着のポケットに小ねずみを二匹入れていた――フェイスとウーナは知っていた。もしナンとダイが知ったら、死ぬほど怖がっただろうが、二人はつゆほども知らず、何ごともなかった。一緒に食事をする食卓ほど、人と人が仲良くなれる場所があるだろうか？　最後の鱒《ます》がなくなるころには、牧師館の子どもたちとブライス家の子どもたちは、固く結ばれた盟友《めいゆう》となっていた。一同はずっと前からたがいを知っていたのであり、これからもずっとそうだろう。つまりヨセフを知る一族は、自分たちの仲間がわかるのである。

子どもたちは、自分のささやかな過去の歴史を、それぞれに語った。牧師館の子どもたちは、アヴォンリーのことや、グリーン・ゲイブルズの話、虹の谷の伝統《しきたり》、そしてジェムが生まれた内海沿いの小さな家の話を聞かせてもらった。炉辺荘の子どもたちは、メレディス家がグレンに来る前に住んでいたメイウォーター(18)のこと、ウーナが可愛がっている目が一つのお人形、フェイスの雄鶏《おんどり》の話を聞いた。

フェイスは、自分が雄鶏をペットにして可愛がっていることを、世間が笑うといって憤慨していた。ところがブライス家の子どもたちは、何も言わずに受け入れてくれた。彼らのことが好きになった。

「アダムみたいな立派な雄鶏は、犬や猫と同じくらい、いいペットなのよ、あたしは、そう思ってるわ」フェイスが言った。「カナリアなら誰も変に思わないのに。あたしは、アダムが小さな可愛い黄色いひよこのころから育てたの。メイウォーターで、ジョンソンのおばさんからもらったの。アダムのきょうだいは、みんな、いたちが食べちゃったけどね。アダムという名前は、おばさんのご主人の名前からつけたのよ。あたし、人形や猫は好きじゃないの。猫は音もたてずにこそこそしてるし、人形は死んでるんだもの」

「丘の上のあの家は、誰が住んでるんだい？」ジェリーがたずねた。

「ウェストさん一家よ……ローズマリーさんとエレンさん」ナンが答えた。「この夏、私とダイは、ローズマリーさんから、音楽のレッスンを受けるの」

ウーナは、この幸せな双子を、羨《うらや》むというより、もっと甘い憧れのこもった瞳で見つめた。ああ、私も音楽のお稽古《けいこ》ができたら！　それはウーナのささやかで静かな暮らしに秘めている夢の一つだった。だが誰もそんなことは慮《おもんぱか》ってはくれなかった。

「ローズマリーさんは、とても優しいの。それに、いつもすてきな服を着てるの」ダイが言った。「髪は、作りたての糖蜜《モラセス》タフィーみたいな色(19)よ」と羨《うらや》ましそうに言い添えた――ダイは、かつての母がそうだったように、自分の赤い髪がまだ受け入れられなかった。

「私は、エレンさんも好きよ」ナンが言った。「エレンさんは教会に来ると、いつもキャンディをくださるの。だけどダイは、エレンさんを怖がってるの」

「眉毛が黒々として濃いし、声が低くて、太いんですもの」ダイが言った。「そうよ、ケネス・フォードは小さかったとき、どんなにエレンさんを怖がったことか！　うちの母さんの話では、フォードのおばさまが初めてケネスを教会へ連れてったとき、たまたまエレンさんも来ていて、あの人たちの真後ろにすわってたの。ケネスったら、エレンさんを見たとたんに、大声で泣き出して、フォードのおばさまは、外へ連れ出したんですって」

「フォードのおばさまって、誰?」ウーナが不思議そうにたずねた。

「ええとね、フォードさん一家は、ここには住んでないの。夏に来るだけよ。でも今年の夏は、来ないわ。あの一家は、内海の岸をずっとずっと下ったとこにある小さな家に泊まりに来るの。うちの父さんと母さんが前に住んでた家よ。あなたたちを、パーシス・フォードに会わせたいわ。絵みたいにきれいな女の子よ」

「フォードのおばさんの話は、聞いたことがある」フェイスが言った。「バーティ・シェイクスピア・ドリューが教えてくれたの。死んだ人と十四年間結婚してて、その人が生き返ったんだって」

「馬鹿馬鹿しい」ナンが言った。「そんなこと、あるわけないじゃない。バーティ・シェイクスピアは何もまともにわかってないんだから。私はなりゆきを全部知ってるから、いつか教えてあげるけど、今は無理ね。すごく長いお話だし、もう家に帰る時間だもの。こんな湿っぽい夕方に、遅くまで外にいるとよくないって、母さんが言うの」

牧師館の子どもたちは、湿っぽい外にいようがいまいが、気にかけてくれる者はいなかった。マーサおばさんはとうに寝ていた。牧師は、霊魂の不滅を考えることに没頭して我を忘れており、肉体が滅することには思いがおよばなかった。しかし牧師館の子どもたちも家路につき、これからみんなで一緒に楽しく遊ぶ未来を思い描いていた。

「虹の谷は、お墓よりも、ずっとすてきなところね」ウーナが言った。「それに、ブライスさんの子どもたちは感じがよくて、大好きよ。大好きな人がいるって、とってもすてきね。だって人を好きになれないことも多いんですもの。この前の日曜日、お説教のとき、お父さんが、あらゆる人を愛さなくてはなりませんっておっしゃったけど、無理よ。どうすればアレック・デイヴィスのおばさんを好きになれるの？」

「あら、説教壇にいたから、そう言ったまでよ」フェイスがけろりと言った。「説教壇の外にいるときよりは、道徳的に考えるもの」

ブライス家の子どもたちは、炉辺荘へ帰っていった。ジェムだけは、みんなから少しの間、そっと離れ、虹の谷のはずれへむかった。メイフラワー(20)が生えているのだ。この花が咲いている間、ジェムは花束をこしらえて母さんに持って帰ることを決して忘れなかった。

第5章　メアリ・ヴァンス（1）、現る

「なんだか今日は、何かが起こりそうな日ね」水晶さながらに澄んだ空気のすがすがしさ、青々とした丘に心打たれたようにフェイスが言った。彼女は喜びいっぱいでわが身を抱きしめると、ヘゼカイア（2）・ポロックのベンチのような古い墓石の上で、ホーンパイプを踊り始めた（3）。間の悪いことに、そこへ二人の老嬢《ろうじょう》（4）が馬車で通りかかり、目を見はり、唖然《あぜん》とした。フェイスは墓石のまわりを片足で飛びはねながら、もう片方の足と両腕をふりまわしていたのだ。

「あれが」一人の老嬢が、うめき声をあげた。「あたしらの牧師の娘でござんすよ」

「男やもめの一家でございますから、あのありさまですよ」もう一人もうめき声をあげ、二人して首をふった。

それは土曜の朝のまだ早いころで、メレディス家の子どもたちは、今日は休みだという嬉しさいっぱいで朝露のおりた世界に飛びだしていた。休みの日は何もしなくてもいいのだ。ブライス家では、ナンとダイですら、土曜の朝は何かしら家事を手伝っていたが、牧師館の娘たちは自由であり、気がむけば、朝焼けのころから露のおりる夕方まで

外を歩きまわってもよかった。それがフェイスは嬉しくてたまらなかった。しかしウーナは自分たちが何も教わっていないことを、秘かに心苦しく恥じていた。同級生の女の子たちは、料理や裁縫、編み物ができるのに、彼女だけが何もできなかった。

ジェリーが探検に行こうよと誘った。一同はもみの林をそぞろ歩き、その途中、朝露のしたたる草むらに膝をついて可愛い蟻《あり》んこを観察していたカールも加わった。林をぬけると、テイラーさんのまき場に出た。白い綿毛をつけたたんぽぽが広がっていた。まき場の向こうの隅《すみ》には、今にも倒れそうな古い納屋があった。テイラーさんは時々、そこに余った干し草をしまうほかは使っていなかった。メレディス家の子どもたちは一列になって納屋へ入り、しばらく一階を見てまわった。

「あれは、何？」突然、ウーナが声をひそめた。

一同は耳を澄ました。すると、かすかな、だが、はっきりした物音が、二階の干し草置き場から聞こえた。子どもたちは顔を見合わせた。

「上に、何か、いる」フェイスが、ひそひそ声で言った。

「上がって見てこよう」ジェリーが覚悟を決めて言った。

「まあ、やめて」ウーナが兄の腕をつかんだ。

「ぼくは行くよ」

「じゃ、みんなで行こう」フェイスが言った。

子どもたちは、ぐらつくはしごを登っていった。ジェリーとフェイスは勇気凛々《りんりん》と、ウーナは不安に青ざめ、カールは、上に蝙蝠《こうもり》がいるかもしれないとぼんやり考えながら。昼間の蝙蝠を見たかったのだ。

はしごを上がった一同は、物音の正体を目の当たりにして、しばし口もきけなかった。干し草の小さな窪みのなかに、女の子が一人、丸くなっていた。今しがた眠りからさめたばかりの顔だった。女の子は一同を見ると、立ちあがったが、ふらついていた。女の子の後ろの、蜘蛛《くも》の巣がかかる窓から明るい陽がさし、この子がやせていること、日に焼けているにもかかわらず、ひどく顔色が悪いことがわかった。麻くず色の髪(5)を、太くて長い二本の三つ編みにしていた。たいそう変わった目だった──「白い目だ」と、牧師館の子どもたちは思った。女の子は、半ば挑《いど》みかかるように、半ば憐れみをもとめるように、子どもたちを見つめた。その目はごく薄い青で、ほとんど白に見えた。瞳のまわりを細くて黒い輪がふちどっているため、なおさら白く見えた。女の子は裸足《はだし》だった。帽子もかぶっていなかった。服は、色のさめた見すぼらしい古ぼけたタータン(6)だった。丈《たけ》がひどく短く、窮屈《きゅうくつ》そうだった。年のころは、やせて皺のよった小さな顔を見ると、何歳とでも言えそうだったが、背格好からすると、十二歳くらいのようだった。

「きみは、誰だい?」ジェリーがきいた。

女の子は、逃げ道はないか、あたりを見まわした。だが、逃げられないとわかると、小さく体を震わせて、あきらめたように言った。

「メアリ・ヴァンス」

「どこから来たんだい？」ジェリーがたずねた。

そのメアリは答えなかった。いきなり干し草にすわりこみ、いや、干し草に倒れ、泣き出した。いち早くフェイスがそばに寄ってしゃがみ、痩せほそった震える肩を抱いてやった。

「この子を困らせちゃ、だめ」フェイスは、ジェリーに命じ、家なき子を抱きしめた。「泣かないで、いい子だから。ただ、いったいどうしたのか教えてちょうだいな。あたしたちは、味方よ」

「あたい……とっても……おなかが空いてんだ」メアリはむせび泣いた。「木曜の朝から、なんにも食べてない。あっちの小川の水を、ちょっと飲んだだけ」

牧師館の子どもたちはおののいて、顔を見合わせた。フェイスが弾けるように立ちあがった。

「すぐに牧師館においで、何かお食べ。話はそれからよ」

メアリは尻込みした。

「そんなこと……できないよ。あんたらのお父ちゃんとお母ちゃん(7)が、なんて言うか？　それに、あたいを追い返すよ」

「あたしたちに、お母さんはいないの。それにお父さんは、あんたがいても気にしないわ。マーサおばさんもそうよ。だから、いらっしゃい」フェイスはいらだたしげに足踏みした。この変ちくりんな女の子は、牧師館の目と鼻の先で飢え死にすると言い張るつもりだろうか？

そこでメアリは折れたが、ひどく弱っており、はしごを下りるのも一苦労だった。どうにか彼女を下ろし、まき場をわたり、牧師館の台所へ連れていった。マーサおばさんは、土曜日の料理で大わらわで、メアリに気づかなかった。フェイスとウーナは、配膳室にある限りの食料をくまなく探した――「前と同じ《ディットー》」、パンとバター、牛乳、食べられるかどうか怪しげなパイ。それをメアリ・ヴァンスは文句もつけずにむさぼり、喰らいついた。その間、牧師館の子どもたちは、メアリのまわりに並んで見守った。ジェリーは、メアリが愛らしい口もとと、きれいにそろった白い歯並びをしていることに気づいた。フェイスは、メアリが、古ぼけて色のさめた服一枚しか着ていないとわかり、内心、ぎょっとした。ウーナは心からかわいそうに思った。カールは不思議そうな顔で面白がった。つまり一同は好奇心いっぱいだった。

「さあ、墓地へ行って、あんたのことを話してちょうだい」フェイスは、メアリがこれ以上食べられないほど空腹を満たすと、言った。メアリはもう尻込みしなかった。おなかに食べ物が入ると、持ち前の明るさをとりもどし、もともと口下手ではない舌がほぐれたのだ。

「あたいが話すことを、あんたらのお父ちゃんにも、誰にも、言うんじゃないよ」メアリはポロック氏の墓石に腰をおろすと、せがんだ。牧師館の子どもたちは、彼女のむかいの別の墓石に、一列に並んですわった。刺激と謎と冒険の匂いがした。何かが、あったのだ。

「うん、言わないよ」

「誓う？」

「誓うよ」

「あのね、あたい、逃げて来たんだ。もとは、内海向こうのワイリーのおかみさんと暮らしてた。ワイリーのおかみさんのこと、知ってる？」

「いいや」

「そう、知らなくていいよ。おっそろしい人だから。もう、あんな人、大嫌い！　あたいを死ぬほどこき使って、食べ物もろくにくれなかった。それに毎日のようにひっぱたくんだ。これを見て」

メアリはやぶれた袖をまくり、やせた腕と肉の薄い手のひらを差しだした。がさがさに荒れて赤くなった肌は、黒いあざだらけだった。牧師館の子どもたちは身を震わせた。

フェイスは顔を赤くして憤《いきどお》り、ウーナは青い目に涙をためた。

「水曜日の晩、おばさんが、棒で、あたいを殴ったんだ」メアリは平気な顔で言った。「あたいのせいで、牝牛《めうし》が、牛乳のバケツを蹴っ飛ばしたからって。あんちくしょうの、婆牛《ばばあうし》（８）が、バケツを蹴っ飛ばすなんて、あたいには、わかりっこないのに」

不愉快ではない戦慄《せんりつ》が、聴き手たちに走った。牧師館の子どもたちは、そんな言葉づかいをするなんて考えたこともなかったが、ほかの人が――とくに女の子が言うと、なんだかしゃれて聞こえた。なるほど、このメアリ・ヴァンスは面白い子だ。

「そんなことをされたら、逃げ出すのも当然よ」フェイスが言った。

「殴られたから逃げたんじゃない。殴られんのは、毎日の仕事みたいなもんだから、くそ忌々しいほど慣れっこだったさ。そうじゃなくて、ワイリーのおかみさんが農場を人に貸して、自分はローブリッジへ行って暮らすんで、あたいは、シャーロットタウンのいとこにやられるってわかったんで、この一週間、逃げ出そうと考えてたのさ。そんなの、我慢できないもん。そのいとこは、ワイリーのおかみさんより、ひどい奴なんだ。去年の夏、ワイリーのおかみさんは、あたいをひと月、そのいとこに貸し出したんだけど、悪魔と暮らすほうがましだった」

二つめの戦慄《せんりつ》が走った。ウーナは耳を疑う顔つきになった。

「だから、その前に逃げ出そうって決めたのさ。七十セント持ってたんでね。春にジョン・クローフォードの奥さんのじゃが芋の植え付けをして、もらったんだ。ワイリーのおかみさんは知らないよ。植え付けをしたとき、おかみさんは、いとこん家《ち》へ行って、留守だったから。そんであたい、グレンの村まで、こっそり逃げ出して、シャーロットタウン行きの切符を買って、町で仕事にありつこうって思ったんだ。これでもあたいは働き者なんだ。あたいの体に、怠けぐせはないよ。というわけで、木曜の朝、ワイリーのおかみさんが起き出す前に、さっさと逃げ出して、グレンまで歩いて来たんだ……六マイルほど。そんで駅に着いてみたら、お金がなかった。どうして、なくなったのか……どこでなくしたのか、わからなかった。とにかく、なくなったんだ。どうすりゃいいのか、途方にくれたよ。ワイリーの婆さんのとこへ戻ったら、生皮《なまかわ》をはがれちまう。だからあの古ぼけた納屋に行って、隠れてたんだ」

「それで、これから、どうするつもりだい？」ジェリーがたずねた。

「わかんないよ。戻って罰を受けるしかないかも。だけど、今は腹いっぱいになったから、殴られても我慢できると思う」

しかし強がりを言うメアリの瞳には、恐怖の色があった。ウーナはさっと墓石からすべりおり、メアリによりそい、腕をまわした。

「戻っちゃだめよ。私たちのところに泊まってちょうだい」

「でも、ワイリーのおかみさんが、あたいを探し出すよ」メアリは言った。「もうあたいを追っかけてるかもしんない。でも、見つかるまで、ここに置いてもらおうかな、あんたらの家の人たちがかまわないなら。ずらかろうなんて考えて、あたいはあんちくしょうめの馬鹿だった。おかみさん、あたいを地の果てまで探しだすよ。だけどあたい、とってもみじめだったんだ」

メアリの声が震えた。この女の子は、弱気になったところを見られて恥ずかしがった。

「この四年間、犬よりもひどい暮らしだった」メアリはまた気を強くして言った。

「ワイリーのおばさんのところに、四年いたの？」

「うん。あたいが八つのとき、おばさんがホープタウン（9）の孤児院から引きとったんだ」

「ブライスのおばさまがいた孤児院だわ」フェイスが叫んだ。

「孤児院には二年いた。六つのときに入ったんだ。あたいの母ちゃんは首をつった。父ちゃんは喉をかっ切ったんだ」

「たまげたな！　どうしてだい？」ジェリーがきいた。

「酒だよ」メアリはぶっきら棒に答えた。

「親戚はいないの？」

「あたいの知ってる人は、ちくしょうめ、一人もいないよ。もちろん前はいたよ。だってあたいの名前は、六人の親戚からついてんだ。フルネームは、メアリ・マーサ・ルシラ・ムーア・ボール・ヴァンス（10）。すごいだろ？　あたいの祖父《じい》ちゃんは金持ちだった。きっと、あんたらの祖父ちゃんより、金持ちだよ。だけど父ちゃんがすっかり飲んじまったし、母ちゃんも母ちゃんだったから。二人ともいっつもあたいを叩いた。ああ、あんまり打《ぶ》たれたんで、叩かれるのが好きになったみたい」

メアリはつんと頭をふりあげた。牧師館の子どもたちが、山ほど殴られたメアリを憐《あわ》れんでいると感じたのだ。憐れみを受けるのはいやだった。あたいは羨ましがってもらいたいんだ。そこで明るい顔をして、あたりを見まわした。その奇妙な瞳は、先ほどは空腹のために曇っていたが、今では光っていた。あたいがどんな人間か、このひよっこたちに見せてやろう。

「あたい、いっぱい病気にかかったんだよ」メアリは得意げに言った。「あたいがかかった病気になって、生きてる子は、そんなにいないよ。猩紅熱《しょうこうねつ》に、麻疹《はしか》、丹毒《たんどく》(11)に、おたふく風邪、百日咳、そいから肺炎《はいえん》(12)」

「命取りの病気にかかったことは、あるの?」ウーナがたずねた。

「わかんない」メアリは曖昧《あいまい》だった。

「ないに決まってるさ」ジェリーがあざ笑った。「命取りの病気にかかったら、死んでるもん」

「それはそうだよ、あたいは、ほんとに死んだことはないよ」メアリは言った。「だけど、いっぺん、もうちょっとで死にかけたんだ。みんなは、あたいが死んだって思って、埋める支度《したく》をしてたら、あたいが目をさまして、生き返ったのさ」

「半分死ぬって、どんな感じ？」ジェリーは好奇心からたずねた。

「どんなもこんなもないよ。自分が死にかけてたってことは、何日もたってから知ったんだから。あれは肺炎《はいえん》にかかったときだった。ワイリーのおかみさんは、お医者に診せてくんなかった……孤児院から来た子にそんな金はかけないって。年寄りのクリスティーナ・マカリスターおばさん（13）が湿布をあてて看病してくれて、生き返ったんだ。だけどあたい、残りの半分も死んじまって、片をつけたいって思うときもあるんだ。そのほうが幸せだよ」

「天国へ行けるなら、幸せだろうけど」フェイスはいささか疑わしげに言った。

「ほかに、どこに行くとこがあるんだい？」メアリは不思議そうにきいた。

「地獄よ、知っているでしょ」ウーナは声をひそめて言うと、その言葉のまがまがしさを和《やわ》らげようと、メアリを抱きしめた。

「地獄？　なんだい、それ？」

「そりゃ、悪魔が住んでるとこさ」ジェリーが言った。「悪魔は知ってるだろ？……さっき、悪魔のことを言ったじゃないか」

「うん、言ったよ。だけど、そいつがどこに住んでるか、知らなかった。そこらへんをうろついてるもんだと思ってた。ワイリーのおじさんは、生きてるとき、地獄の話をしたよ。地獄に行けって、いっつも人に言ってたから。でもあたい、地獄って、おじさんの故郷《いなか》のニュー・ブランズウィックのどっかだと思ってた」

「地獄は、恐ろしいとこよ」フェイスは、おぞましいことを人に言うときの芝居がかった喜びをおぼえつつ言った。「悪い人は、死ぬと、そこへ行って、永遠の業火《ごうか》で焼かれるの(14)」

「誰が言ったのさ?」メアリは信じられない顔つきをした。

「聖書に書いてあるの。それに、メイウォーターのアイザック・クローザーズ(15)さんも、そう言ったわ。この人は長老で、教会の偉い人だから、そういうことは、なんでも知ってるの。でも心配しなくていいのよ。いい子は天国へ行くんだから。だけど悪い子は、逆に地獄へ行くの」

「行くもんか」メアリは断固として言った。「あたいがどんなに悪い子でも、ずっと火に焼かれるなんて、まっぴらだ。それがどんな感じか、あたい、知ってるよ。前に、真っ赤に焼けた火かき棒を、うっかりつかんだ(16)から。で、いい子になるには、どうすりゃいいんだい?」

「教会と日曜学校に通って、聖書を読んで、毎晩お祈りをして、伝道布教のための献金をするの」ウーナが言った。

「たくさん決まりがあるんだね」メアリが言った。「ほかには?」

「自分がおかした罪を、神さまにお許しくださいって、お願いするの」

「そんなことは、一度も……したことがないな」メアリが言った。「その罪って、何なのさ？」

「まあ、メアリもしたことがあるはずよ。みんながそうよ。たとえば、今まで一度も嘘をついたことはなくて？」

「山ほどついたよ」メアリが答えた。

「それは恐ろしい罪よ」ウーナは真面目くさって言った。

「てことは、あたいは時々嘘をついたから、地獄へやられるってこと？」メアリがきいた。「でもあたい、嘘を言わなきゃ、いけなかったんだ。嘘をつかなかったら、ワイリーのおじさんは、あたいの骨を一本残らず折ってたよ。山ほど嘘をついたおかげで、叩かれずに済んだ、ほんとだよ」

ウーナはため息をついた。ウーナの手にはおえない難しい問題がありすぎたのだ。鞭で散々叩かれることを想像すると、体が震えた。自分もそうなれば、嘘をつくかもしれない。ウーナは、たこのできたメアリの小さな手を握りしめた。

「その服しか、持ってないの？」フェイスがたずねた。彼女は陽気な性格であり、不愉快なことは考えたくなかった。

「この服を着て来たのは、使い物になんないからだよ」メアリは赤面して叫んだ。「ワイリーのおかみさんは服を買ってくれたけど、あたい、あの人の恩を受けるつもりはなかった。あたいは正直者なんだ。逃げ出すにしても、おばさんの物で、ちょっとでも値打ちのある物は、とらなかった。あたい、大きくなったら、青い繻子《サテン》の服を着るんだ。あんたらの服も、おしゃれには見えないね。牧師館の子は、いつもまともな恰好《なり》をしてると思ってたのに」

メアリは癇癪《かんしゃく》もちだが、ある点では傷つきやすいことは明らかだった。だが不思議で野性的な魅力があり、子どもたちはみんな虜《とりこ》になった。その午後、メアリは虹の谷へ連れていかれ、ブライス家の子どもたちに「内海向こうから泊まりにきた友だち」として紹介された。ブライス家は疑問に思うこともなく、メアリを受け入れた。おそらくそのときのメアリの見てくれが、まずまず見苦しくなかったからだろう。昼食の後――マーサおばさんがぶつくさ独り言をつぶやき、メレディス牧師が日曜のお説教を思案して心ここにあらずの間に――フェイスが、メアリを説きふせて自分の服と、ほかにも色々と着せたのだ。髪もこざっぱり三つ編みにすると、どうにか人前に出せる姿になった。メアリは、遊び仲間として、申し分なかった。わくわくするような新しい遊びを幾つも知っていた。面白い話題にも事欠《ことか》かなかった。実のところ、彼女の言葉づかいに、ナンとダイは首を傾げていた。母さんがメアリをどう思うか、よくわからなかったが、スーザンの意見は明々白々だった。でも、牧師館のお客さんなのだから、ちゃんとした子に違いない。

寝る時間になり、メアリをどこに寝かせるか問題になった。

「お客さんの寝室には寝かせられないわ、そうでしょ」フェイスが途方にくれてウーナに言った。

「あたいの頭にゃ、何もついちゃいないよ」メアリが気を悪くして叫んだ。

「まあ、そういう意味じゃないわ」フェイスが説明した。「客用寝室がひどいありさまなの。ねずみが羽根布団をかじって大きな穴をあけて、なかに巣を作ったのよ。先週、シャーロットタウンからフィッシャー牧師さんが見えて、マーサおばさんがご案内するまでわからなかったの。牧師さんはすぐに気がついたわ。それでお父さんのベッドを使ってもらって、お父さんは書斎の長椅子で寝たの。それなのにマーサおばさんは、まだ客用寝室のベッドを直してないの。時間がないんですって。おばさんがそう言うの。だからあの部屋では、誰だろうと、寝れないのよ、どんなに頭がきれいでも。といって、あたしたちの部屋は狭いし、ベッドも小さいから一緒に寝れないわ」

「布団を貸してくれんなら、夜は、あの古い納屋の干し草に戻ってもいいよ」メアリは冷静に考えて言った。「ゆうべはちょっと寒かったけど、それ以外は、悪いベッドじゃなかった」

「まあ、だめよ、だめ。そんなことをしちゃ」ウーナが言った。「いいことを思いついたわ、フェイス。屋根裏に、小さな簡易ベッドがあるでしょ？　前の牧師さんが置いていった、古いマットレスがのっているベッド。あそこに客用寝室の寝具を持ってあがって、メアリのベッドを作りましょう。メアリ、屋根裏部屋で寝るなら、かまわないでしょ？　私たちの部屋の真上よ」

「どこだっていいよ。今まで、まともなとこで寝たことなんか、いっぺんもないんだから。ワイリーのおかみさん家《ち》では、台所の上の屋根裏で寝てた。夏は雨漏りがするし、冬は雪が吹きこんだ。あたいのベッドは、床に敷いた藁布団《わらぶとん》だった。あたいは寝場所のことなんかで、これっぽっちも気を悪くしないよ」

牧師館の屋根裏は細長く、天井が低く、薄暗い部屋で、切妻屋根の片方で区切られていた。そこにメアリのベッドをしつらえ、優美なヘムステッチ（17）のシーツと刺繍の上掛けをかけた。どちらもかつてセシリア・メレディスが得意になって客用寝室用にこしらえたもので、マーサおばさんのいい加減な洗濯にも、まだ持ちこたえていた。おやすみなさいの挨拶が交わされ、やがて静寂が牧師館を包んだ。ウーナが眠りに落ちようとしたとき、真上の部屋の音を聞きつけ、ぱっと起きあがった。

「ねえ、フェイス……メアリが泣いているわ」ウーナはささやき声で言った。フェイスは答えなかった。もう寝ていたのだ。ウーナはそっとベッドを抜け出した。小さな白い寝間着姿が廊下へ出ていき、階段を屋根裏へあがっていった。屋根裏の床板がきしむ音がした。誰かが来たとわかりそうなものだが、ウーナが屋根裏の隅へ行っても、ただ月光が静かに床に広がり、簡易ベッドの真ん中がふくらんでいるだけだった。

「メアリ」ウーナがそっと呼びかけた。

返事はなかった。

ウーナは静かにベッドに近寄り、上掛けを引いた。「メアリ、泣いていたのね。聞こえたのよ。寂しいの？」

メアリはすぐに顔を出したが、何も言わなかった。

「隣に入れてちょうだい。寒いの」ウーナは寒さに身を震わせていた。屋根裏の小さな窓が開いており、肌を刺すような北海岸の夜風が吹きこんでいた。

メアリは脇へ寄り、ウーナは隣にもぐりこんだ。

「これでもう寂しくないわよ。初めての晩なのに、あなたを一人ぼっちにするんじゃなかったわ」

「あたい、寂しかったんじゃないよ」メアリは鼻をすすった。

「じゃあ、どうして泣いてたの？」

「それはね、ここで一人になって、色々と考えたんだ。ワイリーのおかみさんとこへ帰んなくちゃいけないことや……逃げ出したんで打《ぶ》たれることや……それから……その……嘘をついたんで地獄へ行かなくちゃいけないってことを。そうしたら、なんだか、どうしようもなくみじめになったんだよ」

「まあ、メアリ」かわいそうにウーナは困り果てた。「あなたは、嘘が悪いことだって知らなかったんだから、嘘をついても、神さまは地獄へおやりにならないわ。神さまだって、そんなことはできないわ。親切で、お優しいもの。もちろん、今は悪いことだってわかったんだから、嘘をついてはだめよ」

「嘘をついちゃいけないなら、これから、どうすりゃいいんだい？」メアリはすすり泣いた。「あんたになんか、わかりっこないよ。こんなことは何も知らないんだから。あんたには家《うち》がある、優しい父さんもいる……もっとも、半分は心ここにあらずみたいだけど。とにかく、父さんはあんたを叩かないし、食べ物だって十分にある、あんな代物《しろもの》だけど……あの年寄りのおばさんは、料理のことを、てんで知らないんだね。とにかく、憶えてる限り、おなかいっぱい食べた気がしたのは今日が初めてだった。あたいは、生まれてからずっと殴られてきた。孤児院にいた二年は別だよ。あそこじゃ叩かれなかったし、あんまし悪くなかった。女の院長は怒りっぽくて、いっつも食ってかかりそうな顔をしてたけど。でもワイリーのおかみさんは、ほんとにおっかないんだ。おかみさんは、そんな人なんだ。だからあそこへ帰ると思うと、怖くてたまんないんだ」

「もしかすると、帰らなくてもいいかもしれないわ。解決方法が見つかるかもしれない。ワイリーのおばさんのところへ帰らなくてもいいように、二人で神さまにお願いしましょう。お祈りはするんでしょう、メアリ？」

「うん、するよ。寝床に入る前にいっつも、昔からあるお祈りを唱えてるよ」メアリは興味なさそうに言った。「でも、とくに何かお願いしようと思ったことはないね。あたいのことを心配してくれる人なんか、この世に誰もいなかった。神さまもそうだと思ってた。神さまはあんたの面倒なら、見てくれるよ、牧師の娘だもん」

「あなたの面倒も同じように見てくださるわ、メアリ、きっとそうよ」ウーナが言った。「誰の娘かなんて、関係ないわ。ただお願いするのよ……私もしてあげる」

「わかった」メアリは納得した。「たとえ効き目はなくても、害もないんだから。でも、あんたも、ワイリーのおかみさんを知ってたら、神さまでも関わり合いになりたくない人だって、わかるよ。あたい、もうこのことで泣かないよ。ここはゆうべの古い納屋よか、ずっといいね、あそこはねずみが走りまわってたもん。ほら、フォー・ウィンズ灯台(18)を見てごらんよ。きれいだね」

「家から見えるのは、この窓だけよ」ウーナが言った。「私、灯台を眺めるのが大好きなの」

「そうかい、あたいもだよ。ワイリーさん家《ち》の屋根裏からも、灯台の光が見えたんだ。あたいのたった一つの慰めだった。叩かれて、体中がヒリヒリ痛いとき、あの光を眺めてると、痛いのを忘れた。あそこから船が、遠い遠いとこへ航海して行くんだと思うと、あたいもその船に乗って、遠くへ行きたいなぁって思った……何もかも、全部から、遠く離れたかった。だから冬の晩は、灯台の灯りがなくて、しみじみと寂しかった。ねえ、ウーナ、どうしてあんたらは、見ず知らずのあたいに、こんなに優しくしてくれるんだい？」

「それが正しいことだもの。誰にでも親切になさいって、聖書に書いてあるわ(19)」

「ふうん。ということは、大方《おおかた》の人は、聖書なんか、あんまし気にかけちゃいないんだね。あたいに優しくしてくれた人なんか、憶えがないよ……ほんとに憶えがない。ねえ、ウーナ、壁にうつる影がきれいだね？　小鳥の群れが踊ってるみたいだ。それから、ねえ、ウーナ、あたいは、あんたらみんなのことが好きだよ、ブライスの男の子たちとダイも好きだ。でも、あのナンって子は好きじゃない。つんとしてんだもん」

「まあ、そんなことはないわ、メアリ。つんとなんて、してないのよ」ウーナは一生懸命になって言った。「ちっとも」

「いいや。あんなふうに頭をそらしてる人は、つんとしてるよ。あたいは好きじゃない」

「でも、私たちはみんな、ナンのことが大好きよ」

「じゃ、あたいよりも、好きなんだ」メアリは焼き餅をやいた。「そうなんだね？」

「まあ、メアリったら……ナンのことは、何週間も前から知ってるけど、あなたのことは、知ってからは、まだ何時間だもの」ウーナはつっかえて言った。

「だからナンのほうが好きなんだね？」メアリは怒って言った。「いいさ！　いくらでも好きになれってんだ。あたいは、かまわないよ。あんたなんかいなくたって、あたいはやってけるもん」

メアリは音をたてて屋根裏の壁へ寝返りを打った。

「まあ、メアリ」ウーナは、人をはねつけるようなメアリの背中を優しくなでた。「そんなことを言わないで。私は、あなたが大好きなのよ。そんなことをされると、つらいわ」

返事はなかった。ほどなくウーナはしくしく泣き出した。たちどころにメアリは向き返り、ウーナを強く抱きしめた。

「やめとくれよ」メアリは頼んだ。「あたいが言ったことで泣くなんて。あんなことを言って、あたいは悪魔みたいに意地悪だった。生きたまま皮をむかれても仕方がないくらいだ……あんたらはみんな、こんなに優しくしてくれんのに。あんたが、あたいより、ほかの人を好きになるのは、当たり前だね。あたいが今まで叩かれたのも、全部、当たり前なんだね。さあ、泣かないでおくれ。まだ泣くなら、この寝間着のまま内海へ歩いてって、飛びこんで溺れ死ぬよ」

この物騒《ぶっそう》な脅しを聞いて、ウーナはすすり泣きを止めた。その涙を、メアリが客用枕のレースのフリルでぬぐった。許した者と許された者は、ふたたび仲睦まじく身を寄せあった。二人は、月の照らす壁にうつる蔦《つた》の影を眺めているうちに眠りについた。

階下の書斎では、ジョン・メレディス牧師が、恍惚《こうこつ》とした顔に目を輝かせて歩きまわり、翌日の説教を考えていた。よもや自分の屋根の下に、暗闇と無知のなかでつまずき、恐怖にさいなまれ、困難に囲まれている寄る辺ない小さな魂がいようとは知らなかった。この魂にとって困難はあまりに大きく、広大で冷淡な世界を相手に、不公平な戦いをいどんでも勝ち目はなかった。

第6章　メアリ、牧師館に留《とど》まる

明くる日、牧師館の子どもたちは、メアリを教会へ連れていった。メアリは最初は嫌がった。

「内海向こうで、教会に通わなかったの?」ウーナがたずねた。

「行ったとも。ワイリーのおかみさんは、教会なんか用なしだったけど、あたいは日曜に仕事がなきゃ、必ず行ったよ。しばらくすわってられるとこなら、ありがたいんで出かけたんだ。だけど今はこんなぼろぼろの服だもん、教会にゃ行けないよ」

フェイスが二番目に上等な服を貸してくれて、この件は片づいた。

「少し色があせてるし、ボタンが二つとれてるけど、いいと思うわ」

「ボタンなら、あたいがさっさと付けるよ」

「いけないわ、日曜だもの」(1)ウーナはショックを受けた様子だった。

「大丈夫だよ。日がよければ、することはさらにいい(2)はずだ。気になるなら、あたいに針と糸をわたして、あっちを向いてな」

メアリは、フェイスの通学用のブーツをはき、セシリア・メレディスの物だった黒い天鵞絨《ヴェルヴェット》の古い帽子をかぶり、身支度をととのえて教会へ行った。牧師館の子といるあの見すぼらしい子どもは誰だろう、といぶかる者もいたが、メアリはしきたり通りにふるまい、大して人目はひかなかった。メアリは、見たところは礼儀正しく説教を聞き、賛美歌も元気いっぱいでうたった。声は澄んでいて力強く、またいい耳をしていた。

「イエスの血はすみれを清める」(3)と、メアリは大きな声でうたった。すると牧師館一家のすぐ前の家族席にいたジミー・ミルグレイヴ夫人が、すぐさまふり返り、メアリを頭から爪先までながめた。メアリは、ミルグレイヴ夫人に舌を突きだした。本人は、いたずらが過ぎたくらいのつもりだったが、ウーナはぎょっとした。

「せずには、いられなかったんだよ」教会の後で、メアリが言った。「どうしてあんなにじろじろ見るんだよ？　無作法な！　舌を出してやって、いい気味だ。もっと長く出せばよかった。でも、ロブ・マカリスターが内海向こうから教会に来てたんだ。ワイリーのおかみさんに言いつけるかも」

だがワイリーのおかみさんは現れなかった。二、三日もすると、子どもたちはおかみさんが来るかもしれないと待ち構えなくなった。メアリは牧師館に落ち着いたようだったが、子どもたちと学校へ行くことは拒《こば》んだ。

フェイスが行かせようとすると、「お断りだよ。あたいの勉強はもうおしまい」と言った。「ワイリーのおかみさんとこに来てから、冬は四年、学校へ通ったんだ。知りたいことは、あそこで、みんな教わった。宿題をしないって、くどくど小言を言われんのは、もううんざりなんだ。家で宿題なんかやってる暇はなかったのに」

「あたしたちの先生は、叱ったりしないわ。とても感じがいいのよ」フェイスが言った。

「でも、行かない。読み書きはできるし、計算だって分数までできる。あたいにゃ、それで十分だ。みんなは行けばいい。あたいは家にいる。何か盗むんじゃないかって心配はいらないよ。あたいは誓って正直者なんだ」

　子どもたちが学校にいる間、メアリはもっぱら牧師館の掃除をした。すると、数日のうちに見違えるほど変わった。床は掃《は》かれ、家具の埃《ほこり》は払われ、すべてがあるべき場所に整頓《せいとん》された。メアリは客用寝室の布団を繕《つくろ》い、とれたボタンを付け、服にはきれいに継《パッチ》ぎをあてた。箒《ほうき》と塵《ちり》とりをもって書斎に押しかけ、部屋の外にいるようにメレディス牧師に命じて、掃除をした。だがマーサおばさんが、メアリに手出しをさせない場所が一つあった。おばさんは耳が遠く、目もよく見えず、かなり耄碌《もうろく》していたが、メアリがあらゆる策略と戦略を尽くそうと、軍用食糧部（4）だけは、掌中《しょうちゅう》におさめようとした。

「まったく、マーサの婆さんがあたいに料理をさせてくれりゃ、まともな食事を出してあげるのに」メアリは怒って牧師館の子どもたちに語った。「『前と同じ《ディットー》』も……だまあるおかゆ（5）も、脱脂乳も、金輪際《こんりんざい》、出さないのに。あの婆さんは、牛乳からとったクリームを全部、どうしてるのかい？」

「猫にやるのよ。おばさんのおす猫《キャット》に」フェイスが言った。

「あたい、あの婆さんを、鞭で叩いてやりたいよ」メアリは苦々しげに叫んだ。「でも、あたいは猫とは関わらない。あれは悪魔の仲間だから。目を見りゃわかる。とにかく、マーサおばさんがうんと言わないなら、だめだね。でも、せっかくの食べ物を台無しにするのは、癪《しゃく》にさわるんだ」

学校が引けると、子どもたちはいつも虹の谷へ出かけた。メアリは墓地で遊ぶのを嫌がった。幽霊が怖いと言うのだ。

「幽霊なんか、いないよ」ジェム・ブライスが断言した。

「えっ、いないの？」

「見たことがあるのかい？」

「いっぱい」メアリは即答した。

「どんなだった？」カールがきいた。

「鳥肌がたつような見てくれだよ。骸骨《がいこつん》（６）の頭と手が、まっ白い服を着てんだ」メアリが言った。

「それで、そのお化けは、どうしたの？」ウーナがたずねた。

「猛烈な勢いで走ってった」メアリは言ったが、ウォルターと目があうと、顔を赤らめた。メアリはウォルターを畏《おそ》れていた。あの目で見られると、落ち着かない気持ちになるんだと、牧師館の娘たちに言った。

「あたい、あの目を見ると、今まで自分がついた嘘を全部思い出して」メアリは言った。「そんで、嘘なんか、つかなきゃよかったたって思うんだ」

メアリのお気に入りは、ジェムだった。彼は、メアリを炉辺荘の屋根裏へつれていき、ジム・ボイド船長が彼に遺した珍しい品々を見せてくれたのだ。メアリは大喜びして光栄に思った。メアリは、カールのかぶと虫と蟻に興味をしめし、彼の心もつかんだ。メアリは女の子より男の子と気が合うことは、否めなかった。ナン・ブライスとは、二日目にひどい口喧嘩をした。

「あんたの母さんは、魔女だね」メアリが馬鹿にしたように、ナンに言ったのだ。「赤い髪の女は、魔女に決まってるよ」そしてフェイスとは、雄鶏《おんどり》のことで仲たがいした。尻尾《おっぽ》が短すぎると、メアリが言ったのだ。フェイスは怒り出し、雄鶏《おんどり》の尾の長さは神さまがお決めになるのだと言い返し、二人は丸一日、「口をきかなかった」一方でメアリは、ウーナの髪のない片目の人形には気をつかったが、ウーナが大事にしているもう一つの宝物——赤ん坊を抱いた天使が、おそらくは天国へ昇っていく絵を見せてもらうと、どう見ても幽霊そっくりだと言った。ウーナはそっと自分の部屋へ行って泣いた。メアリは彼女を探し、悪かったと言って抱きしめ、許しを請《こ》うた。誰であろうと、メアリを相手にいつまでも喧嘩はできなかった——ナンでさえそうだった。もっともナンは根にもっところがあり、母親を侮辱《ぶじょく》されたことは許していなかったが。メアリは陽気だった。とてつもなくぞくぞくする幽霊の話もしてくれた。メアリが来てから、虹の谷の降霊術の会(7)は確実に面白くなった。彼女は口琴《こうきん》の鳴らし方を習い、たちまちジェリーをしのぐ腕前になった。

「あたいがその気になりゃ、できないことなんか、ないんだ」メアリは言った。彼女は自画自賛する機会は、決してのがさなかった。メアリは、ベイリーさんの古い庭にしげる「紫弁慶草《むらさきべんけいそう》」の厚みのある葉(8)を「吹いて、袋」をこしらえる方法を手ほどきしてくれた。墓地の盛り土の隙間にはえている「酸《す》い葉《ば》」(9)がおいしいことも教えてくれた。長くてしなやかな指で、ほれぼれするような影絵を作り、壁にうつして見せた。虹の谷へ松やにのガムをとりに行くと、必ずメアリが一番大きな松やにを見つけて得意そうにした。一同はメアリが憎らしくもあり、大好きでもあった。メアリはいつも面白かった。彼女が好き勝手にふるまっても、一同はおとなしく従った。二週間もすると、これまでずっとメアリと一緒だったような気がした。

「ワイリーのおかみさんが、あたいを追っかけてこないなんて、おかしいな」メアリが言った。「わけがわからないよ」

「あなたのことを気にするのは、やめたのかも」ウーナが言った。「もしそうなら、ずっとここにいられるわ」

「でも、この家《うち》は、あたいとマーサの婆さんが居たんじゃ、狭いよ」メアリは陰気そうに言った。「腹一杯食べられんのは、すごくありがたいよ……どんな感じだろうって、しょっちゅう想像してたんだ……だけどあたいは、料理にはやかましいんだよ。それにワイリーのおかみさんは、いつかここに来るよ。おかみさんのことだ、あたいを叩いてひどい目にあわせようって、棒を手に入れてるよ。こんなことは、昼間はあんまし考えないよ。でも、屋根裏へあがって、夜、くよくよ考えてると、いっそ、おかみさんが来てくれて、全部終わらせたいって思うんだ。あたい、逃げ出してからは、山ほど叩かれるのを想像して苦しむくらいなら、一度こっぴどく鞭で叩かれたほうがましじゃないかって思うんだ。あんたらは、叩かれたことはある？」

「まさか、あるもんですか」フェイスは腹を立てた。「お父さんは、そんなこと決してしないわ」

「じゃ、あんたは、生きてるってことが、わかんないんだね」メアリはため息をついた。半ば羨《うらや》ましげに、半ば優越感にひたって。「あたいがどんな目にあってきたか、あんたらにはわからない。ブライスの家の子たちも、鞭で打たれたことは一度もないだろうね」

「ないと思うわ。でも、もっと小さなときは、時々、お尻を叩かれたと思うわ」

「尻叩き《スパンク》なんて、たかが知れてるよ」メアリは馬鹿にした。「もしあたいが尻を叩かれたら、なでられたって思うよ。あーあ、不公平な世の中だ。自分の割り当ての分だけ叩かれんならともかく、あたいは、くそ忌々しい目に遭《あ》いすぎだ」

「そんな言葉を使うのは、よくないわ、メアリ」ウーナがとがめた。「もう使わないって、約束したでしょ」

「馬鹿馬鹿しい」メアリが言い返した。「あたいがその気になりゃ、悪い言葉くらい、いくらでも言えるんだ、それを聞いたら、くそ忌々しいって言ったくらいで、大騒ぎしなくなるよ。それに、ここに来てから、あたい、嘘をついてないよ、知ってるだろ」

「あんたが見たって言う幽霊の話は？」フェイスがきいた。

　メアリの頬が赤くなった。

「あれは別だよ」メアリはふてぶてしく言った。「あんたらは作り話なんか信じないってわかってたし、あたいも本気にさせるつもりはなかったもん。でもあたい、ほんとに妙なものを見たんだ。ある晩、内海向こうの墓場を通ったときだ、ほんとだよ。お化けだったのか、サンディ・クローフォードさんの白い老いぼれ馬だったのか、わかんないけど、とてつもなく不気味だったんで、あたい、人間離れした駈け足で、すっ飛んで逃げたのさ」

第7章　お魚事件

リラ・ブライスは得意げに、またいささか気取った様子で、グレン村の表「通り」を歩き、牧師館の丘へあがっていった。その手には、早なりの苺を入れた小さな籠を大事そうに抱えていた。この苺は、スーザンが炉辺荘の日当たりのいい一角で丹精こめて育てた、甘く香りのいいものだった。スーザンはこの籠を、ほかの誰かではなく、マーサおばさんかメレディス牧師に渡しなさいと命じた。リラは、このような大事な用事を任されたことがたいそう誇らしく、スーザンの言いつけ通りにしようと心に決めていた。

スーザンは、リラにきれいな服を着せた。刺繍のある白いドレスはぱりっと糊がきいていた。そこに青い帯《サシュ》を結んでやり、ビーズ飾りの靴をはかせた。赤毛の長い巻き毛は、つやつやして豊かであり、スーザンは牧師館に敬意を表して、一番おしゃれな帽子をかぶせた。このように凝った装いだった。服飾の点にかけては、アンよりも、スーザンの趣味がものを言ったのだ。リラの小さな胸は、絹とレースと花々のきらびやかさが得意でならず、なかでも帽子がご自慢だった。残念なことにリラは、もったいつけて牧師館へ歩いていった。しゃなりしゃなりと歩いてきたその姿のせいか、帽子のせいか、はたまた両方のせいか、芝生の木戸の上で体をゆすっていたメアリ・ヴァンスは癪《しゃく》にさわった。そのときメアリは、少々、虫の居所が悪かった。メアリがじゃが芋の皮をむこうとすると、マーサおばさんが駄目だと言い、台所から出ていくように命じたのだ。

「やい！　どうせあんたは、皮がぶらぶらついたじゃが芋を、それも生煮えのやつを、食卓に出すくせに、いっつもそうなんだから！　ああ、あんたの葬式に出たいもんだ」

メアリは金切り声をあげて台所から出ると、荒々しい音をたてて戸をしめ、さすがのマーサおばさんの耳でも聞こえた。書斎にいたメレディス牧師は揺れを感じたが、小さな地震だろうとぼんやりと思っただけで、また説教の思案にもどった。

メアリは木戸からすべりおり、着飾った炉辺荘の娘の前に、立ちはだかった。

「何を持ってきたのさ？」メアリは籠を奪いとろうとした。

リラは抵抗した。「これは、メレディシュ牧師しゃんに、あげるんでしゅ」（1）舌足らずに言った。

「よこしな。あたいが、牧師さんに渡すよ」メアリは言った。

「だめ。メレディシュ牧師しゃんか、マーシャおばしゃんのほかは、誰にも渡ししゃだめって、シュージャンが言ったの」リラは譲《ゆず》らなかった。

メアリは不機嫌そうに、リラをにらみつけた。

「ふん、何様のつもりだい。お人形《にんぎょ》さんみたいに着飾ってさ！　あたいをごらんよ。服はぼろぼろでも、あたいはへっちゃらだ！　お人形《にんぎょ》みたいな服の赤ん坊《ぼ》よか、ぼろのほうがましってもんだ。とっとと家《うち》へ帰って、ガラスのケースにでも入れてもらいな……あたいを見てごらん……ほら……ほらっ！」

困り果てて、途方に暮れているリラのまわりを、メアリは滅茶苦茶に踊りまわった。

「ほら……あたいを見てごらん、見てごらん」と怒鳴りながら、破れたスカートをひらひらさせた。かわいそうに、リラはめまいがしてきた。それでも、少しずつ、木戸のほうへ逃げようとすると、メアリは、のがすまいと飛びかかった。

「その籠をよこしな」しかめっ面《つら》で命じた。メアリは、「しかめっ面をする」技《わざ》にかけては女流名人（2）であり、誰よりも異様で恐ろしい顔つきができるのだ。おまけに、例の奇妙で鮮やかな白い目がかすかに光り、さらに不気味な効果があった。

「いやよ」リラはおびえて、はっと息をのんだが、かたくなに言った。「通ちてよ、メアリ・ヴァンシュ」

メアリは一瞬、手を放して、あたりを見まわした。すると、ちょうど木戸の内側に、ちょっとした「魚干し棚」があり、大きな鱈《たら》が六匹のっていた。先日、メレディス牧師の教区民の一人が持ってきたものだった。本来は牧師の俸給《ほうきゅう》を寄付するべきだが、一度も払ったことがなく、その代わりのつもりであろう。メレディス牧師は礼を述べたが、それきり忘れてしまい、まめなメアリが鱈の下ごしらえ（3）をして、「魚干し棚」を急ごしらえしたのだ。干していなければ、すぐに腐っていただろう。

メアリの頭に、悪辣《あくらつ》な名案がひらめいた。「魚干し棚」へすっ飛んでいき、一番大きな鱈をつかんだ――それは巨大で、平らで、メアリの身の丈ほどもあった。メアリは、その不気味な飛び道具をふりまわしながら、雄叫《おたけ》びをあげ、おびえるリラに襲いかかったのだ。リラの勇気もここまでだった。干し鱈攻撃など聞いたこともなく、立ち向かえなかった。リラは悲鳴をあげ、籠を落として逃げ出した。スーザンが牧師のために選んだ粒よりの見事な苺が、真っ赤な川のように土埃の道をころがり、飛ぶように逃げていく者と追いかける者の足に、踏みつぶされた。その籠も、その中身も、もはやメアリの眼中になかった。ただ、リラ・ブライスを死ぬほど怖がらせるのが面白くてたまらなかった。なにさ、きれいな服を着てるからって、ふんぞり返って。あいつに、思い知らせてやる。

リラは丘を駈けおり、村の通りを走って逃げた。恐怖のあまり足に羽が生えたように突っ走り、どうにかメアリに追いつかれなかった。メアリはげらげら笑いながらであり、足が鈍《にぶ》ったのだ。それでも干し鱈を派手にふりまわし、時々、血も凍るような叫び声をあげた。そんな二人がグレン村の通りを走っていくのだ。誰もが窓辺や木戸まで出てきて、見物した。メアリは、自分が大騒動を巻き起こしていると気づいて、愉快だった。

一方のリラは、おぞけづいて何も目に入らず、息が切れ、これ以上走れないと思った。

鱈を持った恐ろしい女の子が、すぐさま自分に追いつくだろう。そう思った瞬間、小さなリラは、運の悪いことに、蹴つまずき、道の端《はじ》の泥んこの水たまりに倒れた。ちょうどそこへ、ミス・コーネリアが、カーター・フラッグの店（4）から出てきた。

ミス・コーネリアは、一目で状況を見て取った。メアリも同じだった。後者は、さっさと死に物狂いの追いかけっこをやめ、ミス・コーネリアが声をかける暇《ま》もなく、くるりと向き返り、来たときと同じ勢いで逃げ出した。ミス・コーネリアは怖い顔をして唇をひき結んだが、追いかけても無駄だとわかった。代わりに、目も当てられない姿になって、すすり泣いている哀れなリラを起こし、家へつれて帰った。リラの心は傷ついていた。ドレスも靴も帽子も台なしになり、おまけに六歳なりの誇りが深い痛手をうけたのだ。

スーザンは、ミス・コーネリアから、メアリの行状を聞くと、怒りのあまり血の気がひいた。

「なんという、おてんばな娘だろう……まあ、あのちびのおてんばめ！」とスーザンは言い、リラを運び出して、きれいに洗い、慰めてやった。

「こんなことは、いくらなんでも、やりすぎだよ、アンや」ミス・コーネリアが毅然《きぜん》と言った。「どうにかしなくては。牧師館に泊まっているあの子は、いったい誰で、どこから来たんだい？」

「内海向こうから、牧師館に泊まりに来ているそうよ」とアンは答えたが、鱈を持って追いかけ回すなんて何とおかしいだろう、またリラは自惚《うぬぼ》れ屋のところがあるから少しは戒《いまし》めも必要だと、内心では思っていた。

「あたしらの教会に内海向こうから通ってくる家族のことなら、みんな知ってるけど、あの腕白娘《わんぱくむすめ》は、どの家の子でもないよ」ミス・コーネリアが言った。「ぼろ切れみたいな服を着てるんで、教会へ行くときは、フェイス・メレディスのお古《ふる》を借りるそうな。どうも腑に落ちないところがある、調べてみるよ。ほかは誰もしそうもないんでね。先だって、ウォレン・ミードのえぞ松林で騒ぎがあったのも、あの子の仕業《しわざ》かもしれない。おかげでウォレンのおっ母さんが肝《きも》をつぶして、発作を起こしたんだ、聞いたでしょ？」

「いいえ。ギルバートが呼ばれて、往診に行きましたけど、どんな容体《ようだい》か、聞かなかったので」

「そうかい、あの奥さんは心臓が弱くてね。それで先週、奥さんが一人でヴェランダにいたところ、『人殺し』、『助けてくれ』って、すごい声が林から聞こえて……身の毛もよだつような悲鳴でね、アンや。とたんに、奥さんの心臓がやられたんだ。ウォレンは、その声を納屋で聞いて、まっすぐ林へ行ってみたら、牧師館の子どもが倒れた木にすわって、『人殺し』って金切り声をあげてたそうな。子どもらは、これはただの遊びで、人に聞こえるとは思ってなかった、インディアンの待ち伏せ（5）ごっこをしただけだと言ったんだと。それでウォレンが家にもどったら、お気の毒に、おっ母さんが、ヴェランダで気を失ってたそうな」

スーザンが部屋にもどってきて、馬鹿にしたように言った。

「あの奥さんは、気絶してないと思いますよ、マーシャル・エリオットの奥さん、それは確かですとも。アメリア・ウォレンの心臓が弱いって話は、四十年も前から聞いてます、あの人が二十歳の頃からですよ。あの人は大騒ぎをしては、お医者を呼ぶのが楽しいんであって、口実は何だっていいんです」

「奥さんの発作は、そんなに深刻ではないと、ギルバートは思ったようですわ」アンが言った。

「ああ、そうかもしれないけど」ミス・コーネリアが言った。「この話はたいした噂になってるよ。ミード家はメソジストだから、なおさら厄介《やっかい》だよ。牧師館の子どもらは、どうなるんだろうね？　あの子らのことを考えると、夜も眠れないよ、アンや。食べ物だって足りてるかどうか。何しろあの父親は、ぼけーっと考え事にふけって、自分に胃袋があることすら、しょっちゅう忘れてるし、あの怠け者の婆さんは料理に手間をかけない。子どもらは好き放題をしてるから、これから学校が休みになると、さらに始末に負えなくなるよ」

「楽しくすごしているようですね」アンは、虹の谷の出来事をいろいろと聞いたことがあり、思い出して笑った。「あの子たちは、みんな勇気があって、気さくで、誠実で、正直ですわ」

「それはそうだよ、アンや。前の牧師の息子二人が、おしゃべりで嘘つきな腕白坊主で、教会にあれこれ迷惑をかけたことを思えば、メレディスの子どもらは、つい大目に見てしまうんだよ」

「なんだかんだ言っても、先生奥さんや、あの子たちは、とてもいい子なんです」スーザンが言った。「もちろんあの子たちには山ほど原罪（6）がありますよ、それは認めます。でも良かったですよ。原罪がなければ、いい子すぎるんで、かえって悪いことになりますよ。ただ一つ、私が首を傾げるのは、墓地で遊ぶことです。あれは絶対にいけません」

「墓地では、静かに遊んでいるわ」アンは肩を持った。「ほかで遊ぶときみたいに走りまわったり、騒いだりしないもの。虹の谷で大騒ぎしている声は、時々、風にのってここまで聞こえるけれど！　でもあの大声は、うちの子たちも出しているんですもの。ゆうべは戦争ごっこをして、大砲がなかったので、『どかーん』と大声を出さなくてはいけなかったって、ジェムが言っていましたわ。男の子には兵隊に憧れる年ごろがありますけれど、ジェムは、今、ちょうどその時期なんです」

「でも、ありがたいことに、この先、ジェムは兵隊にならないよ（7）」ミス・コーネリアが言った。「カナダの若者が南アフリカの騒動（8）に行くなんて、あたしは反対してたんだ。でもあれは終わったし、あんなことは二度と起きないよ。世の中もだんだん分別がついてきたんだね。メレディス家については、今まで何度も言ったけど、もういっぺん言うよ。メレディス牧師に奥さんがいれば、万事《ばんじ》、丸く収まるのに」

「牧師さんは、先週、カーク家へ、二度行ったそうです」スーザンが言った。

「おや、まあ」ミス・コーネリアは思案顔になった。「あたしは基本的に、牧師が信徒と結婚するのは賛成しない。牧師として駄目になるから。でもエリザベスなら、害はないね。エリザベス・カーク（9）はみんなに好かれてる。牧師館のやんちゃな子どもらの継母《ままはは》になる者は、ほかにいないよ。ヒル家の娘たちですら、遠慮するよ。ヒル家の娘たちがメレディス牧師を誘惑する気配はないね。メレディス牧師さえその気になれば、エリザベスはいい奥さんになるんだが、一つ困ったことに、エリザベスは不器量でね、アンや。メレディス牧師は、ぼけーっとしてるくせに、美人が好きで。男にありそうなことだよ。あの牧師も、こういう点にかけちゃ、ちっとも世間離れしてないんだから、ほんとに」

「エリザベス・カークは、とてもいい人ですよ。でも、あの人の母親の客用寝室で寝ると、寒くて凍え死にしそうになるそうです、先生奥さんや」スーザンが陰気そうに言っる。「牧師さんのご結婚のような大事なお話に、私ごときが、意見を言わせてもらえるなら、内海向こうにいるエリザベスのいとこのサラのほうが、メレディス牧師には、お似合いだと思います」

「えっ、サラ・カークは、メソジストだよ」ミス・コーネリアは、スーザンが、牧師の花嫁にホッテントット(10)を勧めたように言った。

「メレディス牧師と結婚すれば、長老派に変わりますよ」スーザンが言い返した。

ミス・コーネリアは首をふった。彼女にとっては、ひとたびメソジストになれば、未来永劫《えいごう》、メソジストらしかった。

「だから、サラ・カークは論外だよ」ミス・コーネリアはきっぱり言った。「それに、エメリン・ドリューもだ……ドリュー家は一族あげて、あの子を牧師と一緒にさせようとしてるんだ。文字通り、エメリンを牧師の前に投げださんばかりだけど、当の牧師に、てんでその気がなくて」

「エメリン・ドリューは常識がないと思います」スーザンが言った。「夏の晩に、ベッドに湯たんぽを入れてあげたのに感謝してくれないと言って、気を悪くするような人ですから、先生奥さんや。それにあの母親は、家事がからきし駄目なんです。布巾《ふきん》の話は聞いたことはおありですか？　ある日、皿をふく布巾がなくなって、次の日に見つかったんですが、それが、まあ、先生奥さんや、昼食のテーブルに出した鵞鳥《がちょう》の丸焼きのなかにあったんです、おなかの詰め物と一緒くたになって。そんな人に、牧師の義理の母親がつとまると思いますか？　私は思いませんね。でも私は、ご近所さんの噂話をするくらいなら、ジェム坊やのズボンを繕うほうがいいですね。ゆうべ、虹の谷で派手に破いたんです」

「ウォルターは、どこかしら？」アンがたずねた。

「よからぬことをしてるんですよ、先生奥さんや。今、屋根裏で、練習帳に書きものをしてます。今学期は算数の出来が悪いんです、先生がそうおっしゃいました。理由《わけ》は、わかっています。計算の勉強をすべきときに、馬鹿げた詩なんか書いてるからです。ウォルターは詩人になるつもりじゃないか、心配ですよ、先生奥さんや」

「あの子は、今でも詩人ですよ、スーザン」

「まあ、よく落ち着いてられますね、先生奥さんや。もちろん才能があれば、結構なことですよ。私にはおじがおりましてね、最初は詩人でしたけど、最後は宿無しでした。身内は恥ずかしくてたまりませんでした」

「スーザンは、詩人を評価していないようね」アンが笑った。

「誰が評価するんです？　先生奥さんや」スーザンは心底、呆れた。

「ミルトン（11）や、シェイクスピア（12）はどうなの？　それに聖書の詩人たち（13）は？」

「聞いたところによると、ミルトンは奥さんと不仲で、シェイクスピアは、ときにはお上品じゃなかったそうですよ。聖書となると、あの神聖な時代は、もちろん今とは違いますけど……ダヴィデ王には感心しませんね(14)。だから奥さんが何とおっしゃろうと、詩を書いても、いいことなんか、ありません。あの立派な坊っちゃんが詩をやめるように、お祈りします。それでも、やめないなら……鱈の肝油液(15)でも飲ませて、様子をみますかね」

第8章　ミス・コーネリア、お節介をやく

翌日、ミス・コーネリアは牧師館へ押しかけ、メアリを問いただした。この子は年端《としは》はいかなくとも、洞察力と状況を察する智恵があり、身の上をありのままに話した。愚《ぐ》痴《ち》もこぼさず、強がりも言わなかった。ミス・コーネリアは、当初思っていたよりもメアリに好感をもったが、ここはひとつ厳しく言うのが自分の務《つと》めだと考えた。

「いいかい」ミス・コーネリアは険しい顔をしてみせた。「あんたは、この一家に、大変にお世話になってるんだよ。なのに昨日みたいに、この家《うち》の子のお友だちをいじめて追いかけ回すとはね。あんたは、そうやって、感謝の気持ちを表してるのかい？」

「ちがうよ。あたい、とっても悪い子だった」メアリはあっさり認めた。「何かがとり憑《つ》いてたのかも。あの古い鱈《たら》が、とっても手ごろに見えたんだ。でも、ほんとに悪かった……ゆうべはベッドに入ってから、泣いたよ、ほんとだよ。ウーナに聞いてごらんよ。なんで泣いてんのか、ウーナには言わなかった。恥ずかしかったから。そしたらウーナも泣き出した。誰かが、あたいの気持ちを傷つけたって思ったんだ。まさか、このあたいが、人に何か言われたくらいで傷つくなんて。あたいの心配ごとは、どうしてワイリ

ーのおかみさんが探しに来ないのかってことだけだよ」

それはミス・コーネリアも疑問に思っていたが、メアリには、牧師さんの鱈で勝手な真似をしないよう、厳しく注意するに留《とど》めた。それから炉辺荘へ報告に行った。

「あの子の話が本当なら、この件は調べてみなくては」ミス・コーネリアは言った。

「あのワイリーというおかみさんのことは、少しは知ってる、ほんとだよ。うちのマーシャルが内海向こうに住んでたとき、あのおかみさんをよく知っててね。それで去年の夏、おかみさんのことや、そこで働いてる孤児院から来た女の子の話をしてくれて……おそらく、それがメアリだったんだね。おかみさんはその子を死ぬほどこき使って、ろくすっぽ食事も服もやらないって話を、マーシャルは聞いたんだ。あんたも知っての通り、アンや、あたしは内海向こうの連中とはつきあわないし、お節介もしないことにしてるけど、明日、マーシャルの手が空《す》いてたら、内海向こうへ行ってもらって、ことの次第を調べてもらうよ。その後で、あたしは牧師さんに話してみるよ。いいかい、アンや、あんな小さな子が、ジェイムズ・テイラーの古い干し草納屋で、文字通り腹を空かせて死にそうになってるのを、メレディス家の子どもが見つけたんだよ。メアリは一晩中あそこで寒さにがたがた震えて、ひもじくて、独りぼっちだったんだ。あたしらが夕はんをたっぷり食べて、自分のベッドでぬくぬく寝てたときに」

「なんてかわいそうな子でしょう」アンは、可愛いわが子が、そんな場所で寒さと飢えと孤独に震えている姿を思い浮かべた。「その子がこき使われていたなら、ミス・コーネリア、そんな家に戻してはいけませんわ。私も、昔は親のない子どもで、同じような境遇だったんです」

「ホープタウンの孤児院の人と相談しなくては」ミス・コーネリアが言った。「とにかく、あの子を牧師館に置くことはできないよ。牧師館の子どもたちが、かわいそうに、メアリから何を教わるやら、神のみぞ知るだよ。メアリは悪い言葉づかいをするそうな。でも、メアリは丸二週間、牧師館にいるのに、メレディス牧師が、ちっとも気づかないとは！　どうしてあんな男が所帯持ちなんだろう？　まったく、アンや、修道士（1）にでもなりゃいいんだよ」

　二日後の夕方、ミス・コーネリアはふたたび炉辺荘を訪れた。

「仰天事《ぎょうてんじ》だよ！　あのメアリという子が逃げ出した後、ワイリーのおかみさんがベッドで死んでるのが、朝、見つかったんだと。おかみさんは何年も心臓が悪くて、お医者は、いつ発作が起きてもおかしくないって言ってたそうな。雇い人に暇《ひま》を出してて、家に誰もいなかったんで、次の日、近所の人が見つけたそうな。そのとき、メアリがいないって、気づいたようだが、ワイリーのおかみさんがシャーロットタウンのいとこの家《とこ》へやったと思ったそうな。おかみさんがその話をしてたんでね。でも、そのいとこが葬式に来なかったんで、メアリがいなくなったことに、誰も気がまわらなかったんだ。この話をマーシャルに教えてくれた人たちは、ワイリーのおかみさんがどんなふうにメアリをこき使ったか話してくれて、うちの人は血が煮えくり返ったそうな。マーシャルは、子どもが虐待される話を聞くと、いつもかんかんに怒るんでね。おかみさんは、ちょっとした失敗や間違いで、メアリを情け容赦なく鞭で打ちのめしたそうな。だから孤児院の監督者に手紙で知らせようか、という話も出たけど、共同責任は無責任(2)で、結局、誰も書かなかったそうな」

「ワイリーのおかみさんが亡くなったとは、残念ですよ」スーザンは腹を立てていた。「内海向こうへ行って、本人にぴしゃりと言ってやったのに。子どもに食事も与えずに叩くだなんて、先生奥さんや！　ご存知のように、私だって正しい尻叩きはしますよ、でもそれ以上のことはしません。それで、このかわいそうな子は、どうなるんです、マーシャル・エリオットの奥さん？」

「ホープタウンへ送り返す羽目になるだろうよ」ミス・コーネリアが言った。「この辺《へん》で孤児院の子を欲しがってる家《うち》には、もういるからね。明日、メレディス牧師に会って、このいきさつと、あたしの考えを言って来るよ」

ミス・コーネリアがいとまを告げると、スーザンが言った。

「先生奥さんや、あの人は必ずやりますよ。あの人は、やる気になると、どんなことだって、思いとどまる、ということを知りませんから。教会の塔の板葺《いたふ》き(3)だってやりかねませんよ。でもミス・コーネリアは、どうして牧師さんにむかって、あんな口をきくんでしょう。まるで普通の人に話すみたいに」

ミス・コーネリアが帰っていくと、ハンモックで学課のおさらいをしていたナンが、起き上がった。それから、そっと虹の谷へむかった。ほかの子どもたちは、すでに集まっていた。ジェムとジェリーは、グレンの鍛冶屋《かじや》から借りた古びた蹄鉄《ていてつ》で、輪投げをして遊んでいた。カールは、日当たりのいい小さな丘で、蟻を間近に観察していた。ウォルターは羊歯《しだ》に腹ばいになり、不思議な伝説を集めた本から魅惑の物語を、メアリ、ダイ、フェイス、ウーナに読んで聞かせていた。たとえばプレスター・ジョン（4）、さまよえるユダヤ人（5）、占い棒（6）、尻尾のある男たちの話、シャミール（7）の話、岩を割って黄金の財宝までの道をあけてくれる虫、幸福の島（8）、白鳥の乙女（9）だ。ウォルターは、ウィリアム・テル（10）とゲラート（11）の物語が作り話だと知り、衝撃をうけていた。また、ハットー大司教（12）の伝説のおかげで、その夜、ウォルターは一晩中、眠れなかった。彼が最も愛する物語は、ハーメルンの笛吹き（13）と聖杯の物語（14）だった。これをウォルターが胸躍らせて読んでいると、「樹《き》の恋人たち」にかけた鈴が夏の風にかそけく鳴り、涼しい夕翳《ゆうかげ》が虹の谷へひそやかにおりてきた。

ウォルターが本を閉じると、メアリが感心して言った。「ああ、面白い嘘っぱちだね？」

「嘘じゃないわ」ダイが憤慨した。

「まさか、ほんとの話だって言うんじゃないだろうね？」メアリは信じられない顔をした。

「いいえ……そういうわけじゃないけど、でも、あなたが話したお化けの話と同じよ。本当じゃないけど……でも、あなただって、嘘のつもりじゃなかったでしょ、私たちが本気にするとは思ってなかったんだから」

「だけどさ、占いの棒の話は、まるきり嘘でもないよ」メアリが言った。「内海向こうのジェイク・クローフォードの爺さんが、その棒で占いができたんだ。井戸を掘るときは、あの爺さんに行ってもらうんだ。それにあたい、さまよえるユダヤ人に会ったよ」

「まあ、メアリったら」ウーナは畏《おそ》れおののいて言った。

「知ってるんだってば……ほんとだよ。去年の秋、ワイリーのおかみさんのとこに、年寄りの男の人が来たんだ。なんだか偉そうに見える爺さんだった。そんでおかみさんが、杉の柱は長持ちしますかねって、きいたら、『長持ちするか、とな？　さよう、一千年は持つであろう。わしは知っておるのじゃ。なぜなら、二度、試したのじゃよ』と言ったんだ。その人が、二千年ほど年をとってるなら、その人こそ、あんたらが言う、さまよえるユダヤ人じゃないのかい？」

「さまよえるユダヤ人は、ワイリーのおかみさんみたいな人とは、つきあわないと思うわ」フェイスがはっきり言った。

「私は、ハーメルンの笛吹きのお話が好き」ダイが言った。「うちの母さんもよ。私、足が悪くて、みんなについて行けなくて、山へ行かれなかった小さな男の子のことを、いつもかわいそうに思うの。その子は、とてもがっかりしたと思うの。みんなと行ってれば、どんなにすばらしいものを見れたろう、ぼくも行けたらよかったのにって、死ぬまで思ったでしょうよ」

「でも、その子のお母さんは、ほっとしたはずよ」ウーナが優しい声で言った。「その子のお母さんは、息子の足が悪くて、ずっとかわいそうに感じていたと思うの。息子さんを思って泣いたかもしれない。でも笛吹きの事件の後は、かわいそうだとは思わなかった……二度と。だって、足が悪かったおかげで、息子が行方不明にならなかったんだもの。お母さんは嬉しかったことでしょう(15)」

「いつの日か」ウォルターが空の彼方を見ながら、夢見るように言った。「笛吹きは、明るいきれいな音色の笛を吹きながら、あの丘をこえて、虹の谷におりて来るよ。ぼくはついて行くんだ……海辺まで……それから海に入って……きみたちみんなと別れていく。ぼくは行きたくはないと思う……ジェムなら行きたがるね……大冒険だもの……でもぼくは行きたくないと思う……だけど、行かなくてはならない……音色がぼくに呼びかけて、呼びかけて、呼び続けるから、しまいには行かなければならなくなるんだ」

「じゃあ、みんなで行きましょうよ」ウォルターの空想の熱い炎が燃え移ったように、ダイが叫んだ。ダイには、人を嘲《あざけ》るように去っていく笛吹きの謎めいた後ろ姿が、虹の谷の遠くかすむ外《はず》れに、見えるような気さえした。

「いいや、きみたちは、ここにすわって、待っているんだ」ウォルターが言った。彼のぱっちりした瞳は輝き、奇妙な美しさを帯びていた。「ぼくらが帰ってくるまで、待っているんだ。でも、ぼくらは帰らないかもしれない……笛吹きが吹いている間は、帰ってこれないのだから。笛吹きは、ぼくらを世界中へ連れまわすかもしれない。それでもきみたちは、ここで待っていておくれ……待っているんだ」

「やめとくれよ」メアリが身を震わせた。「そんな顔をしないでおくれ、ウォルター・ブライス。ぞっとする。あたいを、おいおい泣かせたいのかい？　あたいには、そのおっかない笛吹きの爺さんが、どんどん行っちまって、その後ろを、あんたら男の子がついてくとこが、目に見えるような気がするんだ。そんであたいら女の子は、みんなここにすわって、待ってるんだ。どうしてだか、わかんないけど……あたいは、べそっかきじゃないのに、あんたがこの話を始めると、いっつも泣きたくなるんだ」

ウォルターは勝ち誇った微笑をうかべた。自分の力を仲間におよぼす――つまり相手の心をゆさぶり、恐怖を呼びおこし、胸を躍らせるのが好きだった。彼の内《うち》にある、劇的なものを愛する本能が満たされるのだ。だが彼は満足しつつも、心の奥底には、妙にひやりとする、どこかわけのわからない恐れもひそんでいた。ウォルターには、笛吹きは本当にいるように思われた――そして未来を隠して揺れているヴェールが、星の光る夕闇の虹の谷で、一瞬、風に吹かれて翻《ひるがえ》り、これから来《きた》る年月《としつき》を、うっすらと垣間見せたような気がした。

そこへカールが現れ、蟻の国のできごとを話した。一同は現実の王国へ引き戻された。

「蟻んこって、とっても面白いんだ」メアリが元気な声をはりあげた。陰気な笛吹きの話の虜《とりこ》から解放されて、ほっとしたのだ。「カールとあたいは、土曜の午後、お墓で蟻んこの巣を、ずっと見てたんだ。あんなにいっぱいいるなんて、思わなかった。蟻んこって、喧嘩っ早くて、意地が悪いんだ……見てると、わけもないのに、喧嘩をおっ始めるやつもいてさ。臆病なやつもいるよ。怖くなると体を二つに折って、ボールみたいになって、ほかのやつらに突《つつ》かれても、ちっとも抵抗もしないんだ。動きがのろくて、働こうとしないやつもいる。怠けてるとこを見たんだ。それから、ほかの蟻が一匹死んで、悲しくて死んじまった蟻んこもいた……仲間が死んでからは動こうとせず……食べもせず……死んでしまった……ほんとだよ、誓うよ、かみ……おおっと」

仰天のあまり沈黙が広がった。メアリは「おおっと」と言おうとしたのではないと、誰もがわかっていた。ダイとナンは目配せをした。ミス・コーネリアが、もし居たら、したであろう目配せだった。ウォルターとカールは気まずい顔をした。ウーナは口もとを震わせた。

メアリは、居心地悪そうに身じろぎした。

「うっかりして、口が滑ったんだよ……そうだよ、ほんとだよ……ほんとだってば。それに半分は呑みこんだじゃないか。内海のこっち側のあんたらは、ちょっとしたことにやかましすぎるんだ。ワイリーさんとこの口喧嘩を聞かせたいよ」

「淑女《レディ》は、そんな言葉を使わないの」フェイスにしては、とり澄まして言った。

「正しいことじゃないわ」ウーナは小さな声で言った。

「あたいは、淑女《レディ》じゃないもの」メアリが言った。「あたいに、いつ淑女《レディ》になるチャンスがあるんだよ。でも、なるたけ言わないようにする。約束するよ」

「それに」ウーナが言った。「あの方のお名前を、軽々しく口にすると(16)、お祈りに応《こた》えてくださらないのよ」

「どうせ、あたいのお祈りなんか、叶えてもらえるなんて、思っちゃいないよ」メアリは疑わしい口ぶりだった。「だって、ワイリーのおかみさんの心配を解決してくださいって、一週間もお願いしてんのに、何もしてくれないもん。もうあきらめるよ」

このとき、ナンが息せき切って駈けつけた。

「ああ、メアリ、ニュースがあるの。エリオットのおばさんが内海向こうへ行って(17)、何がわかったと思う？　ワイリーのおかみさんは死んだの……あなたが逃げ出した後で、朝、ベッドで亡くなってるのが見つかったの。だから、戻らなくてもいいのよ」

「死んだ！」メアリは呆然とした。それから体を震わせた。

「あたいのお祈りと、関係あんのかな？」メアリは悲鳴をあげて、ウーナにすがりついた。「もしそうなら、お祈りなんか、死ぬまでしない。ああ、ワイリーのおかみさんは化けて出てきて、あたいにとり憑《つ》くかも」

「まさか、そんなことはないわ」ウーナが慰めた。「お祈りとは関係ないわ。だって、ワイリーの奥さんが亡くなったのは、あなたがお祈りを始める前よ」

「そうだった」慌てふためいていたメアリは、落ち着きをとり戻した。「でも、たまげたな。あたいのお祈りで人が死ぬなんて、考えたくもないよ。お祈りしたときは、ワイリーのおかみさんが死ぬなんて、思いもしなかった。くたばるような人には見えないもん。それでエリオットのおばさんは、あたいのこと、何か言ってたかい？」

「たぶん、孤児院に送り返すことになるだろうって」

「そんなこったろうと思った」メアリの表情が翳《かげ》った。「そんであたいは、また、どっかへやられるんだ……ワイリーのおかみさんみたいなとこへ。いいさ、我慢できるさ。あたいは辛抱《しんぼう》強いから」

ウーナは、メアリと牧師館へ帰る道すがら、小さな声で言った。「私、メアリが孤児院に戻らなくてもいいように、お祈りするわ」

「好きにしていいよ」メアリはきっぱり言った。「だけどあたいは、お祈りしないよ。お祈りってやつは効き目があるから、怖いよ。お祈りをした結果、どうなったか見てごらんよ。もしあたいがお祈りを始めてからワイリーのおかみさんが死んだら、あたいのせいだったかもしんないんだよ」

「まあ、そんなことはないわ」ウーナが言った。「うまく説明できればいいけど……お父さんなら説明できるわ、メアリがお父さんに相談すれば」

「するもんか！　だって、あんたの父さんのことを、どう思えばいいのか、わかんないんだ。真っ昼間にあたいのそばを通りすぎても、目もくれないんだよ。あたいは高慢ちきじゃないけど……でも、靴ぬぐい《ドアマット》でもないんだ」

「まあ、メアリ。それはお父さんの癖なの。私たちのことだって、ほとんど目に入っていないのよ。考え事をなさっているの、それだけよ。私は、神さまがメアリをフォー・ウィンズに置いてくださるように、お祈りするつもりよ……だって、あなたのことが好きだもの、メアリ」

「いいよ。ただ、そのせいで、また誰かが死んだなんて、聞かせないでおくれよ」メアリが言った。「あたいもフォー・ウィンズにいたいよ。フォー・ウィンズが好きだから。内海も、灯台も好きだ……あんたらも、ブライスの子たちも好きだ。あんたらは、あたいに初めてできた友だちなんだ。離れるなんて、いやだよ」

第9章　ウーナ、お節介をやく

ミス・コーネリアはメレディス牧師と面談した。この放心家の紳士は、かなり衝撃を受けていた。メアリ・ヴァンスのような宿なし子が家に入りこみ、わが子と仲良くしているにもかかわらず、その子について知りもせず調べようともしないとは、親の務めを果たしていないと、ミス・コーネリアが遠慮会釈なく指摘したのだ。

「メアリがいたせいで、そんなに害があったとは言いませんよ、もちろん」彼女は締めくくりに言った。「色々と申し上げましたが、メアリという子は、いわゆる悪い子ではないんです。メアリについて、おたくのお子さんとブライス家のお子さんに訊《き》いてみましてね、それでわかったことは、あの子に不利になることは何一つなかったってことです。ただ、くだけた言葉づかいで、上品な物言いをしないだけです。もしメアリが、あたしらが知っているような孤児院の子だったら、どうなってたと思われますか？　たとえばジム・フラッグの家《うち》に来た、あの貧相な小さな子が、フラッグ家の子どもたちに何を教えて、何を話したか、ご存知ですよね」

メレディス牧師は知っていた。彼は自分のうかつさに、正直なところ狼狽《うろた》えていた。

「それでは、どうすればいいでしょうな、エリオット夫人？」彼は途方に暮れてたずねた。「あのかわいそうな子どもを、追い出すことはできません。あの子の面倒を見てやらなくてはなりません」

「おっしゃる通りです。ホープタウンの孤児院に、ただちに手紙を書くべきです。返事が来るまで、もう二、三日は、ここに置いてもさしつかえはないでしょう。でも、目と耳をしっかと開けておいてください、メレディス牧師」

ミス・コーネリアが牧師にむかって説教するさまをスーザンが聞いたら、畏《おそ》れ多くて、その場で息が止まっただろう。だがミス・コーネリアは、義務を果たした満足感に顔を赤く火照《ほて》らせて牧師館を後にした。一方のメレディス牧師は、その夜、書斎に来るよう、メアリに言った。メアリは不安になり、文字通り真っ青になって、牧師の後をついていった。ところが彼女は、叩かれ通しのみじめな短い人生で、今までにない驚きを味わった。メアリはこの牧師をひどく畏《おそ》れていたが、彼はこれまで会った誰よりも親切で、優しかった。気がつくと、メアリはこれまでの苦労を洗いざらい打ち明けていた。すると思いやりと、憐れみ深《ふか》い理解が返ってきたのだ。こんなことがあろうとは、メアリは想像したこともなかった。書斎から出てきたメアリは、すっかり和らいだ表情とまなざしに一変して、ウーナは見違えたほどだった。

「あんたの父さんは、目がさめてるときは、さすがだね」メアリは泣いているのを誤魔《ごま》化《か》そうと、鼻をすすった。「ちょくちょく目をさまさないと、もったいないよ。ワイリーのおかみさんが死んだのは、あたいのせいじゃないって、言ってくれたんだ。それから、あの人の悪いところじゃなくて、いいところを考えるように努力しなさいって。でもね、いいとこなんか、思いつかないよ。家をいつもきれいにしてたことと、上等なバターを作ったことくらいかな。でも、あの古い台所の木の節《ふし》くれがある床板は、あたいが腕が疲れるまでごしごしこすったんだよ。あたい、あんたの父さんが言ってくれたことは全部、これからも憶《おぼ》えとくよ」

ところが翌日から、メアリは元気がなかった。孤児院に戻ることを考えると、つらいのだと、ウーナに打ち明けた。それを防ぐ手立てはないものか、ウーナは小さな頭を悩ませた。そこへナン・ブライスが、意外な提案をして、助け船を出してくれた。

「エリオットのおばさんが、メアリを、引きとってくださるかもしれないわ。広々とした家だもの。それにエリオットのおじさんは、お手伝いを雇いなさいって、いつもおばさんに言ってるわ。メアリにとっては、最高の家になるわよ。ただ、お行儀よくしないといけないけど」

「まあ、ナン。エリオットのおばさまは、メアリを引きとってくださるかしら?」

「駄目で元々よ、おばさんに聞いてみればいいじゃない」ナンが言った。

初めのうち、ウーナは、自分にそんな質問ができるとは思えなかった。ウーナは内気で、人にお願い事をするのが苦痛だった。しかも彼女は、せわしなく働く精力的《エネルギッシュ》なエリオット夫人が怖かった。もっとも夫人のことは大好きで、家に遊びにいくのも楽しかったが、メアリ・ヴァンスを引きとるように頼みに行くことは、出過ぎた真似にも程《ほど》があるように思えて、ウーナの臆病な心は怖じ気づいた。

ホープタウンの孤児院から、メレディス牧師に手紙が届いた。すみやかにメアリを送り返してほしいと書かれていた。その夜、メアリは、牧師館の屋根裏で、泣きながら眠りについた。ウーナは、やけくその勇気を奮《ふる》い起こした。明くる日の夕方、ウーナは牧師館をこっそり抜けだし、内海街道をめざして歩いた。下手《しもて》の虹の谷からは、楽しげな笑い声が聞こえていた。しかし彼女の行き先はそこではなかった。ウーナはひどく青ざめ、ひどく思い詰めていた。思い詰めるあまり、道中、出会う人に気づかなかった――スタンレー・フラッグの老夫人はたいそう腹を立て、ウーナ・メレディスは大きくなったら、父親みたいな放心家になりますわいなと語った。

ミス・コーネリアは、グレン村とフォー・ウィンズ岬の間に住んでいた。家は、かつてはけばけばしい緑色に塗られていたが、今では感じのいい緑色がかった灰色に落ち着いていた。また、マーシャル・エリオットが家のまわりに木を植え、薔薇園と、えぞ松の生け垣をこしらえ、前とはすっかり様変《さまが》わりした屋敷になっていた。この家に、牧師館の子どもたちとブライス家の子どもたちは好んで訪れていた。昔ながらの内海海岸を歩いていく道ゆきは美しく、着いた家にはいつもクッキーでいっぱいの入れ物（1）があるのだ。

海にはかすみがかかり、遠くの砂浜に柔らかく打ちよせていた。大きな船が三艘《さんそう》、立派な白い海鳥が水面をすべって行くように内海を出ていった。二本マストの帆船《スクーナー》が、海峡から内海に入ってきた（2）。フォー・ウィンズの世界は鮮やかな色彩とかすかな音楽、不思議な魅惑に包まれていた。そこにいる者は誰しも幸せなはずだった。ところがウーナは、ミス・コーネリアの家の門に入ったものの、その先へ足が進まなかった。

ヴェランダに、ミス・コーネリアが一人でいたのだ。ウーナは、エリオットのおじさんもいてほしいと思っていた。おじさんは大柄で、気立てがよく、上機嫌でにこにこしているから、そばにいてくだされば勇気がわくと思ったのだ。ウーナは、ミス・コーネリアが運んできた小さな椅子《スツール》に腰をおろし、ミス・コーネリアが勧めるドーナツを食べようとした。喉につかえたが、ミス・コーネリアの気を悪くしてはいけないと、無理して飲みこんだ。ウーナは何も言えなかった。顔はますます青ざめていた。大きな濃い青色の瞳に悲壮な色をうかべている。ミス・コーネリアは、この子は何か悩みがあると見てとった。

「何を考えてるの、ウーナちゃん？」ミス・コーネリアがたずねた。「何かあるんでしょう、見ればわかりますよ」

ウーナは、ドーナツの最後のひとねじり（3）を必死になって飲みこんだ。

「エリオットのおばさん、おばさんが、メアリ・ヴァンスを、引きとってもらえませんか？」ウーナは手を合わさんばかりに頼んだ。

ミス・コーネリアは、呆気《あっけ》にとられ、目を見はった。

「私が！　メアリ・ヴァンスを引きとる！　ここに置く、ということ？」

「ええ……ここに置いて……おばさんの子にしてください」ウーナは一生懸命に言った。ひとたび緊張がほぐれると、勇気がわいてきた。「ああ、エリオットのおばさん、どうか、お願いです。メアリは孤児院に戻りたくないんです……毎晩、泣いているんです。またこき使われる家にやられるのが、怖くてたまらないんです。それにメアリは、とても利口です……できないことは、何一つありません。メアリを引きとっても、後悔しないと思います」

「そんなことは、考えたこともなくてね」ミス・コーネリアは困惑していた。

「じゃあ、考えてもらえませんか？」ウーナは頼みこんだ。

「だけど、ウーナちゃん。うちに、お手伝いはいらないんだよ。ここの仕事は、あたし一人で十分、間に合ってるから。それに、お手伝いが要《い》るとしても、孤児院の女の子をもらおうなんて、思ったこともないよ」

ウーナの瞳から光が消え、唇がわなないた。落胆した子どもは、椅子《スツール》に腰をおろし、悲しそうに泣き出した。

「泣かないでおくれ……ウーナちゃん……よしとくれよ」ミス・コーネリアは当惑して声をあげた。子どもを悲しませたことが耐えられなかった。「引きとらないとは、言ってないよ……ただ、あんまり突飛《とっぴ》な話で、面食らったんだよ。よく考えてみないとね」

「メアリはとても利口なんですよ」ウーナは重ねて言った。

「そうかい！　それは聞いてるよ。ひどい言葉づかいだってこともね。それは本当かい？」

「私は、聞いたことは、ありません……本当には」ウーナは気まずそうに口ごもった。

「言おうと思えば、言えると思います」

「ああ、そうだろうとも！　それから、あの子はふだん、嘘はつかないかい？」

「つかないと、思います、鞭で打《ぶ》たれるのが怖いときは、別です」

「そんな子を、引きとってくれとは！」

「だって、誰かが、引きとってあげなくては」ウーナはすすり泣いた。「誰かが、メアリの面倒を見てあげなくてはいけないんです、エリオットのおばさん」

「それはその通りだよ。もしかすると、私の義務かもしれないね」ミス・コーネリアはため息をついた。「じゃ、うちのエリオットとよく相談してみるよ。だから、まだ何も言わないようにね。ドーナツを、もう一つお上がり、ウーナちゃん」

ウーナは一つ手にとり、先ほどよりずっとおいしく食べた。

「ドーナツは大好きなんです」ウーナは打ち明けた。「マーサおばさんは、ちっとも作ってくれないの。炉辺荘のミス・スーザンはこしらえて、時々、虹の谷で、お皿にいっぱい私たちにくださるのよ。ドーナツが食べたくてたまらないのに食べられないとき、どうするかわかりますか、ミス・コーネリア？」

「わからないね、ウーナちゃん。どうするの？」

「お母さんの昔のお料理の本をだして、ドーナツの作り方を読むの……ほかのレシピも。とてもおいしそうなんだもの。おなかが空くと、いつもそうするの……とくにお食事《ディナー》に、前と同じ《ディットー》が出た後は。そんなお食事の後は、フライド・チキンや、鵞鳥《がちょう》の丸焼き《ロースト》の作り方を読むんです。お母さんは、そんなごちそうを、何でも作れたんですよ」

「メレディス牧師が再婚しないと、牧師館の子どもは、飢え死にしますよ」ウーナが帰ると、ミス・コーネリアは腹にすえかねて夫に語った。「だけど牧師に、その気がなくて……どうすればいいのかね？　それから、あのメアリという子を、うちで引きとりましょうよ。マーシャル」

「ああ、引きとろう」マーシャルは簡潔に答えた。

「男の言いそうなことだこと」その妻は、あきらめたように言った。「引きとろう、だなんて……そんだけで話が済むみたいに。考えることが、山ほどあるんですよ、ほんとですよ」

「あの子を引きとろう……その後で、考えよう、コーネリア」夫は言った。

結局、ミス・コーネリアはメアリを引きとろうと決意した。真っ先に、炉辺荘の人々に報告に行った。

「すばらしいわ！」アンが喜びいっぱいで言った。「そうしてくだされぱいいなと、ずっと思っていたんです、ミス・コーネリア。あのかわいそうな子どもに、いい家庭があればいいのにと。私も小《ちい》さなころは、ちょうどあの子のように家のない身なし子だったんです」

「メアリという子は、ちっともあんたみたいじゃないし、この先も同じにはならないよ」ミス・コーネリアは悲観的に返した。「別の性格の女の子だから（4）。でも、あの子も、救われるべき不滅の魂（5）をもった一人の人間だからね。小教理問答集（6）と、目の細《こま》かい櫛《くし》（7）を用意したよ。鋤《すき》に手をかけたからには（8）、あの子のために自分の務めは果たすつもりだよ」

メアリはこの報せを聞くと、控えめに喜びを表した。

「思ったより、あたいは運がよかったよ」と言ったのだ。

「エリオットのおばさんのところでは、お行儀に気をつけるのよ」ナンが言った。

「それくらい、できるさ」メアリは、きっと目を光らせた。「その気になりゃ、あたいだって、あんたくらいのお行儀は知ってるんだ、ナン・ブライス」

「悪い言葉を使ってはだめよ、いいわね、メアリ」ウーナは心配した。

「あたいが本気で悪い言葉を使ったら、おばさん、腰を抜かして、死んじまうよ」メアリはにやりとして、罪深いことに、その思いつきに白い目をおかしそうに輝かせた。

「でも心配はいらないよ、ウーナ。これからは猫をかぶるから。とり澄まして、お上品に話すよ」

「嘘もつかないようにね」フェイスがつけ加えた。

「鞭で叩かれないようにするときも、だめかい？」メアリがたずねた。

「エリオットのおばさんは、鞭で叩くなんて、絶対にしないわ……絶対に」ダイが声を高くした。

「おばさんは、叩かないのかい？」メアリは疑わしげだった。「打《ぶ》たれない家《うち》に居られるなんて、天国だ。そんなら、嘘をつく心配はないよ。嘘をつくのは好きじゃないんだ……嘘なんか、あたい、つきたくないんだ」

　メアリが牧師館を去る前の日、子どもたちは虹の谷で送別会のピクニックをした。その夜、牧師館の子どもたちは、おのおのわずかな宝物から記念の品を贈呈した。カールはノアの箱舟のおもちゃを、ジェリーは二番目にいい口琴《こうきん》を、フェイスは裏に鏡がついたヘアブラシを贈った。メアリがいつもすてきだと褒めていたからだ。ウーナは、古いビーズ細工のがま口財布（9）と、ライオンの巣穴にいるダニエル（10）の色鮮やかな絵で、迷ったあげく、メアリに選んでもらうことにした。メアリは、本当はビーズのがま口財布がほしかったが、ウーナが大切にしていると知っていた。

「ダニエルの絵をもらうよ。あたい、ライオンが大好きなんだ。ライオンがダニエルを喰っちまったらよかったのに（11）。そのほうがわくわくするよ」

ベッドに入る時間になると、メアリは、一緒に寝てほしいとウーナに頼んだ。

「今日が最後だもん」メアリが言った。「それに、今夜は雨ふりなんだ。墓場に雨がふる晩に、屋根裏で独りぼっちで寝るなんて、いやだよ。晴れてる晩なら、気にしないよ。だけど今日みたいな夜は、雨が古ぼけた白い墓石にふりつけてるとこしか見えないし、窓のまわりに吹いてる風の音は、死んだ人が家に入ろうとしても入れないんで、泣いてるみたいに聞こえるんだ」

「私は、雨の夜が好きよ」ウーナはこぢんまりした屋根裏で、メアリと暖かく寄り添いつつ言った。「ブライスの女の子たちもよ」

「あたいだって、墓場のそばじゃなきゃ、へっちゃらだよ」メアリが言った。「でも、こんなとこで独りぼっちでいたら、さみしくなって、目が腫《は》れるまで泣いちまうよ。あたい、みんなとお別れするのが、とってもつらいんだ」

「エリオットのおばさんが、虹の谷に、ちょくちょく遊びに来《こ》させてくださるわ、きっと」ウーナが言った。「だから、いい子でいるでしょう、メアリ？」

「うん、やってみるよ」メアリはため息をついた。「だけど、いい子になるのは、容易じゃないね……見た目だけじゃなくて、心の中もいい子でいるのは……あんたは、できるよ。あたいと違って、ならず者の親戚がいないから」

「でも、あなたの親類には悪いところと同じくらい、いいところもあるはずよ」ウーナが説きふせた。「いいところを見習って生きていくのよ、悪いところは、もう気にしないの」

「いいとこがあったなんて、思えないね」メアリは暗い顔をした。「あたいは、何一つ、聞いたことがないもん。爺ちゃんは金持ちだったけど、悪党だったし。だからあたい、自力《じりき》で、一からやってみる、できるだけがんばるよ」

「神さまにお願いすれば、神さまがあなたを助けてくださるのよ、そうよ、メアリ」

「どうかな」

「まあ、メアリ。あなたに家ができますようにって神さまにお祈りしたら、叶えてくださったわ」

「神さまと関係があるかどうか、わかんないよ」メアリは言い返した。「だって、あたいを引きとるように、エリオットのおばさんの頭に働きかけたのは、あんたじゃないか」

「でも神さまが、おばさんの心に働きかけて、引きとるようにしてくださったのよ。私がいくらおばさんの頭に働きかけても、神さまがそうしてくださらなかったら、効き目はなかったわ」

「そうかい、そういうこともあるかもしれないね」メアリは認めた。「いいかい、あたいは神さまが嫌いってわけじゃないんだ、ウーナ。あたいを助けてくださる機会なら、喜んでさしあげるよ。でも、本音を言うと、神さまは、あんたの父さんにそっくりだね……ぼんやりしてて、ふだんは人のことなんか気づきもしないのに、時々、ぱっと目をさますと、とってもいい人で、思いやりがあって、物わかりがいいんだ」

「まあ、メアリ、そんなことないわ！」ウーナは畏《おそ》れをなして声を高くした。「神さまは、お父さまとは、全然違うわ……千倍もいい方《かた》で、思いやりがおありよ」

「もし神さまが、あんたの父さんくらい、いい人なら、あたいのために何かしてくださるね」メアリが言った。「だって、あんたの父さんと話をしたとき、あたい、これからは悪い子にはなれないなって気がしたもん」

「神さまの話なら、お父さまとすればよかったのに」ウーナはため息をついた。「私よりもずっと、わかりやすく説明できるもの」

「そうかい、そんなら、今度、お父さんが目をさましてるとき、聞いてみるよ」メアリは約束した。「お父さんが、書斎であたいに話してくれた晩、あたいのお祈りのせいでワイリーのおかみさんが死んだんじゃないって、ちゃんとわからせてくれて、気が楽になったんだ。でも、お祈りには、用心してるんだ。昔からあるお祈りを唱えてるほうが、よっぽど安全だよ。それに、ウーナ、お祈りしなくちゃならないなら、神さまよか、悪魔《デヴィル》にお祈りするほうが、ましだと思うんだ。神さまは、とにかくいい人だって言ったよね。ということは、人の害になることはしないよ。でも、あたいが知る限りでは、悪魔は怒らせないようにする必要がある。だから悪魔にむけて、『親切な悪魔さん、どうかあたいをそそのかさないでください、あたいを放っといてください』って頼むほうが、道理にかなってると、あたいは思うんだ。ね、そう思わないかい？」

「まあ、まさか、そんなこと、メアリ。悪魔に祈るなんて正しくないわ。悪魔は邪悪なのよ、ろくなことにならないわ。悪魔を怒らせてしまって、もっとひどいことをするかもしれない」

「ま、神さまの問題は」メアリは頑固に言い張った。「あんたや、あたいには、解決できないから、これ以上話しても無駄だね、本当のことがわかるまでは。それまでは一人で、できるだけがんばってみるよ」

「私のお母さまが生きていたら、すっかり教えてくださるのに」ウーナは吐息をついた。

「あんたの母さんが生きてりゃ、よかったのに」メアリも言った。「あたいがいなくなったら、あんたらは、どうなることか。とにかく、いつも家がちっとは片付いてるように、よくよく心がけるんだよ。世間があんたらをどう言ってるか、もうひどいもんだよ。それに、あんたの父さんは、また結婚するよ、そうなりゃ、あんたらはいやな目に遭うんだよ」

　ウーナははっと息をのんだ。父が再婚するなんて、考えたこともなかった。考えたくもなかった。ウーナは寒々とした気持ちで黙りこんだ。

「継母というのは、おっそろしいんだよ」メアリは続けた。「あたいの知ってることを全部話したら、あんたの血が凍るよ。ワイリーさんの街道向かいのウィルソンの子どもらに継母がいたんだけど、ワイリーのおかみさんがあたいにしたのと同じくらい、ひどいことを、子どもらにしたんだ。継母が来るってのは、おっかないんだよ」

「うちには来ないと思うわ」ウーナは声を震わせた。「お父さまは、誰とも結婚しないもの」

「追いかけ回されて、そういう羽目になるんだよ、おそらく」メアリは陰気そうに言った。「この村の年とった独身女は、こぞって追いかけまわしてんだから。あの人たちは、あきらめないよ。継母の困るとこは、いつだってお父さんがあんたらを嫌いになるように仕向けることさ。お父さんは、あんたらのことなんか、もうかまっちゃくれないよ。継母の肩をもって、継母の子の味方をするんだ。いいかい、継母は、何でもかんでもあんたらが悪いんだって、お父さんに思いこませるよ」

「そんな話、してほしくなかったわ、メアリ」ウーナは泣き出した。「とても不幸せな気持ちよ」

「ただ、あんたに注意しときたかったんだ」メアリはいくらか後悔した口ぶりになった。「もちろん、あんたの父さんはぼんやり屋だから、再婚なんて、考えないだろうよ。でも、用心するに越《こ》したことはないよ」

メアリが静かに眠りについた後も、ウーナは長らく目をさましていた。涙で目がひりひり痛んだ。お父さまが結婚したら、どんなひどいことになるのかしら。私や、ジェリーや、フェイス、カールを嫌いになるように、お父さまを仕向けるなんて！　耐えられない――我慢できない！

メアリは、ミス・コーネリアが案じた類《たぐ》いの毒は、牧師館の子どもたちに注ぎこまなかったが、よかれと思って、多少の害をおよぼしたことは確かだった。メアリは夢も見ずに眠っていた。しかしウーナは眠れなかった。雨はふりしきり、風は灰色の古い牧師館のまわりでむせび泣いていた。そしてジョン・メレディス牧師は、眠るのも忘れて、聖アウグスティヌス(12)の生涯を読みふけっていた。灰色の夜明けが訪れたころ、ようやく読み終え、二千年前の問題と格闘しながら二階へあがった。娘たちの部屋の戸が開いていた。薔薇色の頬をした美しいフェイスが眠っているのが見えた。ウーナは、どこにいるのだろう。ブライス家の娘たちのところへ「泊まり」に行ったのだろうか。ウーナは時々、楽しみにして行くのだ。ジョン・メレディスはため息をもらした。娘の居場所がわからないなど、あってはならないと思ったのだ。セシリアが生きていたら、あの子の面倒をもっと見てくれただろうに。

セシリアさえ、いてくれたら！　きれいで、朗《ほが》らかだった！　メイウォーターの牧師館には、妻の歌声が響いていた！　しかし突然、逝《い》ってしまった。笑い声と音楽は失われ、沈黙が遺《のこ》された――その死はあまりに突然であり、その衝撃から、彼はまだ立ち直っていなかった。あの麗しく、生き生きとした妻は、なぜ死んでしまったのか？

再婚について、ジョン・メレディスは真剣に考えたことはなかった。亡き妻を深く愛していた。どんな女性であれ、好きになれるとは思えなかった。いずれフェイスが大きくなれば、母親の代わりを務めてくれるだろうと、漠然《ばくぜん》と考えていた。それまでは、一人でできるなりに、最善を尽くさなければならない。彼は再びため息をつき、寝室に入った。ベッドが直してなかった。マーサおばさんが忘れたのだ。メアリも、あえてベッドを整えなかった。牧師さんの部屋にある物は指一本ふれるでないと、マーサおばさんが命じたからだ。だがメレディス牧師は、ベッドが乱れていることに気づかなかった。眠りに落ちる前、彼の脳裏にあったのは、聖アウグスティヌスのことだった。

第10章　牧師館の娘たち、大掃除をする

「あーあ」フェイスがベッドから起き上がり、ぶるっと身震いした。「雨ふりだよ。雨の日曜なんて、大嫌い。日曜日はいいお天気でも退屈（1）なのに」

「日曜日を退屈だなんて、思ってはいけないわ」ウーナは眠たげな声を出した。寝過ごして居心地が悪く、寝ぼけた頭を働かせようとした。

「でも、退屈だって、わかりきってるくせに」フェイスは正直だった。「メアリ・ヴァンスは、日曜日は、つまらな過ぎて、首を吊《つ》りたくなるって言ってたわ」

「私たちは、メアリ・ヴァンスよりも、日曜日が好きでなきゃいけないのよ」ウーナは良心がとがめて言った。「牧師の子どもですもの」

「鍛冶屋の子なら、よかったのに」フェイスは長靴下《ストッキング》（2）を探しながら、不機嫌そうに言い返した。「もしそうなら、ほかの子よりいい子でいろなんて、誰も思わないもの。まあ、長靴下の踵《かかと》の穴を見てちょうだい。メアリがここを出てく前に、かがっておいてくれた（3）けど、また元のもくあみよ。ウーナ、起きて。あたし一人じゃ、朝ごはんを作れないの。ああ、どうすればいいの。お父さんとジェリーが家にいればいいのに。

お父さんがいないと寂しいなんて、思わなかったわ……お父さんは家にいらしても、あまり顔を合わせないもの。なのにお留守だと、家中の物が何もかもなくなったみたいな気がする。マーサおばさんの具合を見てこなくちゃ」

「おばさん、少しはよくなって？」フェイスが戻ると、ウーナがたずねた。

「いいえ。よくないわ。まだ苦しそうに、うなってるの。ブライス先生に診てもらったほうがいいのに、おばさんたら、駄目だって……生まれてから一度もお医者にかかったことがないんだから、今さら、かかりたくないって。お医者は、人に毒を盛って生活してるって言うの。そうなの？」

「まさか、そんなこと」ウーナは怒った。「ブライス先生は、毒なんか盛らないわ、誰にも」

「そうよね。朝ごはんの後、またマーサおばさんの背中をこすってあげるわ。昨日みたいに、フランネルを熱々にしないように気をつけなくちゃ」

フェイスは思い出し笑いをした。危《あや》うく、気の毒なマーサおばさんの背中が火傷《やけど》して、皮がむけるところだったのだ。ウーナは、ため息をついた。メアリ・ヴァンスなら、痛む背中に当てるフランネルは何度くらいがいいか、ちゃんとわかっていただろう。メアリは何でも知っているのに、自分たちは何も知らない。でも、どうやって、おぼえればいいのだろう。このたびマーサおばさんがかわいそうな目に遭《あ》ったように、失敗の経験から学ぶしかないのだろうか？

先週の月曜日、メレディス牧師は短い休暇をとり、ノヴァ・スコシア（4）へ出かけた。ジェリーも連れていった。そして水曜日、マーサおばさんが突然、体調をくずした。それは、くり返し起きる原因のわからない不調で、おばさんはいつも「難儀《なんぎ》」と呼んでいた。おばさんはこの不調に、決まって一番都合の悪いときにかかるのだ。少しでも動くと体が痛むので、ベッドから起き上がれなかった。それなのにおばさんは医者の診察を、頑《がん》として拒《こば》んだ。そこでフェイスとウーナが料理をして、おばさんを看病した。食事のできばえは、言わぬが花である——とは言うものの、マーサおばさんの料理ほどは、ひどくなかった。喜んで手伝いに来てくれる村の女性は大勢いただろうが、マーサおばさんは、自分の病気を知られるのを嫌がった。

「おらが動けるようになるまで、おまえさんがたで、どうにか、やっとくれ」おばさんはうめきながら言った。「ジョンがいなくて、幸いだったよ。茹《う》で肉（5）の冷たいのがあるし、パンもたんとある。おかゆ（6）は、自分でこさえてごらん」

二人の娘は作ってみたが、これまでのところ、うまくできた試しはなかった。最初の日はおかゆが薄すぎた。次の日は硬すぎて、ナイフで薄く切れそうだった。おまけに二回とも、おかゆが焦げた。

「おかゆなんか、大嫌い」フェイスが悪態《あくたい》をついた。「自分の家庭をもったら、一口だって食べるもんか」

「じゃあ、子どもはどうするの？」ウーナがきいた。「子どもはおかゆを食べないと、大きくならないって、みんなが言っているわ」

「じゃあ、おかゆなしで済ましてもらうわ。つまり、小さいままでいてもらうの」フェイスは頑固に言い張った。「さあ、ウーナ、あたしはテーブルを用意するから、この鍋をかき回して。ちょっとでも目を離すと、このやっかいな代物《しろもの》は焦げちゃうの。九時半よ。日曜学校に遅れちゃう」

「まだやって来る人は見えないわ」ウーナが言った。「今日は、たくさんは来ないでしょうね。だって、この土砂ぶりだもの。それに今日は、お父さんのお説教がないから、遠くから、わざわざ子どもを連れてくる人もいないわ」

「カールを呼んできて」フェイスが言った。

カールはおりて来たが、喉が腫れて、痛んでいた。前日の夕方、虹の谷で蜻蛉《とんぼ》を追いかけて沼に入り、長靴下もブーツもずぶ濡れで帰ってきた上に、そのまま日が沈むまで、外にすわっていたからだ。カールは朝食が喉を通らなかった。フェイスはまた彼をベッドに寝かせた。食卓はそのままにして、フェイスとウーナは日曜学校へ出かけた。行ってみると、教室に誰もいなかった。十一時まで待ったが、一人も来なかった。そこで家に戻った。

「メソジストの日曜学校も、誰も来ていないみたいよ」ウーナが言った。

「よかった」フェイスが言った。「雨ふりの日曜日に、メソジストの日曜学校は、長老派よりも人が集まってるなんて、いやだもの。でも、メソジストの教会も、今日はお説教がないから、日曜学校は午後かもしれないわ」

　ウーナは食器を洗った。メアリ・ヴァンスから教わったので、手際がよかった。フェイスは下手《へた》ながらも、床をはいた。昼食にじゃが芋の皮をむき、ついでに指も切った。

「お昼に、前と同じ《ディットー》じゃないものがあればいいのに」ウーナがため息をついた。「もう飽きてしまった。ブライス家のみんなは、前と同じ《ディットー》がどんなものか、知らないのよ。それにうちは、一度もプディング（7）を食べたことがないけど、ブライス家では、日曜にプディングがなかったら、スーザンが気絶するって、ナンが言うの。どうしてうちは、ほかと違うのかしら、フェイス？」

「あたしは、ほかの人みたいになりたくないわ」フェイスは血の出る指を結《ゆ》わえながら、笑った。「あたしは、あたしでいるのが好きよ。そのほうが面白いもの。ジェシー・ドリューは、あの子のお母さんと同じくらい家事が上手だけど、あの子みたいに退屈になりたいの？」

「だけど、私たちの家はまともじゃないって、メアリ・ヴァンスが言うの。散らかっているって、世間は噂しているんですって」

フェイスに妙案がひらめいた。

「じゃあ、二人できれいにしようよ」声を張りあげた。「明日、早速とりかかろう。マーサおばさんは寝込んでて邪魔ができないから、絶好の機会よ。お父さまが帰ってくるころには、どこもかしこも、きれいに、すてきにするの、メアリがここを出てったときみたいに。どんな人でも、箒《ほうき》ではいたり、埃《ほこり》をはらったり、窓を洗ったり、それくらいはできるわ。これで世間も、うちをとやかく言えなくなるわよ。ジェム・ブライスは、そんな噂話をするのは婆さん連中だって言うけど、たとえおばあさんたちの噂話でも、嫌だもの。ほかの人に言われるのと同じよ」

「明日、晴れるといいな」ウーナも、やる気になった。「ああ、フェイス、すっかりきれいにして、ほかの家みたいになったら、すてきね」

「マーサおばさんの難儀が、明日まで続くといいな」フェイスが言った。「さもないと、あたしたち、何もできないもの」

フェイスの心優しい願いが叶《かな》い、翌日も、マーサおばさんは起き上がれなかった。カールもまだ具合が悪く、寝ていなさいと簡単に説きふせることができた。フェイスもウーナも、彼の具合がどんなに悪いか、わかっていなかった。もし注意深い母親なら、ただちに医者に診せただろう。だがここに母親はおらず、かわいそうなカールは、喉の痛みと頭痛、そして高熱に真っ赤になった顔で、よじれた寝具にくるまり、体を丸くして、一人で苦しんでいた。いささかの慰めになったのは、ぼろぼろの寝間着のポケットにいる小さな緑色のとかげの相棒だけだった。

やがて雨があがり、夏の陽ざしがふりそそいだ。大掃除にはうってつけの日和となった。フェイスとウーナは、うきうきしてとりかかった。

「居間と客間を、片付けましょう」フェイスが言った。「お父さんの書斎はさわってはいけないし、二階は、どうでもいいもの(8)。まず最初に、何もかも、外に出しましょう」

というわけで、一切合切が、運び出された。家具は、ヴェランダと芝生に積みあげた。色々な敷物は、メソジスト墓地の柵にかけて、華々しく並べた。二人はにぎやかに掃除をした。ウーナは、はたきをかけた。フェイスは居間の窓を洗った。ガラスが一枚割れ、二枚にひびが入った。ウーナは、汚れと水垢《みずあか》が筋《すじ》になって残っている窓ガラスの仕上がりを、怪訝《けげん》そうに眺めて言った。

「なんだか、きれいじゃないわね。エリオットのおばさんやスーザンの窓は、ぴかぴかに光っているのに」

「気にしない、気にしない。陽ざしが入れば、同じよ」フェイスは暢気《のんき》に言った。「石鹸と水で洗ったんだから、きれいになったはずよ。窓を洗ったことが肝心なのよ。さ、十一時をまわった。床の汚れを拭いたら、外へ出ましょう。あんたは家具に、はたきをかけてちょうだい、あたしは敷物をふるうわ。メソジストの墓地でするね。うちの芝生の庭に、埃《ほこり》が飛びちらないように」

フェイスは面白がって敷物をふるった。ヘゼカイア・ポロックの墓石の上に立ち、ぱたぱた敷物をふるうのは、たいそう面白かった。ちょうどそこへ、エイブラハム・クロー長老とその妻が、二列掛けの大型馬車で通りかかった。二人は、けしからんという厳めしい顔をして、フェイスをにらんだように見えた。

「これは、言語道断の光景ではあるまいか？」エイブラハム長老が重々しく言った。

「この目で見なければ、とても信じられませんとも」エイブラハム長老夫人は、さらに重々しく言った。

フェイスは、クロー一家へむけて、靴《ドア》ぬぐい《マット》を元気いっぱいにふってみせた。フェイスのこの挨拶に、長老と夫人は応じなかった。フェイスは気にしなかった。エイブラハム長老は、十四年前に日曜学校の校長に任命されてより一度も笑顔を見せないということは広く知られていたのだ。だが、クロー家の娘のミニーとアデラが手をふり返してくれなかったことには、傷ついた。フェイスは、ミニーとアデラが好きだった。この二人は、学校ではブライス家の子どもたちに次《つ》いで仲のいい親友であり、フェイスはいつもアデラの算数を手伝っていた。そのお礼が、これだとは。フェイスが古い墓地で敷物をふるっていたという理由で、親友は知らんぷりをしたのだ。メアリ・ヴァンスに言わせれば、この墓地は、もう何年も埋葬は行われていないのに。フェイスは気分を害して、ヴェランダへ行った。そこではウーナも、クロー家の娘たちが手をふってくれなかったと嘆いていた。

「あの子たち、きっと何かに怒ってるのよ」フェイスが言った。「あたしたちが、虹の谷で、ブライス家の子と遊んでるから、焼き餅をやいてるのね。いいわ、明日、学校が始まって、アデラが算数を聞いても、知らんぷりをしてやる！　それで、おあいこよ。さあ、中にしまいましょう。もうくたくた。なのに、掃除の前より、あんまりきれいになってないみたい……墓地で、敷物のほこりを、どっさりはたいたのに。大掃除なんて、大嫌い」

疲れた娘たちが二部屋の掃除を終えると、もう二時だった。台所でわびしい昼食をとり、すぐに皿を洗うつもりだった。ところがフェイスは、ダイ・ブライスから借りた物語の本を、たまたま手にとったところ、つい夢中になり、日が暮れるまで読みふけった。ウーナは、まずいお茶を一杯、カールに持っていくと、彼は眠っていた。そこで自分もジェリーのベッドで丸くなり寝てしまった。その間、おぞましい噂がグレン・セント・メアリに広まっていた。人々は、牧師館のあの始末に負えない子どもたちを、いったいどうするべきか、真剣にたずねあった。

「これは、笑い事じゃないよ、ほんとだよ」ミス・コーネリアは夫に話し、重苦しいため息をついた。「最初は信じられなかったよ。午後、ミランダ・ドリューが、メソジストの日曜学校からこの話を持ってきたとき、あたしはフンと鼻で笑ったんだ。ところが、エイブラハム長老の奥さんによると、奥さんも、長老さんも、その目で見たと言うんだよ」

「何を見たんだい？」

「メレディス牧師のフェイスとウーナが、今朝、日曜学校にも行かずに家にいて、おまけに大掃除をしたんだ」ミス・コーネリアは絶望のあまり、やけくそその口調だった。「エイブラハム長老が、教会から帰るとき……あの人は図書室の本を整頓したんで、後まで残ってたそうだが……そうしたら、フェイスとウーナが、メソジストの墓地で敷物をふるってたそうな。あたしは、もう、メソジストの信者に顔向けできないよ。どんなにひどい噂になることか！」

実際、これは醜聞《スキャンダル》になった。広まるにつれて、大げさな尾ひれがついて、内海向こうに伝わるころには、牧師館の子どもたちは日曜日に大掃除のみならず洗濯物を外に干したことになり、終《しま》いには、メソジストが日曜学校をしていた間、彼女たちは墓場で昼下がりのピクニックをしていたことになった。この醜聞を、おめでたくも知らない唯一の家庭が、牧師館の一家だった。フェイスとウーナが間違えて火曜日だと思い込んでいた次の日は、また雨ふりだった。雨は三日間ふり続き、牧師館の近くに来る者はいなかった。牧師館でも、どこにも出かけなかった。フェイスとウーナは、霧のかかる虹の谷を通って炉辺荘へ行くことはできたが、ブライス家はアヴォンリーへ行っており、スーザンと先生しかいなかったのだ。

「これが、最後のパンよ」フェイスが言った。「前と同じ《ディットー》もなくなったわ。マーサおばさんが早く治らなかったら、あたしたち、どうすればいいの？」

「パンなら村で買えるわ。メアリが干した鱈もあるのよ」ウーナが言った。「でも、料理の仕方がわからないわ」

「あら、そんなの簡単よ」フェイスが笑った。「茹《ゆ》でればいいのよ」

そこで干し鱈を茹でたが、あらかじめ水につけなかったため、塩辛くて食べられなかった。その晩はひもじくて、たまらなかった。だが明くる日には、この苦難も終わった。また太陽が世界を明るく照らし、カールは元気になった。マーサおばさんの難儀は、始まりと同じように、突然、治った。肉屋が牧師館に立ちより、ひもじさを追い払ってくれた。さらにすばらしいことに、ブライス家の子どもたちが帰ってきたのだ。ブライス家の子どもたちと牧師館の子どもたち、そしてメアリ・ヴァンスは、夕方、虹の谷に勢ぞろいした。ひなぎくの花が夜露の精のように草の上に咲き、芳香のただよう黄昏どき、「樹《き》の恋人たち」の鈴が、妖精の鐘《チャイム》の音色さながらに鳴り響いていた。

第11章　恐ろしい事実を知る

「まったく、あんたらは、とんでもないことを、しでかしたんだよ」というのが、虹の谷にやって来たメアリの一言めだった。ミス・コーネリアは炉辺荘へ出かけていき、苦り切った顔で、アン、スーザンと秘密会議をひらいた。この会議が長引いてほしいとメアリは思った。大好きな虹の谷でみんなと遊んでいいと許されたのは、二週間ぶりだったのだ。

「何をしたの？」誰もが知りたがったが、ウォルターだけは、いつものように空想にふけっていた。

「あたいが言ってるのは、牧師館のあんたらのことだよ」メアリが言った。「まったく、とんでもないよ。あたいなら、あんな真似はしないよ。あたいは牧師館育ちじゃないし……どこの育ちでもないよ……ただ大きくなっただけで」

「あたしたちが、何をしたって言うのよ？」フェイスが驚いて、たずねた。

「やったじゃないか！　よくもそんなことが言えるね！　ひどい噂が広まってんだよ。信徒さんの間で、あんたらの父さんの評判は、がた落ちだ。取り返しがつかないよ、お気の毒に！　みんなが父さんのせいだって、言ってるんだ。それは間違いなのに。もっとも、世の中に、正しいことなんか、ありゃしないけどさ。あんたらは、自分を恥じるべきだ」

「だから、私たちが、何をしたって言うの？」ウーナは困惑して、再び、たずねた。フェイスは黙っていたが、金茶色の瞳を光らせ、軽蔑するようにメアリを見ていた。

「あれまあ、知らないふりなんて、しないどくれよ」メアリは相手をひるませるように言った。「何をやらかしたか、みんなが知ってんだよ」

「でも、ぼくは、知らないよ」ジェム・ブライスが怒って口をはさんだ。「ウーナを泣かせたら、ただじゃおかないぞ、メアリ・ヴァンス。いったい何の話をしてるんだ？」

「あんたは知らないよ。西のほうから帰ってきた（1）ばっかりだもん」メアリの口調が心持ち柔らかくなった。メアリは、ジェムの言うことは必ず聞くのだ。「でも、ほかの人たちは知ってるよ。信じるほうが、あんたのためだよ」

「ほかの人たちは何を知っているんだい？」

「この前の日曜日、フェイスとウーナが、日曜学校にも行かずに、家の大掃除をしたんだ」

「私たち、してないわ」フェイスとウーナは大きな声で、断固として否定した。

メアリは偉そうに、二人をまじまじと見つめた。

「まさか、やっていないと言うとはね。あたいに、あんだけ嘘をつくなって、言ったくせに」メアリは言った。「してないと言ったって、無駄だよ。やったって、みんなが知ってるもん。長老のクローさんと奥さんが、見たんだ。このせいで教会が解散になるって言う人もいるよ。あたいは、そこまでは行かないと思うけど。あんたらは、ほんとにご立派だよ」

ナン・ブライスが立ちあがり、呆然としているフェイスとウーナに両腕をまわした。

「この二人は、ご立派ですとも。あんたがテイラーさんの納屋でおなかを空かして飢え死にしかかってたとき、この二人が、あんたを家にあげて、食べさせて、服を着せてくれたのよ、メアリ・ヴァンス」ナンが言った。「あなたは、この二人に、心から感謝してるはずよ、そうでしょ」

「ちゃんと感謝してるよ」メアリは言い返した。「あたいは何があってもメレディス牧師の肩をもってる、それを知れば、あんたもわかるよ。今週だって、舌が腫《は》れるほど、牧師さんをかばったんだ。牧師の子が日曜に大掃除をしたのは、牧師さんのせいじゃないって、何べんも言ったんだ。牧師さんは遠くへ行ってて留守だったって……それでみんなが、納得してくれたんだ」

「でも私たち、掃除なんかしてないわ」ウーナが抗議した。「掃除をしたのは、月曜日よ。そうでしょ、フェイス？」

「当たり前よ」フェイスは目を強く光らせた。「あたしたち、雨ふりのなかを日曜学校に行ったのよ……そうしたら、誰も来なかったの……エイブラハム長老さんも。長老さんは、いい天気のときにだけ教会に来るキリスト教徒の話を、あんなにしたのに」

「雨がふったのは、土曜だよ」メアリが言った。「日曜は、絹みたいにきらきらした、いいお天気だった。あたいは歯が痛くて日曜学校に行けなかったけど、ほかの子はみんな行って、あんたらが芝生に並べた家具やら色んなものを見たんだ。エイブラハム長老と奥さんも、あんたが墓場で敷物をふるってるのを見たんだよ」

ウーナはひな菊のなかに座りこみ、泣き出した。

「おい」ジェムがきっぱり言った。「はっきりさせよう。誰かが、間違えてるんだ。日曜日は、いい天気だったよ、フェイス。どうして土曜日を、日曜日だと思ったんだい？」

「だって、木曜の晩に、祈禱会があったのよ」フェイスが大声をあげた。「次の日の金曜日は、あたしのアダムが、マーサおばさんの猫に追っかけられて、スープのお鍋に飛びこんで、お昼にスープを食べられなくなった。土曜日は、地下室に蛇がいて、カールが熊手でつかまえて外に出した。その土曜日は、雨ふりだったわ。さあ、どうよ」

「祈禱会は、水曜の夜だったよ」メアリが言った。「担当のバクスター長老が、木曜の晩に行けなくなったんで、水曜に変わったんだ。だからあんたは一日、間違えたんだ、フェイス・メレディス。それで日曜日に、労働をしたんだよ」

フェイスはにわかに、珠玉《たま》のような笑い声をあげた。

「そうだったのね。なんておかしいんでしょう!」

「あんたの父さんにとっちゃ、笑い事じゃないよ」メアリは渋い顔をした。

「ただの間違いだって、みんなにわかってもらえれば、大丈夫よ」フェイスはけろりと言った。「ちゃんと説明するわ」

「でも、あんたの顔が紫色になるまで、何度も何度も説明する羽目になるよ」メアリが言った。「こんな嘘っぱちみたいな噂は、あっという間に、遠くまで広まるんだ。あたいは、あんたより、世の中を見てきたから、あたいには、わかるんだ。間違いだって信じようとしない連中が、大勢いるんだよ」

「説明すれば、わかってくれるわ」フェイスが言った。

「一人一人みんなに説明してまわるなんて、できないよ」メアリが言った。「無理だよ。だから、あんたらは、お父さんに恥をかかせたんだよ」

この恐ろしい不面目が判明して、ウーナの夕べは台無しになったが、フェイスはくよくよしないことにした。彼女には、すべてを好転させる計画があったのだ。フェイスは大失敗した過去のことは忘れて、今の楽しみを存分に味わった。ジェムは魚釣りにいった。ウォルターは夢想から醒めて、天国の森について語りはじめた。メアリは耳をすまし、尊敬のまなざしで聞いた。メアリは、ウォルターに畏怖《いふ》の念を抱《いだ》いていたのだ。ウォルターが語る「本の話」は楽しかった。いつも面白くて胸がわくわくするのだ。その日のウォルターは、彼の愛するコールリッジ（2）を読み、天国について生き生きと語った。

そこには庭園があり、しなやかに小川が光り流れ
花盛りの木は、芳香を放《はな》つ、
その丘と同じように太古からの森があり
陽光ふりそそぐ緑の草原を、内《うち》に抱く。（3）

「あたい、天国に森があるなんて、知らなかった」メアリが深々と息をもらした。「通りばっかりだと思ってた……色んな通りがあって……また色んな通りがあって」

「森があるに決まってるでしょ」ナンが言った。「私の母さんは、森がないと生きていけないの、私もよ。天国に森がないなら、行っても仕方がないわ、そうでしょう？」

「天国には都《まち》もあるんだよ」若き夢想家は言った。「きらびやかな都だ……夕焼け色の都に、サファイヤの塔がそびえて、虹色の丸屋根《ドーム》もある。黄金とダイアモンドでできているんだ……通り全体もダイアモンドで、お日さまのように光っている。広場には、水

晶の噴水があって、そこに太陽の光がキスをしている。いたるところにアスフォデル（4）の花が咲いているんだ……天国の花だよ」

「すてきだな！」メアリが言った。「前に一度、シャーロットタウンの大通りを見たことがあって、なんと立派だろうと思ったけど、天国に比べりゃ、どうってことないんだね。あんたの話じゃ、全部が豪華に聞こえるけど、ちょっと退屈じゃないかな？」

「でも、天使がこっちを見てないときに、楽しいことができるわよ」フェイスが気楽そうに言った。

「天国では、何もかも、楽しいことずくめよ」ダイがはっきり言った。

「そんなこと、聖書に書いてないよ」メアリが叫んだ。彼女は日曜の午後、ミス・コーネリアの監視のもとで聖書を山ほど読まされ、今や、いっぱしの権威になったつもりだった。

「聖書の言い回しは、比喩《ひゆ》だって、母さんは言ってるわ」ナンが言った。

「つまり、ほんとのことじゃない、ってこと？」メアリが期待して言った。

「いいえ……そうじゃないけど……天国は、私たちがこうだったらいいなって、望んでいる通りのものだろう、という意味よ」

「虹の谷みたいだったら、いいな」メアリが言った。「天国で、みんなでおしゃべりして、遊ぶんだ。それで、あたいは十分だ。とにかく、どうせ死ななきゃ天国へ行けないし、死んだって行けないかもしんないから、今から心配したって無駄だ。ほら、ジェムが、鱒《ます》を釣って紐《ひも》に通して、持ってきたよ。油で焼くのは、あたいの番だね」

「私たちは牧師の家族なんだから、天国のことは、ウォルターよりも、知っていなくちゃいけないのに」その夜、ウーナは家路をたどりながら言った。

「あたしたちだって、ちゃんと知ってるわ。ただ、ウォルターは天国を想像できるのよ」フェイスが言った。「エリオットのおばさんによると、あの子の想像力は、お母さん譲りですって」

「日曜日のこと、間違えなければよかった」ウーナがため息をついた。

「心配しないで。いい考えを思いついたの。みんながわかるように説明するわ」フェイスが言った。「明日の晩まで待ってちょうだい」

第12章　説明、そして挑発

翌日の夜、牧師のクーパー博士が、グレン・セント・メアリで説教を行った。そのため村の長老派教会には、近くはもとより遠くからも大勢の人々が集まっていた。この学者の牧師は、雄弁な説教師として、つとに名声が高かった。また牧師たるものは町では最上の装いを、田舎では最上の説教を、という古風な格言を信奉《しんぽう》していたため、まことに教養のある感銘深い話をした。ところがその夜、人々が帰宅して家族に語ったのは、クーパー博士の説教ではなかった。そのようなことは、もはや記憶の彼方に忘れ去られていた。

クーパー博士は、情熱的な口ぶりでお説教を終えると、額の汗をぬぐい、「さあ、祈りましょう」と、彼のよく知られる名文句を語り、見事な祈禱《きとう》を行った。それから、短い休憩に入った。グレン・セント・メアリの教会では、お説教の前に献金を集める新しいやり方ではなく、お説教が終わってから集める昔ながらのしきたりが、今も守られていた――というのも、メソジスト教会が先に新式を採《と》り入れたため、ミス・コーネリアとクロー長老が、メソジストの前例に倣《なら》うことを、頑《がん》として拒《こば》んだからだ。そこで、献金皿をまわす係のチャールズ・バクスターとトーマス・ダグラスは、今しも、立ちあがろうとした。オルガン奏者は、賛美歌の楽譜をとりだし、聖歌隊は喉の調子をととのえた。そこへいきなり、フェイス・メレディスが、牧師の家族席から立ち上がり、説教壇へ歩いていって上がった。彼女は、驚いている顔つきの会衆を向いた。

ミス・コーネリアは、自分の席から半分ほど、腰を上げたが、また下ろした。彼女の家族席は教会のずっと後ろだった。これからフェイスが何を語り、何をするにしろ、自分が前に出るころには、半分は終わっていると気がついたのだ。フェイスが説教壇に上がっただけでも見世物《みせもの》なのに、さらに輪をかけて、みっともない真似をする必要はない。ミス・コーネリアは、苦悩にみちたまなざしを、ブライス医師夫人と、メソジスト教会のウォレン執事に向け、これでまた新たな騒動が持ちあがるだろうと観念した。

「フェイスも、せめて服だけでも、まともなら、よかったのに」ミス・コーネリアは心のなかでうめいた。

フェイスは、いい服にインクをこぼしたため、色の褪《あ》せたピンクの染め模様《プリント》の古い服を、平気で着ていた。スカートのほころびは、印《しるし》つけの真っ赤な木綿糸でかがられていた。おまけにスカートの裾《すそ》のまつり縫いがほどけて落ち、色のさめていない鮮やかなピンク色の布地がぐるりと見えていた。だがフェイスは、服のことなど頭になかった。彼女は、にわかに、緊張してきた。これを思いついたときは簡単だと思ったが、いざとなると難しかった。これは何事かといぶかしむ目でこちらを見ている会衆を前にして立つと、勇気がくじけそうになった。照明はやけに煌々《こうこう》と明るく、教会は静まりかえっている。自分は、結局、何も言えないのではないか。だが、話さなければならない——お父さんの疑いを晴らさなければならないのだ。それなのに——言葉が出なかった。

牧師館の家族席からは、ウーナの真珠のように清楚な小さな顔がほのかに浮かびあがって見えた。その顔は、フェイスに泣きつかんばかりだった。ブライス家の子どもたちは、この思いがけない事態に、目を丸くしていた。二階席の下の後方には、優しく慈悲深くほほえんでいるローズマリー・ウェスト、面白がっているエレン・ウェストの顔が見えた。だが、いずれもフェイスの助けにはならなかった。彼女の窮状を救ったのは、バーティ・シェイクスピア・ドリューだった。バーティ・シェイクスピアは二階席の前列にすわり、嘲《あざけ》りのしかめっ面を、彼女に向けたのだ。フェイスはすぐさま、おぞましい形相《ぎょうそう》でにらみ返した。バーティ・シェイクスピアごときに、しかめっ面をされた怒りに、彼女は舞台負けも忘れ、気がつくと声が出るようになっていた。フェイスははっきりと、そして勇敢に語り始めた。

「説明させて頂きたいことがあります」フェイスは切り出した。「今、お話ししたいのです。事実とは違う話を聞いているみなさんに、聞いてもらいたいのです。先週の日曜日、ウーナとあたしが日曜学校にも行かず、家の掃除をしたと、噂になっています。その通りです、あたしたちは掃除をしました……でも、わざとではありません。週の曜日を間違えたのです。バクスター長老のせいです」――ここで、バクスター長老の家族席が、ざわめいた――「長老が、祈禱会を水曜日の夜に変えたので、あたしたちは木曜日を金曜日だと勘違いして、そのまま土曜日を、日曜日だと思いこんだのです。カールは病気で寝ていましたし、マーサおばさんも寝込んでいたので、ウーナもあたしも、間違いを直せなかったんです。だから土曜日に、日曜学校へ行ったんです、あの土砂ぶりのなかを。誰も来ませんでした。だから月曜日になったら大掃除をして、牧師館はなんて汚いんだろうって、意地悪なおばあさんたちに言われないようにしようと思ったんです」――教会中にざわめきが広がった――「だから掃除をしたんです。あたしは、メソジストの墓地で敷物をふるいました。死んだ人に失礼なことをするつもりはありませんでした。敷物をふるうのに、ちょうどいい場所だったからです。今回のことで、大騒ぎをしているのは、死んだ人ではありません……生きている人たちです。でも、こういう事情《わけ》があったんです。だから、あたしの父を非難している人たちは、みんな間違っています。父は留守だったので、知りません。とにかく、あたしたちは、月曜日だとばかり思っていたんです。あたしの父は、今まで世界中で生きてきたお父さんのなかで、一番すばらしいお父さんなんです。あたしたちは、父のことを、心から愛してるんです」

ここでフェイスの勇気はつきて、すすり泣きに変わった。説教壇から駈けおり、教会横の扉から走って出た。優しく星のまたたく夏の夜が、フェイスを慰めた。泣いた目の痛みも、喉の痛みも、癒やされた。ほっとした気持ちだった。つらい説明は、終わったのだ。これでお父さまのせいではない、フェイスとウーナは日曜日だと知っていながら掃除をするような悪い子ではないと、みんながわかってくれたのだ。

教会では、人々が当惑したように顔を見合わせていた。ただトーマス・ダグラスは、席を立ち、真面目くさって通路を歩いてまわった。自分のなすべきことは明々白々であり、たとえ空が落ちてこようと、献金を集めなければならない。やがて献金集めが終わった。それから聖歌隊は賛美歌をうたったものの、生彩を欠いていると、みじめなくらいにわかっていた。最後にクーパー博士が、神を賛美して、祝福の言葉を述べたが、いつもより、明らかに宗教的熱情に欠けていた。だがこの牧師の博士にはユーモアのセンスがあり、フェイスの振る舞いを面白く思っていた。ジョン・メレディスは、長老派教会の界隈《かいわい》では、よく知られた存在だったのだ。

メレディス牧師は翌日の午後、村に帰ってきたが、その前に、フェイスは、またもグレン・セント・メアリに騒動を巻き起こした。日曜日の夕方に、あのような強烈な経験をして緊張した反動で、月曜日は、ミス・コーネリアが「悪魔のしわざ」とでも呼びそうな悪戯心でうずうずしていた。フェイスは、ウォルター・ブライスを豚にまたがらせ、自分も別の豚に乗って、村の表通りを走った（1）のだ。

その二匹の豚は、背丈はあったが、瘦せていた。バーティ・シェイクスピア・ドリューの父親が飼っている豚だったが、ここ二、三週間、牧師館近くの道ばたをうろついていた。ウォルターは、豚に乗ってグレン・セント・メアリを通るなんて嫌《いや》だったが、フェイス・メレディスに、やってみろと挑発されたことは何であれ、しなければならなかった(2)。豚は丘を駈けおり、村を走りぬけた。フェイスは、驚愕《きょうがく》している駿馬《しゅんめ》ならぬ豚の上で体を前に折って笑いころげ、一方のウォルターは恥ずかしさに顔を真っ赤に染めていた。二人は、駅から家にむかっていた牧師の横を走りぬけた。牧師はいつものように夢見心地でも、心ここにあらずでもなかった――汽車のなかでミス・コーネリアと話をしたからだ。彼女にかかれば、この牧師も、一時《いっとき》にしろ、必ずや目がさめるのだ――牧師は、二人に気がつき、このような行いは上品ではないとフェイスに注意しなければならないと思った。ところが家に帰り着くころには、そんなささいなことは忘れていた。二人がアレック・デイヴィス夫人のそばを走りすぎると、夫人は恐れおののいて悲鳴をあげた。ミス・ローズマリー・ウェストの脇を通ると、彼女は笑い、それから、ため息をついた。最後に、豚はバーティ・シェイクスピア・ドリューの家の裏庭に飛びこみ、以後、二度と出てこなかった。それほど二匹の神経にこたえたのだ――裏庭に突入する直前、フェイスとウォルターが豚から飛びおりたところ、ちょうどそこへブライス医師夫妻が、馬車で通りかかった。

「なるほど、あれがきみの男の子の育て方かい」ギルバートは、厳しい口ぶりを装って言った。

「ちょっと甘やかしているかもしれないわね」アンは悔《く》いた様子で言った。「でもね、ああ、ギルバート、グリーン・ゲイブルズに来る前の私の子ども時代を思うと、厳しくする気になれないの。私が、どんなに愛情と楽しいことに飢えていたか……誰にも愛されなくて、あくせく働いていた子ども(3)に、遊ぶ暇はなかったの！　うちの子は、牧師館の子どもたちと愉快にすごしているもの」

「あの気の毒な豚のほうは、どうだろうね？」ギルバートがたずねた。

アンは真面目な顔をしようとしたが、無理だった。

「あの豚が迷惑したと、本当に思っているの？」アンが言った。「あの豚は何があっても迷惑しないと思うわ。夏の間ずっと、このあたりの厄介者だったのよ。ドリュー家が閉じこめようとしなかったんですもの。でも、ウォルターには注意しておくわ……笑わずに言えるかしら」

その夕方、ミス・コーネリアが炉辺荘を訪れ、日曜日の夕方の感想をぶちまけて鬱憤《うっぷん》を晴らそうとした。ところがアンは、フェイスの行いについて、同じ考えではないと知り、驚いた。

「フェイスは、教会にぎっしり集まった方々の前で立ちあがって、説明をしたんですよ、勇敢ですわ、それに私、かわいそうに思いましたの」とアンは言ったのだ。「あの子が死にそうなほどおびえているのは、見てわかりました……それでもフェイスは覚悟を決めて、父親の疑惑を晴らそうとしたんですよ」

「そりゃ、もちろん、よかれと思ってのことだろうよ」ミス・コーネリアはため息をついた。「でもやっぱり、あの子がしたことは、とんでもないよ。日曜の大掃除よりも噂になって、せっかく掃除の噂が下火になったのに、また盛りあがって。ローズマリー・ウェストは、アンと同じ意見だよ。昨夜《ゆうべ》、教会から帰るとき、あんなことをするなんて、フェイスは度胸《どきょう》が要《い》ったでしょうね、あの子がかわいそうでしたわって、言ったから。ミス・エレンのほうは、面白い冗談だと思ったようだ。教会であんなに愉快だったことは、もう何年もないって言ったよ。つまり、あの二人にとっちゃ、どうでもいいことなんだよ……あの人たちは監督派教会だから。でも、あたしら長老派教会の信徒には、問題だよ。あの晩は、ホテルの宿泊客（4）が大勢来ていたし、メソジストの連中もたくさんいたんだ。リアンダー・クローフォードの奥さんは、つらすぎるって泣いてたし、アレック・デイヴィスの奥さんは、あの跳《は》ねっ返りは尻叩《スパンク》きをしなくてはって、言ってたよ」

「リアンダー・クローフォードの奥さんは、必ず教会で泣くんです」スーザンが軽蔑の口ぶりで言った。「牧師さんが胸を打つようなことをおっしゃると、いちいち泣くんです。そのくせ、牧師の給料の寄付名簿に、あの人の名前はろくに載らないんですから、先生奥さんや。泣くほうが安上がりなんですよ。先だって、あの奥さんは、マーサおばさんの家事が下手だって、私に言って聞かせようとしましてね。私も言ってやりたかったですよ。『あんたが、ケーキの材料を、食器洗いの洗面器で混ぜてることは、誰もが知ってますよ、リアンダー・クローフォードの奥さん！』って。だけど言いませんでした、先生奥さんや。私も自分が大事ですから、あんな人とやりあって自分を貶《おとし》めるような真似はしません。でも、私がその気になれば、リアンダー・クローフォードの奥さんのことでは、洗面器どころか、もっと悪い噂だって言えるんです。それから、アレック・デイヴィスの奥さんですけど、もしこの私に尻叩きの話なんかしたら、先生奥さんや、何て言い返すと思いますか？　こう言ってやりますよ、『あんたなら、間違いなく、フェイスの尻を叩こうとするでしょうね、デイヴィスの奥さん。だけど、あんたが牧師の娘の尻を叩く機会は、この世でも、あの世でも、絶対にありませんよ』ってね」

「あの気の毒なフェイスも、せめて服だけでも、まともだったら」ミス・コーネリアはまた嘆いた。「あそこまでひどい感じはしなかったのに。説教壇に上がったときの服ときたら、目も当てられなかったよ」

「でも、洗濯したばかりでしたよ、先生奥さんや」スーザンが言った。「あの子たちは、ちゃんと身ぎれいにしてます。たしかに不注意で、向こう見ずかもしれませんよ、先生奥さんや。そうじゃないとは、言いません。だけど、耳の後ろを洗い忘れたことは、一度もありません」

「フェイスは、いつが日曜なのか、忘れたんだよ、それはどうだい」ミス・コーネリアは言い返した。「あの子は大きくなったら、父親みたいに不注意で、実務にうとくなりますよ、ほんとだよ。カールが病気でなきゃ、何曜日か、わかったろうに。カールは、どこが悪かったのかね。おそらく、墓場になってるブルーベリーでも食べたんだろうよ。そんなものを食べりゃ、病気になるのも当たり前だ。あたしがメソジストなら、自分たちの墓くらい、きれいにするのに」

「カールは、墓地の盛り土に生えてる、あの酸っぱい草を食べただけだと、思いますよ」スーザンは、そうであればいいがと思いながら言った。「たとえどんな牧師の息子でも、死人の墓になってるブルーベリーを食べるとは、思いません。でも、盛り土に生えてるものなら、食べても、そんなに悪くないと思いますよ、先生奥さんや」

「昨夜《ゆうべ》のフェイスは、話をする前に、会衆の誰かにむかって、しかめっ面をしたね、あれが、一番行儀が悪かったよ」ミス・コーネリアが言った。「クロー長老は、わしにむけてやったって言い張ってたよ。それから今日、フェイスが豚を乗りまわして見物《みもの》になった話は、聞いたかい？」

「この目で見ましたわ。ウォルターも一緒でしたね。ウォルターを、少し……ほんの少し……叱りました。あの子の口は重かったんです。あれはぼくが考えたことで、フェイスは悪くないというようなことを言いましたわ」

「そんなことは、信じられません、先生奥さんや」スーザンがいきり立って叫んだ。

「それがウォルターらしいとこなんです……自分で責任を背負《しょ》いこむんですよ。あのいい子は、詩は書いても、豚を乗りまわそうだなんて、考えませんとも。おわかりですよね、先生奥さんや」

「ま、あんな馬鹿なことは、フェイス・メレディスの思いつきに決まってるよ」ミス・コーネリアも言った。「それに、エイモス・ドリューの老いぼれ豚が、このたび当然の罰を受けたんだ。豚がかわいそうだなんて、思わないよ。でも、あんなことを、牧師の娘がするとは！」

「おまけに、医者の息子もするとは！」アンは、ミス・コーネリアの口調を真似て言って、笑った。「大好きなミス・コーネリア、あの子たちは、まだほんの子どもですわ。それに、今まで一度も悪いことをしたことがないんですもの、ご存知でしょ……ただ向こう見ずだから、衝動的にしたんでしょう……私も前はそうだったんです。あの子たちも、大きくなれば、落ち着いて、真面目になりますわ……私がそうだったように」

　ミス・コーネリアも笑い出した。

「アンや、あんたの目を見てると、ときどき、はっと思い当たるんだよ。あんたの真面目なところは、服みたいに上辺《うわべ》に着てるだけで、ほんとのアンは、突飛《とっぴ》なことや、子どもじみたことをやりたくて、うずうずしてるんだね。とにかく、元気になったよ。どういうわけか、あんたと話すと、いつもそんな効き目があるんだ。ところがバーバラ・サムソンに会うと、逆に、どうせ何もかもうまく行かないし、この先もずっとそうだって気になるんだ。でもバーバラも、ジョー・サムソンみたいな男とずっと連れ添《そ》ってるんだから、明るくなれってほうが無理だね」

「あの奥さんが、ジョー・サムソンと結婚したなんて、首をかしげますよ、あんなにチャンスがあったのに」スーザンが言った。「あの奥さんは、娘時分は、引く手あまただったんですよ。恋人が二十一人いて、ペシック（5）氏も恋人だって、私に自慢したものです」

「ペシック氏って、どんな人？」

「まあ、なんというか、お世辞のうまい男でしたよ、先生奥さんや。でもあの男は、彼女の恋人とは言えませんでしたね。バーバラと結婚する気は、さらさらありませんでしたから。それにしても、恋人が二十一人もいたとは……私には一人もいなかったのに！　バーバラは、結局は、森を通って、つまらない男を拾った（6）んです。ところが世間は、あのご亭主は、女房より上手にスコーン（7）を焼くって言うんです。友だちがお茶に来ると、バーバラは、ご亭主にスコーンを作らせるそうですよ」

「それで思い出した。明日、うちにお客さんが見えるんだった。帰って、パンを仕掛けなくては」ミス・コーネリアが言った。「メアリは、パンの下ごしらえくらいできるって言うし、実際、ちゃんとできるだろうけど、あたしが生きて、動いて、存在する（8）うちは、自分でパンを仕掛けるよ」

「メアリは、どうしていますか？」アンがたずねた。

「あの子は、欠点が見当たらないね」ミス・コーネリアは、いささか暗い表情になった。「少しふっくらしたし、きれい好きだし、礼儀正しいよ……でも、あの子には、あたしには推《お》し量《はか》れないとこがあるんだ。奥底知れない子だよ。千年掘り続けても、あの子の心の底には届かない、ほんとだよ！　仕事のほうは、あんな子は、見たことがない。自分から進んでやってくれる。ワイリー夫人は、あの子につらく当たったかもしれないが、こき使ったと言われる筋合いはないね。メアリは生まれながらの働き者なんだ。メアリの足と、舌は……どっちが先にすり減るだろうって、ときどき思うくらいだよ。このごろじゃ、あたしはやることがなくて、悪戯でもするしかないくらいだ。学校が始まると、ほっとするよ。また自分で家の用事ができるからね。メアリは、学校に行きたくないって言うんだが、行かなくちゃだめだって、きっぱり言ったよ。メアリを学校に通わせずに、あたしがのらくら怠けてるなんて、メソジストに言わせるつもりはないからね」

第13章　丘の上の家

虹の谷のはずれ、湿地（1）の近くに白樺がとりかこむ窪地に、こんこんと水の湧く小さな泉があった。その水はいつも氷のように冷たく、水晶のように澄んでいた。そこに泉があることを知る者は多くなかったが、牧師館とブライス家の子どもたちは、もちろん知っていた。この魔法がかかった谷のすべてを知っているのだ。時折、子どもたちは、泉へ水を飲みにいった。また色々なお芝居ごっこにおいては、古い伝説や物語に出てくる泉に見立てて遊んだ。アンもこの泉を知っており、愛していた。どことなくグリーン・ゲイブルズにある愛しい木の精《ドライアド》の泉を思わせたのだ。ローズマリー・ウェストも、泉を知っていた。彼女にとっては、愛の泉《ロマンス》だった。十八年前の春の黄昏どき、この泉のほとりにすわり、マーティン・クローフォードが熱っぽく、また少年のような恋をたどたどしく告白する言葉を聞いたのだ。それにこたえて、彼女も胸に秘めた思いを打ち明けた。二人は、この原生林にある泉のほとりで口づけをかわし、将来を約束した。だが二人がまた泉のそばに立つことは、二度となかった――マーティンはほどなく、ついぞ帰らぬ航海へ船出したのだ。ローズマリー・ウェストにとって、ここは、青春と愛という不滅のひとときによって清められた神聖な場所だった。彼女は近くを通ると決まって泉に来て、過ぎ去った昔の夢と、秘めやかな逢い引きをした――その夢から、苦しみはすでに失われ、今では忘れることのできない甘やかな思い出だけがたゆたっていた。

泉は隠れたところにあった。十フィートと離れていないところを通っても、泉があるとは誰も思わないだろう。二昔《ふたむかし》ほど前、立派な松の古木が、泉をまたぐように倒れ、今はもろくなった幹だけが残っていた。幹からは羊歯《しだ》が生いしげり、緑色の屋根とレースのようなおおいとなって、水面《みなも》にかかっていた。泉のそばには、かえでの木があった。その幹は奇妙に節《ふし》くれ、曲がり、しばらく地面を這《は》ってから、空へ伸びていたため、趣きのある長椅子のようだった。そしてこの九月、窪地のまわりには淡い灰青色《スモークブルー》のスカーフを広げたようにアスターの花々が咲いていた。

ある夕方、ジョン・メレディスは、内海岬の信徒の田舎家《いなかや》をまわった帰り、近道をして虹の谷を通り、脇道へそれ、この小さな泉の水を飲んだ。ほんの数日前の昼下がり、ウォルター・ブライスが泉のありかを教えてくれたのだ。二人はかえでの長椅子に腰かけ、心ゆくまで語りあった。ジョン・メレディスは、そのはにかみと超然《ちょうぜん》とした風貌の下に、少年の心を宿していた。グレン・セント・メアリの誰も信じないだろうが、彼は子どものころはジャックと呼ばれていた(2)。ウォルターと牧師はうちとけ、胸襟《きょうきん》を開いて語りあった。ウォルターの少年の魂には、封印された聖なる部屋がいくつかあり、ダイでさえ、その内《うち》を見たことはなかったが、そこへ通じる道を、牧師は探しあてたのだ。この親睦《しんぼく》のひとときより、二人は良き友となり、ウォルターはこの牧師を恐れなくなった。

「牧師さんと本当に親しくなれるなんて、前は思いもしなかったよ」その夜、彼は母に語った。

今しも、ジョン・メレディスは、ほっそりした白い手で水をすくって飲んだ。その手は握手をすると鋼《はがね》のように力強く、知り合った人々は驚くのだった。彼は一人、かえでの長椅子に腰をおろした。家に帰るといっても、急いではいなかった。ここは美しい場所だった。また彼は、善良ではあるものの退屈な人々と大勢、面白くもない話をして家々を歩きたずね、気疲《きづか》れしていた。月が昇ってきた。虹の谷では、彼がいるところにだけ、風がそよ吹き、星が見守るように光っていた。一方、虹の谷の上手からは、子どもたちの笑い声、話し声が、楽しげに遠く聞こえていた。

月の光を浴びて、アスターの花々は霊妙なまでに美しかった。小さな泉はきらめき、小川はささやくように歌い、蕨《わらび》は優雅にそっと揺れていた。そのすべてが、ジョン・メレディスのまわりで白魔術（3）を織りなしていた。彼は、信徒たちとの気苦労も、宗教上の問題も忘れ、いつしか歳月はすべるように消え去った。彼は若き神学生にもどっていた。愛するセシリアの女王のような黒髪には、六月の薔薇が甘く、芳《かぐわ》しく香っていた。こうして彼はかえでの長椅子にすわったまま少年のように夢を見ていた。この幸せな瞬間、ローズマリー・ウェストが抜け道をそれて、あやうい魔法のかかったこの場所に足をふみいれ、彼のそばにやって来た。ジョン・メレディスは立ちあがり、彼女を見た——確かに、はっきりと、彼女を見た——それは初めてのことだった。

以前も、一度か二度、自分の教会で彼女に会い、心ここにあらずで握手をしたことはあった。だがそれは、教会の通路でたまたま人に会ってかわす握手と変わらなかった。教会以外の場所で、ローズマリーに会ったことはなかった。というのもウェスト家は監督派教会であり、しかもローブリッジの教会に属していた。そこに彼が呼ばれることはなかったのだ。そのため今夜よりも前にローズマリーの容姿をたずねられたら、ジョン・メレディスはわからなかっただろう。しかし今、ローズマリーは柔らかな月光の神秘の魔法につつまれて泉のほとりに現れたのだ。彼は二度と忘れられなくなった。

彼女は少しもセシリアに似ていなかった。彼にとってセシリアは、つねに女性美の理想であった。セシリアは小柄で、黒髪に黒い瞳をして、陽気だった——ローズマリー・ウェストは背が高く、色白の金髪で、物静かだった。だがジョン・メレディスは、こんなに麗しい女性を見たことがないと思った。

彼女は帽子をかぶっていなかった。髪は金色だった——温かみのある金色で、ダイ・ブライスが言うように「糖蜜《モラセス》のタフィー」の色だった——それをピンで留めあげ、つややかな小さなカールが頭中をおおっていた(4)。大きくて穏やかな青い瞳は、いつも親しみにあふれ、額は気高く白く、美しい輪郭をしていた。

ローズマリー・ウェストは、かねがね「優しい女性」と言われていた。育ちの良さからくる、あたりを払うような雰囲気はあったが、心ばえの優しさのために「お高くとまっている」と噂されることはなかった。これがもしグレン・セント・メアリの他の人物なら、そう言われても仕方がなかったであろう。彼女はこれまでの人生から、勇気と忍耐強さ、愛と寛容を学んだ。かつて彼女は、恋人の乗った船がフォー・ウィンズの内海から夕焼けの海へ航海に出ていくところを見送った。しかしいつまで待とうとも、船は帰ってこなかった。眠れぬ夜が、彼女の瞳から娘らしさを奪っていった。しかし彼女は今なお不思議なほど若さを保っていた。それはおそらく、彼女が人生にたいして、喜びに満ちた驚きを感じる姿勢を持ち続けているからだろう。われわれの多くは、それを子ども時代に置き忘れていってしまうのだ——そうした姿勢は、ローズマリーを若々しく見せるのみならず、彼女と言葉をかわす人々の心にも、若返ったような快《こころよ》い錯覚を与えるのだった。

ジョン・メレディスは、彼女の美貌に息をのんだ。一方のローズマリーは、彼が泉にいて驚いていた。人里離れたこの泉に誰かがいようとは、ましてや、グレン・セント・メアリ牧師館の世捨て人のような牧師がいようとは、思いもしなかったのだ。彼女はあやらく、腕一杯に抱えていた重い本をとり落としそうになった。グレンの図書館から何冊か借りて、家に帰るところだった。彼女は狼狽《ろうばい》を隠すために、小さな嘘をついた。どんなに善良な女性でもときには口にするささやかな嘘である。

「こんばんは、ミス・ウェスト」というメレディス牧師のきまじめな挨拶に、「私……私、水を飲みに来ましたの」と、つかえながら言ったのだ。私ったら、なんて許しがたいお馬鹿さんかしら、自分を揺さぶりたいくらい、と思った。だがジョン・メレディスは自惚《うぬぼ》れ屋ではなかった。こんなふうに思いがけず誰かに会えば、長老のクロー老人に出会っても驚くだろうと思った。彼女がうろたえているのがわかると、牧師は気が楽になり、恥ずかしさを忘れた。どんなに内気な男でも、月明かりのもとでは、ときとして大胆になれるのだ。

「では、カップをさしあげましょう」彼はにっこりした。実は、カップは、本当に手の届くところにあった。虹の谷の子どもたちが、持ち手のとれて欠けた青いカップを、かえでの下に隠していたのだ。しかしそうとは知らない彼は、白樺に歩みより、白い樹皮を少し剝《は》がすと、器用な手つきで三角形のカップ（5）をこしらえ、泉の水をなみなみとすくい、ローズマリーに手渡した。

ローズマリーは受けとり、嘘をついた自分への罰のように、一滴残らず飲み干した。少しも喉は渇いていなかった。喉が渇いていないときに、大ぶりのカップいっぱいの水を飲むことは、いささか苦しいものだ。だがこうして水を飲んだことは、ローズマリーには快《こころよ》い思い出となった。年月《ねんげつ》がたってから、どことなく聖なる儀式のように思い返されたのだ。それはたぶん、ローズマリーがカップを返した後、牧師がしたことのせいだろう。彼は、また屈《かが》んで水をくみ、自分も飲んだのだ。たまたまローズマリーが口をつけたところに唇をあてがった。偶然にすぎないと、ローズマリーはわかっていた。それでも、不思議な意味合いをかぎとった。二人は同じカップで水を飲んだ。以前、年配のおばが、同じカップで飲んだ二人は、良きにつけ悪《あ》しきにつけ、その後、二人の人生は何らかの形でつながると話していたことを、おぼろに思い出した。

ジョン・メレディスはカップを手にしたまま、ためらっていた。この後、どうすればいいか、わからなかったのだ。投げ捨てるのが普通だろうが、なぜか、そうしたくはなかった。ローズマリーが手をさしのべた。

「いただけませんか？」彼女は言った。「こんなに上手に作ってくださったんですもの。このごろは、白樺のカップを作る人は、見かけませんわ。ずっと前は、弟がよく作ってくれましたけれど……亡くなる前に」

「わたしは、子どものころ、夏にキャンプをして、作り方を教わったんです。年寄りの猟師《りょうし》が教えてくれました」メレディス牧師は言った。「本をお持ちしましょう、ミス・ウェスト」

ローズマリーは驚き、またささいな嘘をついた。まあ、重くありませんわ、と言ったのだ。だが牧師は夫のようにふるまって本を受けとり、二人は並んで歩きだした。ローズマリーが、この谷の泉のほとりにいながら、マーティン・クローフォードを想わなかったのは初めてだった。昔の恋人との秘密の逢瀬は、このとき終わりを告げた。

細い小道が湿地のまわりをめぐり、それから木々におおわれた長い丘の上へつづいていた。ローズマリーは、丘の上の家に暮らしていた。二人が丘を歩いていくと、木立の間から、月明かりに照らされた平らな夏のまき場が見えた。しかしこの道は薄暗く、幅が狭かった。頭上を木の枝がおおっていたのだ。木立というものは、昼間でこそ人に優しいが、日が暮れると、決してそうではない。自分たちだけで固まり、われわれと距離を置く。木々は小声でささやきあい、こそこそと何かを企《たくら》んでいる。たとえ人に手を伸ばしても、冷ややかに、よそよそしく触れるだけだ。日が沈んでから森を歩く人々は、本能的に、知らず知らずのうちに、たがいに寄り添い、身も心も一つになって、あたりをとりまく得体の知れない力に立ち向かおうとする。二人が歩くうちに、ローズマリーのドレスが、ジョン・メレディスにふれた。心ここにあらずの牧師ではあるが、まだ若い男である。彼は、ロマンスの年ごろは終わったと思い込んでいたが、夜と、細い小道と、隣をゆく女性の魅惑を意識せずにはいられなかった。

人生はもう終わったと考えることは、今ひとつ安全ではない。自分の物語は終わったと思ったそのとき、運命の悪戯がページをめくり、また新しい章を見せる。この二人はそれぞれ、自分の心は過去の日々にあり、それはもはや変えようがないと思っていた。ところが、肩を並べて一緒に丘をあがっていく道ゆきがすこぶる楽しいことに、二人とも気づいたのだ。ローズマリーは、このグレン村の牧師は、人が言うほど内気でも口下手でもないと思った。彼が何の苦労もなく、気楽に、自由に自分と話しているように思われたのだ。このときの牧師の口ぶりを、グレンの主婦たちが聞けば、目を丸くしただろう。もっとも、グレンの主婦の話題はもっぱら、噂話《ゴシップ》か、卵の値段である。ジョン・メレディスはそのどちらにも、興味がなかった。このときの彼は、ローズマリーに、書物や音楽、広い世界の出来事、また自分の来《こ》し方《かた》を語った。彼女はその話を理解し、きちんと受け答えができるとわかった。メレディス牧師が読みたいと思っていたものの、まだ読んでいない本を、ローズマリーが持っていることがわかると、彼女はお貸ししましょうと申し出た。二人が丘の上の古い屋敷に着くと、彼は本を借りるために敷地に入っていった。

家そのものは古風な灰色の屋敷だった。蔦《つた》がさがり、葉のすき間から居間の灯りが親しげに瞬《またた》いていた。家からはグレンの村や、月光を浴びて銀色にきらめく内海、そのむこうの砂丘や、悲しげにうなる海を見晴らした。二人は庭を通り抜けた。薔薇のない季節でさえ、いつも薔薇の香りが漂っているような庭園だった。門のところで百合が群れなして咲き乱れていた。幅広い小道の両側にはアスターの花がリボンのように並んで咲いていた。家のむこうの丘の稜線に並ぶもみの木々は、レース模様のように見えた。「この玄関先にいると、全世界があなたのものですね」ジョン・メレディスは深々と呼吸をした。「なんという絶景だろう……なんという見晴らしだ！　下のグレンにいると、時々、息がつまるような気がします。ここにいると、思う存分、息ができますね」

「今夜は穏やかですもの」ローズマリーは笑った。「でも、風があると、息なんて吹き飛ばされそうになるんです。『色々な方角から風が吹いて』(6)、ここまで上がってくるんです。ここは内海ではなく、フォー・ウィンズ（四つの風）(7)と呼ぶべきですわ」

「わたしは風が好きです」彼は言った。「風のない日は、死んでいる一日のような気がします。風が吹く日は、わたしも目が醒めるのです」彼はその言葉の意味に気づいて、笑った。「穏やかな日のわたしは、真昼の夢にふけっているのです。そんなわたしがどう言われているか、ご存知でしょう、ミス・ウェスト。次にお会いしたときに、あなたを無視しても、礼儀知らずだと思わないでください。ぼんやりしているだけだとご理解いただき、許してください……そして、どうか、わたしに声をかけてください」

　二人が屋敷に入ると、エレン・ウェストが居間にいた。彼女は、読んでいた本の上に、眼鏡を置き、驚きと、それ以外の何かがにじむ表情で、二人を見つめた。だが彼女は、メレディス牧師と愛想よく握手をかわした。ローズマリーが本を探しにいくと、牧師は腰をおろし、エレンと話をした。

エレン・ウェストは、ローズマリーより十歳年上だった。まったく似ていなかった。姉妹だとは信じられないほどだった。エレンは色があさ黒く、大柄で、黒い髪に、黒々とした太い眉、瞳は北風が吹くときのセント・ローレンス湾の灰色を帯びた青色で、澄んでいた。顔つきはいかめしく近寄りがたいものの、話してみると、すこぶる朗《ほが》らかだった。彼女は喉を鳴らして心の底から笑い、男のようにも聞こえる声には深みと円熟味があり、心地よかった。かつて彼女は、グレン村の長老派教会の牧師と話をしてみたいものだと、ローズマリーに言ったことがあった。時事問題を議論して、女と話ができるかどうか、試してみたかったのだ。今こそ、その好機《チャンス》だ。エレンは世界の政治について、議論をふっかけた。ミス・エレンは読書家で、今しがたドイツの皇帝《カイゼル》(8)についての本を熱心に読んでいた。そこでカイゼルをどう思うか、メレディス牧師に意見をもとめた。

「危険な男ですよ(9)」というのが彼の答えだった。

「その通りですとも！」ミス・エレンはうなずいた。「いいですか、メレディス牧師、あの男は、まだ誰かと戦うつもりですよ。戦争したくて、うずうずしてるんです。世界に火をつけるつもりです」

「あの男が、好き勝手に大戦《たいせん》を始めるという意味でしたら、わたしは、そうは思いません。そんなことができる時代は終わったんです」

「いいえ、終わってませんとも！」エレンは大声を轟《とどろ》かせた。「男や国が、馬鹿なことをやらかして、争いごとをおっ始《ぱじ》める時代は、決してなくならないのです。千年王国(10)は、そんなにすぐに来るものですか、メレディス牧師。それはあなたのほうが、よくご存知でしょう。あの皇帝《カイゼル》は、いいですか、山ほど厄介ごとを起こすつもりですよ」

――それからミス・エレンは、長い指で、目の前の本を勢いよく突《つつ》いた。「ええ、つぼみのうちに、あの男を摘みとっておかないと、面倒なことを巻き起こしますよ。私たちが生きてるうちに、それを見る羽目になるのです……あなたや私の目の黒いうちに、目《ま》の当たりにするのです、メレディス牧師。では、誰が、あの男を摘みとるのか？ イギリスがするべきですが、しないでしょう。いったい、誰が、あの男を摘みとるのでしょう？ 教えてください、メレディス牧師」

メレディス牧師は答えられなかった。しかし二人は、ドイツの軍国主義(11)について議論を始め、ローズマリーが本を見つけて戻っても、延々と話し続けた。ローズマリーは何も言わなかった。エレンの後ろの揺り椅子にすわり、ふてぶてしい様子の黒猫を、もの思いにふけりながら撫でていた。ジョン・メレディスは、欧州の大国の権力争いの話をしながら、エレンではなく、ローズマリーに目をむけていた。それにエレンは気づいていた。ローズマリーが牧師を玄関まで送り、戻ってくると、エレンは立ちあがり、とがめるように妹を見た。

「ローズマリー・ウェスト、あの男は、おまえに言い寄る気だよ」

ローズマリーはおののいた。エレンの言葉を聞いて、殴られたような気がした。この一撃で、楽しかった夕べに咲いた花がことごとく散ってしまった。だが、どんなに傷ついたか、エレンに見せるつもりはなかった。

「そんな馬鹿なことを」ローズマリーは笑ってみせたが、何気なさを、少々、装いすぎていた。「姉さんは、どんな藪《やぶ》にも、私の恋人がいると思うのね、エレン。今夜、あの方は、亡くなった奥さまのお話をしてくださったのよ……どんなに大切な人だったか……奥さまが他界されて、世界がどんなに空っぽになってしまったか、何もかも」

「そうかい、それが、あの男のくどき方かもしれないよ」エレンは黙っていなかった。

「男には、色んなやり方があるからね、私が思うに。いいかい、あの約束を、忘れるんじゃないよ、ローズマリー」

「忘れるも、憶《おぼ》えているも、今となっては、私には必要のないことです」ローズマリーは、いささかうんざりして言った。「私がもう年だということを、姉さんは忘れているのね、エレン。妹の私がまだ若くて、娘盛りで、危なっかしいと、思い違いをしているのよ。メレディス牧師は、私と友だちになりたいだけよ……もし友だちになりたいとすればの話ですけど。だから牧師館に着く前に、私たちのことなんか、忘れておしまいになるわ」

「友だちになることは、反対しないよ」エレンは譲歩した。「だけど、友情を越《こ》えるんじゃないよ、憶えておきなさい。私はかねがね、男やもめは疑ってかかることにしてるんだ。男やもめは、友情にロマンチックな考えなんか持たない。もっと現実的なことを考えてるんだ。あの長老派教会の牧師のことを、世間はどうして、内気だなんて、言うのかね？　ちっとも内気じゃないよ。ぼんやり者ではあるかもしれないが……あんまりぼんやりしてたんで、おまえが玄関まで送ろうとしたとき、私に挨拶をするのも忘れたよ。あの男は、頭もいいね。このへんで、まともな議論ができる男は、数えるほどしかいない。今夜は楽しかった。だからまたあの人に会うのは、嫌じゃないよ。でも、恋愛ごっこはなしだよ、ローズマリー、いいかい……なしだよ」

　ローズマリーは、恋愛ごっこをするなと、エレンから注意されることに慣れていた。十八歳から八十歳までの結婚可能な男性と五分でも話していると、姉は釘をさすのだ。いつもなら、ローズマリーは嘘偽りなく、心の底から面白がり、笑い飛ばしていた。ところが今は、おかしくなかった――むしろ少々、いらいらした。誰が恋愛ごっこなんて、したいだろう？

「馬鹿なことを言わないで、エレン」ローズマリーは不自然なほど素っ気なく言うと、ランプを手にとり、おやすみも言わずに、二階へ上がった。

エレンは疑うように首をふると、黒猫に目をやった。

「どうしてあの子は、あんなに不機嫌なんだろうね、聖《セント》ジョージ（12）？」エレンは猫に問いかけた。「咆《ほ》えると打《ぶ》たれるって、よく聞くけれどね、ジョージ。でも、あの子は私に約束したんだ……聖《セント》……約束したんだよ。われわれウェスト家は、言ったことは、必ず守る。だから、たとえあの牧師が恋愛ごっこをしたくても、面倒なことにはならないよ、ジョージ。あの子は約束した。だから私は心配しないよ」

二階では、ローズマリーが自分の部屋で、長い間、窓から外を眺めて、すわっていた。月明かりに照らされた庭と、そのむこうできらめく遠くの内海を。彼女はどことなく気もそぞろで、落ち着かなかった。にわかに、古い夢が、うんざりして感じられた。庭では、突然のそよ風に、最後の紅薔薇の花びらが散った。夏は終わった――秋が訪れた。

第14章　アレック・デイヴィス夫人、訪れる

ジョン・メレディスはゆっくりした足どりで家路についた。最初はローズマリーのことをいくらか考えていた。だが虹の谷に着くころには忘れていた。エレンが持ちかけたドイツ神学に関する一つの論点について考えこむあまり、虹の谷を通ったことすら気づかなかった。虹の谷の魅惑も、ドイツ神学の前では無力だった。帰宅すると書斎に入り、分厚い本をとりだし、自分とエレンのどちらが正しいか調べた。それから迷路のような神学の難問に、夜明けまで没頭した。すると考え方の新しい手がかりにゆきあたり、次の週はまるでそれを追跡する猟犬のように追い求め続け、世間のことも、教会の信徒たちも、家族も、完全に頭になかった。彼は日に夜《よ》を継《つ》いで書物を読みふけり、食事すらも忘れた。ウーナが留守だったため、食事に呼ぶ者がいなかったのだ。もはやローズマリーとエレンのことは頭になかった。内海向こうのマーシャル老夫人の容態が悪くなり、牧師を呼び出す伝言が届いたが、それは読まれることもなく机で埃をかぶったままだった。マーシャル老夫人は回復したものの、決して彼を許さなかった。若い恋人たちが結婚しようと牧師館に来たときは、メレディス牧師は髪もとかさず、絨毯地《じゅうたんじ》の室内履きに、

色のさめたガウンのままで結婚式を執《と》りおこなった。しかも葬式の言葉を唱えはじめ、「灰は灰に、塵《ちり》は塵に」（1）まで読んだところで、朧気《おぼろげ》ながらに、何かおかしいぞと感じた。

「おや、おや」彼は上の空で言った。「これはおかしい……まことに奇妙である」

緊張していた花嫁は泣き出した。緊張していなかった花婿は苦笑いした。

「すみません、牧師さんは、ぼくたちを結婚させるのではなく、埋葬しようとなさっていますよ」

「これは失敬」メレディス牧師は大したことではないかのように言うと、婚礼の言葉にかえ、式を終えた。しかし花嫁は、死ぬまで、正式に結婚していないような気がしてならなかった。

彼は祈禱会に行くのをまた忘れた——しかし雨ふりの晩で、誰も来なかったため、問題はなかった。もしアレック・デイヴィス夫人が訪れなければ、日曜礼拝も忘れていたかもしれない。だが、土曜の午後、マーサおばさんが書斎に来て、デイヴィス夫人がお目にかかりたいと、客間でお待ちだよと告げた。メレディス牧師はため息をついた。グレン・セント・メアリ教会の信徒で、彼が唯一、毛嫌《けぎら》いする女性が、デイヴィス夫人なのだ。ところが困ったことに、彼女は最も裕福な夫人であり、彼女を怒らせないようにと、教会の運営委員から釘をさされていた。メレディス牧師は、聖職者の給料などという世俗的なことは滅多に考えなかったが、運営委員は、牧師よりは実利的で、目端《めはし》もきいた。そこで牧師にむかって金銭の話をする代わりに、デイヴィス夫人の機嫌を損《そこ》ねてはならないという心構えを牧師の頭にうまく叩きこんだのだ。さもなければ、マーサおばさんが出ていった後から、夫人のことすら忘れただろう。というわけで、彼はいらだちを覚えながら、読んでいたエーヴァルト(2)の本を伏せて置き、廊下を通り、客間へ行った。

デイヴィス夫人は、ソファに腰かけ、蔑《さげす》むように辺りを見まわしていた。なんというおぞましい部屋ですこと！　窓にカーテンもないとは。実は、フェイスとウーナが前日にカーテンをはずし、お芝居ごっこで裾を引きずる宮中服として使ったまま、かけ忘れていたのだ。夫人はそうとは知らなかったが、かりに知っていても、これ以上、激しくこの窓を非難できなかっただろう。というのも窓のブラインドも欠けて破れていた。壁の絵は曲がり、敷物はゆがんでいた。花瓶は枯れた花でいっぱいだった。埃《ほこり》は厚く積もっていた——文字通り、山になっていた。

「いったい、どうなることやら？」デイヴィス夫人は独りごとをもらし、みっともない口もとを上品ぶって引き結んだ。

その前に、夫人が玄関に足をふみ入れると、ジェリーとカールが大声をあげて階段の手すりを滑りおりていた。二人は夫人が見えなかったため、何度も叫びながら滑り続けた。夫人はわざとしているに違いないと思った。その次は、フェイスがペットにしている雄鶏が、廊下をゆっくり歩いてきて、客間の入口で立ち止まり、夫人をじっと見つめた。雄鶏は、夫人の顔つきが気に入らず、入ろうとしなかった。デイヴィス夫人は、小馬鹿にしたように鼻を鳴らした。まったく、とんでもない牧師館だこと。雄鶏が廊下を歩きまわって、客をじろじろ見て、恥をかかせるとは。

「しっし、あっちへお行き」夫人は命令すると、縁飾りのついた玉虫色《たまむしいろ》の絹（3）の日傘を、雄鶏へむけて突きだした。

アダムは足早に逃げ出した。彼は頭のいい雄鶏であり、デイヴィス夫人が、この五十年にわたる歳月、その美しい手で、雄鶏の首を数え切れないほどひねっており、死刑執行人の気配が漂っていると察したのだ。アダムが慌てて廊下を逃げていくと、メレディス牧師が入ってきた。

メレディス牧師は、午後というのに、まだガウンに室内履きだった。黒い髪は整えもせず、知性的な額にかかっていた。それでも彼は、中身と同様、紳士的に見えた。一方のデイヴィス夫人は、絹のドレスに、羽根飾りの帽子、子山羊《キッド》の手袋、金鎖の首飾りで装っていたが、中身と同様、下品で粗野な人物に見えた。二人はおたがいに、相手の外見に反感をおぼえた。そしてメレディス牧師は、気後れした。デイヴィス夫人は、一戦にそなえて、気をひきしめた（4）。彼女は、ある提案をしようと、牧師館を訪れたのだ。

時間を無駄にするつもりはなかった。あたくしは牧師のために親切な行いをするのだ――これは立派で、親切な行いだ――牧師に早く知ってもらったほうがいい。この件について、夫人は夏の間中、考え続け、ついに決心したのだ。大事な点はそこだと、デイヴィス夫人は思った。つまり彼女が何かを決めたら、それは決まったということなのだ。ほかの人物に、口出しはさせない。それが彼女のやり方だった。アレック・デイヴィスとの結婚を決めたときも、自分が決めた通りに結婚し、それで決着した。アレックにしてみれば、どうしてこうなったのか、わからなかったが、そんなことは、どうでもいいではないか。今回も同じだった――デイヴィス夫人は自分の納得がゆくように、すべて準備を終えていた。あとはメレディス牧師に伝えるだけだった。

「扉を閉めて頂けますか？」デイヴィス夫人は固く結んでいた唇を心持ちゆるめたが、口ぶりは刺々しかった。「大事なお話がありますの。廊下があんなに騒がしくては、お話しできませんわ」

メレディス牧師は、おとなしく戸を閉めた。それからデイヴィス夫人の前に腰をおろした。だが彼は、いまだに夫人がいることを、しっかり認識していなかった。頭ではまだエーヴァルトの理論と格闘していたのだ。デイヴィス夫人は、牧師が上の空だと気づくと、不機嫌になった。「メレディス牧師、あなたにお話があって、参ったんですの」デイヴィス夫人は口ぶりも荒く言った。「あたくし、ウーナを養女にしようと決めたんです」

「ウーナを……養女に……する！」メレディス牧師は、呆然《ぼうぜん》として夫人を見つめた。意味がさっぱりわからなかった。

「そうです、ここしばらく考えておりましたの。主人が亡くなってから、養子をもらおうと、ずっと思っておりましてね。でも、なかなかいい子が見つからなかったんです。あたくしの家に置きたいような子は、ほとんどおりませんでした。孤児院の子を引きとるつもりもありません……そんな子はおそらく、貧民街《スラム》の宿なしですよ。ウーナのほかに引きとりたいような子は、まず、おりません。去年の秋、内海を下ったところの漁師が亡くなって、子どもが六人遺されましてね、一人をあたくしに引きとらせようとしましたが、そんな屑《くず》みたいな子をもらうつもりはないって、一も二もなく言いましたわ。その子のおじいさんは、馬を盗んだんですよ。それに、みんな男の子でした。あたくしは、女の子がほしいんですの……おとなしくて、言うことをよく聞いて、躾ければ淑女《レディ》になりそうな女の子です。ウーナこそ、ぴったりですわ。面倒を見てやれば、感じのいい娘になりますよ……フェイスとは大違いです。フェイスをもらおうなんて、とんでもない。でも、ウーナなら、あたくしの養女にして、よい家庭と、よい躾を与えてやります、メレディス牧師。ウーナのお行儀がよければ、あたくしが死んだとき、全財産を遺してやるつもりです。あたくしの親戚には、何があろうと、びた一文、やるものですか。

そう決めておりますの。そもそも、親戚を怒らせたくて、養子をもらおうと思ったんです。それが一番の理由ですの。ウーナにはいい服を着せて、いい教育を与えて、いい躾をしてやります、メレディス牧師。音楽と絵画のお稽古もさせましょう。自分の子のように育ててやりますよ」

そのころにはメレディス牧師も、はっきり目が醒めた。青白い頬はかすかに赤らみ、美しい黒い目には危険な光があった。この女は、つまり、品性の下劣さと拝金主義が、毛穴という毛穴からにじみ出ているこの女は、ウーナを養子にくれと、本気で頼んでいるのだろうか――どこか悲しげなところがある愛娘《まなむすめ》のウーナを、セシリア譲りの濃い青色の目をしたあの子を――セシリアが死の床にあるとき、むせび泣くほかの子どもたちは部屋からつれ出されたが、母親は、ウーナだけは、ひしと胸に抱きしめていた。生ける者から隔《へだ》てる死の門が閉まるそのときまで、セシリアは、赤ん坊を離そうとしなかった。セシリアは、ウーナの黒髪の頭ごしに、夫を見つめて言ったのだ。

「この子の面倒を、よくみてやってくださいね、ジョン」亡き妻は頼んだ。「こんなに小さい子よ……傷つきやすいの。ほかの子たちは、自分の道をがんばって切り拓いていくわ……でも、この子は、世間に出ると、傷つくでしょう。ああ、ジョン、あなたとこの子が、どうなるのかしら。二人とも、私がいてあげなくてはならないのに。どうか、この子を、いつもそばに置いて、守ってくださ い……いつもそばにいてやってくださいね」

夫にむけて語った幾つかの忘れがたい言葉を別にすると、これは妻の辞世《さいご》の言葉といってよかった。それなのにデイヴィス夫人は、ウーナを引きとるつもりだと平然と言ったのだ。彼はまっすぐすわり直し、デイヴィス夫人を見据《みす》えた。着古したガウンに、すり切れた室内履きの姿ではあったが、彼には、デイヴィス夫人が育ったころの「聖職者」への古風な敬意を抱かせる何かがあった。たとえ貧しく、世俗にうとく、心ここにあらずの牧師であっても、聖職者の周りには、ある種の神々しさが、たしかにあった。

「奥さまのご厚意には、感謝いたします、デイヴィス夫人」メレディス牧師は落ち着いて、きっぱりと、恐ろしいほど丁寧に言った。「ですが、わたしの子どもをさし上げるわけには、いきません」

デイヴィス夫人はぽかんとした。断られるとは夢にも思ってもいなかったのだ。「気でもちがっ……まさか、本心ではありませんよね。考え直すべきです……あたくしがあの子に与えるすばらしいあれやこれやを、考えてごらんなさいまし」

「考え直す必要はありません、デイヴィス夫人。論外です。あなたのお力で、あの子に与えてくださるものは、世俗的な利益ばかりです。父親の愛情と思いやりを失う埋めあわせにはなりません。あらためて御礼《おんれい》を申し上げます……しかし、こんなことは考えることすらできません」

デイヴィス夫人は失望のあまり怒りがこみ上げ、本来の自制心も忘れた。大きな赤ら顔は紫色になり、声が震えた。

「喜んで娘さんをくださると、思っておりましたのに」夫人はあざ笑うように言った。

「どうしてそう思われたのですか？」メレディス牧師は落ち着き払ってたずねた。

「あなたが、お子さんたちのことを気にかけているとは、誰一人、思っていないからですよ」デイヴィス夫人は、軽蔑《ネグレクト》するように言い返した。「あなたは、お子さんたちを、世間が眉をひそめるほど、ほったらかしにしている。地元では、そう噂してるんです。子どもたちは、ろくな食べ物も、着る物も、与えられていない。躾も、なされていない。子どもたちが礼儀作法を知らないことときたら、野蛮なインディアンの集団（5）よりもひどいと。あなたは、父親の義務を果たすことも、考えていない。この家に宿なしの子が、二週間、子どもたちと暮らしていながら、あなたは、そんな子がいたことすら、気がつかなかった……兵隊みたいな罰当たりな言葉づかいだったそうですね。その子から天然痘（6）が感染しても、あなたなら、気にもしないでしょうよ。それにフェイスは、説教壇に上がって、あんな演説をぶって、恥をさらして！　おまけに豚にまたがって、通りを走ったんです……それをあなたは見ていたとか。あの子たちの行儀ときたら、信じられないことばかりなのに、あなたは、やめさせようと、指一本すら上げない。何かを教えることもない。だから今、あたくしは、お子さんの一人に、良い家庭と豊かさをさし上げましょうと、申し出ているんです。それをあなたは断って、あたくしを侮辱するんですね。まあ、ご立派な父親ですこと、口先で、子どもへの愛情だの、思いやりだのと、言うばっかり！」

「もう結構です、おばさん！」メレディス牧師は立ちあがり、デイヴィス夫人もたじろぐ目つきでにらんだ。「もう結構です」彼はくり返した。「それ以上、聞きたくありません。あなたは言い過ぎました。わたしは、ある面では、親のつとめを怠《おこた》ったかもしれません。しかしそれを、さっきのような言葉で伝えることは、あなたの役目ではありません。これで、お引きとりください」

デイヴィス夫人はごきげんようも言わず、半ば無愛想に帰ることにした。牧師の脇を足早に通りすぎるとき、でっぷりと肥《こ》えたひきがえるが、夫人の足もとに飛びだして来た。ソファの下に、カールが隠していたのだ。デイヴィス夫人は悲鳴をあげ、そのおぞましい代物《しろもの》を踏みつぶさないようにしたところ、バランスを失い、日傘を落とした。転びはしなかったものの、ふらふらと無様《ぶざま》に客間をよろめきながら進み、どすんと扉にぶつかって止まったが、頭から足までひどい衝撃をうけた。メレディス牧師はひきがえるを見なかったため、夫人が、卒中か、中風の発作でも起こしたかと、慌てて助けに行った。ところが歩けるようになったデイヴィス夫人は、怒り狂って、牧師を払いのけた。

「失礼な、あたくしに、触るんじゃありません」怒鳴りつけた。「これも、おたくの子の仕業《しわざ》ですよ、きっと。ここは、まともな女性の来るところじゃありませんよ。傘をください。帰らせてもらいます。牧師館にも、教会にも、二度と来るもんですか」

メレディス牧師は、言われた通り、豪華な日傘を拾いあげ、渡した。デイヴィス夫人は、ひっつかむと、足音をたてて出ていった。ジェリーとカールは、階段の手すりを滑るのはやめて、ヴェランダの端にフェイスとすわっていた。間の悪いことに、子どもたちは、若く元気いっぱいの声をはりあげて、「今夜は町で大騒ぎ」(7)を歌っていた。デイヴィス夫人は自分への当てつけだと決めてかかり、足をとめ、子どもたちへむけて日傘をふり立てた。

「お父さんは、馬鹿ですよ」彼女は言った。「それに、あんたがた三人は、悪がき《ヴァーミント》です、息が止まるまで、鞭でひっぱたかれるべきです」

「お父さんは、そんなんじゃない」フェイスが叫んだ。「ぼくたちは、そんなんじゃない」ジェリーとカールも叫んだ。しかしデイヴィス夫人は行ってしまった。

「あれあれ、あのおばさんは、頭がおかしいよ！」ジェリーが言った。「だけど、悪がき《ヴァーミント》って何だい、いったい？」

メレディス牧師は、しばらく客間を歩きまわっていた。それから書斎にもどり、腰をおろした。だがドイツ神学の本には戻らなかった。耐えがたいほどに心が乱れ、思索どころではなかった。デイヴィス夫人のおかげで、はっきり目がさめたのだ。自分は、夫人がこき下ろしたように、かくも怠慢で、うかつな父親だろうか？　母親のいない自分を頼りにしている四人の子どもの体と心の幸せを、人聞きが悪いほど、ほったらかし《ネグレクト》にしてきただろうか？　デイヴィス夫人が口を極めて罵ったようなことを、信徒たちは噂しているのか？　おそらく、そうなのだろう。だからデイヴィス夫人は、ウーナをもらいたいとやって来て、まるで引きとり手のない野良猫の子でも引きとるように、あの子が手に入ると信じていたのだ。もし彼女の言う通りなら、どうすればいいのだろう？

ジョン・メレディスはうめき声をあげ、埃だらけの乱雑な部屋を再び歩きまわった。いったい何ができるだろう？　彼はどんな父親よりも深く、わが子を愛していた。子どもたちが心から自分を愛していることも知っていた。デイヴィス夫人や同じような考えの人々が何を言おうと、この確信は揺るがなかった。だが自分は、子どもの面倒を見るのに、ふさわしいだろうか？　彼はわかっていた――誰よりもわかっていた――自分の欠点と、自分に限界があることを。この家にきちんとした女性がいて、子どもたちによい影響と常識を与えてくれればいいのだ。しかし、どうすれば、そんな人が見つかるだろう？　家政婦を雇えば、マーサおばさんは気を悪くするだろう。おばさんは、必要な切り盛りは全部できると今でも信じているのだ。これまで自分と子どもの面倒を見てくれた気の毒な老女を悲しませ、傷つけることはできない。おばさんは、セシリアにも、あんなに尽くしてくれたではないか！　それにセシリアは、マーサおばさんに、くれぐれも親切にしてほしいと頼んだのだ。突然、彼は思い出した。マーサおばさんは、以前、自分に再婚を勧めたことがあった。ということは、家政婦なら嫌がるだろうが、妻ならいいのか。だが、再婚など考えられなかった。彼は結婚を望んでいなかった――誰とも結婚したくなかった。誰かを愛せるとも思えなかった。どうすればいいのだろう？　ふと、炉辺荘へ行き、ブライス夫人に相談しようと思った。彼が恥ずかしさをおぼえず、口下手にもならずに話ができる女性は数人しかいない。その一人がブライス夫人だった。彼女は、いつも思いやりがあり、気持ちを爽やかに、元気にしてくれる。あの人なら、この問題の解決法を何か提案してくれるだろう。そうでなくとも、デイヴィス夫人で不愉快な思いをした後だけに、もっと上品な人と人間的な語らいが必要だという気がした――デイヴィス夫人の毒気を、この魂から取り払ってくれる何かが必要だった。

　彼は急いで着替え、平素よりは、はっきりした意識で夕食を食べた。すると、食事が粗末なことに、胸をつかれた。子どもたちに目をむけると、そろって薔薇色の頰で、はつらつとしていた――ウーナだけは違った。あの子は母親が生きていたころも、あまり丈夫ではなかった。それでもみんなが笑顔で、おしゃべりをしていた――子どもたちは、見るからに幸せそうだった。とりわけカールは嬉しそうだった。きれいな蜘蛛を二匹、夕食の皿のまわりに歩かせていたのだ。子どもたちの声は楽しげで、行儀も悪くなかった。おたがいを思いやり、おたがいを気遣っていた。ところがデイヴィス夫人は、この子たちの行いが、信徒の間で口の端《は》にのぼっていると言ったのだ。

メレディス牧師が門を出ると、ブライス医師と夫人が馬車で通りかかり、街道をローブリッジの方角へむかった。牧師の表情が翳《かげ》った。ブライス夫人は外出したのだ――炉辺荘へ行っても、仕方がない。だが、いつになく、誰かと話したかった。落胆しながら、遠くに目をやると、丘の上のウェスト家の古い屋敷の窓に、夕日が当たっていた。希望をかなえる篝火《かがりび》のように、薔薇色に燃えあがっていた。彼はふと、ローズマリーとエレンのウェスト姉妹を思い出した。エレンと刺激的な会話を、また楽しめるかもしれない。ローズマリーのゆっくりと美しくほころんでいく微笑みや、穏やかで妙《たえ》なる青い瞳を見るのは、楽しいだろう。フィリップ・シドニー卿（8）の古い詩に何とあっただろう？――「顔に永遠《とわ》の慰めをうかべ」（9）――それこそ彼女にふさわしい。彼には慰めが必要だった。訪ねてみようではないか？　エレンが、時々訪ねてほしいと言ったこと、そしてローズマリーに返す本があったことも思い出した――忘れないうちに返さなくてはならない。様々な折りに、色々なところで借りた本を何冊も、書斎に置いたまま、返し忘れているのではないか。彼は不安になった。このたびは、そういうことのないようにしなければならない。彼は書斎に戻り、ローズマリーの本をとると、虹の谷をさして歩き出した。

第15章　さらなる噂話

内海向こうのマイラ・マレー夫人（1）の埋葬が終わり、その夕方、ミス・コーネリアとメアリ・ヴァンスが炉辺荘にやって来た。ミス・コーネリアにはあれこれ打ち明けて心の重荷を軽くしたい話があった。もちろん葬式のことは、何もかも話したいと思っていた。スーザンとミス・コーネリアは、葬式の話を気の済むまで語りあった。アンは加わらなかった。暗い話を楽しめるとは思わなかったのだ。少し離れたところに腰かけ、秋の庭に咲くダリアの燃えるような花を眺め、九月の夕焼けを映した夢のように美しい内海を見晴らしていた。かたわらにメアリ・ヴァンスもすわり、おとなしく棒針編みをしていた。メアリの心は、虹の谷にあった。遠くの谷から、子どもたちの楽しげな笑い声が、かすかに聞こえていた。しかしメアリの手が動いているか、ミス・コーネリアが目を光らせていた。長靴下《ストッキング》を何段か編まなければ、虹の谷へ行かせてもらえないのだ。メアリは黙って編み物をしながら、耳をそばだてていた。

「あんなにきれいな亡骸《なきがら》は見たことがないよ」ミス・コーネリアが言った。「マイラ・マレーは、もとから美人だった……ロープブリッジのコーリー家の出で、コーリー家は美形で有名だからね」

「お棺《かん》のところに行ったとき、ご遺体に声をかけましたよ。『お気の毒にね。あんたが、その顔つきと同じように、幸せであるよう、祈ってますよ』って」それからスーザンは、ため息をついた。「マイラはあんまり変わっていませんでしたね。あの人が着ていたあの黒い繻子《サテン》のドレスは、十四年前、娘さんの結婚式で作ったんです。自分のお葬式まで取っておくように、マイラはおばさんに言われて、笑って言ってましたよ。『私のお葬式で、着るかもしれませんけど、その前に、まずは、このドレスを着て、楽しくやりますよ』って。あの人は、言った通りにしましたよ。マイラは、死ぬ前から、自分の葬式のことを考えるような人じゃありませんから。その後、あの人が友だちと愉快にすごしてるのを何度も見かけたんで、心のなかで思いましたよ。『あんたは別嬪《べっぴん》さんだね、マイラ・マレー。そのドレスも似合ってるよ。だけど、最後は、これが死に装束《しょうぞく》になるんだよ』って。結局、私の言った通りになったんですよ、マーシャル・エリオットの奥さん」

スーザンはまた重々しくため息をついたものの、たいそう楽しんでいた。葬式があると、なにかと面白い話ができるのだ。

「あたしはマイラに会うのが、いつも好きだった」ミス・コーネリアが言った。「あの人はいつも楽しそうで、朗《ほが》らかだった……あの人と握手をするだけで、こっちも気持ちが明るくなった。あの人は困ったことがあっても、いつもいいように考えたんだ」

「その通りですね」スーザンも認めた。「マイラの義理の妹さんが、話してくれたんですがね、お医者さまがマイラに、もう手立てはありません、二度とベッドから起きられないかもしれません、とおっしゃったとき、マイラは明るく言ったそうです。『そうですか、もしそうなら、砂糖煮作り（2）を全部しておいて、よかったですよ。それに、秋の大掃除も、しなくていいんですね。毎年、春の掃除は好きでしたけど、秋の掃除は面倒だったんです。今年はせずに済《す》んで、ありがたいですよ』って。こんなことを言うなんて、軽率だと思う人もいるかもしれませんよ、マーシャル・エリオットの奥さん。実際、義理の妹にあたるマレーの奥さんは少々、恥ずかしかったようで、マイラは病気のせいで頭が少しおかしくなったんです、と言ったんです。でも私は言いましたよ。『それは違いますよ、マレーの奥さん。心配いりませんよ。これがマイラの考え方なんです、マイラは、物事の明るい面を見るんですよ』って」

「マイラはそうだけど、妹のルーエラは正反対だね」ミス・コーネリアが言った。「ルーエラに明るい面はない……黒と灰色の影があるばかり。あの人は、あたしは一週間かそこらで死にますよって、何年も言い続けてるんだから。うめき声をあげては、『長いこと人の厄介にならないように、あたしはいなくなりますから』って家族に言うんだ。身内の誰かが、先の計画でも話そうものなら、ルーエラは、またうめいて言うんだ、

『あーあ、そのころ、あたしは、もういませんよ』って。それなのに私が、ルーエラに会って、あんたの言う通りだよって言うと、ルーエラはかんかんに怒って、何日か、かえって体調がよくなるんだ。今じゃ、ルーエラもかなり元気になったけど、陽気な人ではないね。マイラは全然違ったよ。あの人はいつも、人をいい気分にさせるために何かをしたり、何かを言ったりした。これはたぶん、二人の結婚相手に関係があるんだろうよ。ルーエラの亭主は、気性の荒い、粗野な男だった、ほんとだよ。だけどマイラの夫のジム・マレーは、ちゃんとした人だった、男にしては、だよ。そのジムは今日、すっかり気落ちしていた。奥さんの葬式に出て、ご亭主をかわいそうに思ったことは滅多にないけど、ジム・マレーには、心から同情したよ」

「ジム・マレーが悲しそうだったのも当然ですよ。マイラのような奥さんは、やすやすとは見つかりませんからね」スーザンが言った。「もっとも、ジムも、見つけるつもりはないでしょう。お子さんたちはみんな大人になったし、家事はミラベルがしてくれるから。だけど男やもめというものは、何をするも、しないも、わかりませんよ。だから私も、先のことは何も言いません」

「マイラが教会に来なくなるなんて、寂しいねえ」ミス・コーネリアが言った。「マイラはほんとに働き者だった。あの人は、何があっても、決してくじけなかった。もし難しいことがあって、乗り越えられないなら、うまくよけて通った。よけることができないときは、そんなものはないということにした……たいていの場合、なかったんだよ。あの人は、前にあたしに話してくれたよ、『人生という旅が終わるそのときまで、私はくじけない気持ちを持ち続けるつもりですよ』って。ああ、そのマイラの旅も、ついに終わったんだね」

「そう思われますか？」アンが突然、空想の国から戻ってきて、たずねた。「マイラの人生の旅が終わったなんて、私には、想像できませんわ。あなたは、想像できますか？……マイラが、お祈りでもするように両手を胸に組み合わせて、ただすわっている姿を。あの人の心は情熱的で、いつも何かを求めていたんですよ、すばらしい冒険心を未来にむけてもちながら。だから、あの人は亡くなった後も、門を開けて、出ていったんです……どこまでも……どこまでも……光り輝いている新しい冒険にむかって」

「もしかすると……そうかもしれないね」ミス・コーネリアも同意した。「実はね、アンや、あたしは、永遠の休息という教義が、あんまり好きになれなくて……こんなことを言って、異端にならなきゃいいんだがね。天国に行っても、この世と同《おんな》じように、ばたばた働きたいんだ。つまり、天国にも、パイや、ドーナツみたいなものがあれば……何か、作らなければならないものがあればいいなって。もちろん人間だから、くたびれるときもあるよ……年をとればとるほど、疲れるよ。でも、どんなに疲れたって、永遠に休まなくたって、元気になるからね……もっとも、怠け者の男は別だがね」

「マイラ・マレーにまたお会いしたら」アンが言った。「あの人がいつもこの世でしてくだすったように、元気いっぱいで、にこにこ笑いながら、私のほうに来てもらいたいわ」

「まさか、先生奥さんや」スーザンが動揺した声で言った。「マイラが、あの世で笑ってるって、本気で思っていなさるんじゃ、ないでしょうね？」

「どうしていけないの、スーザン？　あの世で、私たちは泣いていると思うの？」

「いいえ、いいえ、先生奥さんや。誤解なさらないでくださいまし。あの世では、泣くことも、笑うことも、ないと思うんです」

「じゃあ、どうするの？」

「そうですね」スーザンは答える羽目になった。「私の考えでは、先生奥さんや、ただ、真面目な、おごそかな顔をしてると思うんです」

「まあ、スーザンったら」アンこそ、この上なく真面目な顔で言った。「マイラ・マレーと私が、いつも真面目で、おごそかな顔をしていられるなんて、本気で思うの？……四六時中、ずっとよ、スーザン？」

「そうですね」スーザンも渋々ながら、認めた。「先生奥さんも、マイラも、ときには、にっこりしなくちゃならないってことは言えるでしょうよ。でも天国で笑うなんて、認めることはできません。そんな考えは、神さまに失礼です、先生奥さんや」

「とにかく、この世に話を戻すと」ミス・コーネリアが言った。「日曜学校のマイラのクラスは、誰が受けもってくれるかね？　マイラが具合が悪くなってから、ジュリア・クローが教えてるけど、あの人は、冬の間は町へ行く（3）んで、ほかの人を見つけなくては」

「ローリー・ジェイミーソンの奥さん（4）が、教えたがっていると聞きましたわ」アンが言った。「ジェイミーソンの一家は、ローブリッジからグレンに来てから、きちんときちんと教会に通っていらっしゃるもの」

「それは来たばかりだからだよ！」ミス・コーネリアが疑わしげに言った。「ちゃんと通い続けるか、一年間は、様子を見なくちゃ」

「ジェイミーソンの奥さんは、信用なりません、先生奥さんや」スーザンが重々しく言った。「あの人は一度死んで、きれいに死に装束を着せてもらったのに、棺桶《かんおけ》に入れるために背丈を測ってもらってるときに、あの世へ行かずに、また戻ってきたんです！　そうなんですよ、先生奥さんや、そんな人は、信用できません」

「それに、いつメソジストに変わるか、わからないよ」ミス・コーネリアが言った。「ローブリッジにいたころは、長老派教会と同じくらい、メソジストにも通ってたそうな。この村では、まだその現場はおさえちゃいないけど、ジェイミーソンの奥さんに日曜学校を受けもってもらうのは賛成しないよ。だけど、あの一家を怒らせちゃ、いけないよ。信徒が減ってるんだからね、死んだり、ご機嫌を損じたりで。アレック・デイヴィスの奥さんも、教会をやめたんだが、誰も理由がわからないんだ。あの奥さんは、メレディス牧師の給料にゃ、もう一銭も出さないって、教会の運営委員に言ったそうな。牧師館の子が奥さんを怒らせたからだって世間は言ってるけど、なぜだか、あたしはそうは思わないよ。フェイスに聞いても、わかったのは、デイヴィスの奥さんが見るからに上機嫌で牧師に会いに来たものの、帰りはかんかんに怒って、あの子たちを『悪がき!』って呼んだってことだ」

「悪がきとは、よくも、まあ!」スーザンは怒った。「アレック・デイヴィスの奥さんは、自分の母方のおじが、妻を毒殺した疑いをかけられたってことを、忘れたんでしょうかね? 証拠はありませんでしたし、噂話を鵜呑《うの》みにするのも、よくはありませんけど、もし、私のおじに、よくわからない理由で死んだ奥さんがいたら、私なら、田舎をうろつきまわって、無垢な子どもを悪がき呼ばわりしませんよ」

「肝心なことは」ミス・コーネリアが言った。「デイヴィスの奥さんは、多額の寄付をしてたってことだ。どうやってその穴を埋めるか、それが問題だよ。もしあの奥さんが、実家や親戚のダグラス一族を、メレディス牧師と仲違《なかたが》いするように仕向けたら、きっとそうすると思うが、牧師さんは、ここを出てく羽目になるんだよ」

「アレック・デイヴィス夫人は、あの一族からあまり好かれていないと思います」スーザンが言った。「親戚を動かすことはできないでしょう」

「でも、ダグラス家は一致団結してるから、一人を動かせば、全員を動かしたことになるんだよ。ダグラス一族がいなけりゃ、あたしらはやっていけない、それは確かだ。牧師の給料を半分、出してもらってるんだから。あの一族は色々あるにしろ、けちではない。ずいぶん前にノーマン・ダグラスが教会をやめるまで、あの男は年に百ドルも出してたんだ」

「ノーマンは、どうして来なくなったんですか？」アンがきいた。

「長老会(5)の一人が、牛の取引でノーマンをだましたって言うんだ。それから二十年、ノーマンは来ない。奥さんのほうは、生きてるうちは、ちゃんと通ったよ。でもあの奥さんもかわいそうに、亭主のおかげで、毎週日曜の献金に、赤い一セント硬貨《コイン》一枚(6)しか、払わせてもらえなかった。奥さんは恥ずかしがってたよ。奥さんにとって、あの男は、いい亭主だったか、どうか。もっとも、奥さんが愚痴をこぼすのは聞いたことはないが、いつもびくびくした顔だった。ノーマン・ダグラスは、三十年前、一緒になりたかった女がいたのに、手に入らなかった。ダグラス家は絶対に二番目で我慢しないから」

「一緒になりたかった人は、誰なんですか？」

「エレン・ウェストだよ。あの二人は、正式には婚約してなかったと思うが、二年ほど、つきあってた。ところが急に別れて……理由は誰もわからなかった。おそらくは、つまらない口喧嘩だろうよ。なのにノーマンは、怒りも醒めやらぬうちに、ヘスター・リースと結婚した……エレンへの腹いせだって、あたしは踏んでるよ。男のやりそうなことだよ！　ヘスターは、優しい、可愛らしい娘だったけど、覇気《はき》がなかった。少しはあっても、ノーマンがぶち壊してしまった。ヘスターは、ノーマンには、おとなしすぎたんだ。あの男は、自分に立ち向かってくるような女が好みだからね。エレンなら、ノーマンをうまく監督して、それでなおのこと、ノーマンはエレンを好いたよ。ノーマンは、ヘスターのことを嫌ってた、ほんとだよ、あの奥さんはいつもノーマンの言いなりだったから。その昔、ノーマンが若造だったころ、『俺に威勢のいい女をくれ……必ず俺にくってかかるような女を』って言うのを、何遍《なんべん》、聞いたことか。なのに結局は、気が弱くて、文句も言えないような娘と所帯を持ったんだから……男のやりそうなことだよ。あのリース家一族は、とにかく無気力だった。生きてるふりはしてたけど、本当は生きていなかった」

「ラッセル・リースは再婚したとき、最初の奥さんの結婚指輪を、使ったんですよ」スーザンが昔を思い出して言った。「節約のしすぎだと思いますよ、先生奥さんや。その弟のジョンは、内海向こうの墓地に自分の墓を建てて、死ぬ日にちのほかは全部墓石に彫って、日曜ごとに見に行ってるんです。普通の人なら、面白いとは思いませんけど、ジョンには楽しいんですね。何が楽しいか、人によって、全然違いますこと。それで、ノーマン・ダグラスですけど、あの人は不信心者ですよ。どうして教会に来ないのか、前の牧師さんがたずねなすったところ、『教会には、不細工《ぶさいく》な女しかいないんでね、牧師さん……不細工な女ばっかり!』って言ったんです。私なら、やり込めてやりますよ、先生奥さんや、ええ、『地獄というものがあるんだよ!』って」

「だけどノーマンは、地獄があるなんて思っちゃいないよ」ミス・コーネリアが言った。

「あの男が死ぬとき、その間違いに気づいてくれりゃ、いいんだが。おや、メアリ、三インチ編んだね、みんなのとこへ行って、三十分、遊んでいいよ」

メアリは二つ返事で、心も足どりも軽《かろ》く、虹の谷へ飛んでいった。そしておしゃべりの合間に、アレック・デイヴィス夫人のことを洗いざらい、フェイス・メレディスに話した。

「というわけで、エリオットのおばさんの話では、アレック・デイヴィスのおばさんが、ダグラス家の人たちをそそのかして、牧師さんを嫌うように仕向けるから、あんたの父さんは給料を払ってもらえなくなって、グレンを出てく羽目になるんだって」メアリはそう締めくくった。「正直に言うと、あたいだって、どうすりゃいいか、わからないよ。ノーマン・ダグラスというおじいさんが教会に戻って、給料を払ってくれたら、悪いことにはならないけど、そうはならないよ……ダグラス家は教会に来なくなって……あんたらは、ここを出てくことになるよ」

　その夜、フェイスは重苦しい気持ちでベッドに入った。グレンを去ると思うと、耐《た》えられなかった。世界中のどこを探しても、ブライス家の子どもたちのような仲間はいないのだ。メイウォーターを離れるときも、フェイスの幼い心は痛んだ――メイウォーターの友だちと別れるとき、母が暮らし、母が亡くなった牧師館を去るとき、悲しみの涙があふれたのだ。さらにつらい経験をするのだと思うと、冷静に受けとめることはできなかった。グレン・セント・メアリの村や、愛しい虹の谷や、すてきな墓地と離れるなんて、できない。

「牧師の家族って、いやだな」フェイスは枕にうめいた。「その土地が好きになっても、あっという間に根こそぎ引き抜かれてしまう。私は絶対に、絶対に、絶対に、牧師と結婚しない(7)、どんなにいい人でも」

　フェイスはベッドに起きあがり、蔦《つた》のさがる小さな窓から外を見た。静まりかえった夜、ウーナの柔らかな寝息だけが聞こえていた。フェイスは世界中で独りぼっちになった気がした。秋の夜、星の照らす青いまき場をくだった先にグレン・セント・メアリの村が横たわっていた。谷のむこうでは、炉辺荘の娘たちの部屋の灯《あか》りが瞬き、ウォルターの部屋の灯火《ともしび》も見えた。かわいそうに、ウォルターは、また歯が痛むのかしら。フェイスは、ため息をついた。ナンとダイが羨ましく、小さなため息がもれた。あの子たちには、お母さんがいる、決まった家もある——あの子たちは、わけもなく怒り出して、自分たちを悪がきと呼ぶ人の言いなりにならなくてもいいのだ。グレン村から遠いむこうの寝静まった畑のなかに、もう一つ、灯りが燃えていた。ノーマン・ダグラスの家の灯りだとフェイスは知っていた。彼は深夜まで読書をするという。ノーマンを説得して教会に戻ってもらえば、すべては解決すると、メアリは言った。説得するべきではないか？　メソジスト教会の門脇の高くとがったえぞ松の上に、大きな星が、低くかかっていた。星を眺めるうちに、フェイスに妙案がひらめいた。何をするべきか、わかったのだ。私は、フェイス・メレディスは、やるのだ。すべてがうまく行くようにやってみよう。彼女は満足の吐息をもらすと、暗く寂しい世界に背をむけ、ウーナの隣に気持ちよくもぐりこんだ。

第16章　しっぺ返し

フェイスにとって、決めたということは行動することだった。時を置かずに行動に移したのだ。翌日、彼女は学校から帰ると、すぐさま牧師館を出て、グレン村へむかった。郵便局にさしかかったところで、ウォルター・ブライスにゆき会った。

「ぼく、母さんのお使いで、エリオットのおばさんのところへ行くんだ」彼は言った。「きみはどこへ、フェイス？」

「教会の用事で、ちょっと」彼女は偉そうに言うと、後は口をつぐんだ。ウォルターは肩透かしを喰らった気がした。二人はしばらく黙って歩いた。暖かく、風のある夕方だった。木々の樹脂の甘い匂いがした。砂丘のむこうでは、灰色の海が、柔らかに美しく広がっていた。グレン村の小川には、金色や真紅《しんく》の葉の舟が漂い流れ、さながら妖精の小舟のようだった。ジェイムズ・リース氏の蕎麦畑《そばばたけ》は刈りとられ、赤や茶色の美しい色合いに染まっていた(1)。そこでからすが会議が開き、からすの国の幸福について厳《おごそ》かに話しあっていた。この堂々たる集まりを、フェイスは残酷にもぶち壊した。柵によじ登り、折れた横木を投げつけたのだ。辺りはたちまち、黒々とした翼《つばさ》におおわれ、怒ったからすが飛びかった。

「どうして、こんなことを?」ウォルターがとがめた。「あんなに楽しそうだったのに」

「だって、からすが大嫌いだもん」フェイスは軽く受け流した。「あんなに真っ黒で、狡賢《ずるがしこ》いのよ、悪いことを考えてるに決まってるわ。からすは、小鳥の巣から卵を盗むの、ほんとよ。この春、うちの芝生で見たもん。ウォルター、今日はどうしてそんなに顔色が悪いの? ゆうべも歯が痛くて、眠れなかったの?」

ウォルターは身震いした。

「そうなんだ……すごく痛くて、一睡もできなかった……だから部屋を行ったり来たりして、自分がキリスト教の殉教者で、ネロの命令で拷問されている(2)んだって想像したの。そうしたら、しばらくは楽になったけど……そのうち、ものすごく痛くなって、何も考えられなくなったの」

「泣いたの?」フェイスは心配そうにたずねた。

「いいや……でも、床に倒れて、うなっていたんだ」ウォルターは白状した。「そうしたら、妹たちが来てくれて、ナンが赤唐辛子《あかとうがらし》の粉を歯につめてくれたんだけど……よけいに痛くなって……そうしたら今度はダイが、冷たい水を口にふくみなさいって言うから、そうしたんだけど……もう我慢できなくて、二人が、スーザンを呼んでくれたんだ。スーザンは、昨日、ぼくが寒い屋根裏で、くだらない詩なんか書いてたからだ、そら見たことかって言ったの。でもスーザンは、台所で火をおこして、湯たんぽを持ってきてくれたよ。そうしたら歯痛《はいた》は止まったんだ。それで良くなったから、すぐ、スーザンに言ったの。ぼくの詩は、くだらないものじゃないよ、スーザンに詩はわからないんだねって。そうしたらスーザンは、ええ、ありがたいことに、私にはわかりませんよ、詩のことはさっぱり。でも、ほとんどが嘘八百だってことは知ってますって言ったの。でもね、フェイスはわかっているでしょ、詩はそんなものじゃないんだよ。ぼくが詩を書くのが好きな理由の一つは……散文にすると本当にはならないことでも、詩にすると、たくさんのことが本当になるからなんだ。スーザンにそう話したら、つまらないおしゃべりなんかしないで、湯たんぽが冷めないうちにおやすみなさい、寝ないなら、このままほっときますよ、詩で歯痛が治るかどうか、見せてもらいましょう、いい懲《こ》らしめになりますよって言ったんだ」

「どうして、ローブリッジの歯医者さんへ行って、歯を抜いてもらわないの？」

ウォルターは、また身を震わせた。

「そうしなさいって言われているけど……無理なんだ。痛そうだもの」

「ちょっとくらい痛いのが、怖いの？」フェイスは見下げたように言った。

ウォルターは、にわかに顔を赤らめた。

「ものすごく痛そうだもの。痛いのが苦手なんだ。父さんは、無理に行けとは言わないよ……ぼくが行く気になるまで、待ってくれるって」

「でも、悪い歯があると、ずっと、痛いのよ」フェイスは言いつのった。「五回も痛くなったんだから、歯医者さんへ行って、抜いてもらえば、もう夜、痛くならないのに。私は、前に、一本抜いてもらったの。そのときは叫んだけど、それでおしまい……血が出るだけよ」

「血が出るのが、いちばん嫌なんだ……気持ちが悪くて」ウォルターが叫んだ。「この夏、ジェムが足を切ったとき、ぼく、気分が悪くなったの。ジェムよりぼくのほうが、気絶しそうな顔をしているって、スーザンに言われたの。でもジェムが痛がっているのを見ていたら、耐《た》えられなかったんだ。いつも誰かが、けがをしているんだ、フェイス……怖いよ。人がけがをするのを見ると、耐えられないんだ。逃げ出したくなるよ……何も聞こえない、何も見えないところまで……逃げて……逃げ出したくなるんだ」

「人がけがをしたからって、大騒ぎしたって、どうしようもないわ」フェイスは巻き毛をふりあげた。「もちろん私だって、自分が大けがをしたら、叫び声をあげるわよ……血も、たしかに汚れるわね……私も、人のけがを見るのは好きじゃない。でも、走って逃げたいとは思わないわ……むしろそばに行って、助けてあげたい。あなたのお父さんだって、患者さんを治すために、痛い思いをさせなくてはならないときもあるでしょ。もしお父さんが逃げ出したら、患者さんはどうなるの？」

「ぼくは、逃げ出すだろうとは言わなかったよ。逃げ出したくなるだろうって言ったんだ。この二つは違うよ。ぼくも人を助けたいよ。ああ、でも、世の中に、醜いことや、物騒《ぶっそう》なことがなければいいのに。嬉しいことや、美しいものだけならいいのに」

「それなら、嬉しくないことやきれいじゃないものを考えるのは、やめましょう」フェイスが言った。「結局、生きてれば、面白いことはたくさんあるわ。死ねば歯痛はなくなるけど、死んでるよりは、生きてるほうが、いいでしょう？　百倍もいいわ。あっ、むこうから、ダン・リースが来る。魚を釣りに内海へ行ってたのね」

「ぼく、ダン・リースが苦手なんだ」ウォルターが言った。

「私もよ。女の子は、みんなそう。私、知らんぷりして通りすぎるわ。見てて！」

フェイスは、あごを突きだし、大またに気取って歩いて、ダンを通りすぎた。彼女の軽蔑しきった顔つきが、ダンにこたえた。彼はふり向きざまに、フェイスの背中に怒鳴りつけた。

「豚娘《ぶたおんな》！　豚娘!!　豚娘!!!」一言ずつ、馬鹿にする声が大きくなった。

フェイスは気づかないふりをして、歩き続けたが、怒りに、唇がかすかに震えた。ダン・リースと悪口の応酬をしても、勝ち目はない。一緒にいるのがウォルターじゃなくて、ジェム・ブライスならよかったのに。もしジェムの前で、ダン・リースが私を豚《ぶた》娘《おんな》呼ばわりしたら、ジェムは打ちのめしてくれただろう。だがウォルターが、そんな真似をするとは思えない。やり返さないウォルターを責める気はなかった。ウォルターは男子と喧嘩をしないのだ。ちなみに北街道《きたかいどう》のチャーリー・クローも、喧嘩をしなかった。そのためフェイスは、チャーリーを臆病者と見くびっていたが、不思議なことに、ウォルターを軽んじる気持ちはなかった。ウォルターは、彼だけの独特な世界の住人であり、その世界の別のしきたりに支配されているのだ。そばかすだらけで不潔なダン・リースを拳《こぶし》で殴ってくれとウォルターに求めるくらいなら、星のような目をした若い天使に期待するほうがましなくらいだった。だが天使が殴ってくれないと責めないように、フェイスはウォルター・ブライスも責めなかった。とは言うもののフェイスは、たくましいジェムかジェリーが、いてくれたらと思い、ダンに言われた嘲《あざけ》りの言葉が胸に刺さっていた。

ウォルターは、もう青ざめてはいなかった。怒りと恥ずかしさに、頬を赤く染め、美しい瞳を曇らせていた。ぼくはフェイスの敵《かたき》を討つべきだった。ジェムなら、ダンに喰ってかかり、ダンは悪口を撤回しただろう。もしリッチー・ウォレンなら、ダンがフェイスに言った悪口より、もっと激しい「悪態」をついて、ダンをやっつけただろう。だがウォルターにはできなかった――「悪態」をつく――そんなことは、無理だった。かえって自分がやり込められるとわかっていた。ダン・リースは下品で野卑な言葉を、いくらでも思いついて使いこなせるが、ウォルターは、思いつくことも、口に出すことも、できなかった。腕力の喧嘩もできなかった。殴り合いの喧嘩など、考えるのも嫌だった。乱暴で、痛くて――何より悪いことに、みっともない。ジェムが、ときどき取っ組み合いをして悦に入っているのが、ウォルターには理解できなかった。とは言うものの、自分がダン・リースと喧嘩ができればよかったのにと思った。フェイス・メレディスが、目の前で侮辱《ぶじょく》されたのに、ぼくは相手を懲らしめようとしなかった。たまらなく恥ずかしかった。フェイスは、ぼくを軽蔑しているに違いない。ダンに豚娘《ぶたおんな》と呼ばれてから、口もきいてくれない。やがて分かれ道に来て、ウォルターはほっとした。

フェイスも別の理由から、ほっとしていた。自分の用向きを考えると、急に緊張して、一人になりたかった。この用事を思いついたときの熱い思いは、冷めていた。ダンに自尊心を傷つけられて、なおさらだった。やり遂げなくてはならないのに、フェイスを支えていた熱意は消えていた。これから自分はノーマン・ダグラスに会いに行き、教会に戻ってほしいと頼まなくてはならないのに、ノーマンが怖くなってきた。グレン村にいるときは、いともたやすく思えたが、ここまで来て、気持ちが変わった。ノーマンのことは、学校の上級生の男子でさえ怖がっているのだ。フェイスは、ノーマンにひどい悪口を言われたら、どうしよう――彼は口が悪いと聞いていた。フェイスは、罵倒されることに耐えられなかった――肉体的な暴力よりも、嘲《あざけ》りの言葉を言われると、しゅんと意気地《いくじ》がなくなるのだ。でも、やめない――フェイス・メレディスは、必ずやり遂げる。私が行かなければ、お父さんは、グレン村から出ていかなくてはならないのだ。

フェイスは長い小径（3）を歩いていき、屋敷についた――それは広々とした古めかしい家で、ロンバルディ・ポプラが兵隊のように一列にならび、屋敷の裏庭まで続いていた。ノーマン・ダグラスは、裏のヴェランダに腰をおろし、新聞を読んでいた。大型犬が、そばにつきそっていた。ノーマンの後ろの台所では、家政婦のウィルソン夫人が夕食の支度をしていた。がちゃがちゃと食器の音がしていた――彼女は腹立ち紛《まぎ》れに、わざと音を立てていた。ノーマン・ダグラスとウィルソン夫人は言い争いをしたばかりで、二人とも、機嫌が悪かった。というわけで、フェイスがヴェランダの階段をあがっていくと、ノーマン・ダグラスは新聞を置いた。彼女は、不機嫌な男の嚙みつくような目つきと対峙《たいじ》することになった。

ノーマン・ダグラスは、それなりに整った顔立ちをした一廉《ひとかど》の人物だった。赤毛の長いあごひげが、広い胸まで垂れさがっていた。ふさふさした赤毛の髪は、歳月に霜を置くこともなく、大きな頭をおおっていた。知的な白い額はしわもなく、青い目はいまなお気性の激しかった若き日の炎を余さず映し、ちかっと光った。彼は気が向けば、まことに愛想がよかったが、邪険《じゃけん》なときもあった。かわいそうに、フェイスは、教会の窮状を改善しようと思って来たのに、ちょうど彼が不機嫌なときに会う羽目になったのだ。

ノーマンは、この娘が誰なのかわからず、疎《うと》んじるように見つめた。ノーマン・ダグラスは、元気がよく、情熱的で、笑い上戸の娘が好きだった。一方、このときのフェイスは、ひどく青ざめていた。彼女は血色のよさが取り柄《え》だった。頬の赤みがなければ、気弱で、つまらない子どもにさえ見えた。フェイスの申し訳なさそうな、おびえきった顔を見て、ノーマン・ダグラスの意地悪心が頭をもたげた。

「ちぇっ、おまえは誰だ？　何の用だ？」轟《とどろ》くような大声で問いただし、猛々《たけだけ》しく顔をしかめて見せた。

フェイスは、生まれて初めて、何も言えなくなった。ノーマン・ダグラスがこんな男だとは考えもしなかった。怖くて身動きができなくなった。それを見てとると、ノーマンはさらに不機嫌になった。

「どうした？」怒鳴り声を響かせた。「何か言いたくて来たのに、怖くて言えないんだな。何をまごついてる？　ああ、忌々しい、さっさと言わんか、言えないのか？」

フェイスは言えなかった。無理だった。言葉が出なかった。おまけに唇が震えはじめた。

「泣くなよ、頼むから」ノーマンは声を張りあげた。「めそめそされるのは、我慢がならん。言いたいことがあるなら、言ってしまえ。なんてこった、この娘は、何かにとり憑《つ》かれて、口がきけないのか？　そんな顔で、おれを見るな……おれは人間だ……尻尾はついてないぞ！　おまえは誰だ？　誰かって、聞いてるんだ」

ノーマンの声は、内海まで聞こえたに違いない。台所の物音は止まっていた。ウィルソン夫人は注意深く、耳をすましていた。ノーマンは、日に焼けたごつい両手を膝におくと、身を乗り出し、フェイスの縮みあがった青い顔を、舐《な》めるように見つめた。その姿はまるで、お伽噺《とぎばなし》から抜け出した邪悪な巨人が、フェイスの前に立ちはだかっているようだった。フェイスは、今にも骨ごと食べられる思いがした。

「私……は……フェイス……メレディス、です」蚊の鳴くような声で言った。

「メレディス、だと？　牧師館の子どもか、あ？　おまえさんの話なら聞いてるよ……ああ！　豚に乗ったり、安息日を破ったり！　おかしなやつだ！　さっ、何の用だ？　神を信じないこの老いぼれに、何の用だ、おい？　おれのほうは、牧師に用はないぞ……だから、何もくれてやるつもりはない。さっ、何の用だと、きいてるんだ」

フェイスは逃げられるものなら千マイルでも遠くへ逃げたいと思った。口ごもりながら、ここに来たわけを、飾らずに手短に伝えた。

「私は、お願いに……来たんです……どうか、また教会に来て……牧師の給料を……払ってください」

ノーマンはにらみつけた。それから怒鳴り出した。

「あつかましい、おてんば娘め……おまえのことだ！　誰に指図《さしず》されたんだ、このおてんば？　誰のさしがねだ？」

「誰にも、言われてません」哀れなフェイスは答えた。

「嘘だ。嘘をつくな！　誰がおまえを寄越《よこ》した？　父親じゃないな……あの男は、蚤《のみ》ほどの勇気もない(4)……といってあの男は、自分でやる度胸もないことを娘にさせるために、おまえをここに寄越しはしない。あらかた、グレン村の口やかましい独り者の婆さん連中だろう、そうだろ……おい、そうだな？」

「違います……私は……自分で、来ました」

「おれを馬鹿だと思ってるな？」ノーマンは叫んだ。

「いいえ……紳士だと、思ってました」フェイスは消え入りそうな声で言った。皮肉のつもりではなかった。

ノーマンは飛びあがった。

「よけいなお世話だ。話は、もう結構。おまえが、こんなちびでなきゃ、自分に関わりのないことに首をつっこむと、どんな目にあうか、見せてやるところだ。牧師か医者に用があるときは、こっちから呼びにやる。それまでは関係なしだ。わかったか？　さあ、出てけ、腰抜けめ」

フェイスは出ていった。目がくらんで、よろめきながら階段をおりた。それから裏庭の木戸を通りぬけ、小径に入った。小径を半分ほど歩いていくと、恐ろしさにくらくらしていた頭がはっきりしてきた。その反動で、うずくような怒りが、こみ上げてきた。

小径の終わりにさしかかるころには、経験したこともない激しい憤怒《ふんぬ》になっていた。ノーマン・ダグラスに馬鹿にされた言葉が、激しい炎の焚《た》きつけとなり、彼女の心は燃えあがっていた。フェイスは歯をかみしめた。両手を握りしめた。家へ帰れだと！　帰るもんか！　まっすぐ引き返して、あの年寄りの人喰い鬼(5)のことを、どう思ってるか、言ってやる——思い知らせてやる——ええ、やってやるとも！　腰抜けだなんて、よくも言ったな！

フェイスは迷う間もなく踵《きびす》をかえし、もどった。ヴェランダに人の姿はなく、勝手口の戸はしまっていた。フェイスはノックもせずに戸を開け、家に入った。ノーマン・ダグラスは、ちょうど夕食のテーブルについたところで、まだ新聞を持っていた。フェイスはひるまず部屋を横切り、彼の手から新聞をひったくると、床に投げつけ、足で踏みつけた。それからノーマンに向き合った。フェイスの瞳はかっと光り、頬は赤く燃えていた。怒り猛《たけ》った若い娘のあまりの美しさに、ノーマン・ダグラスは見違《みちが》える思いだった。

「どうして、もどってきた？」唸《うな》り声でたずねたが、怒りと、それ以上に、当惑《とうわく》があった。

男の怒りの目を、フェイスはまなじりを決して、にらみ返した。こんな状況でくじけない者は滅多にいないだろう。

「あんたをどう思ってるか、言いに、もどったのよ」フェイスは、はっきりした響き渡る声で言った。「あんたなんか、怖くない。あんたは無作法で、間違ってて、暴君で、不愉快な年寄りだ。「あんたは必ず地獄に落ちるってスーザンが言ってるから、前は気の毒に思ったけど、今は思わない。あんたの奥さんは、十年間、一度も新しい帽子を買えなかったそうね……奥さんが死んだのも当然よ。これからはあんたに会うたびに、しかめっ面をしてやる。私があんたの後ろにいるときは、何が起きてるか、思い知るでしょう。お父さんの書斎の本に、悪魔の絵が載ってるから、うちに帰ったら、その下に、あんたの名前を書いてやる。あんたなんか、年寄りの吸血鬼《ヴァンパイア》(6)だ。疥癬《かいせん》(7)に、なりやがれ！」

フェイスは、疥癬《かいせん》とは何か、吸血鬼《ヴァンパイア》とは何か、知らなかったが、スーザンがこの言葉を使うのを聞いたことがあった。その口ぶりから、どちらも、何だか凄《すさ》まじいものだと推測したのだ。だがノーマン・ダグラスは、少なくとも後者の何たるかは知っていた。彼はフェイスの長口上《ながこうじょう》の熱弁を黙って聴いていた。しかし、彼女が息をつくために話をやめ、また足を踏みならすと、彼は大声をあげて笑い出し、膝をぴしゃりと打って、叫んだ。

「なんだ、おまえさん、覇気《はき》があるじゃないか……おれは覇気《はき》のある娘が好きなんだ。さっ、おかけ……おすわり！」

「すわりません」フェイスはますます激情に燃えて目を光らせた。この男に、からかわれている——馬鹿にされていると思ったのだ。また怒りを爆発させようかと思った。馬鹿にされて、痛烈にこたえていた。「あんたの家でなんか、すわってやるもんか。もう帰る。とにかく、ここにもどって、あんたをどう思うか、はっきり言って、せいせいした」

「おれもだよ……おれもそうだ」ノーマンはくすくす笑った。「気に入ったよ……おまえさんは見上げたやつだ……大したやつだ。なんという赤い頬！　なんという威勢《いせい》のよさ！　なのにおれは、おまえさんを、腰抜けと言ったとは？　いやはや、ちっとも腰抜けじゃない。さあ、おかけ。始めっから、この剣幕ならよかったのに、娘っこや！　それから、悪魔の絵の下に、おれの名前を書くとな、あ？　だけど、悪魔は黒いぞ（8）、娘っこや。あれは黒い……でもおれは赤い。だから合わない……合わないぞ！　それから、疥癬《かいせん》になりゃいいって、言ったな、そうだな？　ところがな、娘っこや、おれは子どもの時分、ほんとに疥癬持ちだったんだ。もう一度かかれだなんて、言っちゃならんよ。さっ、おかけ……おすわりよ。友情の一杯をやろう（9）」

「いいえ、結構です」フェイスは傲然《ごうぜん》と言った。

「おやおや、そんなこと、言わずに。さあ、さあ、謝るから、娘っこや……おれが謝る。おれが馬鹿だった、悪かった。男がこんなに謝ることは、ないんだぞ。水に流して、許しておくれ。握手をしよう、娘っこや。握手をして、一緒に夕はんを食べてくれたら、牧師の給料は、前と同じだけ払おう。毎月最初の日曜に、教会へ行こう。おまけに、あのキティ・アレックのばあさんを黙らせてやるぞ。あれを黙らせることができるのは、うちの一族で、おれだけだからな。これは、いい取引だろう、娘っこや？」

たしかに、いい取引に思われた。フェイスは、ふと気づけば、この人喰い鬼と握手して、食卓についていた。彼女の癇癪玉《かんしゃくだま》は、もうおさまっていた――フェイスの怒りは長続きしないのだ――だが昂奮《こうふん》に、いまも瞳はきらめき、頬は赤々と染まっていた。そんなフェイスに、ノーマン・ダグラスは、つくづくと見惚《みと》れた。

「おい、ウィルソン、おまえさんのいちばん上等な砂糖煮《プリザーヴ》を出しとくれ」彼は命じた。「ふくれっ面《つら》は、もうやめとくれ。おい、もう、ふくれるな。じゃあ、いっそ口喧嘩をするのはどうだ、おい？　一雨ふれば、さっぱりするぞ、むしろことがうまくいく。ただし、霧雨《じめじめ》や、霧雨《もやもや》は、なしだぞ……霧雨《じめじめ》、霧雨《もやもや》は、なしだ。我慢ならんからな。女の癇癪《かんしゃく》はいいが、めそめそされるのは、ごめん被《こうむ》る。ささっ、娘っこや、肉と芋のごった煮だ。お上がり。ウィルソンは、これに気取った名前をつけてるが、おれは、まるでわからん(10)、と呼んでるんだ。わけのわからん食べ物は、みんな、まるでわからん、と呼んでる。水っぽくて得体の知れない物は、しゃれにならん(11)、と呼んでるんだ。ウィルソンがいれるお茶は、しゃれにならん、だ。あれは牛蒡《ごぼう》のお茶(12)に決まっとる。

あの真っ黒な液体を飲むんじゃないぞ……ほれ、おまえさんには、牛乳だ、娘っこ。それで、名前はなんと言ったかな？」

「フェイス」

「そんな名前はだめだ……だめだ！　我慢ならん。ほかには？」

「ありません」

「そんな名前は、気に食わん、そうとも。覇気がない。おれのおばのジニーを思い出す。あのおばは、自分の三人の娘に、フェイス、ホープ、チャリティ（13）って名をつけたんだ。ところがフェイスは、何一つ信じちゃなかった……ホープは、生まれながらの悲観主義者……チャリティは、けちだった。おまえさんは、赤い薔薇《レッド・ローズ》という名前がいい。かっとなると、真っ赤な薔薇みたいだ。おれは、赤い薔薇《レッド・ローズ》と呼ぶぞ。それで、おまえさんは、おれにうまいこと言って、また教会に行く約束をさせたな？　だがな、月に一度だぞ、いいか、月に一回こっきりだ。いやいや、娘っこ、やっぱり教会に行くのは勘弁してくれまいか？　前は、毎年百ドルの給料を払って、教会に通った。今度は、年に二百ドル払うから、教会は勘弁してくれまいか？　頼む！」

「いいえ、だめです」フェイスは悪戯っぽいえくぼを浮かべた。「教会にも、来てもらいたいんです」

「そうか、ま、取引は取引だからな。年に十二回のことだ、我慢しよう。でも最初の日曜は、おれが来たんで、さぞ大騒ぎになるぞ！　それから、スーザン・ベイカーのばあさんは、おれが地獄に落ちると話してる、そうだな？　おまえさんはどうだ、おれは地獄へ行くかね……さあ、どう思う？」

「行かないように、願ってますけど」フェイスは困って、口ごもった。

「どうして、そう思う？　さあ、なぜだ？。わけを教えてくれ、娘っこや……そのわけを」

「だって……とても……居心地の悪いところだもの、きっと」

「居心地が悪いとな？　それは、誰と一緒にいるかによるさ、娘っこ。おれは、天使と一緒じゃ、すぐに飽きちまう。ほれ、スーザンのばあさんに、後光がさしてるとこを、想像してみろ！」

フェイスはまざまざと想像し、おかしくて声を上げて笑った。そんな彼女をノーマンは目を細くして見守った。

「おかしいだろ、な？　ああ、おれは、おまえさんが気に入った……大したもんだ。それで、教会のことだが……お父さんは、説教ができるかね？」

「父は、すばらしい説教師です」忠義のフェイスは答えた。

「へえ、そうかい？　じゃあ、確かめてみよう……粗探《あらさが》しも、するぞ。おれの前では、話に気をつけることだ。おれはちゃんと聞くし……揚げ足もとる……話の展開がおかしくないか、たしかめるぞ。教会の用事も楽しむことにしよう。お父さんは、地獄についで、説教をしたことがあるかい?」

「い……い……え……ないと思います」

「そいつぁ、残念だ。そういう説教が好きなんだ。お父さんに伝えとくれ、おれを上機嫌でいさせたいなら、地獄について、見事な説教を、半年に一度は、やってくれと……地獄の業火《ごうか》(14)が激しく燃えるほどいい。硫黄《いおう》が燃えて、煙がもうもう出るくらいがいい。そうすりゃ、あの独身の婆さん連中も、大喜びするぞ。婆さんどもはこぞって、このノーマン・ダグラスの爺《じじい》をじろじろ見ては、『地獄は、おまえさんのためにあるんだよ、この堕落者《だらくもの》の、爺《じじい》め。地獄は、おまえさんを、待ちかまえてるよ!』って思うだろうよ。おまえさんが、父親に地獄の説教をさせたら、そのたびに、十ドルよけいに払おう。おお、ウィルソンがジャムを持ってきた。どうだ、ほれ? これは、まるでわからん、じゃないぞ、食べてごらん!」

ノーマンは、大ぶりのスプーンに山盛りのジャムをさしだした。フェイスはおとなしく飲みこんだ。幸いなことに、すこぶるおいしかった。

「世界でいちばんうまいプラムのジャムだ」ノーマンは大きな受け皿いっぱいにジャムを盛り、フェイスの前にどすんと置いた。「気に入ってくれて、よかった。この瓶づめを二つ、持ってお帰り。おれは、けちじゃない……これまでもそうだ。おれがけちをした現場は、悪魔でも、おさえられないさ。女房のヘスターが十年間、新しい帽子を買わなかったのは、おれのせいじゃない。家内が自分でそうしたんだ……帽子代をけちって、中国にいる黄色いやつらに送る金を貯めてたのさ(15)。おれは、生まれてこのかた、海外布教に、びた一文出したことはない……これからも出さないぞ。だから、おれにうまいこと言って、布教の献金をさせるなよ！　牧師の給料を年に百ドルと、月に一度の教会通いだけだぞ……善良なる異教徒を、哀れなキリスト教徒に変えるなんて、お断りだ！　なにしろな、娘っこや、あいつらは天国も地獄も、縁がない……どっちにも満足しないよ……ちっともな。おい、ウィルソン、まだ笑顔ができないのか？　女ってやつは、どうしてそんなに、ぶすっと、むくれてられるんだ、呆れるよ！　おれは、一度も、むくれたことがない。おれは、一発、ぴかっと光って、どかーんと来たら、ふーっと一息ついて……喧嘩はおしまい。後はおてんとさまが顔を出して、相手の言いなりさ」

夕食後、ノーマンは、フェイスを馬車で送り届けると言ってきかず、馬車いっぱいに、林檎、キャベツ、じゃが芋、かぼちゃ、ジャムの瓶をつんだ。

「納屋に可愛いおすの子猫がいるんだ。ほしけりゃ、それもやるぞ。もらってくれや」

「いいえ、結構です」フェイスははっきり断った。「猫は好きじゃないの。それにあたし、雄鶏《おんどり》を飼ってるから」

「たまげたね。雄鶏じゃ抱っこして寝れないだろうに、子猫ならできるぞ。雄鶏をペットにするなんて、聞いたこともない。おす猫のほうが、いいぞ。あの子猫に、いい飼い主を見つけてやりたいんだ」

「だめよ。マーサおばさんが猫を飼ってるの。知らない子猫が来たら、殺してしまうわ」

ノーマンもやむを得ずあきらめた。フェイスは、二歳の荒馬《あらうま》(16)がひく馬車に乗り、はらはらするようなドライブをした。ノーマンは、牧師館の勝手口で彼女をおろすと、裏のヴェランダに荷物を無造作に置き、大声で叫んで帰った。

「月に一度……月に一度だけだぞ、いいな！」

フェイスは、軽いめまいと息切れをおぼえながら寝室にあがった。まるで暖かなつむじ風から解放されたようだった。彼女は幸せであり、感謝でいっぱいだった。これでグレン村や、あの墓地や、虹の谷と別れなくてもいいのだ。彼女は眠りについたが、ダン・リースに豚娘《ぶたおんな》と呼ばれたこと、しかも彼がこの恰好《かっこう》のあだ名を思いついたからには、事あるごとに、そう呼ぶだろうと無意識ながらも気にかかり、不愉快だった。

第17章　二つの勝利

十一月の第一日曜日、ノーマン・ダグラスが教会にあらわれた。すると彼が望んでいた通り、一大センセーションを巻き起こした。メレディス牧師は、教会の上がり段で、上の空のままノーマンの手を握り、奥さまはお元気でしょうか、と心ここにあらずで言った。

「家内は、十年ほど前、墓に入る前は、あんまり元気じゃありませんでしたが、今は、ずっと達者《たつしや》になったでしょうな」ノーマンは大声を轟《とどろ》かせて言い、人々は怖がるやら、嬉しがるやらだった。もっとも、メレディス牧師は、説教の最後のまとめの部分の出だしが、思った通りにできただろうかと思い返していたため、自分がノーマンに何を言ったのか、また彼がどう答えたか、まるでわかっていなかった。

ノーマンは門のところで、フェイスをつかまえた。

「ほれ、約束を守ったぞ……約束は果たしたからな、赤い薔薇《レッド・ローズ》。これでおれは、十二月の第一日曜日まで、自由の身だな。いやはや、すばらしいお説教だったよ、娘っこや……いい説教だった。お父さんは、あんな顔をしてる割りには、頭がいいんだな。もっとも、一つだけ、辻褄《つじつま》のあわないところがあった……矛盾があったと、お父さんに言っとくれ。もう一つ、次の十二月は、地獄の業火《ごうか》について説教してくれって、頼んどくれ。一年の締めくくりに、もってこいだ……地獄の面白い話をちょっぴり加えるだけでいいんだ、要するに。それで年が明けたら、天国について面白い話をするのはどうだ？　地獄に比べりゃ、天国は、半分も面白くないがな、娘っこや……半分以下だな。でもおれは、お父さんが天国をどう考えてるか、知りたいのさ……あの牧師は考えることができる……世にも珍しいぞ……考えることのできる牧師がいるとは。でも、一つ、辻褄《つじつま》があわなかった。ハハハ！　お父さんがしっかり目を醒ましてるとき、次の質問をたずねてくれ、娘っこや。『神は、自分で持ちあげることができないほど大きな石を、作ることができるのか？』(1)。忘れるんじゃないぞ、いいな。この質問を牧師がどう考えるのか、聞きたいんだ。おれは今まで、この質問で、大勢の牧師を困らせてきたんだ、娘っこや」

フェイスはノーマンから解放されると、やれやれと走って帰ることにした。すると門のところに、ダン・リースが男子に混じって立っていた。彼はフェイスを見ると、「豚《ぶた》娘《おんな》」と言うように口を動かしたが、さすがにここで声に出す勇気はなかった。ところが次の日、学校で困ったことになった。お昼休み、フェイスが学校裏のえぞ松の苗木の植林地にいると、ダンに出くわしたのだ。たちまち彼は大声をはりあげた。

「豚娘！　豚娘！　おんどり娘！」

するとウォルター・ブライスが、急に、もみの木立の奥から起きあがった。彼はクッションのようなふかふかした苔の上で本を読んでいたのだ。ウォルターは青ざめていたが、目は炎に燃え立っていた。

「黙れ、ダン・リース！」ウォルターが言った。

「おやおや、こんにちは、ウォルターお嬢ちゃん」ダンは、平気の平左でやり返した。それから柵の横木に軽々と飛びのり、馬鹿にするようにうたって囃《はや》した。

弱虫、弱虫、カスタード
辛子《マスタード》の壺《つぼ》を盗んだな、
弱虫、弱虫、カスタード！（2）

「それは、おまえも、合致《がっち》しているさ！」ウォルターは軽蔑の口ぶりで言ったものの、ますます青白くなった。合致とは何か、実は、曖昧《あいまい》にしか知らなかったのだ。一方のダンは、見当もつかなかったが、ことさらに侮辱《ぶじょく》する言葉にちがいないと思った。

「やーい！　弱虫！」ダンは、また怒鳴った。「おまえの母さん、嘘っぱちばっかり、書いてらあ……嘘っぱち……嘘っぱち！　フェイス・メレディスは、豚娘《ぶたおんな》……やれ、豚娘……豚娘！　それにあいつは、おんどり娘……おんどり娘……おんどり娘！　やーい！　弱虫……弱虫……カスタ……」

　その先を、ダンは言えなかった。ウォルターが、ダンめがけて飛びかかり、一発、殴ったのだ。それは見事に直撃して、ダンは柵から真っ逆《さか》さまに落ちた。無様《ぶざま》にも、ばたんと大の字になって倒れた。フェイスは手を叩いて大笑いした。ダンは飛び起きると、顔を紫色にして怒り、また柵によじ登った。そのとき、学校の鐘が鳴った。ハザード先生の授業に遅刻した男子は、どうなるか、ダンはわかっていた。

「喧嘩で、かたをつけてやる」ダンは吠え立てた。「弱虫め！」

「いつでもいいよ、きみの都合がいいときで」ウォルターが言った。

「まあ、やめて、だめよ、ウォルター」フェイスが言った。「ダンと喧嘩するなんて。私なら、あいつが言うことなんか、気にしない……あんなやつを気にするほど、落ちぶれていないわ」

「あいつは、きみを侮辱《ぶじょく》した。ぼくの母さんも侮辱した」ウォルターは、やはり落ち着き払って言った。「今日の放課後、夕方はどうだ、ダン」

「学校が終わったら、まっすぐ帰んなくちゃならないんだ。馬鍬《まぐわ》で掘り起こしたじゃが芋を拾えって、父ちゃんが言うんだ」ダンは仏頂面《ぶっちょうづら》で言った。「明日の夕方なら、いいぞ」

「いいとも……明日の夕方、ここで」ウォルターは受けて立った。

「おめえの女みたいな顔を、ぶちのめしてやる」ダンが宣言した。

ウォルターはわなないた——脅し文句が怖かったからではない。ダンの言葉づかいの醜悪さ、野卑さを、嫌悪したのだ。それでもウォルターは頭を高々とそらし、しっかりした足どりで校舎に入った。フェイスも後に続いたが、内心では葛藤があった。ウォルターが、あのちびの卑怯者と喧嘩をするなんて、考えるのも嫌だった。それにしても、ああ、ウォルターは、なんと堂々としていただろう！　ウォルターは、この私——フェイス・メレディスを——侮辱《ぶじょく》した者を懲らしめるために、決闘してくれるのだ。もちろん、ウォルターは勝つだろう——彼の目には、勝利する、と書いてあった。

フェイスは、わが闘士が勝つと信じていたが、その信頼も、夕方までには少々、揺らいだ。その後、ウォルターは、学校が終わるまで、やけにおとなしく元気がなかったのだ。

「これがもしジェムだったら」フェイスは、ヘゼカイア・ポロックの墓石にウーナと腰かけ、ため息をついた。「ジェムなら、腕っぷしが強いもの……ダンなんか、あっという間に、やっつけてくれるわ。でもウォルターは、喧嘩のことは、あんまり知らないもの」

「ウォルターが、けがをするんじゃないか、心配よ」ウーナが吐息をついた。彼女は喧嘩が大嫌いだった。フェイスが、本音ではかすかに喜んでいることを見抜いて、理解できなかった。

「けがなんて、するはずがないでしょ」フェイスは居心地悪そうに言った。「ウォルターの背恰好《せかっこう》は、ダンと同じだもの」

「でも、ダンは、年上よ」ウーナが言った。「そうよ、一年近く上よ」

「だけど数えてみると、ダンは、あんまり喧嘩をしてないね」フェイスが言った。「ダンは、ほんとは臆病なのよ。まさかウォルターが喧嘩をするとは思ってなかったのよ。そうでなきゃ、ウォルターの前で、あたしを馬鹿にしないもの。ああ、ウォルターが、ダンをにらみつけた顔を、見せたかったわ、ウーナ！　あたし、ぞくぞくっとしたの……すてきなぞくぞくよ。まるで、お父さんが日曜日に読んでくださる詩に出てくるガラハッド卿（3）みたいだった」

「あの二人が殴り合いをするなんて、考えたくないわ。止《と》められるものなら、止めたいわ」ウーナが言った。

「今となっては、するしかないの」フェイスが叫んだ。「名誉がかかってるもの。人に話したら、承知しないわよ、ウーナ。もし言ったら、あんたには、二度と秘密を教えてあげない」

「言わないわ」ウーナは約束した。「でも明日、私は放課後に残らないよ。喧嘩は見ないで、まっすぐ帰るわ」

「うん、わかった。でも、あたしは、いなくちゃね……ウォルターは、あたしのために喧嘩をするんだから、いてあげないと、悪いわ。あたし、ウォルターの腕に、色のリボンを結んであげよう……自分を守ってくれる騎士には、そうしてあげるのよ。ちょうどよかった！　あたしの誕生日に、ブライスのおばさんが、髪に結ぶきれいな青いリボンをくだすったの。二回しか使ってないから、新品同然よ。それにしても、ウォルターが必ず勝つとわかっていればいいのに。負けたら、とても……とても不面目よ」

もしこのときフェイスが、自分のために戦う闘士の姿を見たら、ますます不安になっただろう。

ウォルターは家に帰っていたが、正義感の怒りは潮が引くように消え去り、むしろうんざりしていた。明日の夕方、ダン・リースと喧嘩をしなくてはならない――したくなかった――考えるのも嫌だったが、ずっと頭にあった。一分たりとも頭から離れなかった。ぼくは、ひどいけがをするだろうか？　けがが怖かった。ぼくは負けて、恥をかくだろうか？

夕食は、食べたと言えるほど食べられなかった。スーザンが、ウォルターの好物のお猿さんの顔のクッキー（4）を、大きな天火《オーブン》にひと釜分、焼いてくれたが、一つしか食べなかった。ジェムは、四つ平らげた。ウォルターは不思議に思った。どうしてそんなに食べられるのだろう。どうして、みんなは食べられるのだろう？　どうして食べながら、楽しげにおしゃべりできるのだろう？　母さんは、あんなに目を輝かせて、頰を桃色に染めている。母さんは、息子が、明日、喧嘩をしなくてはならないとは知らないのだ。もし知ったら、あんなに朗《ほが》らかだろうか？　ウォルターは暗い気持ちで考えた。ジェムは、スーザンの写真を食卓のみんなに回して見せていた。ジェムが自分の新しいカメラで撮ったのだ。スーザンは腹を立てていた。

「ええ、私は美人じゃありませんよ、先生奥さんや。それは重々《じゅうじゅう》、承知してます。これまでも、わかってました」機嫌をそこねた口ぶりだった。「でも、ここに写ってるほどみっともないとは、思いませんよ、ええ、絶対に信じません」

　ジェムが笑い出し、アンもつられて笑った。ウォルターは、もう我慢できなかった。席を立ち、自分の部屋へ逃げ出した。

「坊ちゃんは、なにか心配事があるんですね、先生奥さんや」スーザンが言った。「ほんのぽっちりしか食べてないんです。またぞろ詩のことでも考えてるんでしょうか？」

　かわいそうなウォルターの心はそのとき、詩を作る星の王国からは遠く隔《へだ》たったところにあった。彼は開けた窓の敷居に肘《ひじ》をつき、やるせなく頰杖をついていた。

「さあ、海岸へ行こうよ、ウォルター」ジェムが飛びこんできて、呼びかけた。「今夜、男子たちが、砂丘で草を燃やすんだ(5)。父さんが、行ってもいいって。さあ」

これが別のときなら、ウォルターは大喜びしただろう。彼は砂丘の草を燃やす野焼きが好きだった。しかし今は、にべもなく断った。ジェムがどんなに誘おうと、頼もうと、無理だった。ジェムはがっかりした。フォー・ウィンズ岬（6）までの遠い暗い道のりを、一人で歩くのは気が進まなかった。そこでジェムは、屋根裏の自分の博物館（7）にこもり、読書に没頭した。やがて彼は落胆したことなど忘れ、古い騎士物語《ロマンス》を主人公《ヒーロー》たちと一緒になって楽しみ、またときには読書をとめ、自分が名だたる将軍となり、軍勢を率いて激しい戦場で勝利をおさめる空想にふけった。

ウォルターは寝るころまで窓辺にすわっていた。ダイがそっと入ってきた。いったいどうしたのか話してほしかったのだ。だがウォルターは、ダイにも言えなかった。話せば、恐れていることが現実になるような気がした。考えるだけで拷問のようだった。窓の外では、かえでの木の枯葉が、かさこそ音をたてた。薔薇色の炎のような夕焼けは窪地から消えて銀色の空に変わり、満月が華々しく虹の谷から昇ってきた。はるか遠く丘の地平線では、森が赤く燃え、輝かしい一幅《いっぷく》の絵画のようだった。冴《さ》え冴《ざ》えと澄みわたるこの夕べ、遠くの音がはっきりと聞こえた。池のむこうで狐《きつね》が吠えていた。遠くグレンの駅では、汽車が蒸気の音をたてていた。かえでの森では青かけすが、けたたましく鳴いていた。牧師館の芝生の庭からは、笑い声が聞こえた。どうしてみんな、笑えるのだろう？　どうして狐も、青かけすも、汽車も、明日、何事もないかのように、すごしているのだろう？

「ああ、早く終わればいいのに」ウォルターは、うめき声をあげた。

その夜はよく眠れなかった。翌朝は、おかゆが喉につかえて苦労した。スーザンが、いやに気前よく、皿いっぱいによそったのだ。ハザード先生は、ウォルターの様子に不満顔だった。フェイス・メレディスも上の空だった。ダン・リースは、豚や雄鶏の頭をした女の子の絵を、こそこそ石板《せきばん》に描《か》いて持ちあげ、みんなに見せた。喧嘩があるという噂はすでに漏れていた。放課後、ダンとウォルターが、えぞ松の植林地へ行くと、男子はほとんど、女子も大勢、集まっていた。ウーナは帰ったが、フェイスは残り、ウォルターの腕に、青いリボンを結んだ。見物人のなかに、ジェム、ダイ、ナンはいなかった。ウォルターはほっとした。この三人は、どういうわけか、秘かに計画されていた喧嘩を知らずに帰ったのだ。そして今、ウォルターは臆することなく、ダンと対決した。最後の最後になって、恐怖はすっかり消え失せたが、闘うことには、まだ嫌悪があった。注目すべきことに、ダンのそばかす顔は、ウォルターの顔より青ざめていた。上級生の男子が合図すると、まずダンが、ウォルターの顔を殴った。

ウォルターは少しよろけた。その瞬間、殴打《おうだ》された痛みが、彼の繊細な身体中にうずくように伝わった。しかしその後は、もはや痛みは感じなかった。今まで経験したこともない何かが、洪水のようにウォルターに押し寄せていた。顔は赤くほてり、目も炎のように燃えていた。「ウォルターお嬢さん」がこんな顔つきをするとは、グレン・セント・メアリ校の生徒は考えたこともなかった。ウォルターは勢いよく飛びかかり、若い山猫(8)さながらに、ダンに組みついた。

グレン校では、男子の喧嘩に決まったルールはなかった。ところ構わず組みついても、どんなふうに一撃を加えても、よかった。ウォルターは猛烈な怒りにまかせて殴りつけ、闘ううちに、この取っ組み合いに喜びすらおぼえていた。対するダンは、もう自分を守り切れなかった。すぐに勝負がついた。ウォルターは自分が何をしているのか、意識も朦朧《もうろう》としていたが、急に激しい怒りが消えると、へたばって倒れたダンに馬乗りになり、両膝で押さえつけていた。ダンの鼻から——ああ、恐ろしい！——血がふき出していた。

「まいったか？」ウォルターは歯を食いしばった顔で、問いただした。

ダンは無愛想に認めた。

「ぼくの母さんは、嘘を書かないな？」

「うん」

「フェイス・メレディスは、豚娘《ぶたおんな》じゃないな？」

「ああ」

「おんどり娘でもないな？」

「うん」

「ぼくは、臆病者じゃないな？」

「うん」

ウォルターは重ねて「おまえは嘘つきだな？」ときくつもりだったが、憐れみの情がわいて、それ以上、ダンを侮辱しなかった。それに鼻血がおぞましかった。

「じゃ、行くんだ」ウォルターは軽蔑の口ぶりで言った。

柵の横木にすわっていた男子から、大きな拍手が起こった。だが泣いている女子もいた。怖かったのだ。男子の喧嘩は前にも見たことはあったが、ウォルターがダンに殴りかかったような取っ組み合いは一度もなかった。ウォルターには恐ろしいまでの迫力があり、ダンを殺すかもしれないと思ったのだ。今やすべて終わり、女の子たちは涙にむせぶほど激しく泣いていた——フェイスは泣かなかった。こわばった顔を赤く染め、立ち尽くしていた。

ウォルターは勝者の賞賛をもとめて、その場に残ることはなかった。ぱっと柵を跳びこえ、えぞ松の丘から、虹の谷へ走っておりていった。勝利の喜びはなかった。しかし義務を果たし、名誉を回復した静かな満足感を、たしかにおぼえていた——ダンの血まみれの鼻を思うと、胸が悪くなった。それは醜悪だった。ウォルターは醜悪なものを憎んでいた。

やがて乱打されたひりひりする痛みに気づいた。唇が切れて、腫れていた。片方の目が変な感じだった。虹の谷で、メレディス牧師に行き会った。牧師はその午後、ウェスト家の姉妹を訪れ、帰るところだった。この敬愛すべき牧師は、深刻そうな顔をして、ウォルターを見つめた。

「喧嘩を、してきたようですね、ウォルター」

「はい、牧師さん」お目玉をくらうだろうと思いながら答えた。

「どうして喧嘩したのですか？」

「ダン・リースが、ぼくの母さんは嘘っぱちを書いている、フェイスのことは豚娘《ぶたおんな》だと言ったからです」ウォルターはぶっきら棒に言った。

「ほう、そうか！　じゃあ、ちゃんと正当な理由があったんですね、ウォルター」

「喧嘩をするのは、正しいことだと思われますか、牧師さん？」ウォルターは興味があった。

「いつも正しいわけではありません……正しいことは、滅多にないのです……だがしかし、ときには……正しい……こともある」ジョン・メレディスは言った。「女性が侮蔑されたときは、正しいでしょう。たとえば……きみの場合のように。ウォルター、わたくしのモットーは、せねばならぬと確信するまで喧嘩はするな、されどやるなら、持てる限りの力でやれ、ですよ。きみは色々とあざをこさえたが、最高にうまくやったようですね」

「はい、ダンが言ったことを、すべて撤回させました」

「まことに結構……実に結構だ。きみがそんなに喧嘩が強いとは、知らなかったよ、ウォルター」

「ぼく、一度も喧嘩をしたことがなかったんです……ぎりぎりまで、やりたくなかった……でも、いざ始めたら」ウォルターは本音を打ち明けることにした。「している最中は、楽しかったんです」

ジョン牧師は、目を瞬《しばた》かせた。

「最初は……少し怖かった……そうだろう？」

「すっかりおびえていました」ウォルターは正直に言った。「でも、これからは、もう怖がりませんよ、牧師さん。何かを恐れる気持ちは、恐ろしいことそれ自体よりも、始末に負えないのですね。明日、父さんにローブリッジへ連れて行ってもらって、歯を抜いてきます」

「これまた結構だ。『痛みを恐れる気持ちのほうが、痛みそのものより苦痛が大きい』、これは誰が書いたか知っていますか、ウォルター？　シェイクスピアですよ(9)。人間の胸にある感情や情念、経験で、あの偉大な男が知らなかったものがあるだろうか？　家に帰ったら、わたくしがきみを誇らしく思っていると、お母さんに、お伝えなさい」

ウォルターはこの言葉は言わなかったが、他はすべて母に語った。母さんは息子に同情し、自分とフェイスのために立ち上がってくれて嬉しいと言ってくれた。それから痛むところに油を塗り、ずきずきする頭にコロンをすり込んでくれた。「お母さんはみんな、ぼくの母さんみたいに優しいの？」ウォルターは、母を抱きしめて言った。「母さんのためなら、戦うことには価値があるよ」⑽。

ミス・コーネリアとスーザンは居間にいた。アンが二階からおりてくると、二人はウォルターの武勇伝に喜んで耳を傾けた。とりわけスーザンは満足した。

「お坊ちゃんが立派に戦って、ほんとに嬉しいですよ、先生奥さんや。これで、あの下らない詩なんぞは、頭から叩《はた》き出してくれますね。それに私は、あのちびで意地悪なダン・リースが、とてもじゃないが、絶対に、絶対に、我慢ならなかったんです。もっと火のそばにおかけください、マーシャル・エリオットの奥さん。このところ、十一月はひどく冷え込みますね」

「ありがと、スーザン、あたしなら、寒かないよ。ここへ来る前、牧師館へ寄ったんで、ぽかぽかに温《ぬく》もってるから……とは言うものの、牧師館は、どこにも火の気《け》がなくて、台所へ行って暖《あった》まったんだ。その台所ときたら、まるで棒でかき回したみたいなありさまでね、ほんとだよ。メレディス牧師はいなかった。どこへ行ったか知らないけど、ウェスト家に出かけたんじゃないかね。というのも、アンや、この秋、牧師さんは、足繁《あししげ》くウェスト家に通って、どうもローズマリーに会いに行ってるらしいんだよ」

「ローズマリーとご結婚なさったら、いい奥さんが来られますね」アンは暖炉に流木をくべた。「私の知るなかで、いちばん気持ちのいい女性の一人ですもの……まぎれもなく、ヨセフを知る一族の一人ですわ」

「そう……だね……でも、あの人は、監督派教会だよ」ミス・コーネリアは信用していない面持ちだった。「もちろんメソジストよか、ましだよ。だけどメレディス牧師も、自分の宗派の信徒に、いい奥さんがいるだろうに。でも、あの人にとっちゃ、おそらく、再婚なんか、どうでもいいんだよ。ついひと月前、あの人に言ったんだ。『再婚なさいましよ、メレディス牧師』って。そしたら、あたしが不道徳なことでも勧めたみたいなたまげた顔をして、『わたくしの妻でしたら、お墓のなかにおります、エリオット夫人』って、例の紳士ぶった聖人みたいな口ぶりで言うんだよ。だからあたしは、『その通りですよ。でなきゃ、再婚を勧めたりしません』って言ったら、もっと驚いた顔をなすったんだ。だからローズマリーのことも、大したことじゃないと思うよ。独り者の牧師さんが、独身の女がいる家《うち》へ二度行くと、牧師が求婚してるって噂で持ちきりになるんだよ」

「私の思うところでは……私が申し上げてもいいのならですけど……メレディス牧師は、内気すぎて、再婚のお相手に求婚できないんじゃ、ないでしょうか」スーザンが真面目くさって言った。

「あの人は、ちっとも内気じゃないよ、ほんとだよ」ミス・コーネリアが反論した。

「上の空ではあるよ……たしかに……でも、内気ではない。おまけに、あんなにぼんやり屋で上の空なのに、自分をたいそうご立派だと思ってるんだ、男にありそうなことだよ。だから、ぱっちり目が醒めてるときは、女に言い寄るくらい、大して面倒だとは思ってないよ。ええ、でも困ったことに、あの人は、自分の心《ハート》も墓場に埋めたと思いこんでるんだ。胸のなかでは、ほかの人と同じように、いつも心《ハート》がどきどきしてるのに。あの人は、ローズマリー・ウェストに気があるかもしれないし、ないかもしれない。もし気があるなら、あたしらとしては、うまくいくようにしなくてはね。ローズマリーは優しい娘だし、家の切り盛りもうまい。あのかわいそうな、ほったらかしの子どものいい母親になるよ。それに」ミス・コーネリアは観念したように、最後に言い添えた。

「実は、あたしのお祖母《ばあ》さんも、監督派教会だったんだよ」

第18章　メアリ、悪い報せをもって来る

メアリ・ヴァンスは、エリオット夫人のお使いで牧師館へ立ち寄り、それから軽やかな足どりで虹の谷へ歩いていった。そのあとは炉辺荘へ行き、土曜日のお楽しみとして、午後いっぱいナンとダイと遊ぶのだ。そのナンとダイは、フェイス、ウーナと、牧師館の森でえぞ松のガムを集め、今は四人そろって小川のほとりで松の倒木に腰かけていた。実のところ四人の女の子たちは、思う存分、松やにのガムを嚙んでいた。炉辺荘の双子は、人目のない虹の谷でならガムを嚙んでもいいと許されていた。しかしフェイスとウーナには、こうした礼儀作法の躾はなく、家でも外でもところ構わず嬉しそうにガムを嚙み、グレンの人々は眉をひそめていた。ある日、フェイスは教会でも嚙んでいた。ジェリーは、その松やにの塊が、はなはだしく大きいことに気づき、兄さんらしくいさめた。以来、フェイスは、二度と教会で嚙まなかった。

「だけどあのときは、あんまりおなかがぺこぺこで、何か嚙まずにいられなかったの」フェイスは言い訳した。「朝ごはんがどんなだったか、わかってるでしょ、ジェリー・メレディス。おかゆが焦げてて、とても食べられなかったの。だから、おなかが空っぽ

で、変な感じだったけど、ガムのおかげで助かったのよ……それに、そんなにガシガシ嚙まなかったよ。音は立てなかったし、松やにを歯でパチンと割る(1)なんてこともしなかった」

「とにかく、教会でガムを嚙んではいけないんだ」ジェリーははっきり言った。「二度とするんじゃないぞ」

「自分だって、先週、祈禱会のとき、嚙んでたくせに」フェイスが声をあげた。

「あれは、別だよ」ジェリーは偉そうに言った。「祈禱会は日曜日じゃない。それにずっと後ろの暗い席にすわっていたから、誰にも見られなかった。おまえは一番前にすわったから、みんなが見たんだ。それにぼくは、最後の賛美歌のときは、口から出したよ。それで前の背もたれにくっつけたのに、そのまま帰って忘れてしまって、次の朝、もどったら、なかった。たぶん、ロッド・ウォレンがとったんだな。でっかいガムだったから」

メアリ・ヴァンスは、頭を高々とそらして虹の谷へ歩いてきた。というのは、内側に真紅のリボンの薔薇飾り(2)をつけた新調の青い天鵞絨《ヴェルヴェット》の帽子をかぶり、紺色のコートと、りすの毛皮の小さなマフ(3)を身につけていたのだ。彼女はこの新しい装いを自慢げに意識しており、着飾った自分が嬉しくてたまらなかった。髪は念入りに縮らせてあった。顔はふっくらして、頰は薔薇色に、白っぽい目は輝いていた。その姿は、メレディス家の子どもたちがテイラー家の古い納屋で見つけた、寄る辺ない、ぼろを着た家なき子ではなかった。ウーナは、メアリを羨ましがらないようにしようと思った。目の前のメアリは、真新しい天鵞絨《ヴェルヴェット》の帽子をかぶっている。それに引きかえ、ウーナとフェイスは、今年の冬も、古びて粗末な灰色のタモシャンター（4）だった。新しいものを買ってやろうと考えてくれる人はいなかった。といって二人は、父親に頼むのもどうかと案じていた。お父さんはお金がないかもしれない。もしそうなら、お父さんは、すまないと思うかもしれない。牧師というものは、いつもお金が足りなくて、やりくりに

「ひどく苦労」していると、いつかメアリが話したのだ。以来、フェイスとウーナは、我慢できるなら、お父さんに何かをねだるより、古着でいいと思っていた。着古した服でも、あまり苦にしていなかった。とはいうものの、メアリ・ヴァンスがしゃれた服で現れ、いかにも気取っている姿を目の当たりにすると、つらかった。なかでもりすの毛皮の新しいマフは、最後のとどめを刺した。フェイスもウーナもマフなど身につけたこともなかった。穴の空いていない手袋があれば幸いだった。マーサおばさんは穴を繕う《ダーニング》ことにまで気が回らなかった。ウーナは自分でやってみたが、お話にならない仕上がりだった。というわけで四人の女の子たちは、メアリを暖かく迎える挨拶がなんとなくできなかった。だがメアリは気にせず、また気づきもしなかった。彼女はさほど神経質ではなかった。メアリは松の倒木に颯爽《さっそう》と腰かけ、邪魔になったマフを枝にかけ

た。マフの裏地はシャーリングをよせた赤い繻子《サテン》で、赤い房《タッセル》がついているのを、ウーナは見てとった。それからウーナはうつむき、自分の小さな両手が、寒さに紫色になり、ひび割れているのを見つめた。いつか、いつの日か、私もあんなマフをはめることができるのかしら。

「あたいにも、ガムをちょうだい」メアリは親しげに声をかけた。ナン、ダイ、フェイスは、それぞれポケットから、琥珀色《こはくいろ》の塊《かたまり》を一つ、二つ、とりだし、メアリに渡した。だがウーナは身じろぎもせずに、すわっていた。ウーナの上着には、その小さくなった窮屈で糸のほつれた上着のポケットには、すばらしく大きな塊が四つ入っていた。しかしメアリ・ヴァンスにさし出すつもりはなかった——一つもあげないわ。メアリも、自分で松やにのガムをとればいいのよ！　りすの毛皮のマフを持っている人が、世の中の何でも手に入るなんて、思ってはだめよ。

「気持ちのいい日だね？」メアリは足をぶらぶらさせた。そうすると、上の部分がおしゃれな布製の新調のブーツ(5)を見せびらかすのに、都合がいいのだろう。ウーナは自分の足を、体の下に隠すようにした。ブーツの片方に、穴が空いていた。ブーツの靴紐は左右とも結び目だらけだった(6)。それでも、持っているなかで一番上等だった。なによ、メアリ・ヴァンスなんて！　あの古い納屋に置いておけばよかった。

炉辺荘の双子が、自分やフェイスよりきれいな服を着ていても、ウーナは、つらい気持ちになったことはなかった。あの二人は、美しい装いをしても、気取らず、品が良く、服装を意識していないように見えた。ナンとダイは、どういうわけか、人をみじめな気持ちにさせなかった。ところがメアリ・ヴァンスが着飾ると、服を前面に押し出して――服のオーラをまとって歩いてくるのだ――なんと立派な服だろうと、まわりの人々に感じさせて、服のことを意識させるような気がした。ウーナは、穏やかな十二月の昼下がりの蜂蜜色の陽《ひ》をあびてすわりながら、自分が着ているもの一つ、一つを、痛いほどみじめに感じた――色褪《いろあ》せたタモシャンター帽、これでも一番いいものだった。三度目の冬をむかえて、きつくなった上着、穴の空いたスカートとブーツ、小さくなった肌着もたっぷり着ていないため、寒さに震えていた。もちろんメアリは、よその家を訪問する装いで来たのであり、自分はそうではない。だがよそゆきにしても、私には上等な服がない。そう思うと胸を刺されるようだった。

「ねっ、大きなガムだね。歯でパチンと言わせるから、聞いて。フォー・ウィンズには、ガムのとれるえぞ松がないんだ」メアリが言った。「だからときどき、このガムがほしくてたまんなくなるんだよ。エリオットのおばさんに見《め》つかると、嚙ませてもらえないんだ。レディにふさわしくないって言って。このレディという代物が、あたいは、ちんぷんかんぷんでね。こんな変てこなことには、どうしても慣れないんだ。ねえ、ウーナ、どうしたんだい？　なんで黙ってるの？」

「何でもないよ」ウーナは言った。りすの毛皮のマフに目を奪われたまま、そらすことができなかった。メアリは前屈みになってマフを枝からとり、ウーナの手に押しつけた。

「このなかに、ちょっと手を入れてなよ」メアリが命じた。「あんたの手、縮《ちぢか》んでるみたいだよ。いかしたマフだろ？　エリオットのおばさんが、先週、誕生日のプレゼントにくれたんだ。クリスマスには、りすの毛皮のえり飾りをもらうんだよ。おばさんが、エリオットのおじさんに、そう話してんのが聞こえたんだ」

「エリオットのおばさんは、とてもよくしてくれるのね」フェイスが言った。

「そうだよ。だけど、あたいも、おばさんによくしてるんだ」メアリが言った。「おばさんが楽になるように、一生懸命に働いて、何でもおばさんの気に入るようにしてるよ。あたいらは似た者同士なんだ。誰もが、あたいみたいに、おばんさんとうまくやれるわけじゃない。おばさんはおっそろしくきれい好きで、あたいも同じ。だから気が合うんだ」

「おばさんは、むち打ちなんかしないって、言ってたでしょ」

「そうだね。一度も手をあげないよ。だけどあたいも嘘をつかないよ……一度も。誓って言うよ。おばさんから、ときどき小言は言われるけど、そんなのは、あたいから、するっと、こぼれちまうんだ。あひるの背中から、水がこぼれるみたいに。ねえ、ウーナ、どうしてマフをしないの？」

ウーナはマフを枝に戻したのだ。

「ありがとう、手は冷たくないの」ウーナは強情に言った。

「そっ、あんたがいいなら、あたいもそれでいいよ。ねえ、あのキティ・アレックのばあさんが、モーセみたいに控えめに、また教会に来るようになったけど、誰も理由がわかんないんだ(7)。だけどノーマン・ダグラスが教会に来るようになったのはフェイスのおかげだって、みんなが言ってるよ。ノーマンの家政婦の話じゃ、フェイスがあの人ん家《ち》へ行って、すっごい剣幕で罵《ののし》ったって。ほんと？」

「あたしは、教会にもどってくださいって、頼みに行っただけよ」フェイスは決まり悪そうに言った。

「大した度胸だ！」メアリは感心した。「あたいなら、そんな肝ったまはないよ、あたいは臆病者じゃないけど。家政婦のウィルソンさんの話じゃ、あんたら二人は、呆れるようなことを言い合って、そんであんたが勝って、ノーマンさんは教会に行くことになって、おまけにあんたのことがすっかり気に入ったって。明日、あんたのお父さんが、村でお説教をするの？」

「いいえ。明日は、シャーロットタウンから来られるペリー牧師と交代するの。お父さんは、今朝、町へ行ったわ。ペリー牧師は、今夜、こちらにいらっしゃるのよ」

「やっぱりね。マーサおばさんは何も教えてくれなかったけど、何かあると思ったよ。

だって何《なん》にもないのに、雄鶏を殺さないもんね」

「どの雄鶏？　どういうこと？」フェイスは青ざめて叫んだ。

「どの雄鶏だか、あたいは知らないよ。見てないもん。ただ、エリオットのおばさんに頼まれたバターを、持ってって渡したとき、マーサおばさんが言ったんだ。明日のお昼のごちそうにする雄鶏を、納屋でしめてきたって」

フェイスは、松の倒木から飛びおりた。

「アダムよ……ほかに雄鶏はいないもの……アダムを殺したんだ」

「あれれ、そんなにのぼせないでよ。マーサおばさんが言ってたよ。グレンの肉屋は、今週は肉がないし、何かお出ししなきゃいけないのに、雌鶏《めんどり》はみんな卵を産んでるし、肉がやせてるって」

「おばさんが、アダムを殺してたら……」フェイスは丘の上へ走っていった。

メアリは、肩をすくめてみせた。

「フェイスはかんかんに怒るね。アダムが大好きだから。だけど、あの雄鶏は、もっと前に料理すりゃよかったんだ……肉が靴底みたいに固いよ。こわこわ、あたいなら、マーサおばさんの身になりたくないね。フェイスときたら、顔が真っ白《ちろ》けになるほど怒り狂ってたもん。ウーナ、フェイスを追っかけて、なだめてあげるといいよ」

それからメアリは、ブライス家の娘たちと炉辺荘へ歩き出した。すると突然、ウーナはふり返り、メアリを追いかけてきた。

「私のガムをあげる、メアリ」ウーナはどこか後悔のにじむ声で言うと、四つあるガムを残らず、メアリの両手に押しつけるようにのせた。「こんなにきれいなマフをもらって、よかったね」

「えっ、ありがと」メアリは不意打ちをくらったように言った。ウーナが行くと、ブライス家の娘たちに言った。「ウーナは変わったちびっ子だよ。だけど、気持ちのやさしい子だって、あたいはずっと前から思ってるんだ」

第19章　哀れなアダム！

ウーナが家に帰ると、フェイスはベッドに突っ伏《ぷ》していた。ウーナが慰めようとしても拒《こば》むばかりだった。マーサおばさんはアダムを殺したのだ。アダムはもう配膳室の大皿の上にのっていた。左右の手羽と足を紐でくくって形を整えられ、体のまわりに肝臓《レバー》、心臓、砂嚢《すなぎも》が並んでいた。フェイスが傷ついて悲しみ、怒っても、マーサおばさんは意に介《かい》さなかった。

「よそから来なさる牧師さんのお昼《ディナー》にお出しするもんが、要《い》ったんだよ」おばさんは言った。「こんなに大きな娘っこが、年寄りの雄鶏《おんどり》一羽ぐれえで大騒ぎするでない。いずれ絞めなきゃならんと、わかってたろうに」

「お父さんが帰ってきたら、言いつけてやる」フェイスはむせび泣いた。

「そんなことで、気の毒なお父さんの邪魔っこを、するでない。お父さんは、気がかりが山ほどあるんだ。それにおらが、この家《うち》を切り盛りしてるんだ」

「アダムは、あたしのものよ……ジョンソンの奥さんが、あたしに、くだすったの。おばさんが勝手にする筋合いはないわ」フェイスは怒鳴り散らした。

「今さら、生意気を、言うでない。雄鶏は絞めちまった。もうどうしようもない。初めて来なさる牧師さんに、茹《う》でた羊肉《マトン》の冷めたやつをお出しするわけにゃ、いかないじゃないか。おらは、たとえ落ちぶれても、そんなことも知らないような育てられ方は、してないんだ」

その夜、フェイスは夕食におりてこなかった。翌朝は教会に行こうとしなかった。昼食会の食卓にはついたが、目を泣きはらし、ふて腐れていた。

ジェイムズ・ペリー牧師は脂ぎった赤ら顔の太った男だった。白い口ひげを豊かにたくわえ、白い眉毛もふさふさして、はげ頭が光っていた。確実に美男子《ハンサム》ではなく、まことに退屈で、もったいぶった男だった。だがかりに、大天使ミカエル(1)の姿であっても、また、たとえ人の言葉で語ろうと、天使たちの言葉で語ろうと(2)、フェイスは憎んだであろう。なぜなら牧師は、ふっくらした白い手と見事なダイアモンドの指輪を見せびらかしながら、アダムを器用に切り分けたのだ。おまけにアダムを切りながら、たえず上機嫌におしゃべりをした。ジェリーとカールはくすくす笑った。ウーナも控えめに笑った。それが礼儀正しいと思ったからだ。だがフェイスだけは、憂うつそうに顔をしかめていた。その顔を見て、ジェイムズ牧師は、ひどく無作法だと感じた。牧師が、一度、ジェリーに調子のいいお世辞を言うと、フェイスは不躾《ぶしつけ》にも口をはさみ、真っ向から反論した。ジェイムズ牧師はげじげじ眉をひそめ、フェイスを一瞥《いちべつ》した。

「小さな女の子が、人の話に割って入るものじゃ、ありませんぞな。それに、自分よりずっと物事を知っている人に、逆らってはなりませんぞな」

フェイスはますます不機嫌になった。「小さな女《おんな》の子」だなんて、まるであたしが炉辺荘にいる丸ぽちゃのリラ・ブライスと同じ、ちびっ子みたいに！　もう我慢できない。それにこの不愉快なペリー牧師ときたら、なんと大食いだろう！　かわいそうなアダムの骨までしゃぶるなんて。フェイスもウーナも、アダムにはまったく口をつけなかった。そのためジェリーとカールを、人喰い人種も同然という目で見ていた。フェイスは、このおぞましい食事会が早く終わらないなら、ペリー牧師のうっすら光る頭めがけて何か投げつけて、さっさと終わらせたいと思った。幸いなことに、牧師の力強い咀嚼力《そしやくりよく》をもってしても、マーサおばさんのアップルパイは革のように硬く、昼食会は終わった。締めくくりに、ペリー牧師は、優しく恵み深い神が、生きる糧《かて》と平和な喜びとして与えてくださった食事に、心からの感謝の祈りを捧げた。

「あんたにアダムが与えられたことは、神さまとは何の関係もないわ」フェイスは口のなかで反抗的につぶやいた。

男の子たちは喜んで外へ飛び出し、ウーナは、マーサおばさんの皿洗いを手伝いに行った――もっとも、この気難しい老婦人は、このおどおどした手伝いを一度も歓迎したことはなかった――フェイスは、暖炉に薪が気持ちよく燃えている書斎へ行った。嫌なペリー牧師から逃げられると思ったのだ。牧師は、午後は、客用寝室で昼寝をすると話していた。ところが彼女が本を手に、部屋の隅《すみ》に腰をおちつけると、ほどなく、牧師が入ってきた。彼は暖炉の前に立ち、乱雑な書斎を、感心しない目つきで眺めまわした。「お父さまのご本が、どうも、嘆かわしいほどに散らかっておりますですな、お嬢ちゃん」厳しい声で言った。

フェイスは部屋の隅で、表情を曇らせたまま、一言も返さなかった。口なんか、きくもんか、こんな――こんなやつに。

「きみが片付けるべきですぞな」ペリー牧師は立派な時計の鎖をもてあそびつつ、恩着せがましい笑顔をフェイスにむけた。「きみはもう、それくらいの家事はできる年ごろですぞな。私の小さな娘は、まだ十歳ですが、すでに立派な家事の担い手ですぞな。母親を大いに助けて、喜ばせております。とても優しい子です。きみが、娘と知り合いであればよかったのに。いろいろときみを助けたことですぞな。あいにく、きみには、よき母親の愛情と躾《しつけ》という計り知れない恩恵がない。悲しいことに、それがないのでありますぞな……まことに悲しいことに、それが欠けている。この点について、私は一度ならず、きみのお父さまに申し上げて、父親として果たすべき義務を、誠心誠意、ご指摘申し上げたのですぞな。ところが、これまでのところ、何の効果もない。手遅れになる前に、お父さまがご自分の責任にお気づきになり、御目《おんめ》をさましてくださると信じておりますぞな。とりあえず、今、きみは、天国のお母さまの代わりをするよう努めることが、きみの義務であり、特権でもありますぞな。きみは、ご兄弟や幼い妹さんに、絶大なる影響力を及ぼすことができる……真の母親になることができるのですぞな。残念ながら、きみはこうしたことを考えるべきなのに、考えておりませんね。可愛いお嬢ちゃんや、この点について、私がきみの目を開いてさしあげましょうぞな」

ペリー牧師はやけに愛想のいい独りよがりの声で諄々《じゅんじゅん》と説きつづけた。彼は大得意の境地にあった。人に指図《さしず》して、偉そうにふるまい、訓戒《くんかい》をたれるほど、彼の性分《しょうぶん》にあうことはなかった。彼は話をやめるつもりはなく、実際にやめなかった。暖炉の前に立ち、敷物に足をふんばって、月並みな意見を、尊大ぶって、とうとうと語った。フェイスは一言も聞いていなかった。てんで耳を傾けていなかった。というのは、フェイスは、その茶色の目に悪戯っぽい喜びを光らせて、牧師の黒い上着の長く垂れた裾《すそ》を見ていたのだ。ペリー牧師は、暖炉のすぐ前に立っており、上着の裾が、焦げ始めたのだ——そして煙が出始めた。それでも彼は、面白くもない話を語り続け、自分の雄弁ぶりに恍惚《こうこつ》としていた。上着の裾から、ますます煙が出てきた。そのうち燃えている薪から、小さな火の粉《こ》がはじけて、上着の裾のなかほどに飛んだ。火の粉は布にとまり、火がついて、いぶすように広がった。フェイスはもう我慢できなくなり、声をしのばせて笑った。

ペリー牧師は、この無作法に腹を立て、唐突に話をやめた。すると布が焦げるひどい臭いが室内に広がっていることに、ふと気づいた。そこでふり向いたが、何も見えなかった。彼は、上着の裾を両手でぽんとはたき、前に持ってきた。裾の片方に、かなり大きな穴が空いていた――新調したばかりの三つ揃《スーツ》いだった。フェイスは、牧師のあわてぶりや顔つきにもう我慢できず、体をゆすって笑った。

「きみは、上着の裾が燃えるのを、見ていたんですな？」怒って、問い糾《ただ》した。

「はい、牧師さん」フェイスはすまし顔で言った。

「どうして言わなかったんです？」フェイスをにらみつけ、問い詰《つ》めた。

「人の話に割って入るのは、お行儀が悪いとおっしゃったからです、牧師さん」フェイスは、さらにすまし顔で答えた。

「もし……私が父親なら、一生忘れられないほど尻を叩くところですぞな、きみ」憤慨した牧師の紳士は、大またに書斎から出ていった。さて、メレディス牧師の二番目に上等な三つ揃《スーツ》いは、ペリー牧師には、寸法があわなかった。そこで彼は、裾が焦げた上着で、夕方の礼拝に出る羽目になった。平素のペリー牧師は、この教会に来てやって栄誉を授けてやるのですぞな、といった意識で通路を歩くのだが、このたびは、そうはいかなかった。メレディス牧師の交代説教なぞ、二度と引き受けませんぞな。翌朝、彼は駅に行き、メレディス牧師に数分ほど会ったが、無愛想であった。しかしフェイスは憂いながらも、ある種の満足をおぼえていた。これで少しはアダムの復讐をしたのだ。

第20章　フェイス、友だちをつくる

翌日、フェイスは、学校で散々な一日をすごした。メアリ・ヴァンスがアダムのことを話したため、ブライス家の子どもたちをのぞく全校生徒が、なんとおかしな話だろうと思ったのだ。女の子たちは、かわいそうに、と言いながらも、くすくす笑っていた。男子にいたっては冷やかしのお悔やみをフェイスに書いて寄越した。かわいそうなフェイスはやりきれなさに、ずきずきうずくような心をかかえて家路についた。

「炉辺荘へ行って、ブライスのおばさんに、話を聞いてもらおう」フェイスはすすり泣いた。「おばさんなら、ほかの人たちみたいに、笑ったりしないもの。このつらさをわかってくれる人に、どうしても話さなくては」

フェイスは虹の谷をおりていった。前の晩のうちにあたりには魔法がかかり、淡雪がうっすらつもっていた。白い粉雪をかぶったもみの木々は、いつか来る春とその春たけなわを喜ぶ夢を見ていた。遠くの長い丘では、葉の落ちたぶなの木立が紫色に染まっていた。薔薇色の夕日は、桃色の接吻《キス》をするように世界を照らしていた。冬の夕べの虹の谷は、不思議な妖精《エルフィン》のような（1）魅惑に満ち、おとぎ話のような土地のなかで、もっとも美しかった。しかしこの夢のような美しさも、傷ついた哀れなフェイスの胸には響かなかった。

彼女は、小川のほとりで、ローズマリー・ウェストに会った。ローズマリーは炉辺荘の娘たちに音楽を教えた帰りに、松の古木に腰かけていたのだ。彼女は虹の谷から去りがたく、ここにしばし留《とど》まり、きれいな雪景色を見渡しながら、胸のなかでは夢想の小道をそぞろ歩いていた。その面差《おもざ》しにうかぶ表情から察するに、さぞかし楽しい想いなのだろう。「樹《き》の恋人たち」でときおり鳴るちりんちりんという鐘のかそけき音色も、彼女の唇にほのかな微笑をもたらしているのかもしれない。あるいは、月曜日の夜はたいがい、ジョン・メレディスが風の吹く白雪の丘の灰色の屋敷にやってくると思っていたのかもしれない。

こうしてローズマリーが夢想にふけっているとき、反抗的な悲しみに満ちたフェイス・メレディスが飛びこんできたのだ。ミス・ウェストを見ると、フェイスは急に足をとめた。ミス・ウェストのことはよく知らなかった――顔をあわせれば挨拶するくらいだった。このときのフェイスは誰にも――ブライス夫人のほかは誰にも会いたくなかった。目と鼻が赤く腫れているからだ。泣いていたことを、よく知らない人に気取られたくなかった。

「こんばんは、ウェストさん」フェイスは気まずそうに言った。

「どうしたの、フェイス？」ローズマリーは優しく言葉をかけた。

「何もないわ」そっけなく答えた。

「まあ！」ローズマリーは笑みを浮かべた。「よその人に話すことなんて、何もない、という意味かしら？」

フェイスは急に興味がわいて、ローズマリーを見直した。ここに話をわかってくれる人がいたのだ。それにこの人はなんてきれいだろう！　羽根を飾った帽子からのぞく髪が、金色に光っている！　天鵞絨《ヴェルヴェット》の外套の上の頰は桜色だ！　瞳はなんと青く、親しみ深いだろう！　ミス・ウェストはすてきな友だちになるかもしれない——ミス・ウェストが、よその人ではなく、友だちだったらすばらしいではないか！

「あたし……ブライスのおばさんのところへ話しに行くんです」フェイスが言った。「おばさんはいつもわかってくださって……絶対に笑ったりしないの。だからいつも話しに行くの。気が楽になるから」

「お嬢ちゃん、ブライス夫人は、あいにくお留守ですよ」ミス・ウェストは思いやりをこめて言った。「今日、アヴォンリーへお出かけになって、週末まで帰っていらっしゃらないの」

フェイスの唇がわなないた。

「じゃあ、うちに帰ったほうがいいのね」フェイスは悲しげだった。

「そうね……代わりに、私に話してみようと思わないなら、そうね」ローズマリーは優しく言った。「何もかも話せば、ぐっと楽になるわよ。私にはわかるの。ブライス夫人ほどは、わかってあげられないかもしれないけど……笑わないって、約束するわ」

「顔では笑わないかもしれないけど」フェイスは迷っていた。「心のなかで……笑うかもしれない」

「いいえ、心のなかでも、笑わないわ。どうして笑うの？　あなたは何かで心が傷ついているんでしょ……私は、誰かが苦しんでいるのを見て、面白がったりしないわ。何がつらいのか、もし話したかったら、喜んで聞いてあげますよ。でも話したくないなら……それはそれでいいのよ、お嬢ちゃん」

フェイスはもう一度、ミス・ウェストの瞳を、しばし真剣に見つめた。ミス・ウェストの目は真面目だった――笑っている様子はなかった、瞳の奥にもなかった。フェイスは小さくため息をつくと、松の古木に新しい友とならんですわり、アダムのことと、その残酷な運命を打ち明けた。

ローズマリーは笑わなかった。笑いたがっている様子もなかった。フェイスの気持ちをよくわかり、寄り添ってくれた――実のところ、ブライス夫人とほとんど同じくらい優しかった――そう、同じように親切だった。

「ペリーさんは牧師だけど、あんな人、肉屋になればよかったのよ」フェイスは苦々しく言った。「肉を切り分けるのが、あんなに好きなんだもの。かわいそうなアダムを切り刻んで、楽しんでたの。まるでアダムがふつうの雄鶏みたいにスライスして」

「これはあなたと私だけの秘密よ、フェイス。実は、私も、ペリー牧師が好きではないの」ローズマリーは小さく笑った——彼女が笑ったのは、アダムではなく、ペリー牧師であることは、フェイスにもはっきりわかった。「前から好きじゃなかったの。一緒に学校に通ったのよ……彼はグレン村の子だったの、ええ……そのころからお利口さんぶって、感じが悪かったわ。みんなで手をつないで輪になって遊ぶ（2）とき、あの人の肥《ふと》って、じめっと濡れた手をつなぐのを、女の子たちは嫌がったわ。でもね、フェイスちゃん、いいこと、牧師さんは、アダムがあなたのペットだとは知らなかったのよ。ふつうの雄鶏だとばかり思っていたの。だからどんなにつらくても、公平に考えなくてはならないわ」

「そうですね」フェイスは納得した。「でも、どうしてみんな、あたしがアダムを可愛がると、おかしがるのかな、ミス・ウェスト？　もし愛想《あいそ》の悪い年寄り猫がペットなら、変に思わないのに。ロティ・ウォレンの子猫が、刈り取りの結束機《けっそくき》にはさまって足が切り落とされたときは、みんなが気の毒がったわ。ロティが学校で二日間泣いたとき、誰も笑わなかった、ダン・リースでさえ笑わなかった。ロティのお友だちはみんな、子猫のお葬式に行って、埋めるのを……かわいそうな猫ちゃんの小ちゃなあんよは見つからなかったから、埋めなかったけど、手伝ったの。もちろん、これもむごたらしいけど、自分のペットが食べられるのを見るのは、もっと残酷だと思うわ。なのにみんなが、あたしを笑うの」

「『雄鶏《ルースター》』という言葉が、おかしいのかもしれないわね」ローズマリーは真面目に言った。「なんとなく滑稽なところがあるもの。『鶏《チキン》』は違うでしょ。鶏を可愛がっていると言えば、あんまりおかしく聞こえないわ」

「アダムは、可愛いひよこだったんです、ミス・ウェスト。金色の小さなボールみたいだった。あたしのとこに走ってきて、あたしの手から餌《えさ》をついばんだの。それから大きくなって、立派な雄鶏になったのよ……雪みたいに真っ白で、白い尾《お》っぽがきれいにくるっと巻いて。メアリ・ヴァンスは短すぎると言ったけどね。アダムは自分の名前をわかってて、あたしが呼ぶと、ちゃんと来たの……頭のいい雄鶏だった。マーサおばさんに、アダムを殺す筋合いなんかなかったのに。あの子は私のものだったのに。こんなの正しくないわ、そうでしょ、ミス・ウェスト？」

「ええ、そうね」ローズマリーはきっぱりと言った。「正しくないわね。そういえば、私も子どものころ、雌鶏《めんどり》をペットにしていたわ。とても可愛くて、小さくて……金茶色で、斑点があって。ほかのペットと同じように可愛がっていたから、殺されなかった……年をとって死んだわ。私が大切にしていたから、母が殺そうとしなかったのね」

「もし、あたしのお母さんが生きてたら、アダムを殺すような真似はさせなかったのに」フェイスが言った。「お父さんが、もし家《うち》にいて、知ってたら、殺させなかった。私にはわかるの、ミス・ウェスト」

「私もそう思うわ」ローズマリーの顔が、にわかに赤らんだ。それを本人は自覚したらしかったが、フェイスは気づかなかった。

「ペリー牧師の上着の裾が焦げてたのに、教えてあげなかったのは、とても悪いことだったかな？」フェイスは心配そうだった。

「ええ、とても悪いことよ」と言ったものの、ローズマリーの目が躍っていた。「でもね、フェイス、もしかりに私でも、同じくらい悪い子だったと思うわ……焦げていると、私も言わなかったでしょうし……申し訳なかったとも思わなかったでしょう」

「ウーナは、ペリーさんは牧師さんだから、言うべきだったのにって」

「牧師さんが紳士的でないなら、私たちも、牧師さんの上着の裾に注意をはらう義務はないわ、フェイスちゃん。私なら、ジミー・ペリーの上着の裾が燃えるのを見たいわ。面白いに決まっているもの」

二人は笑った。だが最後にフェイスは、ほろ苦いため息をついた。

「とにかく、アダムは死んでしまった。もう何も可愛がらない」

「そんなことを言わないの、フェイスちゃん。愛することをやめると、人生のたくさんのことを逃《のが》してしまうのよ。愛すれば愛するほど、人生は豊かになるの……たとえ毛や羽の生えている、ほんの小さなペットだとしても。カナリアは好きかしら、フェイス？……小さな金色のカナリアよ？　好きなら、一羽あげましょう。家で二羽飼っているの」

「まあ、ぜひほしいです」フェイスは声をはりあげた。「小鳥は大好き。ただ……マーサおばさんの猫が、食べないかしら？　ペットが食べられるなんて、すごい悲劇だから、またそんな目にあったら、耐えられないわ」

「鳥かごを、壁から離して吊《つる》せば、猫も悪さをしないわ。小鳥の世話を教えてあげるわね。今度、炉辺荘へ行くとき、持って来てあげましょう」

ローズマリーは胸のうちで思った。

「こんなことをすると、グレンの噂好きな人たちに、噂のたねを提供してしまうわね。でも、気にするのはやめましょう。傷ついたこの子を、慰めてあげたいもの」

フェイスは慰められた。同情してもらい、理解してもらい、心から満たされた。フェイスとローズマリーは、白雪の谷が薄暮《はくぼ》につつまれ、灰色のかえでの森の上に宵の明星が瞬《またた》くまで、松の古木にすわっていた。フェイスは、自分の生い立ち、これからの抱負、好きなものと嫌いなもの、牧師館の暮らしの一部始終、学校生活の喜びと悩みを、ローズマリーに語った。最後に別れるとき、二人は固い友情で結ばれる友となっていた。

その夜、夕食が始まると、メレディス牧師は例のごとく心ここにあらずだった。ところが、ほどなくある名前が、ぼんやりした彼の胸を貫くように聞こえて、彼をにわかに現実に引き戻した。ローズマリーに会ったことを、フェイスがウーナに話したのだ。

「きれいな人よ」フェイスが言った。「それに、ブライスのおばさんみたいに優しくて……でも違うの。ローズマリーさんを抱きしめたくなったの……ローズマリーさんはあい、たしを抱きしめてくれた。優しく、天鵞絨《ヴェルヴェット》みたいに柔らかく、抱きしめてくれたの。それに『フェイスちゃん』って呼んでくれて、ぞくぞくした。あの人には、どんなことでも話せたんだよ」

「じゃあ、ミス・ウェストが好きなんだね、フェイス？」メレディス牧師がいささか妙な声でたずねた。

「大好きよ」フェイスが叫んだ。

「そうか！」メレディス牧師が言った。「そうだったのか！」

第21章　言えない言葉

澄みわたり、寒さに身も引きしまる冬の夕暮れ、ジョン・メレディスは考えごとをしながら虹の谷を歩いていた。彼方《かなた》の白雪の丘は、月明かりをうけて、ちらちらと冷たく美しく光っていた。長くつづく谷間の小さなもみの木はすべて、風と霜《しも》の奏《かな》でる竪琴《ハープ》にあわせて、ざわめきの歌をうたっていた。牧師の子どもたちとブライス家の息子たち、娘たちは、東の斜面を音をたててそりで滑りきて、鏡のように凍った池の上を飛んでいった。子どもたちは至福のひとときをすごしていた。楽しげな声と、さらに楽しげな笑い声が、虹の谷のそちこちにこだまして、やがて木立の妖精たちの声のなかに消えていった。右手には、かえでの森をすかして、炉辺荘の灯りが、愛想よく誘いかけ、さし招くように瞬いていた。その灯りは、あらゆる同類の人々を、それが生ける者であれ、あの世の者であれ、愛し、励まし、歓び迎え入れる家庭だと告げる篝火《かがりび》のように、いつも輝いていた。メレディス牧師は、ときおり炉辺荘を訪れ、流木の燃える暖炉にあたりながら、ブライス医師と議論をかわす夕べを好んでいた。その暖炉では二匹の名高い陶器の犬たちが不断の見張りをつとめ、一家の守護神となっていた。ところが、その夜の牧師は、炉辺荘の方角を見ていなかった。遠く西の丘に、光は弱いものの、もっと強く彼を惹《ひ》きつける星のような光があった。彼はある思いを告げるつもりだった。その思いは、ローズマリー・ウェストに会いにいく道中だった。メレディス牧師は、ローズマリーに初めて出逢ってより、ゆっくりとつぼみが開くように胸のなかでふくらんでいき、そして娘のフェイスがローズマリーを熱烈に褒めたあの夕方、一気に花盛りとなったのだ。彼は、自分がいつのまにかローズマリーを愛するようになったことに気づいていた。もちろんその愛は、セシリアへの愛ではなかった。妻への愛とは、まったく異っていた。セシリアとの恋、あのロマンス、あの夢、あのうっとりするような魅惑は、自分には、もはやもどってこないと、彼は思っていた。だがローズマリーも美しく、優しく、愛《いと》しかった――とても愛しかった。また最高の友であった。自分はまた幸せになれるだろうかと以前は思ったが、彼女と一緒にいると、それ以上の幸せをおぼえた。彼女は、自分の家庭の理想的な主婦になるだろう。子どもたちの良き母にもなるだろう。

妻を亡くしてからの幾歳月《いくさいげつ》、メレディス牧師は、長老会の中会（1）の親しい会員から、また教区の大勢の信徒から、再婚するように何度も忠告されてきた。なんの思惑《おもわく》もない者もいれば、ある者もいた。だが彼には、何の効き目もなかった。そのため、牧師は助言されても自覚していないらしいと、人々は思っていた。だが彼ははっきりと自覚していた。ときどき目が醒めると、自分のなすべきことは、常識的に考えて再婚だろうと理解していた。しかし、常識的に考える、ということが、メレディス牧師は、不得手《ふえて》だった。「適当な」女性を、あたかも家政婦や仕事の相手でも選ぶように、慎重に、冷静に考えて選ぶことなど、できなかった。「適当な」という言葉も嫌っていた。否《いや》が応《おう》でも、あのジェイムズ・ペリーを思い出すからだ。ペリー牧師はやたらと調子のいい聖職者仲間であり、「適当な年ごろの、適当な女性」と再婚すべきですぞなと、さりげなくほのめかすどころではない口ぶりで言うのだ。そう言われた瞬間、ジョン・メレディスは、すぐさま表へ飛びだし、最も年が若く、最も不適当な女性を見つけ次第に求婚しようかと、信じがたい衝動をおぼえるのだった。

またマーシャル・エリオット夫人も、メレディス牧師にとっては良き友であり、彼は好感をもっていた。しかし夫人から、再婚するべきだと不躾《ぶしつけ》に言われたとき、彼は自分の心の奥底の神聖な神殿にかかるヴェールを引き裂かれた気がして、以来、夫人を少々、煙たがるようになった。さらに彼は、信徒のなかには、二つ返事で結婚してくれる「適当な年ごろ」の女性がいることも知っていた。いくら彼が心ここにあらずとは言え、その事実は、グレン・セント・メアリ村の牧師になった早い段階から意識にあった。そうした女たちは善良で、しっかり者で、退屈だった。一人、二人は見た目もよかったが、ほかは必ずしもそうではなかった。とにかくそうした女性との結婚を考えることは首を吊ろうと考えるくらいあり得なかった。彼には理想があった。そのおかげで、再婚する必要に迫られているようでも、間違った選択はしなかった。かつて少女のようだった花嫁に、彼が捧げた愛情と敬意のいくらかを与えられる女性でなければ、わが家のセシリアの場所を埋めてほしいとは頼めなかった。だが、女性の知り合いは限られている。いったいどこで、そうした女性が見つかるのだろう？

ローズマリー・ウェストは、あの秋の夕暮れどき、彼の人生にやって来た。彼の魂は、彼女がまとっている空気に、飾り気のない人となりを感じた。二人は、見知らぬ者同士の隔《へだ》たりをこえて、友情の手と手を固く結んだ。あの奥まった泉のほとりですごした十分の間に、彼はローズマリーを深く理解したのだ。エメリン・ドリューや、エリザベス・カーク、エイミイ・アネッタ・ダグラスを一年かけて知るより、否《いな》、百年かけて知るよりも深く理解した。アレック・デイヴィス夫人の言葉に心底、憤慨したときは、ローズマリーのもとへ急ぎ、慰めを得た。それに気づいてからというもの、彼は足繁《あししげ》く丘の上の屋敷へ出かけていった。しかし人に見られないように、虹の谷のほの暗い小道を用心して通ったため、グレンの噂好きも、彼がローズマリー・ウェストに会いに通っている確かな証拠は得られなかった。もっとも、ウェスト家の居間で、一、二度、ほかの来客に見られたことはあった。しかし婦人援護会の女たちが判断できる証拠はこれだけだった。にもかかわらず、エリザベス・カークは、この話を聞くと、柔和で平凡な顔だちの表情を変えることなく、それまでずっと温めてきた秘めた願望をそっと胸にしまいこんだ。エメリン・ドリューは、ローブリッジのとある年配の独身男性に会ったとき、以前は彼をつれなくあしらったが、今度顔をあわせたら、そんなそぶりはよそうと決めた。というのも、もしローズマリー・ウェストが、あの牧師を手に入れようと決めたなら、必ず手に入れるからだ。ローズマリーは年より若く見え、男たちは美人だと思っている。おまけにウェスト家の娘は財産があるのだ！

「牧師さんはぼんやり屋さんだから、間違って、エレンにプロポーズしなければいいけど」エメリン・ドリューは、同情してくれた妹に、唯一、嫌味を言ったものの、それ以上はローズマリーを恨《うら》まなかった。よくよく考えてみれば、四人の子持ちの男やもめよりは、係累《けいるい》のない独身男のほうが、いいに決まっている。エメリンは、牧師館の魅力に一時的に目がくらんで、もっと条件のいい男性が見えなくなっただけだった。

メレディス牧師のわきを、子どもたちを乗せたそりが歓声とともに走り抜け、池へむかった。フェイスは、長い巻き毛の髪を風になびかせ、彼女の笑い声はほかの子よりひときわ高く響きわたっていた。ジョン・メレディスは、子どもたちを優しく、愛《いと》しげに見送った。わが子が、ブライス家の子どもたちのような良き友に恵まれ、ありがたかった——ブライス夫人という聡明で、朗《ほが》らかで、思いやり深《ふか》い友のあることも嬉しかった。だがわが子には、さらなる何かが必要だった。その何かは、ローズマリー・ウェストを花嫁として古い牧師館に連れてくれば、与えることができるだろう。彼女には、本質的に母性的なところがあるのだ。

それは土曜の夕方だった。彼は土曜日の夜、人を訪ねることは滅多になかった。日曜日の説教を考えて書き直すことに専念するためだ。だがこの夜はエレンが外出してローズマリーが一人だと知り、出かけることにした。泉でローズマリーを知ってより、たびたび丘の上の屋敷で楽しい夕べをすごしたが、ローズマリーと二人きりだったことはなかった。決まってエレンがいた。

エレンがいても、別段、嫌ではなかった。彼はエレン・ウェストに大いに好感をもち、親友であった。彼女には男性的な理解力とユーモアのセンスがあり、この牧師のように内気で、愉快なことは心秘かに楽しむ人物には好都合だった。彼女が政治や世界情勢に関心が深いことも喜ばしかった。そうした方面にくわしい男は、グレンには一人もいなかった。ブライス医師もいないではなかったが。

「生きている限りは、色々なことに興味をもつべきですよ」エレンは言った。「でなければ、生きている者と死んでいる者の違いがありませんから」

耳に快《こころよ》く深みのあるエレンのがらがら声も気に入っていた。彼女はいつも面白い話をうまく語り、腹の底から笑って締めくくり、それも好もしかった。グレンの女たちのように、彼の子どもについて、当てこすりも言わなかった。村の噂話をして彼を退屈させることもなかった。彼女には、悪意も、狭量さもなかった。いつも驚くほど誠実だった。

ミス・コーネリアの人物分類法を用いれば、エレンはヨセフを知る一族だと彼は思った。要するに、義理の姉として賞賛すべき女性であった。とは言うものの、男が女に求婚する際は、どんなに立派なご婦人であっても、そばにいてもらいたくないものだ。ところがエレンはいつもそばにいた。もっとも彼女は、メレディス牧師を独り占めして自分だけが話そうとしたわけではなかった。ローズマリーにも話す機会を公平に与えた。そればかりか、エレンは部屋の隅のいすに深く腰かけ、膝に聖《セント》ジョージをのせ、目立たないようにしている夜も多かった。そうすることでメレディス牧師とローズマリーが二人で語らい、一緒に歌をうたい、本を読めるようにした。そのため二人はエレンの存在を忘れることとすらあった。しかし二人の会話や、デュエットする歌が、エレンが恋愛めいていると考える方向へ僅《わず》かでも傾くと、すかさず蕾《つぼみ》のうちに摘みとり、その後はローズマリーなどいないかのようにふるまった。だが、たとえお目付役（2）のなかで最も厳しい人物であっても、牧師とローズマリーが交わすまなざし、ほほえみ、雄弁なる沈黙が伝える微妙な言葉を完全に邪魔だてすることは不可能であり、牧師の恋はどうにか進んでいた。

とは言うものの、最も肝心なときには、エレンは留守でなければならない。ところが彼女は、ことに冬場は、滅多に家を空けなかった。わが家の炉辺《ろへん》が世界でいちばん居心地がいいと宣言し、出歩くことに興味がなかった。友だちづきあいは好きだったが、家で会うほうを好んだ。そのためメレディス牧師は、ローズマリーに願いを伝えるには手紙を書くしかないと考えていた。ところがある夜、エレンが、次の土曜日の晩は銀婚式に出かけると何気なく口にしたのだ。その夫婦が結婚したとき、エレンは花嫁のつきそいをつとめたのだ。銀婚式には、結婚式に出た者だけが招かれ、ローズマリーは呼ばれなかった。その話をメレディス牧師は、心持ち耳をそばだてて聞き、いつもは夢うつつの黒い瞳がきらりと光った。そのさまをエレンもローズマリーもしっかり見ていた。そしてエレンもローズマリーも、次の土曜の晩は、きっとメレディス牧師が丘を登って来ると、おののくような衝撃をうけた。

それからメレディス牧師が帰り、ローズマリーが沈黙のまま二階へあがると、エレンが黒猫に厳しい口調で語りかけた。「こんなことは、早く終わらせたほうがいいんだよ、聖《セント》ジョージ。あの牧師はローズマリーに求婚するつもりだ、聖《セント》ジョージ……それは確かだ。それなら牧師に、その機会《チャンス》を与えて、ローズマリーを妻にできないと、わかってもらったほうがいいんだよ、ジョージ。ローズマリーは求婚されたら、お受けしたいと思っている、聖《セント》ジョージ。それはわかっているよ……だけどローズマリーは約束した(3)んだ。約束は守らなくてはね。ある意味では、かわいそうだよ、聖《セント》ジョージ。もし義理の弟がいると便利だというなら、彼よりふさわしい男はいない。意見があわないこともない……一つもない。ただ、ドイツの皇帝《カイゼル》がヨーロッパの平和の脅威だとわかっていないし、わからせることもできない点を別にすればね。それがあの人のわかっていないところだよ。でも彼はいい仲間だし、私は気に入っている。ジョン・メレディスみたいに口の固い男なら、女は何だって話せるし、誤解されることもない。そうした男はルビーよりも貴重(4)で……珍しいんだよ、聖《セント》ジョージ。だけどあの牧師はローズマリーを手に入れることはできない……そうとわかれば、彼は私たちとの交際もやめるね。あの人が来なくなったら、寂しくなるよ……寂しくてたまらないだろうよ、聖《セント》ジョージ。でもローズマリーは約束したんだ、約束は守ってもらうよ」

この不穏な決意を語るエレンの顔は、醜くさえあった。二階では、ローズマリーが枕に顔を埋《うず》めて泣いていた。

というわけでメレディス牧師が丘の家に着くと、愛する人は一人でいた。たいそう美しく見えた。ローズマリーは今夜のために特別な身じたくはしなかった。そうしたかったが、頼みを断る男性のために着飾るのは道理にあわないと思ったのだ。そこで飾り気のない濃い色のアフタヌーン・ドレス(5)を着たが、その姿は女王さながらだった。昂奮《こうふん》を隠した彼女の顔は赤く照りはえていた。大きな青い瞳は輝きを湛《たた》えていたが、いつものように穏やかではなかった。

彼女は、この面会が早く終わればいいと願っていた。一日中、このときを、おののきながら待ち受けていた。ローズマリーは、メレディス牧師が彼なりに自分を愛しているとわかっていた——だが、彼が初めて愛を捧げた人ほどは、自分を愛していないこともわかっていた。もし自分が求婚を断れば、彼は失望するだろうが、打ちのめされるほどではないことも、わかっていた。それでも彼の申し出を断りたくなかった。それは彼のためであり——ローズマリーは自分の気持ちに正直であり——自分のためでもあった。もし許されるなら——私はジョン・メレディスを愛することができるだろう。彼は恋人になることを拒絶されたら、友だちづきあいも断り、自分の人生が空虚なものになるとわかっていた。あの人と一緒なら、私は幸せになれるだろう。私もあの人を幸せにできるだろう。だがローズマリーとその幸せの間には、何年も前にエレンと交わした約束という牢獄《ろうごく》の門が立ちはだかっていた。ローズマリーには、父親の記憶がなかった。ほんの三歳のときに他界したからだ。一方のエレンはそのとき、十三歳で、父親を憶えていたが、特に懐かしさはなかった。父は厳格で無口な男だった。色白の金髪で美しい妻より、かなり年上だった。父が亡くなって五年後、十二歳だったエレンの弟も世を去った。以来、二人の娘は母親と三人で暮らしてきた。一家は、グレンやローブリッジの社交にさほど気軽に出入りしなかったが、外出すると、才気煥発《かんぱつ》で威勢のいいエレンと、優しく麗しいローズマリーは歓迎される客人だった。しかし二人は娘時代に、いわゆる「人生の失望」を経験していた。海は、ローズマリーの恋人を二度と返してくれなかった。そしてノーマン・ダグラスは、当時は若く、ハンサムな赤毛の大男で、荒々しく馬を乗りまわし、罪のない乱暴な悪ふざけをして騒ぐので有名だったが、エレンと口喧嘩をして、腹だちまぎれに彼女を棄《す》てた。

マーティンとノーマンの代わりとなる候補者がいないわけではなかったが、ウェスト家の娘たちの眼鏡《めがね》にかなう者はいなかったらしい。やがて二人は若さと美しさをゆっくりと失っていったが、うわべは悔《く》やむ様子はなかった。二人は持病をかかえた母親に献身的に尽くし、母娘《ははこ》三人の家庭生活というささやかな楽しみに生きた――読書、ペット、花――これがあれば幸せで心満たされていた。

ローズマリーが二十五歳のとき、ウェスト夫人が世を去った。姉妹には大きな痛手だった。最初は寂しさに耐えられなかった。特にエレンはいつまでも嘆き悲しみ、気落ちした。長い間ふさぎこみ、口数も少なく思いつめていたが、発作的に嵐のように激しくむせび泣いた。ローブリッジの老医師は、エレンはこのまま、うつ状態が続くかもしれない、あるいは悪化するかもしれないとローズマリーに告げた。

一度、エレンが話すことも食べることも拒《こば》み、日がな一日、すわっていたとき、ローズマリーは姉のそばに行き、膝にしがみついた。

「ねえ、エレン、姉さんには、私がいるのよ」せがむような口ぶりだった。「姉さんにとって、私は、何の役にも立たないの？　私たち、今まで、あんなにお互いを大切に思ってきたのに」

「だっておまえは、ずっと私のそばに居てくれないよ」エレンは沈黙を破り、刺々しく、激しく言った。「いつか結婚して、私を置いて行ってしまう。それで私は独りぼっちになるんだ。そう思うと、耐えられない……耐えられないよ。死んだほうがましだ」

「私は結婚しないわ」ローズマリーが言った。「絶対に、エレン」

エレンは身を乗りだし、ローズマリーの瞳を探るようにのぞきこんだ。

「固く約束してくれるかい？」エレンは言った。「母さんの聖書にかけて、誓ってくれるのかい？」

ローズマリーはその場で承諾した。エレンを喜ばせるために、みずから進んで。その何がいけないのだろう？　自分はもう結婚しないとよくわかっていた。自分の愛情は、マーティン・クローフォードとともに海の底へ沈んでしまった。愛情のない結婚はできない。だから迷うことなく約束した。ところがエレンは、堅苦しい儀式を執《と》りおこなった。二人は、主のいなくなった母の部屋で、聖書の上で手を握りあい、決して結婚はしない、二人で一緒に生きていこうと誓ったのだ。

そのときからエレンの具合はよくなり、ふだんの陽気な落ち着きをとりもどした。こうして十年にわたり、エレンとローズマリーは娶《めと》ったり嫁《とつ》いだり（6）に煩《わずら》わされることなく、古い屋敷で幸せに暮らしてきたのだ。二人にとって、この約束は大した重荷ではなかった。エレンは、結婚相手になるような男が、二人の人生の道すじを横切るたびに、妹に約束を思い起こさせた。それでも、ローズマリーに連れられてジョン・メレディスが家に来たあの夜までは、本気で妹に警告したことはなかった。ローズマリーのほうも、エレンが約束にこだわっていることを、ちょっとした笑い話にしていた――つい最近までは。だが今、約束は、無慈悲な足枷《あしかせ》になっていた。しかしそれはローズマリーがみずから課したものであり、ふり払うことはできない。この約束があるために、自分は幸福から顔を背《そむ》けねばならないのだ。かつて年若い恋人に捧げた初々しく甘美な薔薇のつぼみのような恋を、別の人に捧げることはできない。それは確かだった。でも今なら、もっと豊かで、もっと女らしい愛情を、ジョン・メレディスに与えることができる。彼は、マーティンが触れなかった彼女の本質の奥深いところに触れた――それは十七歳の乙女には、おそらくなかったものであろう。そんな彼を、今夜、追い返さねばならない――あの人を、あの寂しい家庭へ、あの虚《むな》しい暮らしへ、あの思い煩《わずら》う悩みへ、追い返さねばならないのだ。誰とも結婚しないと、十年前に母の聖書に誓って、エレンと約束したばかりに。

さて、ジョン・メレディスは二人きりの好機《チャンス》を、早々《はやばや》と使わなかった。逆に、恋人らしくない話を、まる二時間も語った。政治の話題は、ローズマリーをいつも退屈させるにもかかわらず、政治の話まででした。そのため彼女は、自分は大きな勘違いをしているのかもしれないと思い始め、それまでの不安と期待が、にわかに滑稽に感じられた。気が抜けて、馬鹿らしく思えてきた。彼女の頰の赤らみも、瞳の輝きも消えた。ジョン・メレディスは私に求婚する気など、さらさらないのだ。

　ところがそう思ったとき、急に彼は立ちあがり、部屋を横切って来た。ローズマリーのいすのそばに立つと、結婚を申し込んだ。室内が、しんと静まりかえった。聖《セント》ジョージも喉を鳴らすのを止《や》めた。ローズマリーの耳に、自分の胸の鼓動が聞こえてきた。きっとジョン・メレディスにも聞こえただろう。

　今こそ、丁重に、きっぱりと断るべきだ。彼女はここ何日も、断りの決まった言い回しを、形式ばって、かつ無念さもにじませながら告げる準備をしてきた。ところが、いざとなると、その言葉は頭からきれいに消えてしまった。ノーと言わなくてはならないのに――急にその言葉が言えなくなった。どうしても言えない言葉だった。自分はジョン・メレディスを愛することができるだろう、そう思っていた。しかし、そうではなかった。彼を愛していると気づいたのだ。自分の人生から彼がいなくなる、そう思うだけで胸が苦しかった。

　何かを、言わなくてはならない。ローズマリーはうつむいていた金髪の頭をあげ、数日待ってほしいと頼んだ――よく考えたいと。

　ジョン・メレディスはいささか驚いた。彼はほかの男より自惚《うぬぼ》れ屋というほどの自惚れ屋ではないが、ローズマリーは承諾するものとばかり思っていた。自分を好いていると、曲がりなりにも思いこんでいた。ところが、この曖昧《あいまい》さ——この躊躇《ちゅうちょ》は、いったい、どういうことだろう？　自分の気持ちがよくわからない女学生でもあるまいに。彼は、落胆と戸惑いのあまり、見苦しいほどの衝撃を受けていた。だが、いつもと変わらぬ礼儀正しさで承知し、いとまを告げた。

「二、三日中に、お返事をします」ローズマリーは目を伏せていたが、燃えるような顔で言った。

彼の背後で扉が閉まった。彼女は部屋にもどり、両手を揉みしぼった。

第22章　聖《セント》ジョージはすべてを知っている

深夜、エレン・ウェストはポロック家の銀婚式から歩いて帰ってきた。彼女は来客が帰った後も残り、白髪まじりの花嫁を手伝って皿を洗ったのだ。双方の家は遠くなく、また道もよく、エレンは月の照らすなかを楽しみながら歩いて帰った。

愉快な夜だった。エレンは何年もパーティに出ていなかったため、なおさら楽しかった。客人は昔なじみの知り合いばかりで、無粋《ぶすい》な若造たちが押しかけて趣《おもむき》を台無しにすることもなかった。銀婚夫婦の一人息子は遠くの大学にいて、出席しなかったからだ。ノーマン・ダグラスも来ていた。彼と社交の場で会うのは何年かぶりだった。もっともエレンは、この冬、教会で一、二度、彼を見かけていた。といっても彼女の胸に、恋愛めいた感慨は微塵《みじん》も湧かなかった。昔をふり返っても、どうしてあんなに彼に夢中だったのか、彼が突然結婚したとき、なぜあんなにつらかったのか、我ながら不思議に思うことが多かった。しかし彼に再会して嬉しかった。彼が人々に活気と刺激を与える男だということも思い出した。ノーマン・ダグラスがいない集まりは活気がないのである。銀婚式にノーマンがあらわれて、一同は驚いた。彼はどこにも出かけないことで知られていた。ノーマンは結婚式の出席者だったので、ポロック夫妻は招待したものの、本人が来るとは思っていなかった。ノーマンは、またいとこのエイミイ・アネッタ・ダグラスをつれて夕食の席につき、彼女に何くれとなく気を配っていた。エレンは、テーブルで彼の向かいにすわり、ノーマンと丁々発止《ちょうちょうはっし》とやりあった――その間、彼は怒鳴り、揶揄《やゆ》したが、エレンはまったく動じず、彼を論破した。彼女が平然と、かつ徹底的にノーマンをやり込めたため、彼は十分ほど、口がきけなかった。十分たち、やっと赤毛の口ひげで小さくつぶやいた――「相変わらず気の強い女だ……相変わらずの向こうっ気《き》だな」――言い負かされたノーマンは、エイミイ・アネッタ相手に威張り始めたが、彼女はそれを鬱憤《うっぷん》晴らしと見て、笑っていた。もしエレンなら噛みつかんばかりに、やり返しただろう。

帰り道、エレンは思い返しては、昔を偲《しの》びつつ、愉快な気持ちだった。凍った空気が、月光にきらめていた。足もとでは雪がさくさく鳴った。眼下にグレンが広がり、そのむこうに内海が白く凍っていた。牧師館の書斎に、灯りがともっていた。ということは、ジョン・メレディスはもう家に帰ったのだ。彼は、ローズマリーに求婚したのだろうか？　ローズマリーは、どんなふうに断ったのだろう？　興味はあったが、それを自分が知ることは決してないだろう。ローズマリーは一言も言わないだろう。自分も敢えて聞く勇気はない。ただ、妹が断ったという事実に満足すればいい。肝心なことは、結局、それだけだ。

「あの牧師に分別があって、たまには家《うち》に来て、これからも仲良くしてくれたらいいけれど」エレンは独りごとを言った。彼女は一人でいるのが大嫌いだった。今も嫌いな孤独を避けようと、思ったことを声に出して言った。「まともな知性のある男と、たまに話しもできないなんて、つまらないよ。あの牧師はおそらく、二度とうちに近づかないね。もっとも、ノーマン・ダグラスはいるよ……あの人のことは好きだし、あの人と、ときには目のさめるような議論をするのもいい。でも、あの男は、うちに来る度胸はないね、また私に言い寄っていると世間に思われるのがおっかなくて……言い寄っていると、私に思われるのも怖いんだよ、たぶん……今となっては、ジョン・メレディスより、ノーマンのほうが遠い人みたいだ。昔はあの男と恋人同士だったなんて夢みたいだ。さあ、事実として……私が話をしたい男は、グレンで二人しかいない……なのに、世間の噂や、つまらない求婚のおかげで、その二人に会えないとは。もし私なら」エレンは、意地の悪い大声を、感情には動かされない星々にむかってはりあげた。「私なら、もっといい自分の世界を作ったのに」

エレンは家の門のところまで来て、不意に、得体のしれない胸さわぎがして、足をとめた。居間にまだ灯りがともり、落ち着きなく行ったり来たりしている女の影が窓の日よけに映っていたのだ。こんな夜ふけに、ローズマリーは何をしているのだろう？　どうして、気がふれた人みたいに歩きまわっているのだろう？

　エレンは静かに家に入った。玄関の扉を開けると、ローズマリーが部屋から出てきた。その頬は上気し、息があがっていた。ローズマリーのまわりを、緊張と激しい思いが衣服のようにとりまいていた。

「どうしてまだ寝てないの、ローズマリー？」エレンは問いただした。

「こっちに来てちょうだい」ローズマリーは切羽詰まったように言った。「話があるの」

　エレンは落ち着きはらって、外套とオーバーシューズを脱いだ。それから妹のあとをついて、暖かく燃える炎が照らしだす室内に入ると、片手をテーブルに載せ、待ちかまえた。エレンは黒い眉が隆《りゅう》として、たいそう美しかった。新しい天鵞絨《ヴェルヴェット》のドレスは銀婚式のためにあつらえたものだった。襟もとはVネックで、裾が長く、彼女の堂々として、がっしりした体つきを引き立てていた。首には、豊かな色合いの重々しい琥珀《こはく》の首飾りを幾重《いくえ》にも巻いていた。先祖伝来の家宝だった。凍るようななかを歩いて帰ったせいで頬はうずき、燃えるように赤かった。だが、鋼青色《スティールブルー》の目には、冬の夜空の星のように、また氷のように、冷たく毅然とした色があった。エレンは立ったまま待っていた。その静寂をローズマリーが破り、思い切って話し出した。

「エレン、今夜、メレディス牧師が、いらしたんです」

「そう？」

「それで……あの人は……私に結婚を申し込んだの」

「そうだと思いましたよ。もちろん、断ったでしょうね」

「いいえ」

「ローズマリー」エレンは両手を握りしめ、思わず一歩、前に出た。「お受けしたと言うの？」

「いいえ……違います」

エレンは、自制心をとり戻した。

「じゃあ、どうしたの？」

「その……二、三日、考える時間をくださいって、頼んだの」

「なぜそんなことが必要なのか、私にはわからないね」エレンは冷ややかな軽侮《けいぶ》の色を浮かべた。

「おまえが言うべき答えは、一つだけだよ」

ローズマリーは哀願するように、両手をさしのべた。

「エレン」必死に語りかけた。「私、ジョン・メレディスを愛しているの……あの人の妻になりたいの。あの約束は、なかったことに、してもらえませんか？」

「だめだね」エレンは情け容赦なかった。不安のあまり気分が悪くなった。

「エレン……エレンったら……」

「いいかい」エレンが割って入った。「あの約束は、私が頼んだんじゃない。おまえが切り出したんだ」

「ええ……わかっている。でも、あのときは、誰かをまた好きになるなんて、思わなかったから」

「おまえが言い出したんだよ」エレンは動じることなく続けた。「母さんの聖書にかけて約束した。これは約束どころじゃない……神聖な誓いだ。それを今になって、破りたいと言うんだね」

「私はただ、約束から解放してほしいと、頼んだだけよ、エレン」

「そんなことはしない。約束は約束だ、私の考えでは。無理だね。もし破るなら、破りなさい……おまえがそのつもりなら、誓いに背《そむ》きなさい……だけど、私は承知しないよ」

「ずいぶんと私につらくあたるのね、エレン」

「つらくあたる？　じゃあ、この私は、どうなるんだい？　おまえが出ていったら、私がどんなに寂しくなるか、考えたことがあるかい？　そんなことになれば、耐えられないよ……頭がどうにかなってしまうよ。独りぼっちで生きていくなんて、とてもできないよ。それに私は、おまえのいい姉さんじゃなかったのかい？　おまえのしたいことに反対したことが、一度でも、あったかい？　何でもおまえの好きなように、させてきたじゃないか？」

「ええ……そうね」

「じゃあ、どうして、私を置いて出ていくのかい、一年前は、知りもしなかった男のために」

「私、あの人を愛しているの、エレン」

「愛だって！　中年にもなって、女学生みたいなことを口走って。あの男は、おまえを愛していないよ。家政婦と、家庭教師がほしいだけだ。おまえも、あの男を愛していない。『夫人《ミセス》』になりたいだけ……おまえは、老嬢《オールドミス》だと思われると不名誉だって考えている馬鹿な女たちと、変わらない。それだけだよ」

ローズマリーの体が小刻みに震えた。エレンはわかってくれない。わかろうともしてくれない。これ以上、話し合っても、らちが明かない。

「じゃあ、私を自由にしてくれないのね、エレン？」

「ああ、そうだよ。この話は、もう二度としないよ。おまえは約束した、それを守らなくてはならない。これで話は終わりだ。寝なさい。もうこんな時間だよ！　惚《ほ》れた腫《は》れたで、のぼせ上がって。明日になれば、おまえさんの分別ももどるよ。とにかく、こんな戯言《たわごと》は、二度と聞かせないでおくれ」

ローズマリーは、一言も返さなかった。青ざめ、魂の抜けたような顔で出ていった。

エレンは数分ばかり、荒々しく室内を歩きまわった。それからいすの前で立ち止まった。聖《セント》ジョージは、いすの上で、その夜《よ》ずっとすやすや眠っていた。するとエレンの暗い顔つきに、渋々ながらも笑みが広がった。彼女はこれまでも、人生の悲劇を、喜劇で和らげてきたのだ——それができなかったのは一度きり——母が死んだときだけだった。その昔、ノーマン・ダグラスが彼女を、ともかくふったときも、つらくて泣きはしたが、エレンは、そんな自分を笑ったのだった。

「あの子はふくれっ面をするよ、聖《セント》ジョージ。そうとも、聖《セント》。二、三日は、このうちは霧がかかったみたいに、どんよりしているよ。でも、私たちは、うまく切り抜けるよ、ジョージ。子どもじみたお馬鹿さんの相手なら、前にもしたことがある、聖《セント》。ローズマリーは、しばらくは、むくれているよ……でも立ち直るよ……そうすれば、すべては前と同じになる、ジョージ。あの子は約束した……その言葉を守るべきだよ。この件は、もう終わり、何も言わないよ、おまえにも、ローズマリーにも、誰にもね、聖《セント》」

だがエレンは心乱れ、朝までまんじりともしなかった。

だが、ローズマリーはむくれていなかった。翌日は顔色が悪く、口数が少なかったが、ほかに変わったところは、エレンにもわからなかった。エレンを恨《うら》んでいないらしいことも確かだった。荒れ模様の日で、教会に行く話は出なかった。午後、ローズマリーは部屋に閉じこもり、ジョン・メレディスに短い手紙を書いた。直接会って「お断りします」と言える自信はなかった。もし彼に、不本意ながら断っていると勘《かん》づかれたら、自分の本心からの断りだとは思ってもらえない。もし彼に説得され、懇願されたら、とても拒《こば》めないだろう。彼を少しも愛していないと思わせなくてはならない。そうするには手紙しかなかった。そこで、できる限り堅苦しく、冷ややかな断りの短信を書いた。かろうじて礼儀正しさは守ったものの、どんなに厚かましい求愛者でも——メレディス牧師はそうした男ではなかったが、希望の片鱗《かけら》も持てない文面になった。その翌日、牧師は、埃《ほこり》っぽい書斎で、ローズマリーからの手紙を読んだ。彼は心傷つき、屈辱《くつじょく》をうけた思いで、身がすくんだ。残念だったが、さらに恐ろしいことに愕然と気づいた。ローズマリーのことを、セシリアを愛したようには愛せないと思っていた。だが今、ローズマリーを失って、彼女を深く愛していると悟《さと》ったのだ。彼女は、わたしのすべてだ——すべてだった！　それなのに、彼女を、自分の人生から閉め出さなくてはならない。こうなっては、友だちづきあいもできないだろう。自分の目の前に、荒涼たる人生が続いていくのだ。そんな人生を生きていかなくてはならない——その人生には、仕事がある——子どもたちもいる——だが、彼の心は抜け殻だった。その夜、彼は長い間、暗く寒々しく慰めもない書斎で独り、頭をかかえてすわっていた。丘の上の家では、ローズマリーが頭痛がすると言って、早々と床についた。エレンは、聖《セント》ジョージに語りかけた。この猫は、本当に大切なものは柔らかなクッションだけなのに、そんなことも知らないとは、と愚かな人間を軽蔑するように喉を鳴らしていた。

「もし、頭痛がするという言い訳がなかったら、女たちは、どうするだろうね、聖《セント》ジョージ？　だけど心配は要らないよ、聖《セント》。二、三週間、見て見ぬふりをしよう。正直に言うと、私も、いい気持ちはしないよ、ジョージ。子猫を溺れさせたような気がするんだ。だけど、あの子は約束した、聖《セント》……本人が言いだしたんだよ、ジョージ。神にかけて！（1）」

第23章　良い行いクラブ

一日中、春の雨がふり続いていた——細《こま》やかに、しとしとふる美しい雨だった。メイフラワーのささやきや、すみれの花の目ざめを、どことなく思わせる雨だった。内海も、セント・ローレンス湾も、その岸辺へおりていく草原《くさはら》も、真珠色と灰色のもやのなかにかすんでいた。しかし夕方になった今しがた、雨はあがり、もやは、海へ吹かれて去っていった。内海の上には夕焼け空がひろがり、赤い薔薇のような雲が散らばっていた。そのむこうには濃い黄色やあかね色の絢爛《けんらん》たる夕空を背に、黒い丘がつらなっていた。大きな銀色の宵の明星が、砂州の上から見守るように光っている。生まれたばかりの颯《さっ》爽《そう》とした風が虹の谷から踊るように吹いて、もみや濡れた苔《こけ》の森の香りを運んできた。また風は、墓地のまわりのえぞ松の古木を吹きぬけて低い声でうたい、ヘゼカイア・ポロックの墓石に腰かけているフェイスのすばらしい巻き毛を揺らした。フェイスは左右の腕を、メアリ・ヴァンスとウーナにまわしていた。カールとジェリーは向かいの墓石にすわっていた。一日中、家に閉じ込められていた子どもたちはみな、悪戯心に満ちていた。

「今日の夕方は、空気が光ってるね？　雨できれいに洗われたんだね」フェイスが幸せそうに言った。

メアリ・ヴァンスは、そんなフェイスを胡散臭《うさんくさ》そうに見た。メアリが知っている、または知っていると思っているいつものフェイスからすると、彼女は浮かれすぎだった。メアリには話したいことがあり、家へ帰るまでに言うつもりだった。エリオット夫人が、産みたての卵を持たせてメアリを牧師館へ使いに出し、三十分なら、いてもいいと言ったのだ。その三十分が経《た》とうとしていた。メアリは組んでいた足をほどき、慌てて言った。

「空気のことなんか、どうだっていいよ。とにかく、あたいの話を聞いておくれ。あんたら牧師館の子どもは、もっと行儀に気をつけなきゃ。この春のあんたらのふるまいときたら、とんでもない……言いたいことは、これだよ。これを言いに、今夜、来たんだ。世間があんたらを、どう言ってるか、ひどいもんだよ」

「今度は、あたしたちが、何をしたって言うの？」フェイスは驚いて叫び、メアリから腕をほどいた。ウーナの傷つきやすい幼ない心はおびえ、唇がわななないた。メアリはいつも残酷なほど正直に言うのだ。ジェリーは強がってわざと口笛を吹き始めた。メアリの言うことなんか気にしないぞと、示すためだった。ぼくらがどんな行儀をしようと、メアリの知ったことじゃない。何の権利があって、ぼくらのしたことにいちいち説教するんだ？

「あんたらが、今、やってることだよ！　年がら年中してるじゃないか」メアリが言い返した。「あんたらのおふざけの噂が、やっと一つ、おさまったかと思うと、また馬鹿なことをして、噂がたつんだよ。牧師館の子どもは、どんな行儀をするべきか、てんでわかっちゃいない！」

「それなら、きみが、教えてくれよ」ジェリーが痛烈な皮肉をこめて言った。

この嫌味は、メアリには通じなかった。

「行儀よくしないと、どうなるか、あたいが教えてあげるよ。つまり長老会が、あんたらのお父さんを首にするんだ。そういうことさ、何でも知ってるジェリーお坊ちゃま。アレック・デイヴィスの奥さんが、エリオットのおばさんに、そう話すのを聞いたんだ。アレック・デイヴィスの奥さんがお茶に来たら、あたいはいつも聞き耳をたてるんだ。奥さんが言うには、あんたらは元から悪かったのが、ますます悪くなった、躾《しつけ》をする人がいないから当然だ、信徒は我慢できなくなるから、何か手を打たなくちゃならないって。メソジストの人たちが、あんたらを面白がって笑い者にしてるから、長老派は神経が逆《さか》なでされる思いなんだよ。デイヴィスの奥さんが言うには、あんたらは白樺のトニック（1）をうんと飲まなきゃいけないって。でも、そんなものでいい人になれるなら、あたいなんか、子どもだけどとっくに聖人になってるよ。あたいは何も、あんたらを嫌な気持ちにさせたくて、言うんじゃないよ。気の毒に思ってんだよ」——メアリは恩着せがましさを上品ぶってあらわす昔風の達人だった。「あんたらは、色んな機会に恵まれなくて、こんなふうになった。それをあたいはわかってるよ。でも世間は、あたいみたいに大目に見ちゃくれないんだよ。ミス・ドリューの話じゃ、カールは先週も日曜学校でポケットに蛙《かえる》を入れてたんで、ミス・ドリューが日課を聞いてたとき(2)、蛙がポケットから飛びだした。そのせいで、あのクラスの受けもちを辞めるそうな。どうして蛙を家に置いとかないんだ?」

「すぐ、しまったのに」カールが叫んだ。「誰にも害はなかったよ……蛙がかわいそうだよ! 年寄りのジェーン・ドリューなんか、クラスの担任を辞めればいいんだ。大嫌いだよ。自分の甥っ子は、汚らしい噛み煙草(3)をポケットに入れて、長老のクローさんがお祈りをしてる最中に、噛んでみろって、ぼくらに勧めたのに。噛み煙草は、蛙より、もっと悪いよ」

「それは違うよ。蛙がいるなんて、誰も思わないから、蛙のほうが、人はびっくりするんだよ。騒ぎも大きくなるし。それに、その甥っ子は、噛み煙草の現場を見られなかったし。それから、あんたらが先週やったお祈りコンテストがすごい問題になって、みんなが噂してるよ」

「ブライス家の子もしたのに」フェイスが憤慨して大声をあげた。「ナン・ブライスがやろうって言いだして、ウォルターが一等賞だったのよ」

「でも、あんたらがやったって思われてるんだ。せめて墓地でしなけりゃ、よかったのに」

「墓地は、お祈りにぴったりの場所だと思うけどな」ジェリーが言い返した。

「あんたらがお祈りをしてるとき、ちょうどハザード執事（4）が馬車で通りかかったんだ」メアリが言った。「そんで、あんたらが、おなかの前で両手を組んで、一節《ひとふし》言うごとに唸《うな》ってんのを、見てしまった。そんで執事さんは、自分の物真似をして、ふざけてると思ったんだよ」

「そうだよ」ジェリーは、臆面《おくめん》もなく言ってのけた。「だけど、まさか執事さん本人が通るとは、思わなかったんだ。単なる間の悪いアクシデントだよ。それにぼくは、本気でお祈りはしなかったよ――一等賞は無理だとわかってたから。ウォルター・ブライスは、いかしたお祈りをするよ。うん、ぼくのお父さんと同じくらい上手だよ」

「あたしたちのなかで、お祈りが心底好きなのは、ウーナだけよ」フェイスが気落ちして言った。

「でも、お祈りをすると、大騒ぎになるなら、してはいけないのね」ウーナがため息をついた。

「違うよ。祈りたいだけ、していいんだよ。ただ、墓場でしちゃいけないんだ……お祈りで遊ぶのも駄目。それがいけなかったんだよ……墓石の上で、お茶会をやったことも」

「してないわ」

「じゃ、シャボン玉ごっこだ。そういうことを、やったでしょ。内海向こうの人たちは、あんたらがお茶会をやったって言い張ってるけど、あたいはあんたらの言い分を信じるよ。そんで、この墓石を、テーブルにしたんだね」

「うん、マーサおばさんが、家のなかでシャボン玉をさせてくれなかったんだ。おばさんは、あの日はご機嫌斜めで」ジェリーが説明した。「この平らな墓石が、すてきなテーブルになったよ」

「シャボン玉、きれいだったね？」フェイスは思い出して目を輝かせた。「シャボン玉に、森や、丘や、内海がうつって、小さな妖精の世界がたくさん飛んでいるみたいだった。シャボン玉の管をゆっくりゆさぶる（5）と、ふわふわって虹の谷へ飛んでいったのよ」

「全部ね。だけど一つだけ、メソジスト教会へ飛んでって、塔で割れたんだ」カールが言った。

「とにかく、シャボン玉がいけないってわかる前に、一度遊べて、よかった」フェイスが言った。

「庭の芝生でするなら、いいんだよ」メアリが辛抱強く言った。「何度言っても、わからないんだね。メソジストの墓地で遊ぶのがいけないんだ。耳にたこができるほど言ってるのに。メソジストの信徒が気にするんだよ」

「忘れちゃうのよ」フェイスが悲しげに言った。「うちの芝生の庭は狭いし……毛虫がいっぱいいるし……低い木や色んな物がある。それに、いつもいつも虹の谷へ行けないもの……どこへ行けばいいのよ？」

「墓地で何をするか、それが問題なんだよ。すわって静かに話すだけなら、いいよ、今みたいに。これからどうなるか、あたいは知らないけど、長老のウォレンさんが、あんたらのお父さんと話をしに来ることは知ってる。例のハザード執事さんは、長老のいとこなんだよ」

「あたしたちのせいで、お父さんに面倒をかけたくないわ」ウーナが言った。

「いやいや、お父さんこそ、子どもの面倒をもっと見るべきだって、世間は思ってんだよ。あたいはそうは思わないよ……あたいは、お父さんのことをわかってるから。お父さん自身が子どもなんだ……だからお父さんの世話をしてくれる人が要るんだよ、あんたらに要るように。だから、たぶん、じきに、そういう人が来るよ、噂がほんとなら」

「どういうこと？」フェイスがたずねた。

「知らないのかい……ほんとに？」メアリが問い返した。

父さんは、ローズマリー・ウェストに会いに通ってるって。だから、あの人が、継母《ままはは》になるんだよ」

「まったく、ほんとにお子ちゃまだね、やれやれ。あのね、みんなが噂してんだよ。お

「うん、わからない。どういうこと？」

「そんなの信じない」ウーナが顔を真っ赤にして叫んだ。

「そりゃ、あたいだってよくは知らないよ。人の言ってることだから。必ずそうなるとは、あたいは言わないよ。でも、そうなりゃ、いいね。ローズマリー・ウェストが来たら、あんたらに言うことをきかせるよ。一セント賭けてもいい。あの人は、顔は優しそうだし、にこにこしてるよ。だけど、継母ってものは、人様《ひとさま》に見つかるまでは、そうするんだ。あんたらには、躾けてくれる人が要る。お父さんに恥をかかせてばかりで、お父さんが気の毒だ。あの晩、お父さんが、あたいに親切に話してくれてから、ずっとお父さんのことを考えてるんだ。あれからあたいは一度も罵《のの》り言葉を言わない、嘘もつかない。だからお父さんが、幸せに、気持ちよく暮らしてるとこを見たいんだ。お父さんの服にちゃんとボタンがついてて、まともな食事をして、あんたら子どもが人並みになって、マーサおばさんの年寄り猫は、自分の場所におさまって、という具合に。さっき卵を持ってったときの、おばさんの目つきといったら。『新鮮ならいいんだが』だとさ。そんなことを言うなら、腐ってればいいのにって思ったよ。とにかく、朝はんのとき、

一人あて一個ずつ、卵を食べさせてもらうんだよ、お父さんも。卵を出してくれなきゃ文句を言いな。そのために持って来たんだから……マーサおばさんは信用ならないね。自分の猫にやりかねない」

さすがにメアリの舌も疲れて、墓地は少し静かになった。牧師館の子どもたちは話をする気分ではなかった。メアリの受け入れがたい話を嚙みしめていた。ジェリーとカールは少し驚いていた。でも別にかまわないじゃないか？　ほんとの話じゃないかもしれないのだから。フェイスは、全体としては喜んでいた。ウーナだけは、ひどく気が動転していた。どこかへ行って泣きたかった。

「私の王冠に星は輝くのか？⑹」メソジスト教会で、メソジストの聖歌隊が練習を始めた。

「あたいは、星は三つだけほしいな」メアリが言った。エリオット夫人と暮らすようになり、彼女の神学の知識は目ざましく増えていた。「三つだけ……頭につけるんだ、小さな冠みたいに。真ん中に大きい星、両側に小さいのを」

「人の魂には、大きさの違いがあるのかい？」カールがきいた。

「そりゃそうさ。小さな赤ん坊の魂は、大きな男よか、小さいよ。あ、暗くなってきた、急いで帰んなきゃ。エリオットのおばさんは、あたいが暗くなってから外にいると嫌がるんだ。ああ、ワイリーのおかみさんちにいたときは、日が暮れようが、昼間だろうが、あたいには同じだった。暗くなってもどうでもよかった、灰色の猫が闇にまぎれるみたいに。なんだか百年も前のことみたいだ。というわけで、あたいが言ったことに気をつけて、行儀よくするんだよ、お父さんのためなんだから。あたいはこれからもあんたらの味方で、肩を持つよ……信じていいよ。エリオットのおばさんは、あたいみたいに友だちをかばう子は見たことがないって言うんだ。あんたらをかばって、アレック・デイヴィスの奥さんに喰ってかかったんで、後でエリオットのおばさんに油をしぼられたんだ。ミス・コーネリアは毒舌家だけど公平だから、間違ったことはしないよ。でも心のなかじゃ、ほくそ笑んでたね。おばさんはキティ・アレックのばあさんが大嫌いで、あんたらが大好きだから。あたいは、人情がわかるんだよ」

　メアリは自分に大いに満足して、意気揚々《ようよう》と帰った。後には、意気消沈した子どもたちが残された。

「メアリ・ヴァンスは、来ると必ず、嫌なことを言うのね」ウーナが怒っていた。

「あのまま古い納屋に置いといて、飢え死にさせればよかった」ジェリーが復讐するように言った。

「まあ、意地悪ね、ジェリーったら」ウーナが注意した。

「ぼくらの悪い噂がたってるなら、こっちも、噂通りにふるまえばいいんだ」ジェリーは懲《こ》りずに言った。「ぼくらが悪いって言うなら、悪くなってやろう」

「駄目よ。お父さんに迷惑がかかったら、どうするの」フェイスが頼んだ。

ジェリーは気まずそうに身じろぎした。彼は父親を崇《あが》めていた。書斎の窓には日よけがかかっておらず、机に向かっているメレディス牧師が見えた。だが読書をしているようでも書き物をしているようでもなかった。両手で頭をかかえ、全体に疲れて落胆している様子だった。それを子どもたちは一目で察した。

「きっと今日、誰かが、あたしたちのことで、お父さんに心配をかけたのよ」フェイスが言った。「世間に噂がたたないように、うまくやりたいのに。あれっ……ジェム・ブライスだ！　驚かせるんだから！」

ジェム・ブライスがそっと墓地に来て、少女たちの隣にすわったのだ。彼は虹の谷を歩いて、母に贈るかれんな白い星のようなメイフラワーを一房《ひとふさ》、この春、初めて見つけたのだった。彼が来て、牧師館の子どもたちは口数が少なくなった。ジェムはこの春から、彼らと少しばかり疎遠《そえん》になっていた。クィーン学院（7）の受験勉強のため、放課後も学校に残り、入試の特別クラスに上級生たちと出ていたのだ。夕方も家でする勉強がたくさんあり、今では虹の谷であまり一緒にすごせなかった。ジェムは、いつしか子どもたちから離れ、大人の国へ足を踏み入れているようだった。

「今夜は、どうしたんだい？」ジェムがたずねた。「楽しそうじゃないね」

「そうよ」フェイスが悲しげにうなずいた。「あたしたちのせいで、お父さんに恥をかかせて、世間の噂になってるって知ったら、あんただって、楽しくないでしょ」

「誰がきみたちの噂をしているのかい、今？」

「みんなよ……メアリ・ヴァンスがそう言うの」それからフェイスは、思いやり深いジェムに悩みを打ち明け、「こういうわけよ」と悲しげに締めくくった。「あたしたちには、躾をしてくれる人がいないでしょ。だから色々と困ったことになって、悪い子だって思われてるの」

「じゃあ、自分で自分を、躾ければいいじゃないか？」ジェムが提案した。「どうすればいいか、教えてあげよう。良い行いクラブを作るんだ。正しくないことをしたら、その都度《つど》、自分を罰するんだ」

「いい考えね」フェイスは感心したが、「でも」と自信なさそうに続けた。「あたしたちは、ちっとも悪いと思わないのに、ほかの人には、ひどく悪いことらしいの。どうすれば、それがわかるの？　四六時中、お父さんに聞けないし……そもそもお父さんはお出かけしなくてはならないし」

「何かする前に、立ち止まって考えて、信徒さんたちがどう思うか、自問自答すれば、たいてい、わかるよ」ジェムが言った。「きみたちは、思い立ったら、後先考えずにやるから、いけないんだ。ぼくの母さんは、きみたちは衝動的だ、母さんも昔はそうだったって言ってるよ。良い行いクラブを作れば、役に立つと思う。決まりを破ったら、公平に、正直に、自分を罰するんだ。でも、本当につらい罰でなければ効き目はないよ」

「おたがいを鞭で叩くの？」

「そうじゃない。その人にあった罰をそれぞれが考えるべきだ。おたがいに罰を与えるんじゃない……自分で自分を罰するんだ。そういうクラブを、小説の本で読んだよ。効果があるか、試したらどうだい」

「やってみようよ」フェイスが言った。ジェムが帰ると、一同は賛成した。「何か正しくないことをしたら、自分たちで正しくするのよ」フェイスが決意をこめて言った。

「ジェムが言ったように、公平で、正直でなければならないよ」ジェリーが言った。

「これは、自分で自分を躾けるクラブだ、ほかに躾をしてくれる人はいないからね。決まりはたくさんあっても無駄だ。一つ決めて、破ったら、厳しい罰を与えよう」

「でも、どうするの？」

「やりながら考えよう。毎晩、この墓地で、クラブの会合を開いて、一日の行いを話し合うんだ。正しくないことや、お父さんに恥をかかせることをしたら、やった者と、責任がある者に、罰を与える。それが決まりだ。罰の種類は、みんなで決めよう……罰は、罪にあったものでなければならない(8)、フラッグさんがそう言っているよ。罪のある者は、罰を受ける、逃げることはできない。面白くなりそうだな」ジェリーは楽しそうに言った。

「シャボン玉ごっこをしようって言いだしたのは、あんたよ、ジェリー」フェイスが言った。

「それはクラブを作る前だよ」ジェリーが慌てて言った。「今夜から始めるんだ」

「でも、何が正しいか、どんな罰がふさわしいか、意見があわなかったら、どうするの？　あたしたちの意見が二人と二人に分かれたら、どうするのよ。こういうクラブは、五人いなくちゃ」

「ジェム・ブライスに審判を頼めばいい。グレン・セント・メアリで一番、正直なやつだ。でも、たいていは自分たちで解決できるよ。できるだけ秘密にしよう。メアリ・ヴァンスには言うなよ。仲間に入って、ぼくたちの躾をしたがるからな」

「あたしとしては」フェイスが言った。「罰のことを考えて、毎日がつまらなくなるのは、嫌よ」

「じゃあ、罰の日は土曜日にしましょう。学校がないから、人に口出しされないわ」ウーナが提案した。

「一週間のたった一日のお休みを、台無しにするなんて」フェイスが叫んだ。「とんでもない！　駄目よ、金曜日にしよう。どのみち魚の日（9）で、あたしたちは魚が嫌いだもの。嫌なことは一日にまとめるほうがいいわ。ほかの日は、思い通りにやって楽しみましょう」

「馬鹿を言うんじゃないよ」ジェリーが有無を言わせず言った。「そんな計画じゃ、うまくいかないよ。ぼくらは、決まりを守って、いつも清く正しくしながら、自分に罰を与える。さあ、わかるだろう？　これは良い行いをするクラブで、目的は自分たちを躾けること。みんなが賛成したんだよ、悪いことをしたら罰を受ける。何だろうとする前に立ち止まって、お父さんの迷惑にならないか考える。さぼった者は、クラブから追放されて、虹の谷で遊んでもらえない。意見が分かれたら、ジェム・ブライスに判断を仰《あお》ぐ。いいか、カールは、日曜学校へ虫を持っていかない。ミス・フェイスは、人前でぇぞ松のガムを噛まないようにしてもらいたい」

「じゃあ、ジェリーは、長老たちのお祈りを笑わないこと、メソジストの祈禱会に行かないこと」フェイスがジェリーに言い返した。

「どうしてだい。メソジストの祈禱会へ行っても、何も悪くないよ」ジェリーが驚いて反論した。

「エリオットのおばさんは、悪いって言ってるわ。牧師館の子どもが、長老派以外のとこに行く用はないって」

「ちぇっ、メソジストの祈禱会は、やめるもんか」ジェリーが大声で言った。「長老派より、十倍、面白いもん」

「今、悪い言葉を使ったよ」フェイスが叫んだ。「さあ、自分を罰しなさい」

「まだ紙にインクで書いて決めてないよ。クラブのことを話し合っている最中なんだから。書面にして、署名《サイン》をしたら、成立だ。全体の決まりと細かな規則がいるな。それから、メソジストの祈禱会へ行くのは悪くないよ。わかっているくせに」

「罰を受けるのは、悪いことをしたときだけじゃなくて、お父さんに迷惑をかけたときもよ」

「祈禱会に行っても、誰にも迷惑をかけていないよ。エリオットのおばさんは、メソジストの話になると、のぼせあがるって知ってるだろ。ぼくが祈禱会に行っても、ほかの人は文句を言わないよ。ぼくはいつも行儀よくしているからね。ジェムやブライスのおばさんが、ぼくのことを何て言うか、聞いてごらん。あの二人の意見なら、ぼくは従うよ。紙をとりに行って、ランプを持ってくるから、みんなで署名《サイン》しよう」

十五分後、ヘゼカイア・ポロックの墓石の上で、書面は厳かに署名《サイン》された。墓石の中央には煤《すす》だらけの牧師館のランプが置かれ、子どもたちが、まわりにひざまずいた。ちょうどそこへクロー長老の夫人が通りかかり、翌日は、牧師館の子がまたお祈りコンテストをして、しまいにはランプをさげて墓場で追っかけっこしたと、グレン中で噂になった。話に尾ひれがついたのは、署名して封蠟《ふうろう》(10)をした後、カールが足もとをランプで照らして足もとに気を配りながら小さな窪地へ歩いていき、蟻塚《ありづか》を観察したからだろう。ほかの子どもたちは静かに牧師館にもどり、ベッドに入った。

「お父さんがミス・ウェストと結婚するって、本当かしら?」お祈りをした後、ウーナが不安げな声でフェイスにたずねた。

「わからないけど、そうなればいいな」フェイスが言った。

「まあ、私は嫌よ」ウーナは声をつまらせた。「ミス・ウェストは、今は優しいわよ。だけど継母になれば、すっかり変わるって、メアリ・ヴァンスが言うの。怒りっぽくて、意地悪で、憎らしい人になって、お父さんが私たちを嫌いになるようにするって。必ずそうなって、あてはまらないケースはないそうよ」

「ミス・ウェストは絶対にそんなことに、ならない」フェイスが叫んだ。

「誰でもそうなるって、メアリは言うわ。継母のことにかけては、くわしいのよ、フェイス……継母を山ほど見てきたって……フェイスは一人も見たことないでしょ。ああ、メアリが血が凍るような話をしたの。継母が、継子の小さな女の子たちの肩をむき出しにして、血が出るまで鞭で叩いた上に、一晩中、寒くて暗い地下の石炭置き場に閉じ込めたって。継母はみんな、こんなことをしたくてたまらないって」

「ミス・ウェストは、そうじゃないよ。あの人のことを、あんたは、あたしほどは知らないでしょ、ウーナ。あの可愛い小鳥ちゃんを、あたしにくだすったのよ。アダムよりずっと可愛いわ」

「継母になると変わるのよ。どうしようもないって、メアリが言ってるわ。私は鞭で叩かれるのはともかく、お父さんに嫌われるのはつらいわ」

「いいこと、お父さんがあたしたちを嫌いになるなんて、あるはずないでしょ。馬鹿なことを言わないの、ウーナ。たぶん心配いらないわ。良い行いクラブを真面目にやって、自分たちをちゃんと躾ければ、お父さんは再婚なんて考えないし、再婚しても、ミス・ウェストなら、優しくしてくださるって、わかるんだ」

しかしウーナはその確信を持てず、泣きながら眠りについた。

第24章　衝動的な慈善

それから二週間、良い行いクラブはうまくいき、驚くほど効果があった。牧師館の子どもたちがジェム・ブライスを審判に呼ぶことは一度もなく、グレンの噂好きを驚かせることもなかった。家での些細《ささい》な過ちについては、たがいに目を光らせ、それぞれが自分に科《か》せられた罰を潔《いさぎよ》く受けた——罰とは、金曜の夜に虹の谷の愉快な集まりに行かないとか、若者たちが外で遊びたがる春の夕暮れに寝室にいる、などだった。フェイスの場合は、日曜学校でひそひそ話をしたため、罰として必要に迫られたとき以外は一日中、一言もしゃべらないという判決を自らくだし、やり遂《と》げた。ただ、内海向こうのベイカー氏が、その夕方、牧師館を訪れ、たまたまフェイスが玄関に出たのは運が悪かった。ベイカー氏が愛想よく挨拶をしても、フェイスはうんともすんとも言わず、口をつぐんだまま、さっさと父を呼びに行ったのだ。ベイカー氏はいささか気分を害し、帰宅すると、妻にむかい、メレディス家の長女はたいそう人見知りで、ふて腐れている、話しかけられても返事をする礼儀も知らないと言った。しかしほかに困ったことはなく、自分の罪滅ぼしのために罰を受けることは、子どもたちにもほかの人にも害はなかった。一同は、自分で自分を躾けるのは簡単だと思うようになった。

「あたしたちも、ほかの人と同じように行儀よくできるって、村の人はそのうちわかってくれるわ」フェイスは嬉しそうだった。「本気でやれば難しくないのね」

フェイスとウーナは、ポロックの墓石にすわっていた。その日は、春の嵐が吹き荒れ、底冷えのする寒さと湿気があった。そこで女の子たちは虹の谷へ行かなかったが、牧師館と炉辺荘の男の子たちは虹の谷へ釣りに出かけた。雨はあがったものの、骨の髄までしみ通る東風が、海から情け容赦なく吹きつけていた。春の訪れは早いと思われたが、歩みは遅く、墓地の北の角には、固い根雪と氷が残っていた。すると墓地の門から、リーダ・マーシュが凍えるようにして入ってきた。牧師館に鰊《にしん》を一皿、持ってきたのだ。

リーダは内海口の漁村の子で、父親は、ここ三十年、その年の初物《はつもの》の鰊《にしん》を一皿分、牧師館に送り届けていた。この男は、教会の敷居を跨《また》いだことはついぞなく、大酒飲みの無鉄砲者だった。だが自分の親父《おやじ》に倣《なら》って、毎春、牧師館へ鰊を届けていれば、その一年、世界の偉大な力との取引は清算できて、貸し借りはなしだと、ありがたく信じていた。つまり最初の水揚《みずあ》げを送らなければ、鯖《さば》の豊漁は見込めないと思っていた。

リーダは十歳だったが、なんとも小さく縮《ちぢ》かんだような子どもで、年より幼く見えた。この夕方、彼女は勇気を出して牧師館の娘たちに近づいてきた。リーダは生まれてこの方《かた》、一度も暖かい思いをしたことがないようだった。顔は紫色で、青白い小さな目は、大胆そうだったが、赤く充血し、涙がにじんでいた。ぼろぼろのプリント地の服を着て、すり切れたウールのマフラーを痩せた肩にまき、脇の下で結んでいた。この子は裸足《はだし》のまま、内海口(1)から三マイルも歩いて来たのだ。まだ雪が残り、また雪がとけたぬかるみの泥んこ道だった。足も脚も、顔と同じ紫色に染まっていた。しかしリーダは、あまり気にしていなかった。寒いのには慣れていた。漁村にうじゃうじゃいるほかの子らと同じように、ひと月も前から裸足《はだし》で歩いていた(2)。リーダは墓石に腰をおろし、フェイスとウーナに陽気に笑いかけた。自分を憐れむ気持ちは微塵《みじん》もなかった。フェイスとウーナも、にこやかに笑みを返した。リーダのことはうっすら憶えていた。昨夏、ブライス家の子どもたちと内海へ行ったとき、一、二度、見かけたのだ。

「やあ!」リーダが言った。「いやな天気の晩だね? 犬だって外に出ないね?」

「じゃあ、どうして、あんたは出てきたの?」フェイスがたずねた。

「お父ちゃんに言付《ことづ》かって、鰊《にしん》を持ってきたんだ」リーダが答えた。それから体をぶるっと震わせ、咳をして、裸足の足をつきだした。彼女はそんな自分にも裸足にもおかまいなしだった。同情を引くつもりもなかった。ただ墓石のまわりの濡れた草を踏まないように、ふと足をあげたのだ。ところがフェイスとウーナには、この子への憐れみが波のように押し寄せてきた。この女の子は見るからに寒そうで——みじめだった。

「まあ、こんなに寒い晩に、どうして裸足《はだし》なの?」フェイスが叫んだ。「足が凍えてるでしょ」

「そんなとこだね」リーダは得意そうに言った。「内海街道を歩いてくんのが、大変だったよ」

「どうして、靴も、長靴下《ストッキング》もはかないの？」ウーナがきいた。

「持ってないからさ。前に持ってたのはみんな、冬が終わる前に、すり切れちまった」

リーダは事もなげに言った。

フェイスは恐ろしさに、しばし呆然《ぼうぜん》とした。これは大変なことだ。この小さな女の子は、ご近所といってもいい隣人なのに、寒さの厳しい春の夕方、靴も長靴下もはかずに凍えかけている。フェイスの頭に衝動的に浮かんだことは、これは大変だということだけだった。次の瞬間、フェイスは、自分の靴と長靴下を脱いでいた。

「さ、受けとって、すぐにはいて」フェイスは、呆気《あっけ》にとられているリーダの手に押しつけた。「今すぐよ。風邪をひいて死んでしまう。私は、ほかにもあるから。すぐにはいてちょうだい」

リーダは我《われ》にかえると、生気のなかった目を光らせ、差しだされた贈り物をひったくった。もちろん、今すぐ、はくとも。誰か偉い人が出てきて、とりあげられる前に。リーダは瞬《またた》く間に、やせこけた脚に長靴下をはくと、太くなった小さな足首を、靴にすべりこませた。

「ありがたいな」リーダは言った。「だけど、あんた、うちの人に叱られやしないかい？」

「大丈夫よ……それに怒られても、あたしは平気」フェイスが言った。「凍え死にしそうな人を助けずに、ただ見てるなんて、できると思う？　そんなこと正しくないわ。ましてや、あたしのお父さんは牧師よ」

「後で返してほしいかい？　だけど内海口は、すっごく寒いんだ……ここらへんが暖《あった》かくなった後も、ずっとだよ」リーダは狡《ずる》そうに言った。

「いいの、ずっと持ってて、当然よ。あげたときから、そのつもりよ。あたしなら、靴はもう一足あるし、長靴下もたくさんあるから」

リーダは、しばらくここに残り、二人と話すつもりだったが、誰かが来て、もらった物を全部出せと言われる前に退散したほうがいいと考えた。そこで来たときと同じように音もたてず、影のように、肌寒い宵闇をぬけて逃げていった。牧師館が見えなくなると、すぐに腰をおろして靴と長靴下を脱ぎ、鰊《にしん》のかごにしまった。これをはいて、ぬかるんだ内海街道を歩いて帰るつもりはなかった。特別な機会にとっておかなくてはならない。こんなに上等な黒いカシミアの長靴下や、しゃれた新品同様の靴を、内海口の女の子は持っていなかった。これで夏の支度ができたのだ。リーダに気のとがめはなかった。彼女の目には、牧師館の人々は信じられないほど裕福にうつり、娘たちは靴と長靴下を山ほど持っているに違いないと思った。リーダはグレン村へ走っていき、フラッグ氏の店の前で、男の子たちと一時間遊んだ。エリオット夫人に早く家《うち》にお帰りと言われるまで、とけかけの雪をはね散らかして、大騒ぎの男子と遊んだ。

リーダがいなくなると、ウーナが非難めいた口ぶりで言った。「あんなこと、しなければよかったのに。これからは毎日、いちばん上等なブーツをはくから、すぐに傷むわよ」

「平気よ」フェイスが声を高くした。知り合いに親切な行いをした喜びに、今も顔が晴れ晴れとしていた。「あたしは靴を二足持ってるのに、かわいそうなリーダ・マーシュは一足もないなんて、不公平よ。これで、二人とも、靴が一足ずつになったのよ。いいこと、ウーナ、先週、お父さんが、お説教でおっしゃったわ。物を手に入れることや、物を所有していることに真の幸福はない……幸福は、物を与えることのみにある。これは本当よ。あたし、生まれてから、今が、いちばん幸せだもの。考えてみて、今ごろリーダは、冷たかった小さな足がぽかぽかと暖かくなって、楽々と家へ歩いてるのよ」

「でも、カシミアの黒い長靴下は、もうないのよ」ウーナが言った。「もう一足あったけど、穴だらけで、これ以上は穴かがり《ダーニング》できないって、マーサおばさんが言って、足首から上を切って、ストーヴの雑巾《ぞうきん》にしたの。だからあとは、フェイスが大嫌いな、あの縞《しま》の長靴下が二足あるだけよ」

フェイスの顔の輝きも、昂揚《こうよう》した気分も、消えた。風船を針でつついたように、喜びもしぼんだ。早まった行いの結果に直面したフェイスは、みじめに黙りこみ、しばらくすわっていた。

「ああ、ウーナ、こんなことになるなんて。あたし、立ち止まって考えるということを全然しなかった」

その縞の長靴下とは、青と赤の糸をゴム編みにした長靴下(3)で、ぶ厚く、重く、ごわごわしていた。マーサおばさんが、その冬、フェイスのために棒針で編んだもので、ひどい代物であることは疑いの余地もなかった。フェイスにとって、これほど身につけたくない物はなかった。あれをはくなんて、あり得ない。実際、一度もはいたことがなく、簞笥《たんす》の引き出しに入れたままになっていた。

「これからは、あの縞の長靴下を、はかなきゃいけないのよ」ウーナが言った。「学校の男子がどんなに笑うことか。だって、ほら、マミー・ウォレンが、縞の長靴下をはいたとき、男子が大笑いして、床屋の看板棒って呼んだでしょ。でも、フェイスの長靴下は、あれよりもっと変なのよ」

「あたし、はかない」フェイスが言った。「あれをはくくらいなら、長靴下なしで行くわ、寒いけど」

「でも、明日、教会に、長靴下なしではだめよ。人がなんと言うかしら」

「じゃあ、家《うち》にいる」

「無理よ。マーサおばさんが行かせるに決まってるわ」

それはフェイスも承知していた。マーサおばさんには譲れないことが一つあり、それは、照《て》ろうがふろうが教会には行くべし、だった。何を着ようが、はたまた何も着ていなくとも構わない。とにかく教会には行くべし。七十年前、マーサおばさんはそう躾けられ、子どもたちもそう躾ける心意気だった。

「あんたの長靴下を貸して、ウーナ？」フェイスは哀れっぽく頼んだ。

ウーナは首をふった。「無理よ。黒は一足しかないもの。おまけにきつくて、私でもやっとはけるのよ。フェイスには、はけないわ。灰色のも無理よ。あの長靴下は、いたるところ穴かがり《ダーニング》をして、さらに穴かがり《ダーニング》がしてあるのよ」

「でも、縞の長靴下ははかない」フェイスは頑固に言い張った。「見た目も変だけど、それ以上に、はき心地が悪いの。脚が樽《たる》みたいに太く見えるし、ちくちくするんだもの」

「じゃあ、どうすればいいのかしら、わからないわ」

「お父さんが家《うち》にいたら、お店が閉まる前に新しいのを一足、買ってくださいって頼むんだけど、夜遅くまでお留守だし。月曜日に頼んでみるわ……だから明日は、教会に行かない。病気のふりをすれば、マーサおばさんも、私を家にいさせるしかないわ」

「それは人をだますことよ、フェイス」ウーナが叫んだ。「そんなこと、フェイスに、できっこないわ。悪いことだって、自分でもわかっているでしょ。それにお父さんが知ったら、なんとおっしゃるかしら？　お母さんが亡くなったとき、お父さんがおっしゃったことを、忘れたの？　たとえほかのことはうまくできなくても、われわれは、いつも誠実でなければならない、そうおっしゃったのよ。嘘をついて、人を欺《あざむ》いてはならないと……それにお父さんは、私たちが、そんなことしないと信じているとも、おっしゃったわ。だからフェイスに、そんなことはできないわ。縞の長靴下をはいてちょうだい。たった一度だけよ。教会なら、誰も感づかないわ。学校とは違うもの。フェイスの新しい茶色の服は丈《たけ》が長いから、長靴下は大して見えないわ。背がのびても、ゆとりがあるように、マーサおばさんが大きめに縫って、よかったわね？　服ができたとき、あんたは嫌がっていたけど」

「あの長靴下は、はかない」フェイスはくり返した。それから裸足《はだし》の白い脚を墓石からのばし、わざと濡れた冷たい草のなかを通り、残った雪へ歩いていった。そこで歯を食いしばり、雪の上に立った。

「何をしているの？」ウーナが驚いて叫んだ。「風邪をひいて死んでしまうわ、フェイス・メレディス」

「そうなりたいの」フェイスが答えた。「ひどい風邪をひいて、明日は、ものすごく具合が悪くなりたいの。そうすれば嘘をついたことにならないわ。我慢できなくなるまで、ここに立ってる」

「フェイス、本当に死んでしまうわ。肺炎になるかもしれない。お願い、フェイス、やめて。家に入って、何かはいて。ああ、ジェリーが来た。助かった。ジェリー、フェイスを雪から、どかしてちょうだい。フェイスの足を見て」

「おい！　フェイス、いったい何をしているんだい？」ジェリーがたずねた。「頭でもおかしくなったのか？」

「ちがうの。あっちへ行って！」フェイスは、はねつけた。

「じゃあ、何かをしでかしたんで、自分を罰しているんだね？　そうだとしても、よくないよ。病気になるよ」

「病気になりたいの。自分を罰してるんじゃないの。あっちへ行って」

「フェイスの靴と長靴下は、どこだい？」ジェリーが、ウーナにきいた。

「フェイスが、リーダ・マーシュにあげたの」

「リーダ・マーシュに？　どうして？」

「あの子は靴も長靴下もなくて……足が凍えそうだったの。それでフェイスは、縞の長靴下をはいて教会に行かなくても済むように、病気になろうとしているの。だけど、ジェリー、死んでしまうわ」

「フェイス」ジェリーが声をかけた。「この凍った雪からおりるんだ。さもないと、引きずりおろすぞ」

「やってみなさいよ」フェイスが挑《いど》むように言った。

ジェリーはフェイスに飛びかかり、腕をつかんだ。ジェリーが腕を引っぱると、フェイスは反対側に体を引いた。ウーナは、フェイスの後ろにまわって押し出した。フェイスは、放《ほう》っておいてと、ジェリーに怒鳴り、ジェリーは、馬鹿げた真似はよせと、怒鳴りかえした。ウーナも悲鳴をあげた。三人が騒がしい大声をあげたところは、墓地のなかでも街道沿いの柵のそばだった。そこへ、ヘンリー・ウォレンと妻が馬車で通りかかり、騒ぎ声が聞こえて、三人を見た。すぐさまグレン村に、牧師館の子どもが墓地で大喧嘩をやらかし、聞くに堪《た》えない言葉を使っていたという噂が広まった。しかしフェイスは、凍った雪から引っぱられるままにおりてきた。足がじんじんと痛みだし、おりる気になったのだ。三人は仲良く家に入り、ベッドに入った。フェイスは童天使(4)のように美しく無邪気に眠った。翌朝めざめると、風邪の気配もなかった。フェイスは、前に父が語った言葉を思い返し、仮病で人をだましてはならないとあらためて感じた。それでもやはり、あのひどい長靴下では教会に行けないと、固く決意していた。

第25章　さらなる騒動《スキャンダル》、さらなる「説明」

フェイスは早めに日曜学校へ行った。人が来る前に、自分のクラスの隅《すみ》にすわったのだ。そのため人が驚くような事実は、まだ表沙汰《おもてざた》にはならなかった。しかし、日曜学校が終わり、彼女が入口近くの席から牧師一家の家族席へ歩いていくと（1）、話は違った。教会の席は、すでに半分ほど埋まり、通路のそばにすわっていた人々はみな、牧師の娘が、長靴下をはかずにブーツで歩く姿を見てしまったのだ！（2）。

フェイスの新しい茶色のドレスは、マーサおばさんが昔の型紙から作ったもので、彼女には長かったが、それでもブーツにかかっていなかった。白い生脚《なまあし》が、たっぷり二インチ、はっきり見えた。

フェイスとカールの二人は、牧師の家族席に腰かけた。ジェリーは二階席で、友だちとすわった。ウーナは、ブライス家の娘たちが連れていった。このようにメレディス家の子どもは、「教会中に散らばってすわる」癖があり、由々《ゆゆ》しきことだと多くの人々が考えていた。とくに二階席は、いい加減な若者が集まって声をひそめて話していると、悪い評判があった。礼拝中に嚙み煙草をかんでいると思われる節《ふし》もあり、とにかく牧師の息子が行くような場所ではなかった。だがジェリーは、最前列にある牧師の家族席を嫌っていた。すぐ後ろのエルダー長老とその家族に見張られているからだ。そこで機会さえあれば、家族席から逃げていた。

カールは、窓に巣をはっている蜘蛛《くも》を観察するのに夢中で、フェイスの脚を見なかった。礼拝が終わると、フェイスは父親と帰宅したが、父親も娘の脚に気づかなかった。しかも帰宅したフェイスは、ジェリーとウーナが戻ってくる前に、あの大嫌いな縞の長靴下をはいたのだ。そのため牧師館の人々は、フェイスが何をしたか、まったく知らなかった。一方、グレン・セント・メアリ村では、知らない者はいなかった。自分の目で見なかった者も、すぐに話を聞いたからだ。教会からの帰り道は、この話題で持ちきりだった。アレック・デイヴィス夫人は、こんなことになると思ってましたよ、次は若い連中が服を着ないで教会に来ますよ、と語った。婦人援護会の会長は、次の集まりでこの問題をとりあげ、みんなで団結して牧師を訪ねて抗議すべし、と決めた。ミス・コーネリアは、自分はもうあきらめた、牧師館の子を心配しても、もう仕方がないと語った。ブライス医師夫人でさえ、いささかショックを受けたが、フェイスがはき忘れただけだろうと考えた。スーザンは、日曜日だったため、すぐさまフェイスの長靴下を編むことはできなかったが、翌朝、炉辺荘の人々が起き出す前から編み始めた。

「何もおっしゃらなくて結構です、先生奥さんや、これはあの年寄りのマーサが悪いんです」スーザンは、アンに言った。「かわいそうに、あの子は、ろくな長靴下を持っていないんです。どの長靴下も穴があいて、ほとんどがそうなんです。それに、先生奥さんや、婦人援護会は、説教壇の新しいカーペットで揉《も》めるくらいなら、もっぱら長靴下を編めばいいと、私は思います。私は、婦人援護会の会員じゃありませんけど、この上等な黒い毛糸で、フェイスに二足編んでやりますよ、できるだけ早く手を動かしてね、それは確かですよ。それにしても、あのショックは、忘れられませんよ、先生奥さんや。牧師の娘が長靴下もはかずに、教会の通路を歩いたんですから。目のやり場に困りましたよ」

「おまけに昨日は、教会に、メソジストが、大勢いたんだよ」ミス・コーネリアがうめいた。彼女はグレンへ買い物に来たついでに、この話をしたくて炉辺荘に駆けこんだのだ。「牧師館の子どもは、なんでだか知らないけど、教会にメソジストが集まるときに限って、始末に負えないことをやらかすんだよ、それは確かだよ。ハザード執事の奥さんは、目ん玉が、飛び出しそうだった。そんで奥さんは、教会から出てくるなり、『あらあら、あんな真似をして、礼儀のれの字もございませんわね。長老派教会のみなさまは、お気の毒ですこと』って言ったけど、黙って聞いてるしかなかったよ。返す言葉がなくて」

「私なら、言い返してやりますよ、先生奥さんや」スーザンが憮然《ぶぜん》として言った。「まず最初に、きれいな素脚《すあし》なら、穴があいた長靴下と同じくらいまともですよ、と言って、次に、長老派教会は、おたくさんに気の毒に思われる必要はありません、長老派の牧師さんは、お説教を上手になさいますけど、メソジストの牧師はできないって、わかってますからって。私なら、こう言って、ハザード執事の奥さんをやり込めますよ、先生奥さんや、それは確かですよ」

「メレディス牧師は、あそこまで立派な説教をしなくていいから、もうちっと家族の面倒を見りゃいいのに」ミス・コーネリアが言い返した。「せめて教会へ行く前に、子どもがまともな身なりをしてるか、ちらっと見るくらい、できるだろうに。あの牧師の肩を持つのも、いい加減、くたびれたよ。ほんとだよ」

そのころフェイスは、虹の谷で責められていた。メアリ・ヴァンスが、いつものように小言を言う気満々でやって来たのだ。メアリは、フェイスが彼女自身と父親の体面を、償《つぐな》いようがないほど汚したこと、私、つまりメアリ・ヴァンスは、もうあんたと縁を切る、「みんなが」あんたの噂をしていて、「みんなが」同じことを言ってると、言ったのだ。

「あんたとは、これ以上、つきあえないって気がするんだよ」メアリは締めくくった。

「じゃあ、私たちが、フェイスとつきあうわ」ナン・ブライスが叫んだ。ナンも内心では、フェイスは相当ひどいことをしたと思っていたが、メアリ・ヴァンスに、こんなに高飛車《たかびしゃ》に、ことに当たらせるつもりはなかった。「ミス・ヴァンス、あんたはつきあう気がないなら、もう虹の谷に来なくていいわ」

ナンとダイは二人してフェイスの肩をだき、挑《いど》むようにメアリをにらんだ。メアリは、突然、顔をくしゃくしゃにして、木の切り株にすわりこみ、泣き出した。

「つきあいたくないんじゃ、ないんだよ」メアリは声をあげて泣いた。「フェイスと仲よくしてると、あたいがフェイスをそそのかして、あんな真似をさせるって言う人が出てくるんだよ。今だって、いるんだ、嘘じゃないよ。そんなことを言われて、あたいだって困ってるんだ。今は、ちゃんとした家《うち》にいて、レディになろうってがんばってんのに。それにあたいは、一番つらかったころだって、素脚《すあし》で教会へ行ったことなんか、ないよ。そんなこと、考えたことすらない。なのに、あの憎たらしいキティ・アレックのばあさんは、メアリが牧師館に泊まってからフェイスが変わった、だからコーネリア・エリオットは、メアリを引きとった日のことをいつか後悔するって、言うんだ。あたいもつらいんだよ、ほんとに。だけどね、あたいが一番心配してんのは、メレディス牧師のことなんだよ」

「あなたは、牧師の心配なんて、しなくていいの」ダイが軽蔑するように言った。「そんな必要はないわ。さあ、フェイスちゃん、もう泣かないで。どうしてあんなことをしたのか、話してちょうだい」

フェイスが涙ながらに説明すると、ブライス家の娘たちは同情した。メアリ・ヴァンスでさえ、そうせざるを得ない状況だったことは認めた。しかしジェリーにとっては、長靴下の話は寝耳に水の仰天事であり、うまく言いくるめられることを拒《こば》んだ。つまり今日、学校で、わけのわからない当てこすりを言われたのは、このことだったのか！

ジェリーはおもむろにフェイスとウーナを引っ立てるようにして家へつれて帰り、「良い行いクラブ」の緊急会議を墓地でひらいた。フェイスの一件の判決をくだすのだ。

「何の不都合も、なかったと思うけど」フェイスは喧嘩腰だった。「脚がたくさん見えたわけじゃないもの。悪いことじゃないし、誰にも迷惑はかけなかった」

「お父さんに迷惑がかかるんだよ。わかってるはずだ。ぼくらが変なことをするたびに、村の人たちは、お父さんのせいだと思うんだ」

「そこまで、考えなかった」フェイスが口のなかでつぶやいた。

「それが問題なんだ。おまえは考えなかった、考えるべきだったのに。こんなことのために、クラブはあるんだ……自分たちを躾けて、自分たちのことを省《かえり》みるようにするために。ぼくらは、何かをする前に、立ち止まって考えようって約束したんだよ。それをしなかったんだから、罰を受けるべきだ、フェイス……厳しい罰を。罰として、あの縞の長靴下を、一週間、学校へはいて行くんだ」

「まさか、ジェリー、一日じゃ、だめ？……二日は？　一週間なんて、無理！」

「いや、丸々一週間だ」ジェリーは頑《がん》として言った。「これは適正な罰だよ……適正じゃないか、ジェム・ブライスにきいてごらん」

ジェム・ブライスにそんな質問をするくらいなら、従うほうがましだった。自分のふるまいが、かなり恥ずかしいことだったと、フェイスはようやく理解し始めた。

「じゃあ、そうする」フェイスは少々ふて腐れて、ぼやいた。

「これでも軽い罰なんだぞ」ジェリーは厳しかった。「そもそも、どんな罰を与えても、お父さんを助けることにはならないんだ。世間は、おまえが悪戯であんな恰好《かっこう》したと思ってて、止めなかったお父さんを非難するんだ。といって、一人一人に説明することはできないからな」

この意見を聞いて、フェイスの心は重くなった。自分が非難されるなら、まだ我慢できる。だがお父さんが責められるのは、自分が拷問を受けるように胸が痛んだ。真相をわかってもらえたら、お父さんは非難されない。では、どうすれば、広い世間にわかってもらえるだろう？　教会の説教壇にあがって説明することは、前にもしたが、今となっては論外だ。信徒たちがどう思ったか、メアリ・ヴァンスから聞いて、もう同じことはできないとわかっていた。その週の半ばまで、フェイスは考えに考え抜いた。そして妙案がひらめき、すぐさまとりかかった。その夜、彼女は屋根裏部屋でランプと練習帳をそばにおいて、せっせと書き物をした。頬は赤くほてり、目は輝いていた。まさに、これだ！　これを思いつくとは、なんと頭がいいのだろう！　これで何もかも元通りになって、すべてを説明できる。騒動を巻き起こすこともない。満足のいくものを書きあげ、這《は》うようにベッドに入ると、十一時だった。疲れていたが、最高に幸せだった。

数日後、「ザ・ジャーナル」という名称でグレンで出ているちょっとした週刊紙が、いつものように発行された。するとまたグレンに新たな騒動《スキャンダル》が持ちあがった。フェイス・メレディスと署名された投書が、第一面の目立つところに載ったのだ。以下である。

「関係者のみなさまへ

私がどうして長靴下をはかずに教会へ行くことになったのか、みなさんに説明したいと思います。お父さんは少しも悪くないと知ってもらいたいからです。噂好きなお年寄りの人たちは、お父さんが悪いと言う必要はありません。それは間違っています。私は、一足しかない黒い長靴下を、リーダ・マーシュにあげました。あの子は一足も持っておらず、かわいそうなことに小さな足は恐ろしいほど冷たく、気の毒だったからです。キリスト教徒の村で、雪が全部とける前に、子どもが靴も長靴下もはかずに歩くなんてことが、あってはなりません。女性海外伝道協会（3）は、リーダに長靴下をあげるべきです。もちろん、伝道協会が異教徒の小さな子どもに物を送っていることは知っています。それはよいことで親切なことです。でも、異教徒の小さな子どもたちがいるところは、ここよりずっと暖かな気候なのです。だから私たちの教会の女の人たちは、リーダの面倒を、私に全部任せないで、見てあげるべきだと思います、リーダに長靴下をあげたとき、あれが穴のあいていない唯一の黒い長靴下だということを、私は忘れていました。でも、あの子にあげることができて、とても嬉しいのです。もしあげなかったら、ずっと良心がとがめたことでしょう。かわいそうなあの子が、さも誇らしげに、嬉しげに帰っていった後で、自分には、赤と青のおぞましい長靴下しかないことを思い出したのです。それは上《かみ》グレンのジョセフ・バー夫人が送ってきた毛糸で、この前の冬、マーサおばさんが、私のために編んだものです。ごわごわして、こぶだらけの毛糸（4）でした。バー夫人の子どもが、こんな毛糸で作ったものを着ているところは、一度も見たことがありません。メアリ・ヴァンスの話では、バー夫人は、自分では使わない物や食べられない物を、牧師に送って、それで旦那さんが寄付すると署名した牧師の給料の一部になると思っているそうです。でも旦那さんが寄付したことは一度もないのです。

あのおぞましい長靴下をはくなんて、私には、耐えられませんでした。みっともなくて、分厚くて、ちくちくするからです。みんなして私をからかうでしょう。最初は、仮病をつかって、次の日、教会に行くのをよそうと思いました。でも人をだますことになるので、やめました。お母さんが死んだとき、決して決して人をだましてはならないと、お父さんがおっしゃったのです。人をだますことは、嘘をつくのと同じくらい悪いことです。でも、ここグレンには、人をだましても、少しも悪いと思っていない人たちがいることを知っています。名前は言いませんが、それは誰か、知っています。お父さんも知っています。

というわけで私は、風邪をひいて本当に病気になろうと、メソジストの墓地で、雪の上に裸足《はだし》で立っていました。最後はジェリーに引きずり下ろされました。でも、ちっとも病気にならず、教会に行かずに済むことは、できませんでした。そこでブーツだけをはいて、そのまま出かけたのです。これがどうしてそんなに悪いのか、私にはわかりません。丁寧に脚を洗ったので、顔と同じくらいきれいでした。とにかく、お父さんは悪くありません。日曜学校へ行く前、お父さんは書斎でお説教と神さまのことを考えていたので、私は、お父さんの邪魔をしないように、会いませんでした。それにお父さんは教会で、人の脚など見ませんから、もちろん私の脚に気がつきませんでした。しかし噂好きの人たちは、私の脚を見て、噂をしました。そこで、理由を説明するために、「ザ・ジャーナル」へ、この手紙を書いているのです。私はとても悪いことをしたのだと思います。みんながそう言っているからです。申し訳ありませんでした。月曜日の朝、フラッグ氏の店が開くとすぐ、お父さんは上等な黒い長靴下を二足、買ってくださいましたが、私は自分を罰するために、あの変な長靴下をはきます。この件はすべて私のせいです。ですから、この手紙を読んでも、まだお父さんを責める人がいたら、その人たちはキリスト教徒ではありませんから、その人たちに何を言われようと、私は気にしません。

最後に、もう一つ、説明したいことがあります。エヴァン・ボイドさんが、おれの畑のじゃが芋を、去年の秋、ルー・バクスターの一家が盗んだと言っていると、メアリ・ヴァンスから聞きました。でもバクスター家の人たちは、じゃが芋に手をつけていません。あの一家はとても貧乏ですが、正直な人たちです。私たちが、とったのです――ジェリーとカールと私です。そのとき、ウーナはいませんでした。私たちは、盗みだとは思わなかったのです。ある日の夕方、虹の谷で、鱒《ます》を油で焼いたとき、その火で料理して一緒に食べるじゃが芋が、少し、ほしかったのです。ボイド氏の畑は、虹の谷と村の間にあって、一番近かったので、畑の柵をこえて、いくらか抜いたのです。じゃが芋はものすごく小さかったです。ボイドさんがちゃんと肥料をやらないからです。十分な量にするには、何本も抜かなくてはなりませんでした。せいぜいビー玉くらいの大きさだったのです。ブライス家のウォルターとダイも食べましたが、あの二人は、私たちが料理してから来たので、どこでお芋を手に入れたのか、知りません。だから二人は悪くありません。悪いのは、私たちだけです。悪いことをするつもりではありませんでしたが、盗んだことになるなら、申し訳なく思います。私たちが大人になるまで待ってくださるなら、盗んだ分を、ボイド氏にお支払いします。まだお金を稼ぐほど大きくないので、今はお金がないのです。マーサおばさんは、この家《うち》を切り盛りするのに、ほんのわずかな牧師の給料が、たとえきちんと払われても――そんなことは滅多にないけれど――最後の一セントまで使わなきゃならないと言ってます。とにかくボイドさんは、ルー・バクスターの一家を非難して、悪評を立ててはなりません、あの人たちは無実なのです。

かしこ

フェイス・メレディス」

第26章　ミス・コーネリア、新しい考え方を学ぶ

「スーザン、私は死んだあとも、この庭に黄水仙が咲くたびに、この世に戻ってくるわよ」アンがうっとりして言った。「私の姿は、誰にも見えないでしょう。でも私は、ここに来ているの。誰かが庭にいて、そのときは……ちょうど今のような夕ぐれどきかもしれないし、あるいは夜明けで……きれいな淡い桃色の春の夜明けかもしれない……そんなときに、まるで一陣の風が吹き抜けたように、黄水仙がうなずくところを見るでしょう。それは、私よ」

「滅相《めっそう》もない、先生奥さんや、お亡くなりになったあとは、水仙みたいに、ひらひらした世俗的なものなんか、お考えになりませんよ」スーザンが言った。「それに私は、幽霊なんか、信じません、目に見える幽霊も、目に見えない幽霊も」

「まあ、スーザン、私は、幽霊になるんじゃないわ！　そんなの、怖いもの。私は、私のままよ。夜の明けるころや、日の沈むころに、薄明かりのなかを走って、大好きなところを全部見てまわるの。あの小さな夢の家を離れるとき、私がどんなに悲しんだか、憶えているかしら、スーザン？　この炉辺荘のことは、夢の家みたいに愛せないだろう

と思ったけど、今は炉辺荘が大好きよ。炉辺荘に落ちている枝きれから石ころまで愛しているわ」

「私も、この家が、まあ、好きではありますよ」とスーザンは言ったが、もしこの屋敷から引き離されでもしたら、死にそうな思いをするであろう。「だけど、私たちは、この世のものに、あんまり気持ちを向けすぎてはなりませんよ(1)、先生奥さんや。火事や地震なんかもありますからね、いつも心構えをしておくべきです。三日ほど前の晩、内海向こうのトム・マカリスターの屋敷が焼けたんです。でもトム・マカリスターは、保険金をもらうために自分で火をつけたと言う者もおります。そうかもしれないし、そうじゃないかもしれませんけど、うちの煙突をすぐ見てもらうべきだって、先生に、ご忠告しますよ。備えあれば、憂いなし、ですからね。おや、マーシャル・エリオットの奥さんが、門を入ってきました。誰かに言われて来たけど、どうも来づらいといった顔つきですよ」

「アンや、今日の『ザ・ジャーナル』を、見たかい？」

ミス・コーネリアの声は、震えていた。一つには動揺からであり、一つには、店から急いで来たため息が切れたのだ。

アンは黄水仙にかがんで、微笑を隠した。その日、アンとギルバートは「ザ・ジャーナル」の第一面を読んで、無慈悲なようだが、大笑いしたのだ。しかしこの愛すべきミス・コーネリアにとっては悲劇も同然だと、アンはわかっていた。だから不謹慎な顔をしてミス・コーネリアの感情を害してはならないと思った。

「とんだことになったね？　どうすりゃいいんだろう？」ミス・コーネリアはやりきれない様子だった。以前、彼女は、牧師館の子どもが悪ふざけをしても、あたしは金輪際、気にしないよと宣言したが、やはり案じていた。

アンは先に立って、ヴェランダへ案内した。そこでスーザンが棒針編みをしていた。その両脇で、シャーリーとリラは、初歩読本（2）を読んで暗記していた。スーザンはフェイスの長靴下の二足目にとりかかっていた。スーザンは、哀れな人間のことで、あれこれ思い煩《わずら》うことはなかった。彼女は事態をよくするために自分のできることは行ったが、それ以外のことは、偉大なる神に、心静かにゆだねていた。

「コーネリア・エリオットは、自分がこの世を采配《さいはい》するために生まれてきたと思ってるんですよ、先生奥さんや」かつてスーザンは、アンに言ったことがあった。「だからあの人は、いつも何かしら気を揉《も》んでるんです。でも私は、余計な心配はしませんから、心穏やかに暮らしてますよ。もちろん、物事が、もうちょっとうまくいけばいいなと思うことはありますよ。だけどそれは、つまらない虫けらのごとき私たちが考えることじゃないんです。落ち着かない気持ちになるだけですし、心配したって、どうしようもありませんから」

「今となっては……もう仕方がないと思いますわ」アンは、座り心地のいい、ふかふかのいすをミス・コーネリアに勧めた。「それにしても、ヴィッカーズさんは、どうしてあの投書を載せてもいいと、許可を出したのかしら？　よく考えるべきでしたのに」

「それがね、あの人は、今、留守なんだよ、アンや……ニュー・ブランズウィック(3)へ、一週間、出かけてるんで、その間、どら息子のジョー・ヴィッカーズが『ザ・ジャーナル』を編集してるんだ。もちろん、父親のヴィッカーズさんなら、載せなかったよ、たとえあの人がメソジストでもね。でも、倅《せがれ》のジョーは、面白い冗談だとでも思ったんだろ。アンが言う通り、今となっては、もう手の施しようがない。ほとぼりが冷めるまで待つしかないね。だけどあたしは、どっかでジョー・ヴィッカーズをつかまえたら、その場で、忘れられないくらい、とっちめてやりますよ。『ザ・ジャーナル』の購読をただちにやめてくれって、マーシャルに頼んだけど、うちの人は笑うばっかりで、今日の記事は、この一年で一番読み応《ごた》えがあったな、なんて言って。マーシャルは、何でも真面目に受けとめないんだから……男のやりそうなことですよ。幸い、エヴァン・ボイドも同じような男で、あの投書をシャレだと思って、行く先々で、じゃが芋のことで大笑いしてるそうな。あれもメソジストだからね！　もっとも、上グレンのバー夫人は、もちろん、ご立腹で、あの家族はそろって長老派教会をやめるよ。だけど、どの点から考えても、大した損はないよ。メソジストが、あの一家を、喜んで引きとってくれるよ」

「バーの奥さんは、いい気味ですよ」スーザンは、この夫人とは昔からの因縁《いんねん》があり、フェイスの投書に夫人のことが書かれていて、ほくそ笑んでいたのだ。「メソジストの牧師の給料は、粗悪な毛糸なんかじゃ、ごまかせないって、あの奥さんも、思い知りますよ」

「一番の問題は、この先、牧師館がよくなる見込みはないってことだ」ミス・コーネリアが憂うつな顔をした。「メレディス牧師が、ローズマリー・ウェストに会いに通ってるなら、近々、牧師館にいい女主人が来るという望みもあったよ。だけど、その望みもなくなった。ローズマリーは、あの子らがいるなら結婚しないだろう……少なくとも、世間はそう見てるよ」

「牧師さんは、ローズマリーに、結婚を申し込んでいないと思います」スーザンが言った。牧師の求婚を断る者がいるとは、思えなかったのだ。

「さあてね、それは、誰にもわからないんだ。一つ、確かなことは、牧師さんは、もうウェスト家へ通ってないってこと。それにローズマリーは、この春、ずっと元気がなくてね。キングスポート(4)へ行ったんで、元気になればいいが。行ってから、ひと月になるが、もうひと月いるそうな。この前、ローズマリーが家を空けたのはいつだったかね、思い出せないくらい前だよ。ローズマリーとエレンは、離れていられないから。

ところが今回は、エレンが行くように、勧めたそうな。その間、エレンとノーマン・ダグラスは、旧交を温めてるよ」

「本当ですか？」アンが笑いながらたずねた。「噂には聞きましたけど、とても信じられなくて」

「ほんとだよ！　信じても大丈夫だよ、アンや。知らない者はいないんだから。ノーマン・ダグラスは、どういうわけか、何をするにも、人が疑いをはさむようなことはしないんだ、女に言い寄るときも、いつも大っぴらだった。それでノーマン・ダグラスが、うちのマーシャルに言ったんだ。エレンのことは何年も考えたことはなかったが、去年の秋、教会へ初めて行って彼女を見て、惚れ直した、エレンがあんなに美人だったなんて、すっかり忘れてたって。ノーマンは、二十年も、エレンに会ってなかったんだよ、信じられるかい。実際、ノーマンは教会へ行かなかったし、エレンも出歩かなかったからね。ノーマンが何を望んでいるか、みんながわかってるけど、エレンはどういうつもりか、それはまた別の話だからね。あの二人が結婚するか、どうか、あたしにもわからないよ」

「ノーマンは、その昔、エレンをふったんですよ……そんなことは、どうだっていいと思っている者もおりますけどね、先生奥さんや」スーザンは辛辣《しんらつ》に言った。

「あの男は、かっとなって、エレンをふったけど、ずっと後悔してるんだよ」ミス・コーネリアが言った。「血も涙もないふり方じゃないんだ。あたしは、ほかの連中みたいにノーマンを嫌っちゃいないよ。あの男は、あたしを言い負かせなかったからね。でもノーマンが、どうしてまた教会に来るようになったか、まったく不思議だね。ウィルソン夫人によると、フェイス・メレディスが来てノーマンを脅《おど》したそうだが、信じられないよ。フェイス本人に聞こうと思ってるんだが、いざ会うと忘れてしまうんだ。あの子が、どうやってノーマン・ダグラスを動かしたんだろう？　さっきあたしが店を出たとき、ノーマンはまだ店にいて、フェイスのあの仰天の投書を、大声で笑ってたよ。フォー・ウィンズ岬まで聞こえたろうよ。『あの子は、世界一、見上げた娘っこだ』なんて叫んでね。『あの子は、向こうっ気がいっぱいで、はち切れそうだな。ばあさん連中は、あの子をおとなしくさせたがってるが、馬鹿げてる。無理なこった……絶対に！　魚を溺れさせるほうが、まだましだ。それから、ボイド、おまえさんは、来年は、じゃが芋に、もっと肥やしをやるんだな。はっ、はっ、はっ！』そう言って、屋根が揺れるほど笑ってたよ」

「少なくとも、ノーマンは、牧師さんのお給料を、たっぷり払ってくれますよ」スーザンが言った。

「そうだよ、ノーマンは、ある面では、けちじゃない。あの男は、瞬《まばた》きもせずに平然と千ドル出すかと思えば、五セント余計に払わされたといって、バシャンの雄牛《おうし》みたいに咆《ほ》える（5）んだ。ノーマン・ダグラスは、メレディス牧師の説教が気に入ってるんだよ。あの男は、脳みそを楽しませてもらえれば、いつも金払いはいい。といっても、あの男にキリスト教徒らしいところはないよ。その点じゃ、アフリカにいる裸の黒人異教徒と同《おんな》じだ。この先もそうだろうよ。でも頭はいいし、読書家だから、説教のよしあしが判《わか》る、まるで自分が説教するみたいに。とにかく、ノーマンが、メレディス牧師と子どもの味方になってくれて、よかったよ。これからあの一家には、味方が必要だからね。でもあたしは、あの一家の味方をして言い訳するのに、もうくたびれたよ、ほんとだよ」

「ミス・コーネリアは、お気づきかしら」アンが真顔になった。「私たちはみんな、牧師さん一家のために、言い訳をしすぎたと思うのです。そんなことは馬鹿げています。やめるべきです。私が何をしたいのか、お話ししますわ。もちろん、実際には、しませんよ」――アンは、スーザンの目が、戒《いまし》めるように光ったことに気づいたのだ――「そんなことをすれば、常識はずれですもの。私たちは、それなりの年になれば、常識的になるか、死ぬかです。それでも私は、したいのです。婦人援護会と、女性伝道協会、娘たちの裁縫会を一堂に集めて、さらにメレディス家を非難しているメソジストの人たちも、聴き手に入ってもらって……私たち長老派の信徒が、メレディス家を批判したり肩を持ったりするのをやめれば、ほかの宗派の人たちも、牧師一家のことで、あれこれ言うことも減るでしょう。私は、こんなふうにお話ししたいと思っています。キリスト教徒の友人たちのみなさん……『キリスト教徒』というところを強調して……みなさんに、お伝えしたいことがあります。一生懸命、話しますから、家に持ち帰って、ご家族に伝えてください。メソジストのみなさんは、私たち長老派を、不憫《ふびん》に思う必要はありません。私たち長老派も、自分たちを不憫に思う必要はありません。そういうことは、もうやめましょう。そして非難する人たちや同情する人たちに、勇気を出して、心をこめて、言うのです。私たちは、私たちの牧師さんとその家族を誇りに思っています。メレディス牧師は、これまでグレン・セント・メアリ教会に来られた牧師さんのなかで、一番すばらしいお説教をなさいます。あの方は、真理とキリスト教の愛（6）を説いてくださる誠実で熱心な教師です。さらに忠実な友であり、あらゆる本質的なことにおいて思慮深い牧師であり、洗練された学者でもある上品な男性です。そのご家族も、この牧師さんにふさわしい人たちです。ジェラルド・メレディスは、グレンの学校で最も優秀な生徒で、輝かしい将来が約束されていると、ハザード先生はおっしゃっています。彼は男らしく、志が高く、誠実な少年です。フェイス・メレディスは美しい娘さんです。美しいだけでなく、意欲的で、独創的です。彼女には平凡なところがまったくありません。グレン中の少女を束《たば》にしても、あの子の活気、機知《ウイット》、朗らかさ、『向こうっ気の強さ』には、敵《かな》いません。向かうところ敵なしなのです。彼女を知る者は、みんなフェイスが大好きです。こんなことを言ってもらえる子どもや大人が、どれだけいるでしょうか？

ウーナ・メレディスは優しさそのものです。愛すべき女性になるでしょう。カール・メレディスは、蟻《あり》と蛙《かえる》と蜘蛛《くも》を大いに好んでおり、いずれは全カナダが……いや、全世界が喜んで敬意をはらう生物学者になるでしょう。グレンで、またグレンのほかでも、このようなことを言える一家をご存じですか？　私たちはもう、恥ずかしそうに言い訳をしたり、謝ったりすることは、やめましょう！　私たちにはすばらしい牧師さんと、その息子さんたち、娘さんたちがいることを、喜びましょう！」

アンはここで話を止めた。一つには熱のこもった演説をして息が切れ、もう一つにはミス・コーネリアの顔を見て、それ以上言うのはよそうと思ったのだ。この善良なるご婦人は、新しい考えの大波にのみこまれ、呆然としてアンを見つめていた。だがミス・コーネリアは、はっと息をのみ、アンの話に追いつき、勇敢に岸辺をめざした。

「アン・ブライス、ぜひとも、その集まりを開いて、この話をしてもらいたいね！　あんたの話を聞いて、あたしは自分が恥ずかしくなった。他の人はともかく、あたしは、それを否定はしないよ。つまり、あたしらは、最初からこう言うべきだったんだね……とくにメソジストに。アンの言ったことは全部、本当だ……一言《ひとこと》残らず。あたしらは、大きな価値があるものに目をつぶって、針の先ほどの価値もないつまらないところをよく見ようとしていたんだ。ああ、アンや、あたしだって、ちゃんと説明されれば、わかるんだよ。このコーネリア・マーシャル(7)は、もう弁解はしない！　これから、あたしは、自分の頭をしゃんと上げることにする、ほんとだよ……もっとも、メレディス家がまた、仰天するようなことをしたら、気を楽にするために、いつものようにアンに話しに来るかもしれないけど。あの投書は残念だと思ったが……今思えば、ノーマンが言うように、面白い冗談だ。あれを書こうと思いつくような可愛げのある娘は、そうはいないよ……句読点（8）は全部ちゃんとついてたし、綴りの間違いもなかった。メソジストが、あの投書のことを何か言ってごらん、許さないよ……ジョー・ヴィッカーズのことも許さないがね……ほんとだよ！　ところで、ほかのお子さんたちは、どこだい？」

「ウォルターと双子は、虹の谷ですわ。ジェムは屋根裏で勉強してます」

「子どもたちはみんな、虹の谷に夢中なんだね。メアリ・ヴァンスは、世界で唯一無二《ゆいいつむに》のとこだと思ってるよ。あたしがいいって言えば、あの子は毎晩だって、虹の谷に来るよ。だけど、出歩かせないようにしてるんだ。あの子がそばにいないと寂しくてね、アンや。あの子をこんなに好きになるなんて、思いもしなかったよ。もちろん欠点が目に入れば、直そうとしてるよ。だけどあの子は、うちに来てから、一度も生意気な口をきかないし、あの子のおかげで、ずいぶん助かってるんだ……なんやかんや言っても、あたしも昔みたいに若くないからね、アンや。年じゃないと言ったって無駄だ。この前の誕生日で、五十九歳になったんだ。そんな年だっていう気はしないけど、わが家の聖書はごまかせない（9）からね」

第27章　賛美歌の音楽会

ミス・コーネリアは新しい考え方を学んだものの、牧師館の子どもたちの次なる行状に、ふたたび心をかき乱された。しかし世間に対しては、うまく対応した。つまり、噂好きな人々全員に、アンが黄水仙《きずいせん》の咲くころにした演説を伝えたのだ。それも徹底的に説得したため、聴いた者たちは、自分が愚かだった、結局のところ、ただの子どもの悪ふざけに大騒ぎしすぎていたと思うようになった。だがミス・コーネリアは、内々《うちうち》では、アンに愚痴をこぼして、鬱憤晴《うっぷんば》らしをした。

「アンや、あの子らは、先だっての木曜日の晩、お墓で、音楽会をやったんだよ、それもメソジストが祈禱会をしてる真《ま》っ最中《さいちゅう》に。ヘゼカイア・ポロックの墓石にすわって、まる一時間、歌をうたったんだとさ。ほとんどは賛美歌だったから、それだけならよかったのに、最後に『ポリー・ウォリー・ドゥードル』を全部うたった（1）んだ……それもバクスター執事がお祈りをしてるときに」

「あの晩、私は、祈禱会の場にいたんです」スーザンが言った。「先生奥さんには話してませんでしたけど。子どもたちは、よりによってあの晩を選んだなんて、運が悪いとしか言いようがありませんよ。死人が眠っているとこにすわって、下らない歌を声をはりあげてうたってるのを聞いて、血も凍る思いをしましたよ」

「そう言うあんたは、メソジストの祈禱会で、何をしてたんだね？」ミス・コーネリアは、棘《とげ》のある言い方をした。

「私は、メソジストの教義がいいと思ったことは一度もありませんよ」スーザンは頑として言った。「メソジストの教義のほうが立派だと思ったこともありません。私はそれを話すつもりだったのに、途中で口をはさまれて、気分を害しましたよ。とにかく私が教会から出たら、バクスター執事の奥さんが、『まあ、けしからん見世物《みせもの》ですこと！』って言うので、私は、奥さんの目を、きっとにらんで、言いました。『あの子たちは、みんな歌が上手ですね。それに引きかえ、バクスターの奥さん、おたくの聖歌隊は、誰も祈禱会には出てこないんですね。日曜日にしか、声をあわせて歌わないんですね』って。そうしたら奥さんが、おとなしくなったので、うまいこと言い返したなって思いましたよ。もっとも、あの子たちが『ポリー・ウォリー・ドゥードル』さえうたわなかったら、もっと徹底的にやり込めたんですけど。墓地であんな歌をうたうなんて、ぞっとしますよ」

「お墓で死んでいる人たちも、生きているときは、『ポリー・ウォリー・ドゥードル』をうたった人もいるよ、スーザン。歌を聴いて、今でも嬉しかったかもしれないよ」ギルバートが言った。

ミス・コーネリアは、非難がましい目でギルバートを一瞥《いちべつ》し、心に決めた。そのうち機会があれば、先生がこんなことを言わないように注意なさいと、アンにそれとなく言っておこう。お医者の稼業に差し障《さわ》りが出るかもしれないからね。ギルバートはまともなキリスト教徒じゃないって世間が考えるかもしれない。実のところマーシャルは、もっと始末に負えないことを口癖みたいに言うけど、うちの人は、別に有名人じゃないからら。

「あの子らの父親は、そのとき書斎にいて、窓も開《あ》いていたのに、歌にはちっとも気づかなかったそうな。例によって、本に夢中で、何もかも忘れてたんだよ。だから昨日、うちにおいでになったとき、あたしが話したんだよ」

「まさか、マーシャル・エリオットの奥さん、そんなことを？」スーザンが責めるように言った。

「ああ、言いましたとも！　もう、誰かが、どうにかすべき頃あいだよ。何しろ牧師さんは、『ザ・ジャーナル』のフェイスの投書すら、知らないんだよ。なにも好き好《この》んで、わざわざ牧師に教える者はいないからね。そもそも牧師さんは、『ザ・ジャーナル』なんか読まないし。だけど、先々、こんなことがないように、歌のことは知っとくべきだと思ったんだ。そしたら牧師さんは、『子どもたちと話しあいます』って言ったけど、うちの門を出たら最後、二度と思い出さないよ。あの人はユーモアのセンスがないんだよ、アン、ほんとだよ。この前の日曜日、『子どもの育て方』というお説教をして、そりゃあ見事なお説教だったよ……だけど、教会にいた者みんなが、『お説教したことを、自分が実践できないとは、なんと残念だろう！』⑵って思ってたよ」

ミス・コーネリアは、メレディス牧師は自分の話をけろりと忘れると思ったが、それは誤解だった。彼は思い悩みながら家路につき、その夜、子どもたちが遊び歩くには遅すぎる時間に虹の谷から帰ってくると、書斎に呼んだ。

子どもたちは、いささかおびえて入ってきた。父が書斎に呼びつけることは滅多にないのだ。何を言われるのだろう。近ごろ、とくに悪いことをしただろうか。記憶をたどっても、思い出せなかった。もっともカールは、二日前の晩、マーサおばさんが夕食に招いたピーター・フラッグ夫人の絹のドレスに、受け皿いっぱいのジャムをこぼした。それをメレディス牧師は知らなかった。フラッグ夫人は優しい人柄で騒ぎたてなかったのだ。もっともカールは自分への罰として、その晩はウーナの服を着たのだが。

ウーナは、もしかすると父が、ミス・ウェストと結婚すると言うのではないかと、急に思い、胸の鼓動が激しくなり、脚もふるえた。しかし父のつらく悲しげな表情を見て、いや、その話ではないと思い直した。

「子どもたちや」メレディス牧師は言った。「わたしは、ある話を聞いて、胸を痛めているのですよ。先だっての木曜日の夜、おまえたちは墓地にいて、メソジスト教会で祈禱会が行われている間、下品な歌をうたっていた、というのは、本当ですか？」

「えっ、お父さん、あれは、メソジストの祈禱会の晩だったのか。ぼくたち、忘れてたよ」ジェリーがうろたえて大きな声を出した。

「ということは、本当なのですね……おまえたちは、うたったのですね？」

「でも、お父さん、どうして下品な歌だなんて言うの？……賛美歌の音楽会《コンサート》をしたんだよ、そうだよ。その何がいけないの？　言ったように、あの晩、メソジストの祈禱会があったなんて知らなかったんだ。前は火曜日の夜が祈禱会だったから、木曜日に変わっても、なかなか憶えられなくて」

「賛美歌のほかは、うたわなかったかい？」

「ええと」ジェリーは赤面した。「最後に、『ポリー・ウォリー・ドゥードル』をうたったよ。フェイスが、『しめくくりに、楽しい歌をやろう』って言ったんだ。でも、ぼくたち、人に迷惑をかけるつもりはなかったんだ……お父さん、本当だよ」

「あたしが、音楽会《コンサート》をやろうと言ったの、お父さん」フェイスが言った。ジェリーがひどく叱られるかもしれないと心配になったのだ。「三週間前の日曜日、メソジストの人たちが、賛美歌の音楽会《コンサート》を、教会で、ひらいたでしょ。その真似をしたら、楽しいだろうと思ったの。ただ、メソジストの人たちはお祈りもしたけど、あたしたちは、お祈りは省いたの。だって、前にお墓でお祈りをしたら、けしからんって言われたもの。でもうたっていたとき、お父さんは、この書斎にすわっていたわ」そしてフェイスは言い足した。「でも、あたしたちに、何も言わなかった」

「おまえたちが何をしているか、気がつかなかったんだよ。もちろん、それは何の弁解にもならないよ。これはおまえたちのせいじゃない、わたしの責任です……よくわかっています。でも、どうして最後に、そんな下らない歌をうたったのですか?」

「何も考えていなかったよ」ジェリーは、言い訳にもならないと感じて、口ごもった。

良い行いクラブで、フェイスは考えが足りないと強く注意したことを思い出したのだ。

「ごめんなさい、お父さん……本当にすみませんでした。ぼくたちを厳しく叱ってください……本格的なおしおきをされても、当然です」

しかしメレディス牧師は、おしおきも、叱責《しつせき》もしなかった。腰をおろすと、小さな罪人たちをそばに集め、優しく、分別をもって、少しばかり教え諭しただけだった。子どもたちは後悔と恥ずかしさに打ちのめされ、二度と、浅はかで軽率なふるまいはできないと思った。

「ぼくたちは、自分で厳しい罰を与えなくては」子どもたちが静かに二階へあがるとき、ジェリーが小さな声で言った。「明日の朝、良い行いクラブの会合をひらいて、どうするか決めよう。あんなに悲しそうなお父さんは、初めて見たよ。だけどメソジストの人たちも、祈禱会をする晩を一つに決めて、週のあちこちに変えないでほしいよ」

「とにかく、私が心配していたことじゃなくて、ほっとしたわ」ウーナは独り言をつぶやいた。

子どもたちが去った書斎で、メレディス牧師は机にむかってすわり、両腕に顔を埋《うず》めていた。

「神よ、わたしをお助けてください！　わたしは無能な父親です。ああ、ローズマリー！　あなたが面倒を見てさえくだされば！」

第28章　断食《だんじき》の一日

翌朝、学校へ行く前に、良い行いクラブの臨時会議がひらかれた。色々な意見が出たが、断食がふさわしい罰だろうということで決まった。

「ぼくたち、一日中、何も食べないようにするんだ」ジェリーが言った。「断食ってどんな感じだろうって、前から興味があったんだ。それがわかるから、ちょうどいいチャンスだ」

「いつするの？」ウーナが言った。断食はたやすい罰に思えた。ジェリーとカールが、もっと苦しい罰を考えないのが不思議だった。

「月曜日にしようよ」フェイスが言った。「日曜日に、たっぷりしたお昼ごはんを食べるから、月曜日の食事は、どのみち大した量がないもの」

「でも、それは問題だな」ジェリーが説明した。「断食するのが楽な日では駄目だよ、いちばんつらい日でなくては……日曜日にしよう。だって日曜日は、フェイスが言うように、たいていロースト・ビーフが出るよ、冷たい『前と同じ《ディットー》』じゃない。『前と同じ《ディットー》』を断食したところで、つらい罰にならない。だから、今度の日曜日にしよう。この日は都合がいいよ。お父さんは朝の礼拝を、上《かみ》ローブリッジの牧師さんと交換するから、お父さんは夕方まで留守だ。もしマーサおばさんが、どういうつもりだいってきいたら、自分たちの魂をよくするために断食をしているって、さっさと言おう。聖書にある(1)から、おばさんは邪魔できない。邪魔をしないと思うよ」

マーサおばさんは反対しなかった。「おまえたち悪戯ちびっこどもは、今度はどんな馬鹿をするつもりだか」と、苛立《いらだ》たしげにつぶやいただけで、何も思わなかった。メレディス牧師は、家族が起きる前に、朝早く家を出た。彼も朝食をとらなかったが、よくあることだった。彼は二日に一度は朝食をとり忘れていた。食べるように、うながす者もいなかった。その朝食とは――つまりマーサおばさんの朝食は、食べ損《そこ》ねると困るような、いい食事ではなかった。メアリ・ヴァンスが軽蔑する「だまのあるおかゆと脱脂乳」であり、腹を空かせた「悪戯ちびっこども」でさえ、食べなくても大損をしたとは思わなかった。しかしお昼どき《ディナータイム》になると、違った。そのころには子どもたちは猛烈に腹がへり、牧師館に広がるロースト・ビーフの匂いに、我慢できなかった。ロースト・ビーフは生焼けだったが、すこぶるおいしそうだった。一同は死に物狂いで墓地へ逃げ出した。ここなら、匂いがしないだろう。だがウーナは、食堂の窓から目をそらせなかった。ご満悦顔でロースト・ビーフを食べている上《かみ》ローブリッジの牧師が見えたのだ。

「小さな一切れでも、食べられたらいいのに」ウーナはため息をついた。

「さあ、そんなことを言うのはやめよう」ジェリーが命じた。「そりゃあ、つらいよ……でも、これが罰なんだから。ぼくだって、今なら、石や木に彫った物でも食べられそうだよ。だけどぼくも、今、愚痴をこぼしているのかな？　ほかのことを考えよう。ぼくたち、食欲を克服しなくてはならないんだよ」

夕食どきは、お昼に苦しんだ激しい空腹は、もはや感じなかった。

「たぶん慣れたのよ」フェイスが言った。「あたし、全部空っぽになったような変な感じがするけど、おなかが空いた感じはしないわ」

「私は、頭が、変な感じがする」ウーナが言った。「ぐるぐる回るの、ときどき」

だがウーナは元気をだして、みんなと教会へ行った。もしメレディス牧師が説教に夢中で我を忘れていなければ、説教壇の下の牧師の家族席に、青白い小さな顔に、落ちくぼんだ目をした子どもがいることに気がついただろう。だが彼は何も気づかず、説教はいつもより、長かった。そして牧師が、最後にうたう賛美歌を告げようとしたとき、ウーナ・メレディスが気絶して、家族席から転がり落ち、床に倒れた。

クロー長老夫人が最初に駆けよった。子どもの華奢《きゃしゃ》な小さな体を、恐ろしさに蒼白になったフェイスの腕から受けとり、聖具室へ運んだ。メレディス牧師は、賛美歌も何もかも忘れて走り出し、気がふれたように夫人の後を追った。信徒たちは、このまま終わりにするのがよかろうと、散会した。

「ああ、クローのおばさん」フェイスは息も絶え絶えに言った。「ウーナは、死んだの？　あたしたちが、殺してしまったの？」

「この子は、どうなったんです？」父親が蒼白になってたずねた。

「気を失ったんだと思います」クロー夫人が言った。「ああ、ブライス先生が来てくださった、ありがたい」

ギルバートはウーナの意識をもどそうとしたが、容易ではなかった。しばらく介抱すると、ウーナはようやく目を開けた。そこでギルバートは、牧師館へ運んだ。フェイスは、ほっとするあまり激しく泣きじゃくりながら、後に続いた。

「ウーナは、おなかが空いてるだけなんです……朝から何も食べていないので……あたしたち、みんなです……断食をしてたんです」

「断食！」とメレディス牧師が言い、「断食ですか？」とブライス先生が言った。

「はい……お墓で『ポリー・ウォリー・ドゥードル』をうたったので、自分たちに罰を与えたんです」フェイスが言った。

「わが子や、わたしはそんなことは望んでいないのですよ、歌のせいで自分を罰するなんて」メレディス牧師は苦渋の表情で言った。「わたしは、おまえたちを少し叱りましたよ……でもおまえたちはみんな悔い改めましたね……だからわたしは、許したのですよ」

「はい。でも、あたしたちは罰を受けなきゃいけなかったの」フェイスが説明した。「それが決まりなの……良い行いクラブよ……悪いことや、信徒さんの間でお父さんの評判を下げることをしたら、罰を与えなくちゃならないの。自分で自分を躾けるのよ、だって、躾をしてくれる人が、誰もいないもの」

メレディス牧師はうめいた。だがギルバートは安堵の面持ちで、ウーナのそばから立ちあがった。

「ということは、この子は、食べ物の不足から気絶しただけですから、十分ないい食事を与えてください」ギルバートは言った。「クロー夫人、お世話になりますが、この子に何か持ってきてくださいませんか？　フェイスの話では、子どもたちみんな、何かを食べたほうがいいですね、さもないと、また気絶する者がでるかもしれませんよ」

「ウーナに、断食させるんじゃなかった」フェイスは後悔にくれていた。「断食を思いついても、ジェリーとあたしだけが、すればよかった。あたしたち二人が音楽会《コンサート》を開いたし、あたしたち二人は、年上だもの」

「私も、『ポリー・ウォリー・ドゥードル』をうたったわ、みんなと一緒に」ウーナが、か細い声で言った。「だから私も、罰を受けて当然よ」

クロー夫人は、コップにミルクを持ってきた。フェイス、ジェリー、カールは、決まり悪そうに、そっと配膳室へ行った。メレディス牧師は書斎に入り、その暗闇のなかに独り、苦渋の思いで腰かけていた。子どもたちには、躾けてくれる人が「誰もいない」、だから自分で自分を躾けている――子どもたちは、導いてくれる手も、助言をくれる声もないまま、途方にくれて、孤軍奮闘しているのだ。フェイスが無邪気に放った言葉は、逆《さか》とげのついた矢（2）となって父の胸に刺さり、痛んだ。子どもたちの世話をする人が「誰もいない」――その小さな心を慰めてやり、小さな体の面倒を見てくれる人が誰もいないのだ。聖具室の長椅子に寝かされたウーナは、長らく気を失っていた、なんと弱々しく見えただろう！　やせた手はなんと細く、小さな顔はなんと青白かったろう！　ふっと息を吹けば、この手のなかから、消えてしまいそうだった――可愛くて愛しいウーナは、亡きセシリアが、とりわけ面倒を見てほしいと頼んだ子どもだというのに。牧師にとって、意識を失った愛《いと》し子に付き添っていたときほどの苦悶は、妻の死後、経験がなかった。どうにかしなければならない――だが、どうすればいいのか？　エリザベス・カーク（3）に結婚を申し込むべきだろうか？　彼女はいい人だ――子どもたちに優しくしてくれるだろう。もし自分がローズマリーを愛していなければ、エリザベスに求婚に行くだろう。だがローズマリーへの愛を断ち切らない限り、ほかの女性に結婚を頼むことはできない。しかし彼は、ローズマリーへの愛を断ち切れなかった――忘れようと努力しても、できなかった。その夜、ローズマリーは教会に来ていた。キングスポートから戻ってから、初めて来たのだった。説教を終えたとき、彼は混んだ教会の後ろのほうに、ちらりと彼女を認めた。彼の胸の鼓動が高鳴った。聖歌隊が「献金の歌」をうたう間、頭《こうべ》を垂れてすわっていたが、彼の脈は速くなった。ローズマリーに結婚を申し込んだあの夜から、彼女に会っていなかったのだ。次の賛美歌を告げようと、彼が立ちあがると、その手はふるえ、白い顔は紅潮していた。そこへウーナが気絶して倒れ、しばらくは、それどころではなかった。だが今、書斎の暗がりで独りになると、にわかに思い出された。ローズマリーは、自分にとって、世界でたった一人の女性だ。ほかの人との結婚を考えるなんて無意味だ。いくら子どものためとは言え、このような神への冒瀆《ぼうとく》を行うことはできない。それならば、わたしは一人で、子どもへの責任を背負っていこう――もっと良い父に、もっと注意深い父親になるべく、努力しよう――子どもたちには、小さな悩みも、心配せずに父親に相談するように伝えよう。それから彼はランプに火を灯し、新しい分厚い本をとりあげた。その書物は神学の世界で論争を巻き起こしていた。気持ちを鎮《しず》めるために、一章だけ読むつもりだった。だが五分後、彼はこの世のことも、浮世の苦悩も忘れ去っていた。

第29章　不気味な物語

六月初めの夕暮れどき（1）の虹の谷は、まさに喜びに満ちあふれていた。森の開けたところに腰をおろしている子どもたちも、それを感じていた。「樹《き》の恋人たち」にかかるいくつもの鈴は小妖精のようにかすかに鳴り、「白い貴婦人」は新緑の枝をゆらしてうなずいていた。風は笑いながら、ささやきながら、子どもたちのまわりを吹きすぎ、さながら誠実で陽気な心ばえの友のようだった。窪地の若い羊歯は青々と香っていた。

満開の山桜は白い霞《かすみ》のように、谷の黒々としたもみの木の間に点在していた。こまどりたちは、炉辺荘の裏手のかえでの森で、口笛を吹くようにうたっていた。遠くグレンの丘の斜面には花盛《とばり》りの果樹園があった。甘美にして、神秘的で、驚嘆すべきこの風景は、やがて黄昏の帳にいおおわれていった。まさに春だった。春にして若い心は弾むものである。その夕べ、虹の谷につどう誰もが胸を弾ませていた——メアリ・ヴァンスが血も凍りつくようなヘンリー・ウォレンの幽霊話をするまでは。

ジェムはいなかった。彼は、今では夕方になると、炉辺荘の屋根裏で入試の勉強をしていた。一方、ジェリーは、池の畔《ほとり》で鱒《ます》を釣っていた。そしてウォルターは、ロングフエローの海の詩（2）を読んで聞かせ、子どもたちは、詩に詠《うた》われた船の麗《うるわ》しさと不思議の虜《とりこ》になっていた。それから子どもたちは語り合った。大人になったら何をしたいか――どこへ旅をして――はるかな遠い異国の岸辺を見るのか。ナンとダイは、ヨーロッパへ行くつもりだった。ウォルターは、エジプトの沙漠をうなりをあげて流れるナイル川（3）に憧れており、スフィンクス（4）を一目見たいと願っていた。フェイスは、海外宣教師にならなければならないだろうと、いささか憂うつそうに語った――テイラー老夫人（5）にそう言われたのだ――それならせめてインドか中国といった東洋《オリエント》の神秘の国々を見てみよう。カールの心は、アフリカのジャングルに向いていた。ウーナは何も言わなかった。ただ家にいたかった。大人になったらみんなが世界中に散らばるなんて、嫌《いや》だった。考えただけで寂しくなり、今のこの家族が恋しくなった。こうしてウーナをのぞく子どもたちは、楽しい夢の数々を語っていたが、メアリ・ヴァンスが現れると、詩のような夢は、一《ひと》さらいの襲撃で（6）消えてしまった。

「あー、息が切れた」メアリは叫んだ。「あたい、あの丘を、猛烈な勢いで走って、おりてきたんだ。ベイリー家の古い空き家（7）で、すっごくおっかない目にあったんだ」

「何が怖かったの？」ダイがたずねた。

「それが、よくわかんないんだ。鈴蘭は、もう咲いたかなと思って、あの古い庭のライラックの下のへんを探してたんだ。ポケットの中みたいに暗かったよ……そしたら、急に、見えたんだ。庭のむこうがわの桜のとこで、何かが、ごそごそ、動きまわってた。白かった。もちろん、もういっぺんは見なかった。あたい、一目散に盛り土を飛びこえて、逃げてきたんだ。あれはきっと、ヘンリー・ウォレンの幽霊だよ」

「ヘンリー・ウォレンって、誰？」ダイがきいた。

「その人は、どうしてお化けになったの？」ナンがたずねた。

「あれれ、聞いたことないの？　グレン育ちなのに。わかったよ、ちょっと待って。息が楽になったら、話してあげる」

ウォルターは嬉しさにぞくぞくした。幽霊の物語が大好きだったのだ。その不可思議さ、ドラマチックな山場、不気味さに、恐怖はあっても、えも言われぬ喜びがあるからだ。たちまちロングフェローの詩は精彩を欠いて、ありふれたものになった。ウォルターは詩集をかたわらに置き、腹ばいになって、両肘《りょうひじ》をついた。全身全霊をかたむけて聞くために、光をたたえた大きな目で、ひたとメアリを見すえた。メアリは、そんなふうに、しげしげと見ないでほしいと思った。ウォルターがいなければ、うまく幽霊の話ができるのだ。つまり、話に尾ひれをつけたり、細かな点を面白く創《つく》ったりして、怖さを盛りあげるのだ。ところが彼がいると、本当の話を――つまり、本当の話としてメアリが聞いたことを、そのまま語るしかなかった。

「というわけで」メアリは始めた。「あの家《うち》は、三十年前、トム・ベイリーの爺さんと奥さんが住んでたんだ。それは知ってるね。人の話じゃ、爺さんは、相当のならず者で、奥さんも、どっこいどっこいだった。二人は子どもがなかったけど、トム爺さんの妹が死んで、男の子が残された……それがヘンリー・ウォレンだよ……二人が引きとったときは、十二歳くらいで、体がちっこくて、弱かった。トムと奥さんは、最初っから、その子をこき使ったんだ……鞭で叩いたり、食事をやらなかったり。人の話じゃ、ヘンリーの母親が息子に残した、わずかのお金を横取りしようと、二人はヘンリーを殺すつもりだったそうな。ヘンリーはすぐは死ななかったけど、発作を起こすようになって……テンカン（8）だったらしいよ……十八歳まで育ったけど、なんというか、頭の足りない人になったんだ。トム爺さんは、あの庭でヘンリーを鞭でたたいた。裏庭で、人に見えないからだよ。でも村の人には、ときどき聞こえたんだ。殺さないでくれって、かわいそうなヘンリーが、おじさんに頼む声が。でも誰も口出しする勇気はなかった。トム爺さんはとんでもない悪党で、何か仕返しされるにちがいないと思ったんだ。爺さんは内海向こうの男に腹を立てて、その人の納屋に火をつけたんだ。ついにヘンリーは死んで、トム爺さんと奥さんは、発作で死んだと言った。それ以上のことは誰もわからなかった。でもみんなは、爺さんが、不意打ちでヘンリーを殺したって言ったんだ。それからほどなく、ヘンリーが歩きまわるっていう噂が広まった。あの古い庭に、出るって。夜になると、ヘンリーが庭で、うめいたり泣いたりする声が聞こえるって。トム爺さんと奥さんは家を出て……西部へ行ったきり、戻ってこなかった。あの屋敷は悪い評判がたって、誰も買おうとも、借りようともしなかった。だから荒れ放題なんだ。三十年前の話だけど、ヘンリー・ウォレンの幽霊は今も出るんだよ」

「そんな話を、信じてるの?」ナンが軽蔑するように言った。「私は、信じないわ」

「でも、ちゃんとした人たちも見たし……声も聞いたんだよ」メアリは言い返した。

「幽霊が出るときは、地面に這《は》いつくばって、人の脚をつかまえるんだって。生きてたときみたいに、訳のわかんないことを言って、うめくって。だからあたい、茂みで白いものを見てすぐ、幽霊だって思ったんだ。お化けがあたいをつかまえて、うめき声を出したら、その場で死んじゃうよ。だからすっ飛んで逃げたんだ。もしかすると、ヘンリーの幽霊じゃなかったかもしんないよ。でも、お化けかどうか確かめるなんて、ごめんだよ」

「たぶん、スティムソンのおばあさんの白い仔牛よ」ダイが笑った。「あの庭に放《はな》してあるもの……見たことがあるわ」

「そうかもしんないよ。でも、あたいは、これからは、ベイリーの庭を通って帰らないよ。あ、ジェリーが来た、釣った鱒《ます》をたくさん紐《ひも》に通してる。あたいが料理する番だね。あたいはグレンでいちばんの料理上手だって、ジェムもジェリーも言うんだ。エリオットのおばさんが、天火一焼《オーブンひと》き分のクッキーを持たせてくれたけど、ヘンリーのお化けを見て、全部、落っことしちゃった」

ジェリーは、幽霊の話を聞くと、馬鹿にして笑った――メアリは魚をフライパンで焼きながら、話を少し面白くして、また話して聞かせた。ウォルターが、フェイスを手伝ってテーブルの支度をしようと、立ち去ったからだ。メアリの話は、ジェリーには何の効き目もなかった。しかしフェイス、ウーナ、カールは、本人たちは認めないだろうが、内心では怖がっていた。もっとも、みんなと一緒に虹の谷にいる限りは、怖くなかった。ところが宴《うたげ》が終わり、夕闇に包まれると、三人は幽霊譚《ゆうれいたん》を思い出して、ぞっと背筋を震わせた。ジェリーは、ジェムに会いたいと、ブライス家の子とつれだって炉辺荘へ行ってしまった。メアリ・ヴァンスも回り道をして家路についた。そこでフェイス、ウーナ、カールは、三人だけで牧師館へ帰ることになった。子どもたちは身を寄せあい、ベイリー家の古い庭から離れて歩いた。もちろん出るとは信じていなかったが、近寄ろうとはしなかった。

第30章　幽霊、盛り土に出る

フェイス、カール、ウーナは、なぜかヘンリー・ウォレンの幽霊話に想像力をかきたてられ、頭からふり払うことができなかった。三人は、幽霊がいるとは思っていなかった。幽霊の話なら何度も聞いていた――以前、メアリ・ヴァンスが、もっとおぞましい血の凍りつくような話をしたからだ。だがそれは、遠い土地の自分たちの知らない人やお化けの物語であり、話を聞いた当初は、恐怖とスリルを怖がったり面白がったりしたものの、その後は何も思わなかった。しかしヘンリー・ウォレンの話は、三人の胸にこたえた。ベイリー家の古い庭は、牧師館の目と鼻の先にあるのだ――大好きな虹の谷にあると言ってもよかった。子どもたちはこの庭へ幾度となく行き来していた。庭で花を探し、村から虹の谷へまっすぐ行くときは庭を通りぬけて近道をした。でもこれからは、絶対に行かない！　メアリが身の毛もよだつ話をしたあの晩からは、庭を通ることはもちろん、死んでも近寄ることはないだろう。たとえ死んでも！　地面に這いつくばっているヘンリー・ウォレンの幽霊に脚をつかまれて転ぶなぞという恐ろしい目に遭《あ》うくらいなら、死んだ方がましではないか？

暖かな七月の夕暮れ（1）、この三人は「樹《き》の恋人たち」のもとに、寂しい思いですわっていた。その夕方は誰も虹の谷に来なかったのだ。ジェム・ブライスは、シャーロットタウンで入学試験をうけていた。ジェリーとウォルター・ブライスは内海へ行き、クローフォード老船長と帆船《ほぶね》に乗っていた。ナンとダイ、リラとシャーリーは、内海街道を歩いて、フォード家のケネスとパーシスに会いに行った。ケネスとパーシスは、両親と一緒に、小さな夢の家に短期間の滞在に来ていたのだ。フェイスは、一緒に行こうとナンに誘われたが、断った。少し妬《ねた》んでいた。フェイスは認めないだろうが、彼女は、パーシス・フォードを心のなかで、パーシスの息をのむような美貌（2）と都会的な魅力を嫌というほど聞かされたのだ。まさか、そんな家へ出かけて、引き立て役なんてするものか。そこでフェイスとウーナの二人は、虹の谷へ物語の本を持っていき、読んでいた。カールは、小川のほとりで昆虫を観察していた。こうして三人は幸せなひとときをすごしたが、はっと気がつくと、あたりは宵闇に暗くなり、ベイリー家の古い庭は、不気味なほど近くに感じられた。カールは女の子たちのそばに来て、すわった。もっと早く帰ればよかった。三人はそう思ったが、言葉にはしなかった。

紫色の天鵞絨《ヴェルヴェット》のような大きな雲が、西空にわきあがり、虹の谷の上にかかった。風はそよとも吹かなかった。突然、あたりのすべてが奇妙で、薄気味悪いほどに静まりかえった。幾千もの蛍が、沼に飛びかっていた。今夜は妖精の会議が開かれているのだろう。

すなわちこのときの虹の谷は気持ちのよい場所ではなかった。

フェイスは谷から顔をあげ、こわごわとベイリー家の古い庭に目をむけた。もし血が凍るというなら、まさにそのとき、フェイス・メレディスの血は凍りついただろう。かっと目を見開いたフェイスの視線の先を、カールとウーナも追うと、二人の背筋にも寒気が走った。そこに、白いものがいた。唐松《からまつ》の大木の下、ベイリー家の庭の荒れ果てた盛り土の上の草が生いしげっているところ——そこに、夕闇迫るなか、形のない白いものがいた。メレディス家の子どもたち三人は、石像のようにすわったまま、目を丸くした。

「あれは……仔牛……よ」ウーナがやっと声を出した。

「仔牛に……しては……大き……すぎるよ」フェイスがささやいた。口と唇が、からからに乾いて、うまく言えなかった。

突然、カールがあえいだ。

「こっちに、やって、来るぞ」

少女たちは、最後にもう一度、おびえ切った目をむけた。まさしくそれは、盛り土を這《は》って乗りこえ、こちらへにじり寄って来るではないか。仔牛は、絶対に、這わない、這うこともできない。三人は抑えがたい混乱《パニック》に襲われ、理性は吹き飛んだ。あれはヘンリー・ウォレンの幽霊だ。三人は確信した。カールは飛びあがり、闇雲《やみくも》に駈けだした。

女の子たちは、つんざくような悲鳴をあげてカールの後を追った。三人は気でもふれたように丘を駈けあがり、街道を突き切って、牧師館に飛びこんだ。家を出たとき、マーサおばさんは縫い物をしていたが、今はいなかった。書斎に駈けこむと、なかは暗く、誰もいない。はたと思いつき、三人は方向転換して、炉辺荘へむかった——だが虹の谷は通れない。丘をおり、恐怖の翼に乗って飛ぶようにグレンの表通りを走った。カールが先頭を、ウーナがしんがりをつとめた。村人たちは止めなかった。もっとも、三人を見た者は、牧師館の悪がきどもが今度はどんな悪さをしたのだろう、とは思ったが。炉辺荘の門で、ローズマリー・ウェストに出くわした。彼女は借りた本を返しに寄ったところだった。

ローズマリーは、子どもたちの顔が青ざめ、目《まなこ》を見開いているさまを見て、原因は何であれ、何かにひどくおびえ、恐怖におののいていると理解した。片腕でカールを抱き、もう片腕でフェイスを抱えた。ウーナはよろめいてローズマリーにぶつかり、死に物狂いでしがみついた。

「みんな、まあ、どうしたの？」ローズマリーが声をかけた。「何がそんなに怖いの？」

「ヘンリー・ウォレンの幽霊が」カールが歯をがちがち鳴らした。

「ヘンリー……ウォレンの……幽霊ですって！」ローズマリーは呆気《あっけ》にとられた。そんな話は聞いたことがなかった。

「そうなんです」フェイスは興奮して、すすり泣いた。「あそこに……ベイリー家の盛り土に、いるのを……見たんです……あたしたちを……追っかけようとしたんです」

ローズマリーは、気が動転している三人を炉辺荘のヴェランダに集めた。アンとギルバートは留守で、夢の家へ出かけていた。そこへスーザンが戸口に現れた。やせている彼女は、幽霊とは似ても似つかない現実的な姿だった。

「この騒ぎは、何ごとです？」スーザンはたずねた。

子どもたちはまたも恐ろしい話を息もたえだえに語った。その間、ローズマリーは三人を抱き寄せ、何も言わずに慰め続けた。

「おそらく、ふくろうですよ」スーザンは動じることなく言った。

ふくろうだって！　メレディス家の子どもたちは、以後、スーザンの知性を信用しなくなった！

「ふくろうの、百万倍も、大きかったよ」カールはむせび泣いた——ああ、後日、カールは、ひどく恥ずかしがった——「それに……そいつは、這いつくばっていたんだ、メアリが言ったみたいに……這いながら、盛り土を乗りこえて、近づいてきたんだ。ふくろうが、這って、やってくるかい？」

ローズマリーは、スーザンを見ながら言った。

「この子たちは、何か怖いものを見たんですわ」

「じゃあ、私が見てきます」スーザンが冷静に言った。「さあさ、子どもたち、落ち着きなさい。何を見たにしても、お化けじゃありませんよ。かわいそうなヘンリー・ウォレンは、もうお墓に入ったんだから、今ごろは心安らかに、静かに眠って、喜んでますよ。そんな男が、わざわざ戻ってくる心配はいりません、それは確かですよ。ウェストさん、この子たちにお化けなんかいないって道理を教えてやってください。私は様子を見てきます」

スーザンは、勇敢にも熊手をむんずとつかみ、虹の谷へむけて出発した。熊手は、ブライス先生が干し草用の小さな畑で使ったあと、裏の柵に立てかけていた。もっとも「お化け」相手に熊手は役に立たないかもしれないが、気休めの武器にはなるだろう。スーザンが虹の谷に着くと、変わったところは何一つなかった。ベイリー家の古い庭は、すでに日が陰り、草木が茂っていたが、白い幽霊が潜んでいる様子はなかった。スーザンは堂々と庭を通りぬけ、その先の小さな田舎家《いなかや》の扉を、熊手でこつこつ叩いた。そこにスティムソン夫人が、二人の娘と暮らしていた。

一方、炉辺荘の裏庭では、ローズマリーが、子どもたちをなだめていた。三人は驚きのあまり、まだすすり泣いていたが、健全なことに、自分たちは間抜けなことをしたのではないかと、秘かに疑い始めていた。スーザンが戻ってくると、この疑いは現実のものとなった。

「あんたがたの言ったお化けの正体が、わかりましたよ」スーザンは苦笑いをして、揺りいすに腰をおろし、顔を扇《あお》いだ。「スティムソンのおばあさんが、工場製のシーツを二枚、さらして漂白（3）するために、ベイリー家の庭に、一週間、広げてたんですよ。あの唐松《からまつ》の下の盛り土は、草が短くて、きれいですから。それで今日の夕方、とり込みに行ったところ、両手に編み物をもってたんで、シーツを両肩にかけて、運んだそうです。そうしたら編み棒を一本、落として、探しても見つからないので、膝をついて、這って探したそうです。するとそのとき、谷のほうで、すごい悲鳴が聞こえて、そっちを見たら、子どもが三人、丘を走っていったので、おばあさんは、子どもが何かに噛みつかれたと思って、ぎょっとしたら、お気の毒なことに、お年寄りの心臓に発作がおきて、動くことも話すこともできず、三人が見えなくなるまで、そこにうずくまってたそうです。それからよろよろ家《うち》に戻って、気付け薬をのんだけど、どうも心臓の具合がはかばかしくない。おばあさんは、あんなおっかない目にあって、夏中、忘れられまいと言ってるそうですよ」

メレディス家の子どもたちは、恥ずかしさに顔を赤らめて、すわっていた。ローズマリーが思いやりのこもった慰めの言葉をかけても、決まり悪さは消えなかった。三人はこそこそと逃げるようにして帰った。牧師館の門でジェリーに会うと、三人は良心がとがめて苦しみながら打ち明けた。良い行いクラブの会合が、翌朝、開かれることになった。

「夕方、ミス・ウェストは、あたしたちにとても優しかったわね？」ベッドに入ってから、フェイスがひそひそ声で言った。

「そうね」ウーナは認めた。「継母になると、人が変わってしまうなんて、残念ね」

「そんなこと、あたしは信じない」フェイスはローズマリーに忠実だった。

第31章　カール、罪滅ぼしの苦行をする

「どうして罰を受けなきゃいけないの、ちっともわからないわ」フェイスが言った。「悪いことは何もしなかった。怖くてしかたがなかったんだもの。お父さんに、迷惑もかけてないわ。あれは事故みたいなものよ」

「きみたちは、臆病だった」ジェリーが裁判官のように言った。「臆病に負けたんだから、罰を受けるべきだ。みんながこの話で嘲《わら》笑っているんだよ、家族にとっては不名誉だ」

「あのとき、どんなに怖かったか」フェイスがぞっと身震いした。「兄さんもわかれば、あれで十分に罰を受けたって、わかるわ。これからは何があっても、あの庭は通らない」

「兄さんも、あの場にいたら、走って逃げたよ」カールがつぶやいた。

「木綿のシーツをかぶった、おばあさんから」ジェリーはあざ笑った。「あはは！」

「おばあさんには見えなかったのよ」フェイスが叫んだ。「とても大きな、白いものが、草のなかを這いまわって、メアリ・ヴァンスが話したヘンリー・ウォレンみたいだった

の。笑えばいいわ、ジェリー・メレディス。でも、兄さんもあそこにいたら、泣きべそをかいたわよ。それで、どんな罰を受けるの？　罰を受けるなんて、あたしは不公平だと思うけど、どうすればいいか、教えてちょうだい、メレディス裁判官！」

「ぼくの見方《みかた》では」ジェリーがものものしい顔つきをした。「カールに、いちばん責任があるな。ぼくの知る限りでは、カールは真っ先に逃げ出した。しかもカールは男の子だ。ゆえに、どんな危険があったにしろ、その場に踏みとどまって、女の子たちを守るべきだった。わかるな、カール？」

「うん」カールは恥ずかしそうな顔になり、うなった。

「よろしい。では、きみの罰はこれだ。今夜、墓地へ行って、ヘゼカイア・ポロックの墓石に、十二時まで、一人ですわっているんだ」

カールは少々わなないた。墓地は、あのベイリー家の古い庭から、さほど離れていないのだ。これはつらい試練だ。だがカールは、自分が臆病者ではないと証明して、名誉を挽回《ばんかい》したかった。

「わかったよ」カールは頼もしく言った。「でも、どうすれば、十二時になったと、わかるんだい？」

「書斎の窓が開いているから、十二時を打つ音が聞こえるよ。いいかい、時計が十二回を打ち終わるまで、墓地から離れるんじゃないぞ。それから女の子たちは、一週間、夕食にジャムはなしだ」

フェイスとウーナは、いささか落胆顔をした。カールの罰は厳しくはあるが、いっときだけの短い苦しみだ。自分たちの長い試練より、たやすいと思ったのだ。丸一週間、おいしいジャムの助けもなしで生焼けのパンを食べるなんて！　だがこのクラブでは、嫌《いや》だと言って、逃れることは許されない。女の子たちは覚悟を決め、勇気を出して罰を受け入れた。

その夜の九時、子どもたちはベッドに入った。カールは、すでに墓石で、寝ずの番についていた。ウーナはそっと墓地へ行き、いい晩《グッド・ナイト》をすごしてねと言った。優しいウーナは、カールの胸中を思って、いたたまれなかった。

「ああ、カール、とても怖いでしょ？」小さな声で言った。

「いいや、ちっとも」カールは軽々と答えた。

「私も十二時をすぎるまで、寝ないでいるわ」ウーナが言った。「寂しくなったら、部屋の窓を見てね。私が目をさましていて、カールのことを考えているって、思い出してちょうだい。そうすれば仲間がいる気がするでしょ、ね？」

「ぼくなら大丈夫。心配しないでおくれ」

カールは肝の据《す》わった返事をしたものの、牧師館の灯りが消えると、寂しくなった。いつものようにお父さんが書斎にいてくれたら、いいのに。お父さんがいれば寂しくないのに。だがその晩、メレディス牧師は内海口の漁村に呼び出され、危篤の男を看取《みと》っていた(1)。お父さんは、たぶん真夜中まで帰ってこないだろう。カールは独りぼっちで自分の運命を受け入れねばならなかった(2)。

グレンの村の男が、ランプを提《さ》げて通った。ランプが作りだす不気味な光と影が、墓地全体に荒々しく飛びかかり、悪霊《デモン》と魔女が踊りまわっているようだった。灯りが通りすぎると、ふたたび闇に包まれた。グレンの村で、一つ、また一つと、灯りが消えた。ひどく暗い晩だった。空は曇り、季節はずれの底冷えのする東風が寒かった。はるか遠くの地平線に、シャーロットタウンの街明かりが、ほのかにぼんやりと見えていた。もみの古木に、風が吹いて泣き叫び、ため息をついた。アレック・デイヴィス氏の高い記念碑が闇のなかに白く浮かびあがっていた。その隣で、柳の木が長い腕を悶《もだ》え苦しむようにふりあげ、お化けのようだった。柳の枝が揺れて動くと、ときどき記念碑も動いているように見えた。

カールは墓石の上に両脚を折り曲げてすわっていた。墓石のふちから足を出すことは、安心できなかった。もし――もしも――骸骨みたいな手がポロック氏の墓から出てきて、ぼくの踵《かかと》をつかんだら。いつだったか、みんなでここにすわっていたとき、メアリ・ヴァンスが、そんな思いつきを愉しげに話したのだ。それを今、カールは思い出した。そんな話は信じていなかった。ヘンリー・ウォレンの幽霊も本気にしていなかった。それにポロック氏も、六十年前に死んだのだから、今さら誰が墓にすわろうと、気にしないだろう。とはいうものの、万物《ばんぶつ》が眠っているとき、自分だけが起きているのは、ことさらに奇妙で、身がすくむようだった。自分は独りぼっちなのだ。か弱い自分一人で暗闇の強大な支配者や力ある者たちと対決しなければならない。カールはまだ十歳なのに、あたりには死者がとりまいていた――ああ、時計が早く十二時を打てばいいのに。十二時は、絶対に打たないのではないか？　マーサおばさんが、ねじを巻き忘れたにちがいない。

そのとき、十一時が鳴った――まだ十一時！　あと一時間も、このおぞましい場所にいなければならない。せめて星の二つや三つ、優しく光っていたら！　闇は濃く、カールの顔を押しつぶすかに思われた。墓地を秘かに歩きまわる足音のような何かが聞こえた。カールは身を刺すような恐怖と、現実の寒さに、震えあがった。

やがて雨がふり始めた。肌にしみ通る冷たい霧雨だった。カールの薄い木綿のシャツと下着はすぐさま濡れそぼち、骨の髄まで冷たくなった。濡れた体は寒く、着心地も悪く、心の恐怖どころではなかった。しかし、十二時までいなくてはならない――自分は罰を受けているのであり、名誉がかかっている。雨がふったらどうするか、そんな話はなかった――あったとしても何も変わらないのだ。

書斎の時計がやっと十二時を打った。ずぶ濡れの小さな子どもは、ポロック氏の墓石から、こわばった体で這《は》うようにしており、牧師館へむかい、二階のベッドに入った。歯が、がちがち鳴っていた。いつまでも体が暖まらないのではないかと思った。

朝がくると、体が熱かった。カールの真っ赤な顔を、ジェリーは一目見るや驚き、慌てて父を呼びにいった。メレディス牧師は急いで来た。臨終の床につきそって一晩中、お通夜をした牧師の顔は青ざめ、象牙のように白かった。夜明けまで帰れなかったのだ。彼は小さな息子を不安げにのぞきこんだ。

「カール、具合が悪いんだね？」父はたずねた。

「むこうの……あの……お墓が」カールは言った。「あれが……動き……まわって……やってくる……ぼくの……ほうに……お願い……来させ……ないで」

メレディス牧師は電話口に走った。十分後、ブライス先生が牧師館に着いた。三十分後、電報が町に打たれ、正規の看護婦（3）が呼ばれた。カール・メレディスが肺炎で重態となり、ブライス先生が首を左右にふっている（4）と、グレン中が知ることとなった。

ブライス医師は続く二週間、幾度も首をふった。カールは左右両方の肺炎になったのだ。ある晩、メレディス牧師は書斎を歩きまわり、フェイスとウーナは寝室で二人寄りそって泣いた。ジェリーは後悔に気も狂わんばかりになり、カールの部屋の戸口の前から動こうとしなかった。ブライス医師と看護婦は、いっときも病人から離れなかった。

二人は赤い夜明けが訪れるまで勇敢に死と闘い、ついに勝利をおさめた。カールは持ちなおし、無事に峠をこした。その報せは、待ちわびていたグレンに電話で伝えられ、人々は、自分たちがいかに牧師と子どもたちを愛していたか思い知った。

「あの坊やが病気だって聞いてから、あたしは、一晩だって、まともに寝ちゃいませんよ」ミス・コーネリアがアンに語った。「メアリ・ヴァンスもずっと泣いてて、あの子のあの変わった目のまわりは、毛布に空いた焼け焦げの穴みたいに、真っ黒になって。カールは雨ふりの晩、やれるものならやってみろごっこをして墓地にいたせいで、肺炎になったってのは、本当かい？」

「そうじゃないそうですよ。ウォレンの幽霊の一件で、カールは臆病だったので、自分を罰するために、墓地にいたそうですわ。あの子たちは、自分を躾けるクラブをしていて、間違ったことをすると、罰を受けるのだそうです。ジェリーが、メレディス牧師にすっかり話したのです」

「かわいそうな子どもたち」ミス・コーネリアが言った。

カールはみるみる良くなった。というのも教会の信徒たちが栄養のあるものを牧師館にたっぷり持ちこみ、病院を一つまかなえるほどだったのだ。ノーマン・ダグラスは新鮮な卵一ダースとジャージー乳牛のクリームを広口の瓶《ジャー》に一つ（5）、毎夕、馬車で持ってきた。ときには一時間ほど、書斎でメレディス牧師と予定説（6）について声高に議諭した。それからしばしば、グレンの村を一望する丘の上へ、馬車で出かけていった。

カールはふたたび虹の谷へ行けるようになった。それを祝して、子どもたちは特別の宴《うたげ》をひらいた。ブライス先生が来て、花火を手伝ってくれた。メアリ・ヴァンスも来ていたが、幽霊の話はしなかった。この一件については、メアリが忘れられないほど、ミス・コーネリアが小言を言って聞かせたのだ。

第32章　二人の頑固者

ローズマリー・ウェストは炉辺荘で音楽を教えて、帰り道を歩いていた。その途中、脇にそれて虹の谷の隠れた泉へ行った。この夏は一度も訪れていなかった。もはやこの美しいささやかな場所に、彼女の心を惹きつけるものはなかった。彼女の若き日の恋人の魂は、この泉に逢い引きに来ることはなかった。といって、ジョン・メレディスとの思い出も胸を刺すほどに、つらかった。彼女が、ふと後ろをふりむき、谷の上へ目をやると、ベイリー家の庭の盛り土を、ノーマン・ダグラスが、若者のように軽々と飛びこえる姿が見えた。おそらく、これから丘の上の家へ行くのだろう。彼に追いつかれると、一緒に歩いて帰る羽目になる。そんなことをするつもりはない。彼女は、ノーマンが気づかずに行ってほしいと願いながら、泉のかえでの木立に、あわてて身を隠した。

ところがノーマンは、とっくに彼女に気づいていて、追いかけてきた。ローズマリーと話をしたいと、このごろ思っていたからだ。だが彼女は自分を避けているようだ。実のところ、ローズマリーがノーマン・ダグラスに好感をもったことは、いついかなるときであろうと、なかった。あの男は大声で怒鳴りちらし、癇癪《かんしゃく》もちで、うるさく浮かれ騒ぐのだ。ローズマリーはいつも反感をおぼえていた。あんな男に、どうしてエレンが惚《ほ》れているのか、前からしばしば疑問に思っていた。もっともノーマン・ダグラスは、ローズマリーに嫌われていると知っていたが、おかしそうに含み笑いをするだけだった。彼は人に好かれなくても気にしなかった。お返しに相手を嫌うこともなかった。嫌われることは、自分に与えられたお世辞の一つと解釈していた。ノーマンは、ローズマリーを感じのいい女性だと思っていた。そこで自分は、彼女にとって、よくできた気前のいい義理の兄になるつもりだった。だが義理の兄になるためには、ローズマリーと話をしなければならないのだ。彼はグレンの店先にいたとき、ちょうど炉辺荘から出てきた彼女を見かけ、追いかけて、まっすぐ虹の谷へ急いだのだ。

ローズマリーは、かえでの長椅子に物思わしげにすわっていた。ちょうどここに、一年近く前のあの夕暮れどき、ジョン・メレディスが腰かけていたのだ。今、小さな泉はちらちら光っていた。縁飾りのような羊歯の葉のかげに、小波《さざなみ》がよっていた。弧《アーチ》を描く頭上の枝の間から、あかね色の夕日が射していた。彼女のまわりには、背の高い見事なアスターの花が群れなして咲いていた。この小さな一角は、太古の森に棲《す》む妖精たちや木の精《ドライアド》たちの隠れ家さながらに夢が漂い、魔法がかかり、ひっそりと奥まっていた。そこへノーマン・ダグラスが飛びこんできて、一瞬のうちに、心惹かれる美しさは飛びちるように消えた。彼の人柄のために、あたりの風情はぶち壊しになり、あとには図体がでかく、赤毛のあごひげを生やし、満足げなノーマン・ダグラスだけが残った。

「こんばんは」ローズマリーは冷ややかに言い、立ちあがろうとした。

「こんばんは、お嬢さん。さあ、おすわり……ささ、すわっておくれ。話があるんだ。おや、このお嬢さんときたら、どうしてそんな目で、おれを見るのかね？　あんたをとって食いはしないよ……夕はんは食べたんでな。さ、すわって、感じよくしておくれ」

「立ったままでも、おっしゃることは、聞こえます」ローズマリーは言った。

「そりゃ、聞こえるだろうよ、お嬢さん、耳があるんだから。おれはただ、あんたに楽《らく》にしてもらいたいんだ。そんなとこにつっ立ってると、つらそうに見えるんでな。とにかく、おれ
は、すわらせてもらうよ」

ノーマンは、まさにジョン・メレディスがすわったところに腰をおろした。二人の違いがあまりに滑稽で、ローズマリーは声をあげて笑い出すのではないか心配になった。ノーマンは帽子をかたわらに置くと、血色のいい大きな両手を、おのが膝にのせ、きらりと光る目で、立っている彼女を見上げた。

「さあ、お嬢さん、そんなに、ぎくしゃくしないでおくれ」取り入るような口ぶりだった。この男はその気になれば、ご機嫌とりもできるのだ。「さあ、道理の通った、分別のある、友だちとしての話をしようじゃないか。実は、折り入って、頼みがあってな。エレンは、自分じゃ頼めないって言うんで、おれが頼むことになったんだ」

ローズマリーは泉を見つめていた。その泉は、夕露《ゆうつゆ》の滴《しずく》ほどに縮んでしまったように思われた。そんな彼女を、ノーマンは途方にくれて見た。

「なんてこった、少しは人助けをしてくれたって、いいだろうに」彼は怒鳴った。

「私に手伝ってほしいことって、何ですの？」ローズマリーは軽蔑する声で言った。

「おまえさんも、わかってるだろうに、お嬢さん。悲劇の主人公みたいなふうをして。エレンが、おまえさんに頼むのを怖がったのも、当然だな。いいか、お嬢さん、おれとエレンは結婚したいと思ってる。これはわかりやすい言葉だろ、な？　意味は、わかってくれたな？　ところが、エレンがおまえさんと約束した馬鹿げた誓いを取り消してもらわないと、おれと一緒になれないって、あいつが言うんだ。だから、取り消してもらえまいか？　そうしてもらえないかな？」

「いいですよ」ローズマリーは言った。

ノーマンは飛びあがり、嫌がる彼女の手をとった。

「ありがたい！　そう言ってくれると思ってたよ……エレンにも言ったんだ。ほんの一分で片付くとな。さあ、お嬢さん、家に帰って、エレンに話しておくれ。二週間後に、結婚式だ。おまえさんもおれのとこに来て、一緒に暮らそう。丘の天辺《てっぺん》の鳥の巣みたいな家《うち》に、おまえさんを置いとくつもりはないよ、まるで独りぼっちのからすみたいじゃないか……心配はいらないよ。おまえさんに嫌われてるのは知っている。だがな、ああ、おれを嫌ってる人と一緒に暮らすのも、面白いだろうよ。これからは生活に刺激が出るってもんだ。エレンはおれを火であぶって(1)、おまえさんはおれを凍らせる(2)。こりゃあ、退屈する暇もなくなるぞ」

ローズマリーは、何があっても、彼の家で暮らす気はなく、それを心安く言うつもりもなかった。ノーマンは知らぬが仏とばかりに、大満足の体《てい》で大股にグレンへ帰っていった。ローズマリーは重い足どりで丘の家へむかった。キングスポートから帰ってより、いつかこうなると予感していた。ノーマン・ダグラスが、夕方、足繁くやって来るからだ。ローズマリーとエレンとの会話に、彼の名前が出ることはなかったが、むしろ避けていることに深い意味が感じられた。ローズマリーは、その性格として人を恨《うら》むことはなかったが、そうでなければ恨んでいたかもしれない。ローズマリーは、ノーマンには丁寧に、だが冷淡に接した。一方、エレンには、すべての面で、前と同じようにふるまった。エレンは、二度目の求婚をうけても、心穏やかではなかった。

ローズマリーが家に帰ると、エレンは、聖《セント》ジョージにつきそわれて庭にいた。二人の姉妹は、ダリアの花壇の小道で顔をあわせた。この砂利の小道で、聖《セント》ジョージは姉妹の間にすわり、艶のある黒い尻尾を、白い前脚に優雅にまきつけた。よく食べ、育ちがよく、毛繕いもよくしている猫らしい無関心さを、漂わせていた。

「こんなダリアを、見たことがあるかい？」エレンが誇らしげにきいた。「うちで、こんなに立派に咲いたのは初めてだよ」

ローズマリーはダリアを好まなかった。庭のダリアは、エレンの趣味にあわせて譲歩したものだった。真紅と黄色の斑点のある大輪のダリアの一輪が、ことさらに威張って、ほかのダリアを圧倒していることに、ローズマリーは気づいた。

「このダリア」ローズマリーは指さした。「まるで、ノーマン・ダグラスそっくりね。ノーマンの双子の弟になれそう」

エレンの黒々とした眉の顔が、さっと赤らんだ。エレン自身は、このダリアをなんと見事だろうと感心していたのだ。ところがローズマリーはそうではなく、これが褒め言葉ではないことも理解した。だが、ローズマリーの言葉に腹を立てる図々しさはなかった――あわれにも、そのときのエレンは、何を言われようと、怒る勇気はなかった。そもそもローズマリーが、エレンの前で、ノーマンの名前を口にしたのは初めてだった。これは何かの前兆だと、エレンは感じた。

「谷で、ノーマン・ダグラスに会ったの」ローズマリーは、姉をまっすぐ見た。「それで、あの人と姉さんは結婚したいと思っているという話だったわ……もし、私が許すなら」

「そうなの？　それで、おまえは、何と言ったの？」エレンは、ごく自然に、何気なくたずねようとしたが、うまくいかなかった。ローズマリーと目をあわせられなかった。

エレンは聖《セント》ジョージのつやつやした背中を見おろしながら、不安にかられていた。ローズマリーは許すと言ったのか、許さないと言ったのか。もし許すと言ったなら、エレンは自分がたまらなく恥ずかしくなり、後悔し、花嫁になっても後ろめたさがつきまとうだろうと思った。だが、もし許さないと言ったなら――それも、やむを得ない。エレンはかつて、ノーマン・ダグラスなしで生きていく術《すべ》を身につけたのだ。だがその術は、今となっては忘れてしまった。それをまた学び直すことは、もうできないような気がした。

「私の気持ちとしては、お二人がご結婚なさりたいなら、お好きなときに、どうぞ、ご自由にとお伝えしたわ」ローズマリーは言った。

「ありがとう」エレンは言ったが、まだ聖《セント》ジョージを見おろしていた。

ローズマリーの表情が、ふっと和らいだ。

「姉さんの幸せを、願っているわ、エレン」ローズマリーは穏やかに言った。

「ああ、ローズマリー」エレンは心苦しげな顔をあげた。「あたしは、自分が恥ずかしい……そんなことを言ってもらえるような立場じゃないのに……あたしは、おまえに、あんなことを言ったのに……」

「そのことは、もうよしましょう」ローズマリーは畳みかけるように、きっぱり言った。

「でも……だけど」エレンは言いつのった。「おまえも、好きにしていいんだよ……まだ手遅れじゃないよ……ジョン・メレディスは……」

「エレン・ウェスト！」ローズマリーは優しい人柄ではあったが、その底には、少々短気な一面もあり、それが青い瞳に光り出た。「姉さんたら、分別をすっかりなくしてしまったの？　この私が、ジョン・メレディスのところへ行って、『どうか、メレディスさん、私の気持ちは、前とは変わったんです。だから、メレディスさん、あなたのお気持ちが、あのままなら』だなんて、しおらしく言うとでも思っているの？　この私に、そんな真似をしてほしいの？」

「いや……そうじゃないよ……でも、少しでも……あの牧師の励みになることがあれば……あの人は、戻ってくるかもしれないよ……」

「絶対にありません。あの人は、私を軽蔑しているのです……当たり前ですよ。この話は、もう二度としないで、エレン。私は、姉さんに、何の恨みもありません……だから、お好きな方《かた》と結婚なさってください。でも、私のことに、口を出さないで」

「じゃあ、あたしたちのところに来て、一緒に暮らすんだよ」エレンが言った。「おまえを独りぼっちでここに残していくなんて、しないよ」

「私が、ノーマン・ダグラスの家に行って、生活するなんて、本気で思ってるの？」

「どうして来ないの？」エレンが叫んだ。彼女は気が引けていたが、怒ってもいた。

ローズマリーは笑い出した。

「エレン、姉さんは、人の心がわかると思っていたのに。私がそんなことをすると思っているんですか？」

「どうして来ないのか、わからないよ。ノーマンの家《うち》は十分に広いよ……おまえさんの部屋はある……ノーマンは、邪魔をしないよ」

「エレン、そんなことは、考える必要すらありません。この話は、もうしないでください」

「それなら」エレンは冷ややかに、断固として言った。「あたしも、あの人と結婚しない。おまえを独りで、ここに置いていくつもりはない。この話は、これで終わりだ」

「馬鹿なことを言わないで、エレン」

「馬鹿なことじゃないよ。あたしの固い決意だよ。おまえがここで一人で暮らすなんて、そんなことを考えるほうが、道理に合わないよ……ここは、どの家からも、一マイルも離れてるんだよ。あたしと一緒に行かないなら、あたしは、おまえとここに暮らすよ。さあ、議論するのはやめよう、もう言わないでおくれ」

「じゃあ、その議論は、私からノーマンに頼みます」ローズマリーが言った。

「ノーマンには、あたしから話すよ。あの男なら、あたしは、どうともできるから。あたしは、おまえさんに、あの約束を取り消してくれと頼んだことはないよ……一度もない……だけどノーマンに、どうしてあたしが結婚しないか説明する羽目になって、そうしたら、おまえに頼んでみるとノーマンが言い出して、止められなかったんだ。この世で自尊心があるのは自分だけだなんて、思うんじゃないよ。あたしは、自分が結婚するからって、おまえを独りぼっちにして、ここに置いていこうだなんて、考えたこともない。あたしは、こうと決めたら変えないよ。おまえさんと同じでね」

ローズマリーは背をむけると、肩をすくめて、屋敷に入った。エレンは聖《セント》ジョージを見た。このやりとりの間、猫は瞬《まばた》きもせず、ひげも動かさなかった。

「聖《セント》ジョージ、男がいなけりゃ、この世は退屈なところだ、それは認めるよ。だけど男なんか、いなきゃいいのにと、思いたくもなるよ。男たちのせいで、わが家に持ちあがった問題やら、面倒やらを、見てごらん、ジョージ……もとの幸せな暮らしが、根こそぎ壊されてしまったよ、聖《セント》。最初はジョン・メレディス、最後はノーマン・ダグラスだ。しかも、彼らは二人とも、宙ぶらりんのままなんだから。ノーマンは、あたしが会った男のなかで、ただ一人、ドイツの皇帝《カイゼル》は、この世でいちばん危険な人物だって、意見が一致した……ところが、あたしの妹が頑固者で、あたしも頑固者だから、話のわかるこの男と、結婚できない。いいかい、よくお聞きよ、聖《セント》ジョージ、ローズマリーが小指をあげただけで、あの牧師は戻ってくるよ。だけどローズマリーは、そんな真似はしない……絶対にしない……小指を曲げることすらしない……といって、あたしが、余計な世話をやく勇気も、ない、聖《セント》。でも、あたしは、ぶすっと、ふてくされないよ。ローズマリーは、不機嫌そうな顔をしなかった。だから、私もすまいと、決めたんだ、聖《セント》。ノーマンは芝生をかきむしって怒り狂うだろうがね。つまるところ、聖《セント》ジョージ、あたしらみたいな年寄りは、結婚なんてことを考えるのは、やめるべきだ。そうとも、そうとも、『絶望は自由人、希望は奴隷』(3)というからね、聖《セント》。さあ、家にお入り、ジョージ。気晴らしに、受け皿にたっぷりクリームをあげよう。そうすればこの丘に、幸せで満足している者が、せめて一人はいることになる」

第33章　カール――鞭《むち》で――打たれず

「あたい、あんたらに、言わなきゃいけない話があるんだ」メアリ・ヴァンスが謎めいた口ぶりで言った。

メアリは、フェイス、ウーナと腕を組んで村を歩いていた。先ほど、フラッグさんの店でメレディス家の娘たちに会ったのだ。フェイスとウーナは、「ほら、また何か嫌なことを言われるわよ」と目配《めくば》せをした。メアリ・ヴァンスが言わなければならないと思ったことを聞いて、楽しかったためしは、まずなかった。それなのになぜ、メアリ・ヴァンスを好きなのだろう。しばし不思議に思った――好きというなら、メアリは色々あるにしろ、二人は彼女のことが好きだった。実のところ、メアリは、たいていは刺激的で、愉快な友だちだった。ただ一つ、何でも言うのが自分の務めだと思わなければいいのに！

「ねえ、知ってる？　ローズマリー・ウェストは、あんたらを手に負えない悪がきだと思ってるから、お父ちゃんと結婚しないんだよ。ローズマリーは、あんたらをとてもまともに育てられないと思って、断ったんだって」

ウーナは内心、嬉しくなり、胸がときめいた。ミス・ウェストがお父さんと一緒にならないと知り、胸をなでおろしたのだ。一方、フェイスは落胆した。

「そんなこと、どうして知ってるの？」フェイスはたずねた。

「だって、みんなが言ってるもん。あたいは、エリオットのおばさんが、お医者の奥さんに話してんのを聞いたんだ。あたいが離れてたから聞こえないと思ったみたいだけど、あたいは猫みたいに耳がいいんでね。あんたらはひどい噂がたってるから、ローズマリーはおっかなくて継母になれない、それは間違いないって、エリオットのおばさんは言ったよ。ほら、最近、お父ちゃんは、丘の上の家へ、全然行かないだろ。ノーマン・ダグラスも行かないよ。何年も前に、ノーマンがエレンをふったんで、仕返しに、エレンがふったって噂だよ。だけどノーマンは、やっぱりエレンを手に入れるって、言ってまわってるんだって。とにかく、あんたらのせいで、お父ちゃんの結婚が駄目になったってことは、知るべきだよ。あたいは残念に思ってるんだよ。だって、いずれお父ちゃんは誰かと結婚するけど、あたいの知るなかで、ローズマリー・ウェストほどいい人は、いないもん」

「継母はみんな残酷で、意地が悪いって、私たちに話したわ」ウーナが言った。

「ま……そうだけど」メアリはいくらか慌てた。「たいていは、とっても気むずかしいよ、うん。でも、ローズマリー・ウェストは、誰にも意地悪なんかしないよ。いいかい、もしお父ちゃんの気が変わって、エメリン・ドリューと結婚してごらん。あんたらは、もっと行儀よくしとけばよかった、ローズマリーが恐れをなして逃げるようなことをするんじゃなかったって、後悔するよ。あんたらのせいで、まともな女の人はお父ちゃんと結婚しないなんて噂がたったら、大変だよ。もちろん、あんたらの噂の半分は、ほんとじゃないって、あたいは知ってるよ。だけど一度悪い評判がたつと、消すのは大変なんだ。先だっての晩、スティムソン夫人の窓に石を投げたのは、ジェリーとカールだって言う人もいるんだから。ほんとはボイド家の息子二人なのに。でも、カー夫人の馬車にうなぎを投げたのは、カールじゃないかって、あたいは心配してんだ。あたいも最初は、キティ・アレックばあさんの言い分だけじゃなくて、もっとましな証拠が出るまでは信じないって言ったんだ。エリオットのおばさんに、面とむかって、そう言ったんだよ」

「カールが、何をしたっていうの？」フェイスが叫んだ。

「その、人の話では……あのね、いいかい、あたいは、ただ、人の話を言うまでだよ……だからあたいを責めても無駄だよ……そんで、先週の夕方、カールとほかの男の子たちが大勢、橋からうなぎを釣ってたんだ。そこへカーの奥さんが、あの古いポンコツ馬車で通りかかったんだ、後ろに幌《ほろ》がない馬車だよ。そしたらカールが、大きなうなぎを、馬車の後ろに放り投げて、入れたんだ。そんで、カーのおばあさんは、炉辺荘のそばを通って丘をあがったところ、うなぎが、おばあさんの両足の間から、くねくね出てきて、かわいそうに、おばあさんは、蛇《へび》だと思って、すごい悲鳴をあげて立ちあがって、馬車から飛びおりたんだ、車輪を乗りこえて。馬は走ってってたけど、ちゃんと家に戻ってきたから、問題はなかった。でもカーのおばあさんは、飛びおりて両脚にバシッと痛みが出て、それからはうなぎのことを考えるたんびに、神経の発作がおきるんだと。まったく、かわいそうなお年寄りに悪さをするなんて、ろくでもない悪戯《いたずら》だよ。あのおばあさんは変わり者だとしても、ちゃんとした人だからね」

フェイスとウーナは顔を見合わせた。これは、良い行いクラブでとりあげる問題だ。メアリと相談することではない。

「おや、あんたらのお父ちゃんだよ」とメアリが言い、メレディス牧師が通りすぎた。「全然、こっちを見ないね。まるであたいらなんか、いないみたいだ。あのね、あたいは、あのぼんやりに慣れたから気にしないけど、気にする人もいるんだよ」

メレディス牧師は、三人を見向きもしなかったが、平素のように空想にふけり、心ここにあらずで歩いていたのではなかった。むしろ心かき乱され、思い悩みつつ、大またで丘を登っていた。アレック・デイヴィス夫人から、カールとうなぎの話を聞いたばかりだったのだ。夫人は怒り心頭だった。カー老夫人とは、またまたいとこにあたるからだ。一方、メレディス牧師にとっては、怒り以上だった。彼はむしろ傷つき、衝撃をうけていた。カールがそんなことをするとは、思いもよらなかった。これがもし不注意や、うっかりした物忘れの失敗なら、厳しく叱るつもりはなかった。だがこれは違う。これには、底意地の悪さがある。牧師が帰宅すると、カールは、庭の芝生で、スズメバチの群れの生活と習性を、辛抱強く観察していた。牧師はカールを書斎に呼びつけ、どの子も見たことのない厳しい顔で息子と向きあい、この話は本当かと、問いただした。

「はい」カールはにわかに顔を赤らめたが、父の目を真正面から見て答えた。

メレディス牧師はうめき声をあげた。大げさな噂話であってほしいと願っていたのだ。

「わたしに、何もかも、話しなさい」父は言った。

「男の子たちが、橋の上で、うなぎを釣っていたんだ」カールが言った。「リンク・ドリューが、でっかいやつ……じゃなくて、とても大きなのを釣って……あんなに大きなうなぎは見たことがないよ。そいつは、釣りを始めてすぐにかかったから、ずっと魚籠《びく》のなかでだらんとして、ぴくりとも動かなかった。だから死んでると思ったんだ、本当にそう思ったんだよ。そこへカーのおばあさんが馬車で橋をわたってきて、ぼくたちに、腕白坊主《わんぱくぼうず》どもっ、とっとと家《うち》にお帰り、って言ったんだ。だけどぼくたち、言い返さなかったよ、お父さん、本当だよ。それからおばあさんはお店に行って、また戻ってきたんだ。そうしたら男の子たちが、おまえ、リンクが釣ったうなぎを、おばあさんの馬車に入れてみろ、できるかって、言ったんだ。ぼく、うなぎはもう死んだから、おばあさんも困ったことにはならないと思って、投げたんだ。そうしたら丘の天辺《てっぺん》で、うなぎが生き返って、おばあさんの叫び声が聞こえて、馬車から飛びおりるのが見えたんだ。申し訳ないことをしたと思ったよ。これが全部だよ、お父さん」

それはメレディス牧師が案じたほどには、悪いことではなかった。しかし十分に迷惑な話だ。「罰を与えなくてはなりません、カール」牧師は悲しげだった。

「はい、わかっています、お父さん」

「おまえを……鞭で、打たなくてはなりません」

カールはたじろいだ。鞭で打たれたことがなかったのだ。だが、父がどんなにやるせない思いでいるか、見てとると、あえて明るく言った。

「大丈夫です、お父さん」

メレディス牧師は、息子のほがらかさを誤解した。彼が苦痛を感じていないと思ったのだ。父は、夕食後、また書斎にくるように言いわたし、カールが出ていくと、いすに身を投げだし、またうめいた。夕方になるのが、息子の七倍も怖かった。哀れな牧師は、何を使って息子を打つべきか、それさえわからなかった。男の子を叩くには、何を使えばいいのだろう？　細い棒？　杖《つえ》？　いや、むごすぎる。では、木の小枝はどうだろう？　とすると自分が、このジョン・メレディスが、森へ急いで行って、小枝を切らなくてはならない。考えるだけで、おぞましい。そのとき、思わず、ある情景が脳裏に浮かんだ。生き返ったうなぎを見たカー夫人の、胡桃割《くるみわ》り人形のようなしわくちゃの小さな顔が見えたのだ――馬車の車輪を飛びこえる魔女のようなおばあさんの姿も目に浮かんだ。こらえきれずに牧師は笑った。それから自分に腹をたてた。カールには、さらに腹をたてた。すぐに小枝をとりに行こう――だが、とにかく、柔らかすぎる枝では駄目だ。

カールは、家に帰ってきたフェイスとウーナに、すべてを打ち明けた。女の子二人は、カールが鞭で打たれると知り、恐れおののいた――お父さんが、叩くなんて、一度もしたことがないのに！　だが落ち着いて考えると、もっともなことだと、二人は思い直した。

「ひどいことをしたのね」フェイスが言った。「それに、良い行いクラブで、正直に報告しなかったわ」

「忘れてたんだ」カールが言った。「それに、こんな困ったことになるなんて、思わなかったから。おばあさんが脚を痛めたことも知らなかったんだよ。でも、ぼくは鞭で叩かれるんだから、これでおあいこだよ」

「鞭って、とても……痛いのかしら？」ウーナが、カールの掌《てのひら》に、わが手をすべりこませた。

「うん、そんなでもないよ、たぶん」カールは強がって言った。「とにかく、どんなに痛くても、泣かないよ。泣いたら、お父さんがつらくなるから。今でも、悲しんでいるのに。ぼくが、自分で自分を強く鞭で打って、お父さんが叩かずに済めばいいのに」

夕食どき、カールはわずかしか食べなかった。メレディス牧師はまったく食べなかった。食後、二人は言葉もなく書斎へむかった。テーブルに小枝がのっていた。メレディス牧師は、息子にちょうどいい小枝を探そうと苦心したのだ。一本、切ったところ、細すぎるように思えた。カールは弁解の余地のないことをしたのだ。もう一本、切った――今度は太すぎた。つまるところ、カールは、うなぎは死んでいると思っていたのだ。三本目の枝は、息子にふさわしかった。だが今、テーブルからとりあげると、それはやけに太く、重く――小枝というより、棒のようだった。

「片手を出しなさい」カールに声をかけた。

カールは頭を後ろにそらせ、ひるむことなく、片手をさしだした。だがカールは、まだ年端《としは》のいかない子どもであり、かすかなおびえが、目にあらわれていた。メレディス牧師は、息子の目をのぞきこんだ――ああ、これはセシリアの目だ――彼女の目そっくりだ――セシリアが言いづらいことを話しに来るとき、彼女の目には、まったく同じ表情が浮かんでいた。そのセシリアの目が、今、カールの青ざめた小さな顔にあった――六週間前、この子が死ぬのではないかと、終わりのない恐怖の一夜をすごしたではないか。

ジョン・メレディスは、小枝を落とした。

「行きなさい」彼は言った。「おまえを鞭で叩くことは、わたしにはできない」

カールは、父の表情を見るのは、鞭で打たれるよりつらいと思いながら、墓地へ急いだ。

「もう終わったの？」フェイスがきいた。ウーナと二人で、ポロックの墓石の上で手を握りあい、歯を噛みしめていた。

「お父さんは……打《ぶ》たなかった」カールはすすり泣いた。「でも……叩いてくれたらよかったのに……お父さんは、書斎にいるよ、悲しんでいる」

ウーナはそっと抜け出した。心の底から、父を慰めたかった。彼女は、小さな灰色のねずみさながらに、音もたてずに書斎の戸をあけ、なかに入った。黄昏どきの部屋は暗かった。父は机にむかって、すわっていた。ウーナに背をむけて——両手で頭をかかえていた。父は独り言をつぶやいていた——途切れ途切れの、苦しみに満ちた言葉を——だが、ウーナには聞こえた——その言葉を聞いて、母のない繊細な子どもに不意に訪れるひらめきの力で、彼女は理解した。ウーナは入ったときと同じように静かに出ていき、扉を閉めた。ジョン・メレディスは誰にも邪魔されず一人きりだと信じて、苦しみを語り続けていた。

第34章　ウーナ、丘の家を訪れる

ウーナは二階へあがった。カールとフェイスは、昇ったばかりの月明かりのなかを、虹の谷へ歩いていた。ジェリーが奏でる口琴《こうきん》の不思議で軽快な音色が聞こえていた。ブライス家の子どもたちも集まって楽しくやっている最中だろうとウーナは思った。ウーナは出かける気分ではなかった。自分の部屋に入り、ベッドに腰かけ、声をひそめて泣いた。誰であろうと、愛しいお母さんの代わりに来てほしくなかった。継母もほしくなかった。継母は私を毛嫌いして、お父さんが私を嫌うように仕向けるのだ。でもお父さんは、あんなに打ちひしがれて、悲しんでいる——もしお父さんを幸せにできることがあるなら、しなくてはならない。私にできることは一つしかない——書斎を出たとき、ウーナはしなければならないとわかっていた。だが、たいそう難しかった。

ウーナは心ゆくまで泣くと、目もとをふいて、客用寝室へ行った。そこは暗く、かび臭かった。長い間、日よけを上げず、窓も開けていなかった。マーサおばさんは新鮮な空気好き（1）ではなかったのだ。また牧師館の戸が閉まっていようと誰も気にせず、とくに問題はなかった。もっとも、どこかの運の悪い牧師が泊まりに来て、客用寝室の空気を吸う羽目になったときは別だったが。

客用寝室には衣裳戸棚《クローゼット》があり、奥に灰色の絹のドレスがかかっていた。ウーナは衣裳戸棚に入ると扉をしめ、膝立ちになり、柔らかな絹のひだに顔を押しあてた。母の婚礼衣裳《ウエディング・ドレス》だった。今なお、甘く、ほのかな芳香が、愛の名残りのように漂っていた。ここに来るといつも母がすぐそばにいるような心地がした――まるで母の足もとにひざまずき、母の膝に頭を乗せているようだった。まれに、人生があまりにつらいときは、ウーナはここに来るのだった。

「お母さん」ウーナは灰色の絹のドレスにささやきかけた。「私は、絶対に、お母さんのことを忘れないよ。いついつまでもお母さんのことが、一番好きよ。でもね、お母さん、どうしても、しなくてはならないの。だって、お父さんがとても悲しんでいるんですもの。お母さんだって、お父さんに悲しんでほしくないでしょう。だから私、あの女の人に優しくするわ、お母さん、あの人を愛するように努力する。たとえあの人が、メアリ・ヴァンスが言ったような継母だとしても」

ウーナはこの秘密の神殿から、たしかに精神的な力を得た。その夜、優しく生真面目な小さな顔には、まだ涙の跡が光っていたが、心安らかに眠った。

明くる日の午後、ウーナは一番いい服と帽子を身につけた。とは言っても、みすぼらしいものだった。その夏、グレンの小さな女の子たちは、フェイスとウーナのほかは一人残らず新しい服があった。メアリ・ヴァンスのきれいなドレスは、刺繡をした白いローン地で、帯《サシュ》と肩の蝶々結びは真紅の絹だった。しかしその日、ウーナは着古した服を気にしなかった。ただ、こざっぱりと清潔でありたかった。丁寧に顔を洗った。黒い髪はブラシをかけて、繻子《サテン》のようになめらかにした。いい長靴下《ストッキング》が二筋《ふたすじ》、伝線しているところを繕《つくろ》ってから、靴紐をきちんと結んだ。靴墨を塗りたかったが、見つからなかった。それから牧師館を静かに出た。虹の谷へおりて通りぬけ、葉ずれがさやさや鳴る木立のなかを登っていくと、丘の上の家へつづく街道に出た。かなり歩いて、着いたときには、草臥《くたび》れて暑かった。

ローズマリー・ウェストは庭で木の下にすわっていた。ウーナはダリアの花壇をそっと通り、近づいていった。ローズマリーは膝に本を置いていたが、内海の遠くをながめ、その胸の想いは悲しみに満ちていた。近ごろ、丘の家の暮らしは楽しいものではなかった。エレンはふて腐れた顔つきはしなかった——エレンは信頼のおける人物だった。だが人は言葉に出さないことを、感じとることができる。ときには姉妹の間の沈黙が、耐えがたいほど雄弁に、多くを語った。かつては暮らしを甘美にしてくれた多くの見慣れたものが、今ではことごとく、ほろ苦い味わいをたたえていた。ノーマン・ダグラスは定期的に現れ、エレンを脅し、また、なだめすかした。彼はいずれエレンを引きずるように連れていき、結着がつくだろうとローズマリーは思っていた。そうなれば嬉しいという気持ちだった。そのあと、この家の暮らしはひどく孤独だろうが、もうダイナマイトをかかえることもないのだ。

遠慮がちな小さな手が肩にふれ、ローズマリーは、憂いを含んだもの思いから、はっと目ざめた。ふりかえると、ウーナ・メレディスがいた。

「まあ、ウーナちゃん、この暑いなか、ここまで歩いて上がってきたの？」

「はい」ウーナは言った。「私が……来たのは……」

何をしに来たか、言うのが難しかった。声がかすれた――目にあふれるほど涙がたまった。

「まあ、ウーナちゃん、どうしたの？　怖がらなくていいのよ、私に話してごらんなさい」

ローズマリーは、やせた子どもの小さな体に腕をまわし、抱きよせた。ローズマリーの瞳はすこぶる美しかった――抱きよせてくれたその手は優しく、ウーナは勇気がわいた。

「私が来たのは……お願いがあるんです……お父さんと、結婚してください」あえぎながら言った。

ローズマリーは口もきけないほど驚き、一瞬、黙った。呆然としてウーナを見つめた。

「ああ、ウェストさん、どうか怒らないでください」ウーナは頼みこむように言った。

「あの、あなたが、お父さんと結婚しないのは、私たちが悪い子だからって、みんなが言っているんです。それで、お父さんは、とても悲しんでいるんです。だから、私たちはわざと悪いことをしているんじゃないって、あなたに言いに来たんです。もしお父さんと結婚してくだされば、私たち、いい子になるように、あなたの言う通りにするように、がんばります。だから私たちに手こずることはありません、本当です。お願いです、ウェストさん」

ローズマリーは素早く考えをめぐらせた。ウーナは噂話から推測して、こんな誤解をしたのだろう。この子に、正直に、誠実に、話さなければならない。

「ウーナちゃん」ローズマリーは優しい声をかけた。「私がお父さんの奥さんになれない理由は、あなたたちのせいではないのよ。そんな理由は、考えたこともないわ。あなたたちは悪い子じゃないもの……悪い子だなんて思ったことは一度もないわ。これには……全然違う理由があるのよ、ウーナ」

「じゃあ、お父さんのことを、好きじゃないのね？」ウーナはとがめるように目を上げた。「ああ、ウェストさん、お父さんがどんなに優しい人か、あなたは知らないんです。お父さんは、きっと、いい夫になります」

ローズマリーは困惑し、狼狽《ろうばい》していたが、笑みを浮かべずにはいられなかった。

「ああ、笑わないで、ウェストさん」ウーナは一生懸命になって叫んだ。「お父さんはひどく、つらい思いをしているんです」

「それは、ウーナちゃんの思い違いだと思うわ」ローズマリーは言った。

「いいえ。本当に思い違いじゃありません。ああ、ウェストさん、昨日、カールを鞭で叩くつもりだったんです……カールが悪いことをしたから……でも、お父さんにはできなかった。鞭で叩くなんて、したことがないからです。そのあと、カールが外に出てきて、お父さんが苦しんでいるって教えてくれたから、私、そっと書斎に行ったんです。お父さんを助けてあげたくて……お父さんは私に慰めてもらうのが好きだから、ウェストさん……でもお父さんは、私が入ったことに気がつかなかった。それで私、お父さんの独り言を聞いたんです。教えてあげます、ウェストさん、ひそひそ話をさせてくださるなら」

ウーナは耳もとで、真剣にささやいた。ローズマリーの顔が真紅に染まった。ということは、ジョン・メレディスは、今でも愛してくれているのだ。彼の心は変わらないのだ。彼がもしそう言ったなら、深く思っているに違いない——私が考えていた以上に激しく。ローズマリーはしばしウーナの髪を撫《な》でながら、すわっていた。それから言った。

「お父さんに、ちょっとしたお手紙を持っていってくださる、ウーナ？」

「じゃあ、お父さんと結婚してくださるの、ウェストさん？」ウーナは熱心にたずねた。

「お父さんが、私と結婚したいと本気でお考えなら……たぶん」ローズマリーはまた頬を染めた。

「嬉しい……嬉しいな」ウーナは勇気を出して言った。それから顔をあげ、唇を震わせて言った。「ああ、ウェストさん、お父さんが私たちと仲違いするようにしないでください……お父さんが私たちを嫌いになるように、しないでくださいませんか？」ウーナは手を合わさんばかりに頼んだ。

ローズマリーはふたたび目を見はった。

「ウーナ・メレディス！　私がそんなことをすると思って？　いったい、どうして、そんなことを？」

「メアリ・ヴァンスが、継母はみんなそうだって言ったの……継母はみんな継子《ままこ》が嫌いで、父親が子どもを憎むようにする……継母はそうせずにはいられない……継母になると、そうなるって……」

「かわいそうなウーナ！　それなのに、あなたは、お父さんを幸せにしたい一心で、私に結婚してほしいと頼みに来たのね？　いい子ね……立派な女性よ……エレンの言葉を借りれば、あなたは信頼の置ける人だわ。さあ、私の言うことをよくお聞きなさい、ウーナちゃん。メアリ・ヴァンスはお馬鹿さんよ、よく知りもしないで、ひどい誤解をしているの。お父さんとあなたがたが喧嘩をするように仕向けるなんて、考えたこともないわ。私は、あなたたちみんなを大切にして、可愛がるわ。お母さんの代わりになるつもりはないの……お母さんは、いつまでも、あなたたちの心にいらっしゃるもの。でも私、継母になるつもりもないのよ。私は、お友だちになりたいわ。力になってあげられる人、仲良しになりたい。もし、ウーナ、フェイス、カール、ジェリーが、私のことを、優しくて楽しい仲良しだと……大きなお姉さんだと、思ってくれたら……すてきじゃないこと、ウーナ？」

「まあ、すてき」ウーナは表情を一変させて叫び、衝動的に、ローズマリーの首に抱きついた。嬉しさのあまり、翼にのって飛べそうな心地だった。

「ほかの子たちも……フェイスと男の子たちも、継母のことを、そんなふうに思っているの？」

「いいえ。フェイスは、メアリ・ヴァンスの言うことを信じなかった。私は信じてしまって、馬鹿だった。フェイスは前からあなたが大好きです……かわいそうなアダムが食べられたときから、ずっとあなたが大好きなんです。ジェリーとカールも嬉しいって思うでしょう。ああ、ウェストさん、うちに来て、一緒に暮らすようになったら……どうか……できることなら……お料理を教えてくださいませんか？……少しでいいから……それからお裁縫と……それから……それから……色んなことを。私、何も知らないの。面倒はかけないから……早くおぼえるようにするから」

「可愛い子ね、私のできることは全部、教えてあげますとも、力になってあげますよ。

でも、このことは誰にも、一言も言わないようにね……フェイスにも。お父さんが、言ってもいいとおっしゃるまでは。さあ、一緒にお茶をあがってくれる？」

「まあ、ありがとう……でも……だけど……すぐ家《うち》に帰って、お父さんに手紙を渡してあげたいの」ウーナは口ごもった。「だって、お父さんは大喜びするから、早いほどいいでしょ、ウエストさん」

「そうね」ローズマリーは言うと、家に入り、短信をしたため、ウーナに預けた。幸せの塊《かたまり》のように胸弾ませている小さな女の子が走っていくと、ローズマリーはエレンのところへ行った。彼女は、裏のポーチで豆のさやをむいていた。

「エレン」ローズマリーは呼びかけた。「さっき、ウーナ・メレディスが来て、あの子のお父さんと結婚してほしいと言ったの」

　エレンは面《おも》をあげ、妹の顔色を読んだ。

「それで、そうするつもりかい？」エレンは言った。

「そうなりそうね」

　エレンはそれから数分、豆のさやをむいていたが、突然、顔を手でおおった。黒々とした眉の目に、涙があった。

「私は……私たち二人が幸せになるように、願っているんだよ」エレンはすすり泣き、また笑った。

丘の下の牧師館では、意気揚々としたウーナ・メレディスが、暑さにほてり、顔を薔薇色に輝かせて、元気な足どりで書斎へ入ってきた。そして父の目の前で、机に手紙を置いた。彼は、その見慣れた、はっきりした、きれいな手書きの筆跡を見ると、白い顔をぱっと赤らめた。手紙を開くと、短いものだった――だが読むうちに、彼は二十歳、若返った。ローズマリーは、その夕方、日の沈むころ、虹の谷の泉のほとりでお会いできますかと書いていた。

第35章　「笛吹きよ、来るがいい」

「ということは」ミス・コーネリアが言った。「結婚式が二組、今月の半ばごろにあるんだね」

九月初めの夕暮れはうっすらと肌寒く、アンは広い居間で、いつも使えるようにしている暖炉(1)の流木に火をつけた。ミス・コーネリアは、妖精のようにちらちら瞬く炎に気持ちよくあたった。

「おめでたいですね……とくに、メレディス牧師とローズマリーのお二人が」アンが言った。「考えるだけで、まるで自分が結婚するみたいに、幸せな気持ちになりますわ。ゆうべ、丘の家にうかがって、ローズマリーの嫁入り衣裳を拝見したら、また花嫁になったような気がしましたもの」

「なんでも、王女さまのお支度になるくらい、ご立派だそうですね」スーザンが薄暗い隅から、可愛がっている鳶色《とびいろ》の男の子(2)を抱きしめながら言った。「私も見に来るように呼ばれてますから、いつか夕方、行くつもりです。ローズマリーは白い絹のドレスとヴェールを着て、エレンは濃紺のドレスを着るそうですね。たしかに、エレンが濃紺を着るのは分別がありますよ(3)、先生奥さんや。でも私は、いつか結婚するなら、私なら、白いドレスとヴェールのほうが、花嫁さんらしくて好きです」

　スーザンが「白いドレスとヴェール」をまとった姿が、アンの心に浮かんだものの、あまりに滑稽に思われた。

「メレディス牧師のほうは」ミス・コーネリアが言った。「婚約してから、別人みたいになったね。前の半分もぼんやり屋でも、心ここにあらずでもない、ほんとだよ。新婚旅行中は牧師館を閉めて、子どもたちを近くに預けるって聞いて、安堵したよ。一か月も、マーサおばさんと子どもだけにしといたら、あたしは毎朝、起きるたんびに、牧師館が火事で焼けたんじゃないか、気が気じゃないよ」

「マーサおばさんとジェリーは、うちにいらっしゃるんですよ」アンが言った。「カールは、クロー長老さんのところですわ。女の子たちは、どこへ行くのかしら、まだ聞いていませんけれど」

「ああ、うちで預かるんだよ」ミス・コーネリアが言った。「もちろん喜んで預かるよ。あたしが預かるって言うまで、メアリが、やいのやいのとせかして大騒ぎだったよ。花嫁さんと花婿さんが帰ってくる前に、牧師館は、婦人援護会が上から下まで掃除するし、ノーマン・ダグラスは、地下室を野菜でいっぱいにするように手配したそうな。近ごろのノーマン・ダグラスときたら、あの男のあんな様子は見たことも聞いたこともない、ほんとだよ。あの男は、生涯ずっとエレン・ウェストと一緒になりたくて、やっとこさ結婚できるんで、大したご機嫌でね。もしあたしがエレンなら……もっとも、あたしはエレンじゃないが、エレンが満足してるなら、私も満足だよ。ずっと前、エレンが女学生だったころ、意気地なしの子犬みたいな夫なら、いらないって言うのを、聞いたんだ。たしかにノーマンは意気地なしではない、ほんとだよ」

虹の谷のむこうへ夕日が沈んでいくところだった。池の面《おもて》は紫色や金色、緑、真紅の見事な綾《あや》をなしていた。東の丘には、ほのかに青い霞《かすみ》がかかり、大きな淡い丸い月が、銀色の泡のようにあがってきた。

一同が虹の谷に勢ぞろいしていた——フェイスとウーナ、ジェリーとカール、ジェムとウォルター、ナンとダイ、そしてメアリ・ヴァンスが、森が少し開けたところにすわっていた。彼らは特別なお祝いをしていた。というのもジェムが虹の谷ですごす最後の夕べだったのだ。明くる日、ジェムはクィーン学院で学ぶため、シャーロットタウンへ出発するのである。魔法で守られた仲間の輪が壊れてしまうのだ。ささやかな宴《うたげ》は愉快であったが、めいめいの若く陽気な心には、一抹《いちまつ》の寂しさがたゆたっていた。

「ほら……あの夕日のなかに、大きな金色の宮殿があるよ」ウォルターが指さした。

「あの輝いている数々の塔を……あの塔ではためいている真っ赤な旗を、見てごらんよ。たぶん、戦《いくさ》に勝って征服した者が、戦場から帰ってきたんだ……勝者に敬意を表して、たくさんの旗をかかげているんだ」

「ああ、昔の時代に戻りたいな」ジェムが声をはりあげた。「兵士になりたい……勝利をおさめる偉大な将軍になりたい。大きな戦《いくさ》が見られるなら、なんだってするよ」

実際、ジェムは兵士となり、史上かつてない大きな戦争に臨《のぞ》むことになるが、それはまだ先の話である。彼の母は、つまり母の長男がジェムであったが、彼女は、自分の息子たちを眺めながら、ジェムが憧れる「いにしえの勇ましい時代」(4)が永遠に過ぎたことを、そしてカナダの息子たちが「父祖の灰と神々の寺院を守るために」(5)戦場に赴《おもむ》く必要のないことを、神に感謝するのが常だった。

大戦の影は、まだその冷やかな前兆の気配すらなかった。フランス(6)、フランドル(7)、ガリポリ(8)、そしてパレスチナ(9)で戦い、輝かしい未来が約束されていた。やがて年たちは、今はまだ悪戯好きな男子生徒であり、輝かしい未来が約束されていた。やがて胸を痛めることになる娘たちは、まだ希望と夢に満ちた麗しい乙女だった。

夕日の都の旗はゆっくりと真紅と金色の輝きを失っていき、勝利者の行列はゆっくり消えていった。黄昏の帳《とばり》が虹の谷にそっと舞いおり、小さな一団は無口になった。その日、ウォルターは再び、好きな伝説の本を読んでいた。そしていつだったか、今日のような夕暮れどきに、笛吹き(10)が虹の谷へおりてくるさまをどのように空想したか、思い出した。

彼は夢でも見ているように語り始めた。仲間たちを少々ぞっとさせたいという願いからであり、彼とは別の何かがウォルターの口を通して語っているようでもあった。「笛吹きが、もっと近くに来ている」ウォルターは言った。「前に姿を見たあの夕方より、ずっと近くまで来ている。影のある長いマントが、笛吹きのまわりで風にはためいている。彼は笛を吹く……笛を吹く……ぼくらは、ついていかなくてはならない……ジェム、カール、ジェリー、そしてぼくは……世界中をめぐるんだ。ほら……耳を澄ましてごらん……不思議な音色が、聞こえないかい？」

少女たちは身震いした。

「そんなの、あんたが、ふりをしてるだけだって、知ってるくせに」メアリ・ヴァンスが文句を言った。「そんなこと、言わなきゃいいのに。ほんとのことみたいじゃないか。あんたが話す昔の笛吹きなんか、大嫌い」

ところがジェムは晴れやかに笑って、飛び起きた。小さな丘に立った彼は、丈高《たけたか》く、堂々として、広い額と恐れを知らない目をしていた。彼のような若者が、このかえでの国中に何千となくいた。

「笛吹きよ、来るがいい、歓迎するぞ」ジェムは手をふりながら、叫んだ。「ぼくは、喜んでついていくぞ、世界中をまわって、ついていくぞ」

訳者によるノート――『虹の谷のアン』の謎とき――

エピグラフ（題辞）と献辞

（1）**若き日の想いは、遠い遠い想い**……米国詩人ヘンリー・ワズワース・ロングフェロー（一八〇七～八二）の詩「失われし青春」（一八五八）の全ての連でくり返され、主題となる一節「少年の夢は、風の夢。若き日の想いは、遠い遠い想い」より。本作の結末でアンの子どもたちと牧師館の子どもたちの少年時代、少女時代が終わると示唆される。この一節は第二巻『青春』の最終章でも引用され、この巻でアンの少女時代が終わることを告げていた。『青春』第30章（11）。モンゴメリの対比の意図が感じられる。［RW／In］

（2）**祖国の平和な谷の神聖を、侵略者の蹂躙《じゅうりん》から守り、／尊い犠牲となった／ゴールドウィン・ラップ、ロバート・ブルックス、モーリー・シーアを／追悼して**……この三人の男性は、本作執筆時（一九一七～一八頃）にモンゴメリが暮らしたオンタリオ州リースクデイル村から第一次世界大戦に出征して、戦死した若者。牧師夫人のモンゴメリは自分の村から戦地へ赴いた青年たちの生還を祈った。カナダは宗主国の英国、フランス、ロシアを中心とする連合国側として、ドイツ、オーストリア、オスマン帝国などを中心とする同盟国側と戦闘。米国の参戦により連合国側が勝利した。第一次世界大戦は戦闘機、戦車、潜水艦、毒ガスなどの近代兵器を使用した史上初の総力戦となり、主戦場の欧州で膨大な戦死者を出した。カナダからは約六十三万人が出征、六万人以上が戦死。日本は日英同盟により英国側として参戦した。

第1章

わが家へ　Home Again

（1）**五月の澄みわたる青林檎《あおりんご》色の夕べ**……a clear, apple-green evening in May　プリンス・エドワード島（以下、島）は緯度が高いため、春から夏にかけて日没が遅く、夕日が沈んだ後も空はしばらく明るく澄みわたり、あかね色から桃色、薄緑色、水色、青、紫色、紺色へ変わり、夜遅くなって暗くなる。

（2）**フォー・ウィンズの内海**……Four Winds Harbour　現在のニュー・ロンドン湾。砂州でセント・ローレンス湾と隔てられた広い内海。『夢の家』第1章（17）、地図。

（3）**砂州《さす》**……フォー・ウィンズ内海がセント・ローレンス湾に出るところに伸びる。『夢の家』第5章（1）、本作地図。

（4）**狡賢く陽気な風が笛吹きのようにやって来て**……a sly, jovial wind came piping down　本作の最終章である第35章の題「笛吹きよ、来るがいい」“Let the Piper Come” に対応させて、モンゴメリは笛を吹く piping という言葉を入れている。本作の笛吹きは、若者を戦地に駆り立てる音色を奏でる者であり、この小説は献辞も合わせて、微かに不穏な気配から始まる。第35章（10）、訳者あとがき。

（5）**マーシャル・エリオット夫人となって十三年たつ**……ミス・コーネリアがマーシャル・エリオットと結婚したのは第五巻『夢の家』の結末。季節は初秋で、当時のアンは二十七歳。それから十三年たっていると書かれているため、本作冒頭の五月に、三月生まれのアンは四十一歳。第六巻『炉辺荘』の結末は九月で、二十五歳で結婚したアンの結婚十五周年記念日で四十歳だった。但し、シリーズは順番通りに書かれていないため年齢や年代の辻褄が合わない部分もある。

（6）**首をふった**……不賛成、不服、心配、不安を表す仕草。

（7）**らっぱ水仙の花々**……daffodils　花の中央部分がらっぱのように前に出ている形から命名。黄水仙と白水仙がある。英国詩人ワーズワースの名詩「らっぱ水仙」から春の訪れを連想させる花。この場面の五月は、島ではまだ早春のころ。

（8）**尻叩き**《スパンキング》……子どもの体罰で尻を叩くこと。『風柳荘』一年目第4章（6）。

（9）**ウェストミンスター寺院**……英国ロンドンにあるゴシック建築の大教会。国王、女王の戴冠式と葬儀、偉人の国葬が行われる。詩人の墓もあり、モンゴメリは一九一一年に訪れた。

（10）**好意はあてにならず、美しさはつかの間なり**……旧約聖書「箴言」第三十一章三十

節「好意はあてにならず、美しさはつかの間なり。しかし主をおそれる女は、たたえられる」。［RW／In］

第2章　よもやま話　Sheer Gossip

（1）**マリラは八十五歳……（略）……目は六十歳のころよりいいんです……**『アン』の結末でマリラは視力が落ち、読書や裁縫を医者に止められた。本作冒頭でアンは四十一歳、『アン』結末でアンは十六歳のため、『アン』の結末はこの時点より二十五年前で、マリラは六十歳。

（2）**ジョン・ノックス・メレディス牧師……**The Reverend John Knox Meredith　ジョン・ノックス（一五一四頃～七二）はスコットランドで宗教改革を行い、長老派教会を創立した牧師。アン・シリーズの登場人物の大半は長老派教会の信徒。メレディスは元はウェールズ人の名字。メレディス家はスコットランドとウェールズの気配でケルト的。

（3）**試しになすったお説教……**長老派教会では、牧師が交代する際、候補の牧師が交代で試験的な説教を行い、信徒と信徒の代表である長老が決めた。

（4）**ペテロやパウロみたいなお説教をしても、あの人には何の利益もなかったよ……**ペテロ（英語名ピーター）はイエスの十二人の弟子の一人、パウロ（英語名ポール）はキリスト教を古代ローマなどに布教した最大の功労者。イエスの死後の弟子たちの布教を書いた新約聖書「使徒言行録」には、二人が説教をしたと書かれている。「あの人には何の利益もなかった」は、新約聖書「コリントの信徒への手紙一」第十三章三節「全財産を貧しい人のために使い尽くそうとも、誇ろうとしてわが身を死に引き渡そうとも、愛がなければ、わたしに何の利益もない」からの引用。［RW／In］

（5）**ラムジー**……Ramsay　スコットランド人に多い名字。

（6）**『汝《なんじ》ら、メロズを呪え』**……'Curse ye Meroz'　メロズは旧約聖書「士師記」第五章二十三節に出てくる古代の都市名。「主の御使《みつか》いは言った。『汝ら、メロズを呪え、その住民を激しく呪え（以下略）』」スーザンはメロズが人の名前だと思っている。［RW／In］

（7）**私は目を上げて、丘《ヒル》を見ましょう**……旧約聖書「詩編」第百二十一節「私は目を上げて、丘を見よう。私の助けは、どこから来るのか！　私の助けは主から来る、天と地を創りたまいし主から」［RW／In］

（8）**義理の兄のジェイムズ・クロー**……スーザンの姉はマチルダ・クロー。『夢の家』第36章。

（9）**マーサおばさん**……Aunt Martha　マーサは新約聖書「ルカによる福音書」に出てくるマルタ（英語名マーサ）が知られる。イエスが彼女の家を訪れたとき、姉マルタはもてなしばかりして、イエスの話を聞かず、妹のマリアは接待はせずに話を聞いた。本作のマーサおばさんは家事が苦手だが、来客があると鶏をつぶしてもてなす。『青春』第20章（13）。

（10）**ジェリー**……Jerry　本名ジェラルド Gerald の愛称。

（11）**フェイス**……女子名。Faith　意味は神への信仰、信心。牧師の娘らしい名前。

（12）**地下室**……冷蔵庫のない時代は、冷暗な地下室に食料を保管した。

（13）**カスタード・パイ**……カスタードは、牛乳と卵に、砂糖とヴァニラを加えて加熱したもの。当時の北米の無声映画では、ドタバタ喜劇で、カスタード・パイを顔に投げた。卵と牛乳を持って階段から落ちたフェイスには、カスタード・パイの喜劇のイメージが重ねられている。

（14）**ウーナ**……Una　女子名。イタリア語やスペイン語で「一」を意味する Uno（ウーノ）の女性形。英語ではウーナと発音する。長女のフェイスは敢えて日本語の女子名にすれば信子、ウーナは一子《かずこ》で古風な名づけ。モンゴメリ初期の小説『果樹園のセレナーデ』の主人公キルメニーは、最初はウーナという名前で、「庭園のウーナ」という題だった。

（15）**トーマス・カーライル**……Thomas Carlyle　トーマスはイエスの十二人の弟子トマスの英語名。カーライルは男子名、またスコットランド人の名字。ちなみにトーマス・カーライル（一七九五～一八八一）という著名なスコットランドの思想家がいる。

（16）**メソジスト教会**……イングランドで誕生した新教プロテスタントの一派。当時のカナダではスコットランド系が多い長老派教会と、イングランド系が多いメソジスト教会など複数の新教の宗派をまとめて合同教会を作る計画があり、長老派のモンゴメリは教義の違いから反対。一九二五年に合同教会が成立した。『夢の家』第6章（20）。

（17）**祈禱会**……プロテスタントの祈禱会。『アン』では、水曜日の夜に教会で祈禱会が開かれ、アンとダイアナが出かける描写がある。

（18）**室内履き**……carpet slippers　厚手の布で作った室内用の靴。結婚式を司る牧師は、くつろいだ室内履きではなく、革靴で行くのが礼儀。

（19）**キリスト教の隣人愛**……charity　博愛、愛、慈悲とも訳される。キリスト教の三大徳目は「信仰と希望と愛」faith, hope, and charity、『アン』第24章（10）。

（20）**ドリューの奥さんに、鵞鳥《がちょう》の丸焼き《ロースト》を切り分けてほしいって頼まれて**……ローストした鵞鳥などを切り分ける役目は男性がつとめた。

（21）**モーセみたいに控えめに**……as meek as Moses　モーセは旧約聖書に描かれる古代ヘブライの預言者。旧約聖書「民数記」第十二章三節「さて、モーセという男は、地上のすべての者にもまさって、実に控えめだった」より。『夢の家』第7章（12）、第9章（18）。

（22）**ヨセフを知る一族**……旧約聖書に出てくるヨセフ（ヤコブの息子、エジプトの大宰相）は自分を痛めつけた兄たちを好遇した。善良な人々のイメージ。『夢の家』第7章（12）。

（23）**プリンス・エドワード島は、カナダでいちばんきれいな州**……島はカナダ連邦国家の一つの州。

（24）**フォー・ウィンズ**……Four Winds。四つの風。島の北西部ニュー・ロンドン湾の内海とその一帯。この内海沿いに本作の舞台グレン・セント・メアリ（架空の地名）がある。『夢の家』第1章（17）。

（25）**ローズマリー**……Rosemary　植物の名前で、シソ科の常緑低木、針状の葉をハーブとして料理に使う。ラテン語の古い語源は露と海に由来するが、一般的な意味合いは薔薇「ローズ」と聖母マリア「マリー」。女子名としては、薔薇のように美しく、聖母マリアの母性愛をもつ女性のイメージがあり、本作の後半につながる。カナダで一九一九年に発行された本作初版本の表紙絵は、金髪のローズマリー・ウェスト。

（26）**マドレーヌ諸島**……セント・ローレンス湾内、島の北にある、航海の難所。『夢の家』のジム船長の船はここで難破。『夢の家』第24章（10）。

（27）**監督教会員**……Episcopalians　教会の制度として監督制（主教、監督などが教会の組織を監督）をとる新教の教会の信徒。英国から北米に移民したアングリカン教会（聖公会、英国国教会）をさすことが多いが、ここではスコットランド聖公会Scottish Episcopal Church の信徒と思われる。

（28）**レスリー**……『夢の家』の金髪碧眼の美女レスリー・ムーア。オーエン・フォードと結婚してオンタリオ州トロントへ移った。アンとギルバートが新婚時代をすごした内海の「夢の家」をオーエンが買い取り、フォード家の夏の別荘になった。

(29) **日本へ旅行（略）一年間はあちらにいるでしょう**……本作が執筆された一九一七〜一八年頃は、日本と英国（カナダの宗主国）は日英同盟を結んでいた。第一次大戦中に、英国がドイツに宣戦布告すると、軍事同盟国である日本は英国側（連合国軍）として参戦。英連邦の一国であるカナダは親日的だった。一方、第六巻『炉辺荘』が書かれた一九三七〜三九年の日本は、軍事的にはナチス・ドイツ寄りで、英国とカナダとは敵対関係に向かいつつあった。『炉辺荘』あとがき。

(30) **『人生録』**……“The Life Book”『ジム船長の人生録』。世界中の海を航海した異国的で珍しい逸話をオーエン・フォードが再構成して刊行。『夢の家』第24章。

第3章　炉辺荘の子どもたち　The Ingleside Children

(1) **大きなかえでの森**……第五巻『夢の家』第40章で、ギルバートが炉辺荘には広大な広葉樹の森があるとアンに語る。

(2) **虹の谷と呼ぼうよ**……本作の後に書かれた『炉辺荘』第23章に命名の経緯がある。

(3) **銀色の波が泡立つようだった**……キャラウェイの白い花が揺れる様を詩的に表現。

(4) **「樹《き》の恋人たち」**……『炉辺荘』第23章。

(5) **木綿糸のベッドカバー**……手織りの縦糸に使う太い白木綿糸を棒針編みでモチーフに編みつないだベッドカバー。『アン』第1章（4）。リンド夫人はアンにも嫁入り道具として持たせる。『夢の家』第2章（2）。

（6）**小さな鱒《ます》をどっさりフライパンに入れて、油で焼く**……frying a mess of small trout fry はフライパンなどの浅い鍋に油を引いて焼くこと。ここでジェムはブリキの空き缶を叩いて平らに伸ばした板で料理しているためと書かれているため、油を鍋に深くはる揚げ物のフライ（英語では deep-fry）ではなく、平らなブリキの上で油で炒め焼き（英語で fry）にしている。

（7）**ブリキの空き缶**……ブリキは鋼板の表面に、錫《すず》加工をほどこしたもの。本作では空き缶を叩いて伸ばした板で鱒を焼き、その板（プレート）をそのまま大皿として食卓に出している。

（8）**松やにのガム**……えぞ松の松脂をガムとして噛む。『アン』第15章（8）。

（9）**なよなよしている**……milk-soppish　milk-soppish　milksop はミルクに浸した柔らかいパン。病人、小児食。原文の milk-soppish は、そんな軟弱な男のような、という意味。

（10）**顔の色つやは申し分なく、母親は大いに満足だった**……母のアンは顔が青白く、肌のそばかすが悩みだった。

（11）『マーミオン』……スコットランドの文豪サー・ウォルター・スコットの長編叙事詩（一八〇八）。主人公マーミオンは、イングランド国王ヘンリー八世の寵臣で、スコットランドとイングランドの歴史的決戦フロッデンで戦い、命を落とす。『アン』第2章（5）ほか。この詩に登場する聖カスバートが暮らした北海ホリー島を、モンゴメリは一九一一年に訪問。

（12）**アダムの水**……Adam's ale　直訳するとアダムの酒。水をユーモラスに表現したもの。虹の谷の宴会の愉快な雰囲気を伝える。

第4章　牧師館の子どもたち　The Manse Children

（1）**板壁**……clap-boarded wall　直訳すると、下見板張りの壁。板の上端を薄く、下端を厚くした細長い板を、板の下側の厚い方が見えるように重ねた外壁。島の農家の外壁は、この下見板張りで建てられている。

（2）**アカシア**……マメ科アカシア属の常緑樹。春から初夏に黄色または白の小さな花を球状につけ、ミモザとも呼ばれる。日本では、初夏に蝶形の白い花を房状につけるニセアカシアを「アカシア」と呼ぶが、別の木。

（3）**ギレアド・バルサム**……balm-of-gilead　アラビアバルサムノキ、メッカバルサムノキとも訳される。芳香のある樹脂がとれ、これを使った軟膏が古くから作られ、今も市販される。旧約聖書「エレミヤ書」第八章二十二節にも描かれ、傷を癒やすもの、慰めという意味。ギレアドについては『青春』第24章（10）。

（4）**石垣と芝土の盛り土**……dyke of stones and sod　土台に石垣を組み、その上から芝土を載せた低い土手。島では墓地の囲い、敷地の区切りなどによく見られる。

（5）**アスター**……キク科のエゾギク、ヨメナなど。島の秋の野に薄紫色の花を咲かせる。

（6）**あきのきりんそう**……セイタカアワダチソウも含む。黄色の小花を多数つける。

（7）**しだれ柳**……weeping willow　直訳すると「泣き悲しむ柳」。亡き人との哀別の意味があり、昔は墓石に彫刻された。

（8）**握手する手**……ヴィクトリア朝の墓石には、握手する二つの手の彫刻も見られる。意味は死者と生者の絆、また天国や永遠の命への挨拶などとされる。

（9）**ひだの寄った布をかけた壺**《つぼ》……draped urns　壺と、そこにかかるひだ布の彫刻。壺は死の世界を意味し、ひだのある布はあの世界とこの世を隔てる境を意味する。高い記念碑の上に置かれたひだ飾りの布つき壺の彫刻は、本作より後に書かれた第四巻『風柳荘』一年目第5章にも、エイブラハム・プリングル船長の記念碑として登場。

（10）**口琴**《こうきん》……a jew's harp　口にくわえて弾く原始的な弦楽器。小さな馬蹄形の金属枠の中央に金属の弦をはり、指で弾いて鳴らす。

（11）**ボタンを太い白糸で縫いつけた**……牧師が教会で着る服は黒などの濃い色であり、ボタンは黒い糸でつける。白い糸では目立つ。

（12）**ガーター蛇**……garter snake　北米で一般的な小型から中型サイズの蛇、無毒。

（13）**真理とは何か？**……新約聖書「ヨハネによる福音書」第十八章三十八節「ピラトは彼（イエス）に言った。『真理とは何か？』」、イエスは、彼をよく思わないユダヤ人たちによって捕まり、総督ピラトがイエスにこの質問をする。

（14）**せせら笑うピラト**……jesting Pilate　ピラトは一世紀頃のローマから派遣されたユダヤ総督で、イエスの処刑を許可した役人。この一節はイギリスの哲学者・政治家フランシス・ベーコン（一五六一〜一六二六）の随筆『真実について』の冒頭の「真理とは何か？　せせら笑うピラトは言い、答えを待たずに去った」より。［RW／In］

（15）**糖蜜《モラセス》**……molasses　砂糖黍などから砂糖を作る過程で生じる黒いシロップ。

（16）**前と同じ《ディットー》**……ditto　直訳すると、同前。

（17）**至聖所《しせいじょ》**……sanctum sanctorum　旧約聖書の原書のヘブライ語をラテン語に訳した言葉。エルサレムのユダヤ教の神殿の聖なる所、転じて、奥深い神聖な場所。

（18）**メイウォーター**……Maywater　島に実在しない架空の地名。意味は五月の湖水、春の湖。

（19）**作りたての糖蜜《モラセス》タフィーみたいな色**……艶のある茶色。糖蜜《モラセス》タフィーは糖蜜、砂糖、バターなどを煮溶かして作るキャラメルのような飴。

（20）**メイフラワー**……Mayflower　正式にはtrailing arbutus と言い、茎が地面に這い伸びて、白や桃色の小さな星形の芳香のある花を五月に咲かせる。十九世紀は男性が女性に愛を告白する花として使われ、『アン』第20章でギルバートがアンに渡し、アンが断る。『愛情』口絵。

第5章　メアリ・ヴァンス、現る　The Advent of Mary Vance

（1）**メアリ・ヴァンス**……Mary Vance　メアリは聖母マリアの英語名、ヴァンスはアイルランド人、スコットランド人に多い名字。

（2）**ヘゼカイア**……Hezekiah　紀元前八〜七世紀頃のユダヤの王ヒゼキアの英語読み。旧約聖書「列王記二」第十八〜十九章などに書かれる。古風で信心深いイメージの名。

（3）**ホーンパイプを踊り始めた**……ホーンパイプ（角笛）は、牛の角にリードをはめた吹き口を持つケルト族起源の楽器。この楽器に合わせて踊る活発なダンスもさす。一人でジャンプしたりステップを踏んだりして踊り、のちに水夫に流行した。主に脚だけを動かし、アイルランドやスコットランドのダンスにも似るため、スコットランド高地地方の踊り（スコティッシュ・ハイランド・ダンス）と書かれることもある。メレディス家は長老派信徒で、これを踊るフェイスはスコットランド系。

（4）**二人の老嬢**《ろうじょう》……two ancient maidens　かつての北米では、独身の年配女性は行儀にやかましく狭量で世間知らずというイメージが付加されていた。

（5）**麻くず色の髪**……tow-coloured hair　tow はロープ製造用の麻くずで、くすんだ薄茶色や淡い黄土色。メアリの髪がつやがなくそそけている印象。

（6）**タータン**……plaid　スコットランド高地人の伝統的な格子縞。メアリがスコットランド系と推測できる服。

（7）**あんたらのお父ちゃんとお母ちゃん**……your pa and ma　本作では、メアリ・ヴァンスと漁師の娘リーダは、お父さんとお母さん　father and mother ではなく、このような言い方をする。但しメアリはfatherと話すこともある。

（8）**あんちくしょうの婆牛**《ばばあうし》……the darn old cow　メアリは罵り言葉 darn（ちくしょう、

くそ忌々しい、など）を時々使う。アン、ブライス家の子どもは一度も使わない言葉。

（9）**ホープタウン**……ノヴァ・スコシア州の架空の地名。アンもホープタウンの孤児院にいた。意味は「希望の町」、アンと同様に孤児メアリの未来に希望があることを示唆する。

（10）**メアリ・マーサ・ルシラ・ムーア・ボール・ヴァンス**……メアリ、マーサ、ルシラは女性名のため母や祖母などに、ムーア、ボール、ヴァンスは名字で母方や父方にちなむ。

（11）**丹毒《たんどく》**……正しくはerysipelas（エリシプラス）だが、メアリはersipelas（アーシプラス）と間違えて言っている。丹毒は、傷口が細菌に感染して炎症を起こし、腫れ、疼痛、全身の悪寒、高熱を訴える。抗生物質がない当時は重症化した。

（12）**肺炎《はいえん》**……正しくはpneumonia（ヌモウニア）だが、メアリはpewmonia（ピューモウニア）と間違って発音しているため、「ぱいえん」とルビをふった。

（13）**クリスティーナ・マカリスターおばさん**……Aunt Christina MacAllister　クリスティーナは「キリスト教徒」の女性形で善人のイメージ。マカリスターはスコットランド人の名字。マカリスター家は内海向こうに暮らしていると『夢の家』第6章にある。

（14）**永遠の業火《ごうか》で焼かれるの**……burn in fire for ever and ever and ever　新約聖書「ヨハネの黙示録《もくしろく》」第二十章十節「そして彼らを惑わした悪魔は、火と硫黄の池に投げ込まれた。そこにはあの獣と偽予言者がいて、昼も夜も永遠に責め苛まれるのだ」にちな

む。[RW／In]

（15）**アイザック・クローザーズ**……Isaac Crothers　アイザックは旧約聖書においてイスラエル民族の始祖アブラハムの息子イサクの英語名（イエスの祖先）。クローザーズはスコットランド人の名前。スコットランド系の長老派教会の信徒で、信心深い人のイメージ。

（16）**真っ赤に焼けた火かき棒を、うっかりつかんだ**……モンゴメリは子どものころに火かき棒をつかんで手のひらを火傷したと自叙伝『険しい道』に書いている。

（17）**ヘムステッチ**……ヘムステッチは布端の横糸を抜き取り、残った縦糸を抜いた横糸で束ねるレース風の糸かがり。『夢の家』第3章（1）。

（18）**フォー・ウィンズ灯台**……セント・ローレンス湾に面した回転式の灯台。『夢の家』ではジム船長が守った。冬期は湾が氷結し、船舶の航行がないため、火を灯さなかった。

（19）**誰にでも親切になさいって、聖書に書いてあるわ**……新約聖書「マタイによる福音書」第二十二章三十九節「……『隣人を自分のように愛しなさい』」（新共同訳）。

第6章　メアリ、牧師館に留《とど》まる　Mary Stays at the Manse

（1）**「いけないいわ、日曜だもの」**……キリスト教では、日曜は安息日とされ、労働を休み、礼拝をする。昔は厳密に守る信徒が多かった。

（2）**日がよければ、することはさらにいい**……安息日を守らないことをとがめられた時に言う決まり文句。

（3）**「イエスの血はすみれを清める」**……正しくは「イエスの血は罪を清める」。イエスが十字架で流した血により、人々の罪が荒い清められるという意味。メアリは、すみれ violets（ヴァイオレッツ）と最も悪い罪 the vilest sins の vilest（ヴァイレスト）を間違えたものと思われる。

（4）**軍用食糧部**……commissariat　軍隊の後方で食糧などの補給にあたる部門。ここでは配膳室のこと。モンゴメリは、軍用食糧部のほか、戦略 stratagem などの軍隊の用語を使って、メアリとマーサおばさんの台所をめぐる攻防戦をユーモラスに表す。

（5）**だまのあるおかゆ**……スコットランドの伝統的オートミールのおかゆは、独特の木の棒で常にかき混ぜて煮てると、だまができず、なめらかになる。

（6）**骸骨《がいこつ》**……骸骨（スケルトン）skeleton を、メアリは（スケリングトン）skellington と間違えて話している。

（7）**降霊術の会**……seances　死者の魂を呼び出す集まり。本作が書かれた第一次大戦中、多数の戦死者を出した欧米で盛んになった。ここでは子どもたちが虹の谷で、怪談を話すことをさす。

（8）**「紫弁慶草《むらさきべんけいそう》」の厚みのある葉**……the thick leaves of the "live forever"　ベンケイソウ科の多年草で、夏から初秋に小さな紫色の花が密集して咲き、やや厚めの葉がある。

（9）メアリのように、子どもが葉を吹いて袋を作り、鳴らして遊んだ。「酸《す》い葉《ば》」……“sours”「酸っぱいもの」、具体的な植物名は書かれていない。古くから西洋でも日本でも、子どもがかじっておやつにした「酸《す》い葉《ば》」と訳した。

第7章　お魚事件　A Fishy Episode

（1）「これは、メレディシュ牧師しゃんに、あげるんでしゅ」……リラはｓをth と舌足らずに発音する癖があり、It's for Mister Meredith, を It'th for Mithter Meredith, と話す。

（2）女流名人……past mistress　しかめっ面をする女流名人はいないと思われるが、モンゴメリはユーモラスに書いている。

（3）鱈の下ごしらえ……prepared them　鱈は北大西洋に漁場があり、カナダの東海岸でもよくとれる。アンが生まれたノヴァ・スコシア州の有名な帆船ブルー・ノーズ号も本来は鱈の運搬船。冷凍庫がない時代は、干し鱈にして保存した。下ごしらえは、魚の頭を切り落とし、身を開いて内臓を抜いて塩をふり、天日干し。メアリは智恵と工夫のある働き者。

（4）カーター・フラッグの店……グレン村のよろず屋。第五巻『夢の家』では、ミス・コーネリアの夫マーシャル・エリオットと同じ自由党支持者の店として登場。

（5）インディアンの待ち伏せ……Indian ambush　インディアンは北米先住民族のこと。白人により土地を奪われ、部族を虐殺された先住民が藪《やぶ》bush に隠れ、白人の軍隊を襲撃したことにちなむ表現。

（6）**原罪**……original sin　キリスト教で、アダムとイヴが神との約束を破り、禁断の実を食べた罪により、二人は楽園を追放される。アダムとイヴの子孫である人間が生まれながらに持っている罪。旧約聖書「創世記」。

（7）**この先、ジェムは兵隊にならないよ**……実際はこの後、第一次大戦が始まり、カナダの多くの男性が軍隊に入り出征したことが、本作第35章に書かれている。

（8）**南アフリカの騒動**……South African fracas　一八八〇年〜一九〇二年にかけての第一次、第二次ボーア戦争。英国が、金鉱やダイアモンド鉱脈が発見された南アフリカの一部を支配しようと、この地域を治めていたボーア人（オランダ系の白人）を相手に戦った帝国主義戦争。結果的に南アはイギリスの植民地となった。カナダからは、一八九九年〜一九〇二年の第二次ボーア戦争に、計七千三百人が英国兵として従軍。徴兵ではなく、第一次大戦と同じ志願兵だった。カナダは一八六七年に英国領から独立したが、当時の外交権は英国に属していた。

（9）**エリザベス・カーク**……Elizabeth Kirk　カークは名字だが、スコットランド語では教会で、牧師夫人にふさわしい名前。第六巻『炉辺荘』第32章のキルティングの会、第35章のナンの空想で独身女性として描かれる。本作の描写に基づいて、後の一九三〇年代に第六巻が執筆された。

（10）**ホッテントット**……Hottentot　南アフリカからナミビアに暮らす原住民。ホッテントットは彼らが自称する言葉ではなく、当時の白人ボーア人がつけた蔑称のため、現在は正しい名称でコイコイ Khoikhoi と呼ばれる。

（11）**ミルトン**……Milton　イギリスの詩人ジョン・ミルトン（一六〇八～七四）。アン・シリーズに『失楽園』の一節が引用される。

（12）**シェイクスピア**……Shakespeare　イギリスの劇作家・詩人のウィリアム・シェイクスピア（一五六四～一六一六）。

（13）**聖書の詩人たち**……the poets of the Bible　旧約聖書には「詩編」があり、主な作者は、イスラエル二代目の王ダヴィデ王（在位紀元前九九七頃から九六六頃）とされる。

（14）**ダヴィデ王には感心しませんね**……人妻の湯浴みを覗き見して娶ったなどのエピソードが旧約聖書「サムエル記」にある。『風柳荘』二年目第8章（8）（9）。

（15）**鱈の肝油液**……emulsion of cod-liver oil　直訳は「鱈の肝油の乳化液」。肝油は、鱈の肝臓から精製した油で作る健康補助食品で、ビタミンAとDを含む。カプセル剤のほか、フルーツなどの香料を加えて魚の匂いを抑えた肝油ドロップがある。北米では、油を乳化させて飲みやすくした液体の肝油が古くから市販される。

第8章　ミス・コーネリア、お節介をやく　Miss Cornelia Intervenes

（1）**修道士**……a monk　俗世を捨て、結婚せずに修道院で暮らす男性の修道者。

（2）**共同責任は無責任**……everybody's business is nobody's business.　英語の諺。みんな

の責務は誰の責務でもないため、結局は誰も実行しないこと。

（3）**教会の塔の板葺《いたふ》き**……shingling the church spire　shingleは建物の屋根や室内の板壁に使う薄い木材で、それで屋根を葺いたり、板壁を貼ること。ミス・コーネリアはひとたび思い込むと、教会の塔に上がって屋根や壁の板葺きをするような危険なことまでする、という意味。

（4）**プレスター・ジョン**……Prester John　意味は「聖職者ヨハネ」。中世ヨーロッパにおいてアジアやアフリカにあると考えられたキリスト教国の君主。当初十二世紀は、モンゴルなど中央アジアにあってイスラム教勢力を退けたと信じられ、聖地奪回をめざす十字軍の遠征もあいまってアジアへの関心を高め、王国を探す使者が派遣された。十五〜十六世紀はアフリカ、エチオピアにあると考えられ、アフリカ探索の原動力となった。マルコ・ポーロなどの探検家が興味をよせ、多くの伝説が書かれた。

（5）**さまよえるユダヤ人**……the Wandering Jew　中世伝説のユダヤ人の男。十字架を背負って刑場へ歩くイエスを嘲笑したユダヤ人の靴屋は、その罰のためにイエスの再臨まで世界を流浪する運命になったとされる。十六世紀にこの男に出逢ったというドイツの司教の物語が書かれて広く読まれ、罰により永遠に放浪する運命の男の伝説をゲーテなどの文学者が題材とした。

（6）**占い棒**……divining rod　地下の鉱脈や井戸の水脈を探すときに使ったY字形のハシバミの枝。二本に分かれた枝先をそれぞれ左右の手で持ち、棒の先を地面にかざす。

鉱脈や水脈の上にくると枝が動くとされた。魔術の時代の風習だが、二十世紀初めの頃は信じる人々もいた。

（7）**シャミール**……Schamir　古代ユダヤの伝説の物質で、硬い鉄や石も切ることができた。古代ヘブライのソロモン王の神聖な神殿の建設には、人を殺す武器である鉄の道具を使うことができず、シャミールで石材を切り出したとされる。石も鉄も切り裂くため、真綿の中などに保管された。ソロモンはダヴィデ王の息子で、智恵のある王として旧約聖書に描かれる。［In］

（8）**幸福の島**……Fortunate Isles　ギリシア神話、ローマ神話において、世界の西の果てにあり、英雄や善人が死後に永遠に幸せに暮らす島。

（9）**白鳥の乙女**……swan-maidens　伝説の乙女。魔法の衣を身につけると白鳥になり、衣をとると女の姿になって男の妻になるが、また衣を着ると白鳥になって飛び去る。欧州、インド、アジアに広く伝わり、日本では「天女の羽衣」がこの系譜に連なる。

（10）**ウィリアム・テル**……William Tell　スイスの伝説上の愛国勇士。十三世紀末から十四世紀頃、オーストリアに支配されたスイスの独立運動に活躍したとされる。オーストリアの悪代官に反抗して捕まり、代官に強いられ、息子の頭にのせた林檎を弓矢で射落とす話が知られる。ドイツの劇作家シラーの演劇、イタリアの作曲家ロッシーニのオペラも有名。

（11）**ゲラート**……Gelert　英国ウェールズの伝説の猟犬。飼い主が帰宅すると、ゆり籠が倒れ、赤ん坊の姿がなく、口を血で赤くした猟犬ゲラートがいた。飼い主はゲラートをその場で殺したが、ゆり籠の下に、無事の赤ん坊と狼の死骸を見つける。狼が赤ん坊を狙ったため、忠犬ゲラートが勇敢に闘い、赤ん坊を守ったのだった。飼い主はゲラートの墓を建てて慰霊したが、二度と微笑むことがなかった。忠犬ゲラートと飼い主の悔恨は多くの本と絵画に描かれた。

（12）**ハットー大司教**……Bishop Hatto　ドイツ・マインツの大司教（任期九六八～九七〇）。十三世紀の伝説によると、この大司教は、大飢饉で穀物を盗んだ農民を死刑にした祟《たた》りで、ライン河畔ビンゲンにある塔でネズミに食い殺された。

（13）**ハーメルンの笛吹き**……the Pied Piper　直訳は「色とりどりの服の笛吹き」で、ドイツ中世の伝説。一二八四年に笛吹きが笛を吹いてハーメルンの町からネズミを追い出したが、代金を払わなかったため、今度は笛を吹いて町の子どもを連れ出し、二度と戻らなかった。グリム兄弟による伝説集にドイツ語で収められている。英国詩人ロバート・ブラウニングが英語で『子どもと家庭の物語』（一八一二年）に収録。モンゴメリはこれを読んだものと推測される。（口絵）

（14）**聖杯の物語**……San Greal　聖杯はイエスが最後の晩餐で使い、十字架上のイエスの血を受けた盃。聖杯は古代ブリテン島に渡ったとされ、その行方を騎士が探す聖杯探索の物語をさす。古代ケルトの「アーサー王伝説」は、中世になると聖杯探索の物語が入る。『アン』第2章にアーサー王の騎士による聖杯探索の詩が引用され、マシユーのアンへの隣人愛は『アン』の主題。

（15）**お母さんは嬉しかったことでしょう**……本作において、笛吹きに連れられて行く青年は、戦地へ出征するカナダ人青年の比喩。笛吹きに誘われても行けなかった息子の母の喜びは、アンが息子たちの出征を望まないことが示唆されている。

（16）**あの方のお名前を、軽々しく口にすると**……当時は神Godという言葉をみだりに口にするべきではないとされた。そこでメアリはgo-oodness（goodness）と言いかけたふりをする。

（17）**エリオットのおばさんが内海向こうへ行って**……第8章の前半では、夫のエリオット氏が内海向こうへ行くと書かれている。

第9章　ウーナ、お節介をやく　Una Intervenes

（1）**クッキーでいっぱいの入れ物**……a well-filled cooky jar　クッキーを保管する蓋付きの入れ物 jar は、十九世紀は陶器製や銀メッキ製の大きな器に美しい絵画や装飾がほどこされ、調度品としても飾られた。

（2）**二本マストの帆船《スクーナー》が海峡から内海に入ってきた**……フォー・ウィンズの内海は、島の北海岸のセント・ローレンス湾に通じる。ウーナは内海の左岸を北上。地図。

（3）**ドーナツの最後のひとねじり**……the last twist of doughnut　ドーナツはリング型のほかに、二本の生地をねじり合わせたツイスト型もある。

（4）**別の性格の女の子だから**……She's a cat of another colour. 直訳すると、彼女は別の毛色の猫。色（カラー）には特色という意味が、猫には女の子という意味がある。ミス・コーネリアはくだけた言い方をしている。

（5）**救われるべき不滅の魂**……キリスト教では、魂は死後も永遠に不滅であり、最後の審判で悪人は永遠の刑罰に、善人は永遠の祝福をうけるとされる。ミス・コーネリアはキリスト教の信仰からメアリを救うことがここで語られる。

（6）**小教理問答集**……a shorter catechism 正式にはウェストミンスター小教理問答集 The Westminster Shorter Catechism と言い、長老派教会で用いられる。信仰についての質問とその答えからなる。グリーン・ゲイブルズに来たアンが、マリラが神について知っているかとたずねた時、アンが言った「神は、無限にして永続不変の魂なり。神は、知と力、聖と正義、善と真実の存在なり」は、小教理問答集の第四番「神は誰ですか」の答え。『アン』第7章（1）。

（7）**目の細《こま》かい櫛《くし》**……a small tooth comb 頭についたシラミの卵などを取る道具。

（8）**鋤《すき》に手をかけたからには**……新約聖書「ルカによる福音書」第九章六十二節「鋤に手をかけてから後ろを振りかえる者は、神の王国にふさわしくない」より。『アン』第14章で、アンが紫水晶のブローチをなくしたと思ったマリラが、同じ一節を語る。キリスト教の根本原理である隣人愛の実践として、マリラは親のないアンを、ミス・コーネリアも家なき子メアリを引きとり育てる。『アン』第14章（3）。［RW／In］

（9）古いビーズ細工のがま口財布……an old beaded purse　ビーズ刺繍、またはビーズを編み込んだ小さながま口。purse は、がま口のついた小型バッグや財布をさす。

（10）ライオンの巣穴にいるダニエル……Daniel in the lion's den　旧約聖書「ダニエル書」に、預言者ダニエルは、ライオンの巣穴に投げ込まれたが、神への信仰のために無傷だったという物語があり、多くの宗教画に描かれる。この絵を宝物にしているウーナは信仰心が厚く、ライオンがダニエルを喰っちまったら面白いと話すメアリは、キリスト教の信仰と神の愛を知らない女の子として、モンゴメリは対比的に描写。

（11）ダニエルを喰っちまったらよかったのに……I wish they'd et Daniel up.　正しい英語は I wish they'd eaten Daniel up. メアリはくだけて話しているため、喰うと訳した。

（12）聖アウグスティヌス……St. Augustine という聖人は二人いる。一人は、四～五世紀の初期キリスト教会最大の教父で、北アフリカのヒッポレギウスの司教をつとめた聖アウグスティヌス（三五四～四三〇）。全二十二巻の大著『神の国』The City of God があり、アダムから二千年前のイエスにいたる歴史も描くため、この人物と考えられる。もう一人は、イングランドに布教したローマの宣教師で、カンタベリーの初代大司教の聖アウグスティヌス（～六〇四）。

第10章　牧師館の娘たち、大掃除をする　The Manse Girls Clean House

（1）日曜日はいいお天気でも退屈……キリスト教では安息日の日曜日に家事と労働をせ

ず、教会や家庭で静かに聖書などを読むべしとされたため、子どもは退屈に感じた。

（2）**長靴下**《ストツキング》……stockings　膝上までの長い靴下。当時はウール、木綿、絹などの細い糸で編んだ。

（3）**かがっておいてくれた**……darned them　ダーニングのこと。靴下の踵やセーターの肘などにあいた穴の部分に、毛糸を縦横に織物のようにくぐらせて渡して、ふさぐ。穴に当てる木製のきのこ型の道具とダーニング用の縫い針を使う。メアリの手先の器用さがわかる。

（4）**ノヴァ・スコシア**……プリンス・エドワード島の対岸にある州で、意味は新スコットランド。アンの生まれた土地。モンゴメリは学生時代と新聞記者時代に住んだ。

（5）**茹**《う》**で肉**……マーサおばさんは biled meat（バイルド・ミート）と話しているが、正しくは boiled meat（ボイルド・ミート）。ほかにも「あたしが動き回れるようになる」I can get around を I kin git around など訛った英語のため、くだけた言葉で訳した。

（6）**おかゆ**……オートミールを煮たおかゆ。スコットランド人の朝食の定番。

（7）**プディング**……卵と牛乳と砂糖を混ぜて天火で蒸したプリン pudding のほか、蒸し焼きにした柔らかなデザート類。チョコレート・プディング、パン・プディングなど。

（8）**二階は、どうでもいいもの**……家屋の二階は寝室で、家族以外は立ち入らないため、少々散らかっていても、世間の噂にはならない。

第11章　恐ろしい事実を知る　A Dreadful Discovery

（1）**西のほうから帰ってきた**……実際の島の地理ではアヴォンリー（モデルはキャベンディッシュ）は内海の東にある。

（2）**コールリッジ**……Coleridge　英国の浪漫派詩人、批評家のサミュエル・テイラー・コールリッジ（一七七二～一八三四）。

（3）**そこには庭園があり、しなやかに小川が光り流れ（略）陽光ふりそそぐ緑の草原を、内《うち》に抱く**……コールリッジの詩「フビライ・ハーン」Kubla Khan（一七九七作、一八一六発表）第一連より。フビライ・ハーン（一二一五～九四）は、元《げん》の初代皇帝で、モンゴル帝国第五代皇帝。この詩は、コールリッジが痛み止めで吸引した阿片《あへん》の酩酊状態で見た中国元の都「上都《じょうと》」Xanadu（ザナドゥ）を描いた幻想的な作品。この詩から、「ザナドゥ」は、夢の桃源郷、天国のような理想の楽園を意味するようになり、本章でウォルターが語る天国は、このザナドゥをさす。［In］

（4）**アスフォデル**……asphodel　ツルボラン属の草。一本の茎に白い花が鈴なり状に咲く。ギリシア神話では極楽や黄泉の国に咲く不死の花。『炉辺荘』第5章（1）。

第12章　説明、そして挑発　An Explanation and a Dare

（1）**豚に乗って、村の表通りを走った**……『愛情』第5章で、グリーン・ゲイブルズに来た牧師が豚にまたがって丘を駈けおりるエピソードがある。

（2）**やってみろと挑発されたことは何であれ、しなければならなかった**……子どもの遊び。『アン』第23章でアンはジョージー・パイに屋根を歩いてみろと挑発される。
（3）**誰にも愛されなくて、あくせく働いていた子ども**……孤児院に入る前のアンは、ノヴァ・スコシアの森のハモンド家で三組の双子六人の子守をした。
（4）**ホテルの宿泊客**……美しい島は夏の避暑地として十九世紀から人気が高く、北米東海岸から富裕な避暑客が滞在した。本章では、著名な牧師の説教を聴くために避暑宿泊客が来たもの。
（5）**ペシック**……Pethick、英国南西部コーンウォール地方に多い名前、ケルト系。
（6）**森を通って、つまらない男を拾った**……つまらない 男 the crooked stick の直訳は「曲がった棒きれ」。スーザンは比喩的に、森を通って、この男を拾ったと語る。
（7）**スコーン**……baking powder biscuits 「ふくらし粉のビスケット」、ビスケットにふくらし粉は入れないため、ふくらし粉を入れるホットビスケットやスコーンなど。
（8）**生きて、動いて、存在する**……I live and move and have my being 新約聖書「使徒言行録」第十七章二十八節の「私たちは神の中に生き、動き、存在する」。［RW／In］

第13章　丘の上の家　The House on the Hill
（1）**湿地**……島の川辺や海岸近くには低い草が生えた湿地が広がるところがある。
（2）**ジャックと呼ばれていた**……ジャック Jack はジョン John の愛称。ジョンは、キリスト教の洗礼者や十二使徒ヨハネの英語名だが、愛称ジャックはカジュアルな印象。

（3）**白魔術**……white magic　天使などの力を借りて、良きことをもたらす魔法。モンゴメリは、ジョン・メレディスとローズマリーの初対面の場面で「白魔術」を使うことで、二人に幸福な奇跡が起きることを読者に伝える。重要な言葉。

（4）**ピンで留めあげ、つややかな小さなカールが頭中をおおっていた**……ポンパドールのように毛先を髷《まげ》の中に入れて結う髪型ではなく、結った髪の毛先を小さなカールにして頭中に散らす手間のかかる髪型。一九二〇年代からは断髪が流行し、長い髪を結う髪型は廃れていく。

（5）**三角形のカップ**……白樺の樹皮をはいで、円形に切り抜き、一部を折り畳んで円錐形に整えたもの。横から見ると三角形。

（6）**『色々な方角から風が吹いて』**……'a' the airts the wind can blow'　スコットランドの詩人ロバート・バーンズ（一七五九～九六）の詩「風の吹く方角」（一七八八）の一行目。airt「風の方角、風向き」は英語（イングランド語）ではなくスコットランド語。［RW／In］

（7）**フォー・ウィンズ（四つの風）**……Four Winds　モデルとなった島の内海は、現在はニュー・ロンドン湾という名称だが、モンゴメリが生まれ育った十九世紀はフォー・ウィンズ湾だった。第五巻『夢の家』第1章（17）、本作地図。

（8）**ドイツの皇帝《カイゼル》**……the Kaiser of Germany　カイゼルはドイツ皇帝の称号で、ここではウィルヘルム二世（一八五九〜一九四一）をさす。彼はドイツ帝国最後の皇帝。母方の祖母は英国ヴィクトリア女王で、英連邦の一国であるカナダの人々は、彼に関心が深かった。

（9）**危険な男ですよ**……ウィルヘルム二世は帝国主義の政策をかかげ、ドイツの軍事力増強による海外の植民地獲得をめざし、英国、フランス、ロシアと対立して、第一次大戦を招いた。本作の執筆は第一次大戦中であり、カナダ（英国側）の敵国ドイツとカイゼルの動向が注視された。ウィルヘルム二世は、ドイツが大戦に敗れるとオランダへ亡命した。

（10）**千年王国**……キリスト教では、死んだイエスが再び現れ、最後の審判までの一千年間、地上を治めるとされる。その理想的な王国。新約聖書「ヨハネの黙示録」第二十章。

（11）**ドイツの軍国主義**……German militarism　かつてのドイツは、プロシア国、ヘッセン国など多くの領邦国家に分かれていたが、一八七一年に統一国家が成立してドイツ帝国が誕生。カイゼルの専制政治と軍国主義により海外に植民地を持った。第一次大戦に敗戦してからは、革命により、王制が廃され、一九一八年にワイマール共和国が成立した。しかし超インフレなど経済政策の失敗からナチスが台頭、第二次世界大戦となる。第六巻『炉辺荘』（一九三九年刊行）はナチス・ドイツの時代に書かれた。

（12）**聖《セント》ジョージ**……St. George　イングランドの守護聖人（〜三〇三）。竜を退治して女王を救った伝説がある。

第14章

（1）アレック・デイヴィス夫人、訪れる　Mrs. Alec Davis Makes a Call

（2）**「灰は灰に、塵《ちり》は塵に」**……“ashes to ashes and dust to dust”「祈禱書」にある葬儀の言葉。「それゆえ亡骸を地にゆだね、灰は灰に、塵《ちり》は塵に還《かえ》す」［RW／In］

エーヴァルト……Ewald　ドイツのプロテスタント神学者ハインリヒ・ゲオルク・アウグスト・エーヴァルト（一八〇三～七五）。ドイツのゲッティンゲン大学で神学と東洋学を教授。自由主義の憲法を無効化したハノーファー国王の専制政治に、民主的な理念から反対したため、グリム兄弟らと共に大学を罷免された七教授の一人として知られる。著作に、旧約聖書の言語であるヘブライ語の文法書や『イスラエルの人々の歴史』などがある。

（3）**玉虫色《たまむしいろ》の絹**……changeable-silk　見る角度によって紫、青、緑、黄色など色が変わる絹織物。古くは上流階級が用い、十八、十九世紀には婦人服などの生地として普及。

（4）**気をひきしめた**……girded up her loins　心を引き締める。旧約聖書「ヨブ記」第三十八章三節などにある古風な表現。『アン』第31章（6）。［RW／In］

（5）**野蛮なインディアンの集団**……a pack of wild Indians　本作が書かれた当時は、北米原住民に対する差別と偏見があった。

（6）**天然痘**……高熱が出て、全身の発疹が化膿して瘢痕《あばた》が残る伝染病。昔は感染率と死亡率が高く恐れられた。十八世紀以降から予防の種痘が広まり、一九八〇年にＷＨＯが絶滅宣言を出した。

（7）**「今夜は町で大騒ぎ」**……“There'll be a hot time in the old town to-night” 米国の流行歌（一八九六年）。セオドア・オウガスト・メッツ作曲、ジョー・ヘイデン作詞。歌詞にデイヴィスという名字の女性への呼びかけがあるため、デイヴィス夫人は自分への当てつけだと誤解した。

（8）**フィリップ・シドニー卿**……Sir Philip Sidney エリザベス朝イングランドの宮廷詩人、軍人（一五五四〜八六）。

（9）**「顔に永遠《とわ》の慰めをうかべ」**……continual comfort in a face 右記のシドニー卿と同時代のイングランド詩人マシュー・ロイドン（一五八〇〜一六二二）が、軍人として戦死したシドニー卿を追悼した詩「フィリップ・シドニー卿に捧げる哀悼歌」第四連。［In］

第15章 さらなる噂話 More Gossip

（1）**マイラ・マレー夫人**……Mrs. Myra Murray マレーはスコットランド系の名字。マイラ・マレーは、第六巻『炉辺荘』第32章に、自由で魅力的な女性として登場。

（2）**砂糖煮作り**……preserving さくらんぼう、プラム、苺などを砂糖で煮て長く持たせる保存食を作ること。砂糖で漬けただけでは腐敗する。果実の収穫期に作り、瓶詰めにして地下貯蔵庫などに保管。

（3）**あの人は、冬の間は町へ行く**……島の冬は寒さが厳しく積雪もあるため、家畜の世話がない人は冬期はシャーロットタウンに暮らす人が現在もいる。

（4）**ジェイミーソンの奥さん**……ジェイミーソンはスコットランド人の名字。

（5）**長老会**……the session　長老派教会の牧師と長老たちからなる管理組織。

（6）**赤い一セント硬貨《コイン》一枚**……一セント硬貨は銅が含まれ、十円玉硬貨のような赤銅色。

（7）**その土地が好きになっても、すぐ根こそぎ引き抜かれてしまう。私は絶対に、絶対に、絶対に、牧師と結婚しない**……モンゴメリは一九一一年に牧師と結婚して夫の赴任地オンタリオ州リースクデイルへ、一九二六年から同州ノーヴァルの教会へ移った。

第16章　しっぺ返し　Tit for Tat

（1）**蕎麦畑《そばばたけ》は刈りとられ、赤や茶色の美しい色合いに染まっていた**……蕎麦は、実を刈り取った後は、赤い茎が残り、畑全体が赤や茶色に見える。からすが集まっていた理由は収穫でこぼれた蕎麦の実をついばんでいたと思われる。

（2）**キリスト教の殉教者で、ネロの命令で拷問されている**……ネロ（三七～六八）は古代ローマの皇帝。暴君として知られ、ローマ大火の罪をキリスト教徒に負わせて虐殺し、キリスト教布教の最大の功労者パウロも処刑した。ネロの時代、キリスト教は、ユダヤ人の新興宗教としてローマに布教中だった。以後も様々な迫害があり、キリスト教がローマ帝国で公認されるのは、約三百年後の四世紀初め。

（3）**小径**……家の敷地の入口から母屋の玄関や勝手口まで続く細い道。

（4）**あの男は、蚤《のみ》ほどの勇気もない**……He hasn't the smeddum of a flea.　smeddum はスコットランド語で「勇気、元気」であり、語り手のノーマンがスコットランド系とわかる。

（5）**人喰い鬼**……ogre　オーガ。西洋の伝承やお伽噺に登場する人喰いの大きな怪物。この少し前に、「お伽噺《とぎばなし》から抜け出た邪悪な巨人が、フェイスの前に立ちはだかっているようだった」とあり、それを受けて「人喰い鬼」と書かれている。

（6）**吸血鬼《ヴァンパイア》**……死体に宿る悪霊で、夜に墓場を出て、睡眠中の人の首に噛みつき、生き血を吸う。元々は東欧の伝承のため、ノーマンもフェイスも知らない。

（7）**疥癬《かいせん》**……the Scotch fiddle　直訳すると「スコットランドの（民謡演奏に使う）バイオリン」だが、疥癬の意味がある。疥癬は伝染性の皮膚病で、ヒゼンダニの寄生によって指間、関節の内側、内股などに赤い発疹ができ、かゆみが激しく、不眠の原因となる。

（8）**悪魔は黒いぞ**……悪魔 devil は、キリスト教では悪の権化であり、黒い体に山羊の頭、二本の角、長い耳、尻尾、割れたひづめなどがある姿で描かれることが多い。

（9）**友情の一杯をやろう**……We'll tak' a cup o' kindness.　スコットランドの詩人ロバート・バーンズ（一七五九〜九六）の詩「蛍の光」Auld Lang Syne（遠い昔）の一節。

詩では旧友と再会した喜びの酒杯（カップ）だが、ここでは紅茶や牛乳をカップ一杯のこと。［RW／In］

（10）**まるでわからん**……macanaccady　マカナッカディ、意味不明につき意訳。

（11）**しゃれにならん**……shallamagouslem　シャラマゴウスレム、意味不明につき意訳。

（12）**牛蒡《ごぼう》のお茶**……牛蒡の根を原料とするハーブティー。

（13）**フェイス、ホープ、チャリティ**……これはキリスト教の三大徳目「信仰、希望、愛（隣人愛）」で新約聖書「コリントの信徒への手紙一」第十三章十三節にある。『アン』第24章で、アンは学校の演芸会で活人画「信仰と希望と愛」を演じる。

（14）**地獄の業火《ごうか》**……原文は brimstone で「硫黄」だが、新約聖書「ヨハネの黙示録」に、地獄は「硫黄で燃えている火の池」だと書かれているため、「地獄の業火」とも訳される。「ヨハネの黙示録」第九章十七節〜十八節「……馬の頭は獅子の頭のようで、口からは火と煙と硫黄とを吐いていた。その口から吐く火と煙と硫黄、この三つの災いで人間の三分の一が殺された」、第十九章二十節「……獣と偽預言者の両者は、生きたまま硫黄の燃えている火の池に投げ込まれた」（新共同訳）など、複数の箇所で brimstone が「地獄の業火」の意味合いで出てくる。

（15）**中国にいる黄色いやつらに送る金を貯めてたのさ**……save money to give yellow fellows over in China　長老派教会が布教の資金を中国に送ったことを意味する。長老派教会の中国への布教は十九世紀前半から本格的に始まり、宣教師を派遣した。

（16）**二歳の荒馬《あらうま》**……馬の寿命は約二十五歳で、二歳馬は躾が不完全で御しがたいこともある。

第17章　二つの勝利　A Double Victory

（1）**『神は、自分で持ちあげることができないほど大きな石を、作ることができるのか？』**……この質問は、全能の神に疑いをはさむ疑問文で、「全能の逆説」として知られる。もし神がこの石を作ることができないなら神は全能ではない。またその石を作ることができても、持ち上げることができないなら、やはり全能ではない、となり、牧師を悩ませる質問。ただし、最初に持ち上げられない石を作り、後で持ち上げられるように変える、という論法もある。

（2）**弱虫、弱虫、カスタード／辛子《マスタード》の壺《つぼ》を盗んだな、／弱虫、弱虫、カスタード！**……臆病者をからかう囃し言葉。カスタードとマスタードが韻を踏む。またどちらも黄色で、英語では黄色は臆病者を意味する。

（3）**ガラハッド卿**……古代ケルト族の「アーサー王伝説」の騎士の一人で、聖杯探索を行い、聖杯を見つける。父親は円卓の騎士ランスロット。英国詩人テニスンの詩集（一八四二年）に詩「ガラハッド卿」が収録されている。アーサー王伝説は『アン』第28章（2）（5）（7）など、聖杯探索は『アン』第2章（1）。

（4）**お猿さんの顔のクッキー**……クッキーの丸い生地にレーズンなどを三つ置き、お猿の両目と口に見えるようにしたもの。『炉辺荘』第10章（2）。

（5）**砂丘で草を燃やすんだ**……『夢の家』にも砂丘の野焼きの描写がある。

（6）**フォー・ウィンズ岬**……Four Winds Point　モデルはトライオン岬 Cape Tryon。十九世紀はニュー・ロンドン岬 New London Point という名称だった。

（7）**屋根裏の自分の博物館**……ジム船長がジェムに遺した世界各地の珍しい品々があるジェムの自室。『炉辺荘』第23章。

（8）**若い山猫**……a young wildcat　山猫 wildcat には「猛烈な闘士」という意味もあり、ウォルターが猛々しく闘っていることを表す。

（9）**『痛みを恐れる気持ちのほうが、痛みそのものより苦痛が大きい』、これは誰が書いたか知っていますか、ウォルター？ シェイクスピアですよ**……“Fear is more pain than is the pain it fears” シェイクスピアではなく、シェイクスピアと同時代のイングランドの詩人フィリップ・シドニーが書いた十四行詩《ソネット》「死は自然の儀式であり、それゆえ善である」“Death an Ordinance of Nature, and Therefore Good” の四行めにある。これはメレディス牧師の誤りではなく、モンゴメリの記憶違いと思われる。第14章（8）。[In]

（10）**痛むところに油を塗り、ずきずきする頭にコロンをすり込んでくれた**……この油は薬用油で打ち身などに塗布する。原文 anointed は人に油を注いで神聖にするという意味であり、母の名誉を守ったウォルターを褒め称える意味合いがある。コロンは十八世紀にドイツのケルンで作られるようになったオー・デ・コロン。アルコールに柑橘系などの香りを溶かして清涼感があり、当時は頭痛の緩和にも使われた。

第18章　メアリ、悪い報せをもって来る　Mary Brings Evil Tidings

（1）**松やにを歯でパチンと割る**……この松やにには、えぞ松の幹にできる黄色い松やにの固まりを取って、ガムにしたもの。抗菌作用がある。乾燥したものは固いため、噛むとパチンと音がする。今でも松やにを天火で温めて液体状に溶かし、漉して不純物を取り除いてから冷やし固めて、ガムを手作りする人がいる。

（2）**リボンの薔薇飾り**……細いリボンを折り畳んで薔薇の花のように形作る細工。

（3）**マフ**……左右から両手を入れて寒さを防ぐ小物。毛皮製は高級品。

（4）**タモシャンター**……スコットランド民族の伝統的な帽子で、ポンポン付きの大きなベレー帽。メレディス家はスコットランド系。『アン』でもスコットランド系のアンがかぶる。『アン』第19章（5）。

（5）**上の部分がおしゃれな布製の新調のブーツ**……new boots with very smart cloth tops　ブーツ下部の靴の部分は革製だが、足首から上は布でできたブーツで、靴紐ではなくボタンで留める。布に刺繡などの装飾を施して美しく、十九世紀に流行した。

（6）**靴紐は両方とも結び目だらけだった**……靴紐の切れたものを結びつないで使用。

（7）**キティ・アレックのばあさんが、モーセみたいに控えめに、また教会に来るように**

なったけど、誰も理由がわかんないんだ……ノーマン・ダグラスが通うように説得。第16章。

第19章

（1）哀れなアダム！　Poor Adam!

大天使ミカエル……キリスト教では神の天使で天使長の一人。教会と信徒の守護者、剣を持った凜々しい姿で描かれることが多い。

（2）**たとえ人の言葉で語ろうと、天使たちの言葉で語ろうと**……新約聖書「コリントの信徒への手紙一」第十三章一節「たとえ人の言葉で語ろうと、天使たちの言葉で語ろうと、愛がなければ、わたしは騒がしいどら、やかましいシンバル」より。『愛情』第2章（4）。［RW／In］

第20章

（1）フェイス、友だちをつくる　Faith Makes a Friend

妖精《エルフィン》のような……エルフィンは悪戯をする森の小妖精。この章で思いがけない小さな驚きがあることを示唆する。

（2）**手をつないで輪になって遊ぶ**……the ring-around games　子どもが手をつないで輪を作り、ぐるぐる回る遊び。マザーグースの唄「Ring Around Rosie」（薔薇の花輪だ、手をつなごうよ）を歌うことが多い。

第21章　言えない言葉　The Impossible Word

（1）**長老会の中会**……長老派教会の一つの地域の全牧師と、地域内の各教区の長老の組織。

（2）**お目付役**……dragons　男女が二人でいるとき、付き添い監視する女性側の身内。

（3）**ローズマリーは約束した**……理不尽な約束で結婚できない人々は、『愛情』のジョン・ダグラスなど、しばしば登場する。モンゴメリは三十二歳でマクドナルド牧師と婚約したが、彼女を育てた祖母の世話をする約束があり、祖母が亡くなった一九一一年三十七歳になる年に結婚した。

（4）**ルビーよりも貴重**……more precious than rubies　旧約聖書「箴言」第三章十五節「彼女はルビーよりも貴重で、汝が望むものはすべて彼女と比べることはできない」［RW／In］

（5）**アフタヌーン・ドレス**……午餐会や昼間の集まりで着るドレス。夜会服は胸もとが開くが、アフタヌーン・ドレスは襟元がつまる。

（6）**娶《めと》ったり嫁《とつ》いだり**……新約聖書「マタイによる福音書」第二十四章三十八節「洪水がくる前の日、ノアが箱船に入るまで、人々は食べたり飲んだり、娶《めと》ったり嫁《とつ》いだりしていた」。『夢の家』第38章（5）。［RW／In］

第22章　聖《セント》ジョージはすべてを知っている　St. George Knows All About It

（1）**神にかけて！**……Bismillah!　イスラム教のコーランにある「慈悲深く慈愛あまねき神の御名において」を短く縮めた言葉。

第23章　良い行いクラブ　The Good-Conduct Club

（1）**白樺のトニック**……birch tonic　白樺の幹から取る樹液から作った飲料。樹液は無色透明でミネラル分が多く、北海道や北欧などで健康飲料として市販される。

（2）**日課を聞いてたとき**……while she was hearing the lesson　日課は、キリスト教で朝夕のお祈りのときに読む聖書の文章。子どもたちが暗記して日曜学校で暗誦し先生が聞いた。牧師夫人のモンゴメリは日曜学校の運営も行った。

（3）**汚らしい嚙み煙草**……dirty plug of tobacco　嚙み煙草は、煙草の葉を圧縮して香味と色をつけたもので、嚙んで香りを味う。北米では十九世紀後半から広まった。口にたまった唾を出す壺が室内に置かれ、教会で嚙む者がいると信徒席にも壺があり、不潔に思う人々もいた。

（4）**執事**……deacon　プロテスタントで信徒から選ばれた教会の役員

（5）**シャボン玉の管をゆっくりゆさぶる**……when we shook them loose　シャボン玉はストローを吹くほかに、先に小さな筒や輪がついた細い棒を石けん液につけて、空中でふったり、ゆさぶるタイプもある。

（6）**私の王冠に星は輝くのか？**……Will there be any stars in my crown?　米国の賛美歌詩

人エライザ・エドマンド・ヒューイット（一八五一〜一九二〇）が一八九七年に書いた軽快なメロディの賛美歌。旧約聖書「ダニエル書」第十二章三節などの文章にちなんだ歌詞。［In］

（7）**クィーン学院**……第一巻で十五歳のアンと十七歳のギルバートが学んだ師範学校。モンゴメリが卒業したシャーロットタウンにあるプリンス・オブ・ウェールズ・カレッジがモデルで、現在は専門学校ホランド・カレッジ。

（8）**罰は、罪にあったものでなければならない**……英国の劇作家ウィリアム・S・ギルバート（一八三六〜一九一一）と作曲家アーサー・サリバン（一八四二〜一九〇〇）共作の大ヒット喜歌劇オペラ「ミカド」（一八八五）第二幕に歌曲「罰は罪にあわせること」がある。［In］

（9）**魚の日**……fish day　キリスト教ではイエスが十字架にかけられた金曜日を精進日として肉の代わりに魚を食べる。

（10）**封蠟**《ふうろう》……sealing　文書や封筒の封印として溶かした蠟を垂らし、印を押すもの。

第24章　衝動的な慈善　A Charitable Impulse

（1）**内海口**……the Harbour Mouth　定冠詞 the がつき、地名の固有名詞。フォー・ウィンズの内海がセント・ローレンス湾に出る河口の漁村。地図。

（2）**ひと月も前から裸足**《はだし》**で歩いていた**……革の靴やブーツは高価なため、貧しい子ども

（3）は冬と特別な機会のみに履き、春から秋は裸足だった。
ゴム編みにした長靴下……ribbed stockings　リブは畝《うね》のことで、リブ編みは日本ではゴム編みと呼ぶ。メリアス編みの表目と裏目を交互に編むと縦に畝模様ができ、伸縮性があるためセーターの襟ぐりや袖口などにも編む。
（4）**童天使**……キリスト教の智天使。絵画や彫刻などでは、翼のある丸々とした子どもで、薔薇色の頰をした愛らしい姿で表される。

第25章　さらなる騒動《スキャンダル》、さらなる「説明」 Another Scandal and Another "Explanation"

（1）**入口近くの席から牧師一家の家族席へ歩いていくと**……牧師の家族席は教会の最前列中央にあり、入口から歩くと、中央の通路をすべて歩くことになる。
（2）**牧師の娘が、長靴下をはかずにブーツで歩く姿を見てしまったのだ！**……十九世紀から二十世紀初頭の女性は、長靴下をはかずに脚の肌が見えると品位に欠けるとされた。とくに教会という宗教的な場所では素肌を見せないように求められた。
（3）**女性海外伝道協会**……原文ではW.F.M.S. と書かれている。『夢の家』第22章（6）
（4）**ごわごわして、こぶだらけの毛糸**……十九世紀の島では羊を飼い、羊毛を刈って洗い、毛糸を紡いだ。粗悪な毛糸には糸の結び目やこぶがある。本作の時代背景となる二十世紀初めは一般には紡績工場で作られた。現在の島では羊の放牧は見られない。

第26章　ミス・コーネリア、新しい考え方を学ぶ　Miss Cornelia Gets a New Point of View

（1）**私たちは、この世のものに、あんまり気持ちをむけすぎてはなりませんよ**……新約聖書「コロサイの信徒への手紙」第三章二節「あなたの心は、この世のものに留めるのではなく、天上のものにむけなさい」より。［RW／In］

（2）**初歩読本**……primers　子どもが英語を読む手引きとなる教科書、アルファベットの読み方から始まり、物語や詩、お祈りなど。子ども用の祈禱書をさすこともある。

（3）**ニュー・ブランズウィック**……島の対岸、カナダ本土にある州。地図。

（4）**キングスポート**……カナダ本土ノヴァ・スコシア州ハリファクスがモデル。『愛情』の舞台。『愛情』第4章（1）。地図。

（5）**バシャンの雄牛《おうし》みたいに咆《ほ》える**……a Bull of Bashan　旧約聖書「詩編」第二十二章十二節「多くの雄牛がわたしを囲み／バシャンの獰猛な雄牛がわたしをとりかこむ」、十三節「獲物をむさぼり喰らい、咆《ほ》えるライオンのように、わたしにむれて大きく口を開ける」より（新共同訳聖書は十三節と十四節）。バシャンはヨルダン川東側の肥沃な牧草地帯、現在のシリア南部。怒った時のノーマンの獰猛さを表す。［In］

（6）**真理とキリスト教の愛**……truth and Christian charity　キリスト教では真理は神を意味することが多い。愛は隣人愛とも訳され『アン』の主題。『アン』第2章（1）、第24章（10）。

（7）**コーネリア・マーシャル**……結婚後の名前コーネリア・エリオットの誤記と思われ

る。

（8）句読点……英語ではピリオド、コンマ、コロン、セミコロン、疑問符、感嘆符など。

（9）わが家の聖書はごまかせない……わが家の聖書とは、家庭での祈りに使われる大型の分厚い聖書で、家族の誕生日、結婚日、死亡日を記録するページがついている。

第27章　賛美歌の音楽会　A Sacred Concert

（1）『ポリー・ウォリー・ドゥードル』を全部うたった……Polly Wolly Doodle　米国の歌。ダン・エメット作曲とされる。一八四三年初演、一八八〇年『ハーバード・ソング・ブック』に収録、一九一七年にレコード化され、人気があった。恋人の娘に会いにルイジアナへ行く道中ずっと「ポリー・ウォリー・ドゥードル」を歌う、というリズミカルな歌詞と陽気なメロディで、祈禱会が開かれている最中に墓場で歌うには不適切。十二番まであり、全部うたうと長い。［In］

（2）『お説教したことを、自分が実践できないとは、なんと残念だろう！』……「説いたことは、自分が実践せよ」という英語の言い回しをふまえた台詞。［In］

第28章　断食《だんじき》の一日　A Fast Day

（1）聖書にある……聖書の複数の書物に断食が書かれている。祈りに集中するため、神と向き合うためなど。

（2） 逆《さか》とげのついた矢……a barbed shaft 矢尻（矢の先端）とは別に、逆方向の鋭い棘があり、刺さると抜くことができない。
（3） エリザベス・カーク……第7章（9）。

第29章 不気味な物語 A Weird Tale
（1） 六月初めの夕暮れどき……六月上旬の日没時間は夜八時ごろで、明るい金色の陽ざしが長く続く。白い林檎の花、白い桜の花、蒲公英、ライラックなどが一斉に開く。
（2） ロングフェローの海の詩……Longfellow's sea poems 米国詩人ロングフェローは、一八二六年に大西洋を帆船で渡り英仏独などを旅行をしたのを皮切りに一八三五年にも欧州へ航海して行き、船旅や大海原の詩を書いた。詩集『海辺と炉辺』（一八五〇）に大航海時代のスペイン帆船の詩、造船の詩などが収められている。
（3） ナイル川……アフリカ大陸最長の川、全長六千kmを超える。
（4） スフィンクス……エジプトのピラミッドにある人頭獅身の石像。エジプトは一八八二年〜一九二二年に英国が占領、英国人やカナダなど英連邦の人々が旅行。『炉辺荘』第32章（25）。
（5） テイラー老夫人……第4章でフェイスがテイラー老夫人と話をする。
（6） 一《ひと》さらいの襲撃で……シェイクスピア劇『マクベス』第四幕第三場より。『アン』第25章（3）。

（7）**ベイリー家の古い空き家**……第3章に書かれている。

（8）**テンカン**……メアリは epileps と話すが、正しくは epilepsy。癲癇《てんかん》は痙攣や意識消失などの発作を起こす。現在は服薬で発作を抑え、通常の生活を送る人が多い。

第30章　幽霊、盛り土に出る　The Ghost on the Dyke

（1）**暖かな七月の夕暮れ**……島の七月は日没後は肌寒いため、暖かい夕方は珍しい。

（2）**パーシスの驚くような美貌**……パーシスの母は『夢の家』の美女レスリー・ムーア。

（3）**さらして漂白**……漂白剤がない時代は夜露にさらして白くした。『夢の家』第二章（5）。

第31章　カール、罪滅ぼしの苦行をする　Carl Does Penance

（1）**危篤の男を看取《みと》っていた**……牧師は、死にゆく人に聖書を読むなどの儀式を行い、心安らかに天に召されるよう祈る。

（2）**カールは独りぼっちで自分の運命を受け入れねばならなかった**……Carl must dree his weird alone.　スコットランド語の諺「すべからく人は自分の運命を受け入れねばならない」より。［RW／In］

（3）**正規の看護婦**……医学や看護学の訓練を受けた正規の看護婦。当時は訓練をうけない付添婦や世話係としての看護婦もいた。

（4）**首を左右にふっている**……第1章（6）。

（5）**ジャージー乳牛のクリームを広口の瓶《ジャー》に一つ**……ジャージー乳牛は脂肪分の多い乳を出す。牛乳からとった乳脂肪分がクリーム。クリームを広口の瓶に集めるには、十倍以上の牛乳が必要で、高価な贈り物。『青春』第1章（4）。

（6）**予定説**……この世の一切と、あの世で人が救われるか滅びるかは、神があらかじめ定めているというキリスト教の考え。長老派会の教義。『夢の家』第1章（24）

第32章　二人の頑固者　Two Stubborn People

（1）**エレンはおれを火であぶって**……Ellen will roast me　roast（ロースト）には「火であぶる」の他に「さんざんにこき下ろす、からかってこてんぱてんにする」の意味もある。エレンはノーマンより弁が立ち、議論で彼をこき下ろし、ノーマンはそんな彼女を好む。

（2）**おまえさんはおれを凍らせる**……you'll freeze me　動詞 freeze には「凍らせる」の他に、「恐れや不安で体を動かなくさせる」の意味もあり、ノーマンを嫌っているローズマリーの冷たい態度を、ノーマンが面白おかしく比喩的に言ったもの。

（3）**『絶望は自由人、希望は奴隷』**……絶望した人は何ものにも囚われないために行動も思考も自由であり、逆に希望を持つ者はそれを叶えるために自由ではなくなる。英国の東洋学者サイモン・オクリー（一六七八～一七二〇）の主著『サラセン人の歴史』にある諺。モンゴメリは後年、長編小説『青い城』（一九二六）の第八章「絶望は自由人」にも用いた。

第33章　カール――鞭《むち》で――打たれず　Carl Is—Not—Whipped

第34章　ウーナ、丘の家を訪れる　Una Visits the Hill

（1）**新鮮な空気好き**……抗生物質がない当時は肺結核などの感染を避けて肺の健康を保つために換気を求め、夜間も窓を開けて寝る人々がいた。『風柳荘』一年目第1章。

第35章　「笛吹きよ、来るがいい」“Let the Piper Come”

（1）**いつも使えるようにしている暖炉**……ever ready fire　北国の島では八月も夜間は暖炉に火が入るため、年中使えるようにする。

（2）**可愛がっている鳶色《とびいろ》の男の子**……her brown boy　鳶色の髪と目をしたアンの三男シャーリー。アンは産後の肥立ちが悪く、スーザンが母代わりに育てた秘蔵っ子。

（3）**濃紺を着るのは分別がありますよ**……絹の婚礼衣裳は高価なため、結婚後も着られるように紺色などの色ものを選ぶこともあった。

（4）**「いにしえの勇ましい時代」**……the “brave days of old”　スコットランド系英国人の歴史家・詩人・政治家トーマス・バビントン・マコーレー（一八〇〇〜一八五九）の

（5）物語詩集『古代ローマの詩歌集』（一八四二年）の詩「ホラーティウス」第三十一連、第三十二連、第三十三連からの引用。古代ローマに侵入したエトルリア人から都を守ったとされる英雄ホラーティウス・コクレスについての詩。［RW／In］

（6）**「父祖の灰と神々の寺院を守るために」**……右記「ホラーティウス」第二十七連。

フランス……第一次世界大戦でフランスは、英国（カナダも英国側）、ロシアと同じ連合国側。フランス北東部のコースレット（クルスレット）は、進撃して来た敵国ドイツ軍と英仏加連合軍の戦場となり、多数の戦死者が出た。『炉辺荘』第41章（16）（17）。

（7）**フランドル**……Flanders　フランス語の発音はフランドル、英語ではフランダース。北海沿岸の地域で、ベルギー西部、オランダ南西部、フランス北部にまたがる。第一次大戦では西部戦線の主戦場となり、百万人以上の兵士が戦死、負傷、行方不明となった。

（8）**ガリポリ**……トルコ北西部の半島。第一次大戦中の一九一五年、英仏露の連合軍とオスマン帝国軍（大戦ではドイツの同盟国、今のトルコ）が戦い、カナダ兵も含む連合国軍は約二十五万人の戦死傷者を出した。

（9）**パレスチナ**……地中海東岸でヨルダン川より西の地域。第一次大戦当時のパレスチナはオスマン帝国が支配し、この帝国はロシア（連合国側）と対立していたため、ドイツ・オーストリアなどの同盟側についた。

（10）笛吹き……the Pied Piper　「多色の服の笛吹き」、大文字で書かれる場合は一般に「ハーメルンの笛吹き」を意味する。転じて、人を言葉巧みに誘導する者、ここでは戦争へ青年を駆りだす者。

・シリーズ各巻の書名は、第一巻『赤毛のアン』は『アン』、第二巻『アンの青春』は『青春』、第三巻『アンの愛情』は『愛情』、第四巻『風柳荘のアン』は『風柳荘』、第五巻『アンの夢の家』は『夢の家』、第六巻『炉辺荘のアン』は『炉辺荘』と表記した。

・日本語訳の聖書は、モンゴメリが日々愛読した欽定版英訳聖書と必ずしも一致しないため、引用の意味を明確にするために、聖書からの引用は、欽定版聖書の英文から訳者が邦訳した。「新共同訳」と記載したものは「新共同訳聖書」の訳文を使用した。

・各項文末の記号は、［RW］は、L.M.Montgomery's use of quotations and allusions in the "ANNE" books。ここに記載の出典を確認して誤記を訂正して、訳者が引用の意味を追加した。［In］はインターネットで本作の英文で検索、一致した英文学作品を調査して、邦訳して訳註に入れた。

・原書でモンゴメリが用いた記号ダッシュ（―）は、地の文章にある場合は「――」と、台詞中の場合は「……」と表記した。モンゴメリがアルファベットを斜体文字にして強調した語句は、その訳語に傍点をふった。

訳者あとがき

一、モンゴメリの十冊目の単行本『虹の谷のアン』、主人公はメレディス牧師一家

本作『虹の谷のアン』（文春文庫、二〇二二年）は、L・M・モンゴメリ著『赤毛のアン』シリーズ第七巻*Rainbow Valley*（虹の谷、一九一九年）の日本初の全文訳です。モンゴメリにとって九冊目の小説、詩集を入れると十冊目の書籍にあたります。本作までの書籍を順にご紹介します。ほぼ毎年、モンゴメリの本が発行されています。

一　第一巻『赤毛のアン』*Anne of Green Gables*　ペイジ社、一九〇八年
二　第二巻『アンの青春』*Anne of Avonlea*　ペイジ社、一九〇九年
三　『果樹園のセレナーデ』*Kilmeny of the Orchard*　ペイジ社、一九一〇年
四　『ストーリー・ガール』*The Story Girl*　ペイジ社、一九一一年
五　『アンの友だち』（アヴォンリー物語）*Chronicles of Avonlea*　ペイジ社、一九一二年
六　『黄金の道』*The Golden Road*　ペイジ社、一九一三年
七　第三巻『アンの愛情』*Anne of the Island*　ペイジ社、一九一五年

八　詩集『夜警』*The Watchman and Other Poems*　マクレランド社、一九一六年
九　第五巻『アンの夢の家』*Anne's House of Dreams*　マクレランド社、一九一七年
十　第七巻『虹の谷のアン』*Rainbow Valley*　マクレランド社、一九一九年

本作が刊行された一九一九年の秋、モンゴメリは四十四歳。彼女は二十代から短編小説を書いて北米の出版社に送り、『赤毛のアン』が発行される前に、三百作近くの小説が雑誌に載っていました。『虹の谷』のころは、執筆生活が二十年をこえ、本作はベテランの工夫が随所にあります。カナダ兵が六万人以上戦死した第一次世界大戦中に執筆された影響から、冒頭から結末まで暗い気配が漂い、アン・シリーズ中の異色作です。

モンゴメリは、第五巻『夢の家』の次に、その十三年後から始まる第七巻『虹の谷』を書いています。つまり当時の読者は、アンが二十五歳でギルバートと結婚し、フォー・ウィンズの内海の小さな家で新婚時代を送り、喜びと哀しみを経験する二年間を読んだ後に、アンが四十代になり、六人の母となっている本作を読んだのです。この二作の間を埋める第六巻『炉辺荘』は、二十年後の一九三九年に発行されています。

また、第一巻『赤毛のアン』*Anne of Green Gables* から、第六巻『炉辺荘のアン』*Anne of Ingleside*（一九三九年）までの英語の書名は、アン Anne から始まり、この六作はアンを主人公とするアン・シリーズです。

しかし本作 *Rainbow Valley* は、原題にアンがありません。アンが主人公ではないと、読者にわかるように、モンゴメリは書名をつけています。とは言うものの、愛読者のために、本作の第1章は、われらが愛するアンと、第五巻『夢の家』でおなじみの家政婦スーザン、良き隣人ミス・コーネリアの三人の会話から始まります。

三か月の欧州旅行から帰ってきたアンは、自分の留守中にグレン・セント・メアリ村に新しく赴任《ふにん》してきたメレディス牧師一家について、スーザンとミス・コーネリアから教えてもらいます、つまり読者も、この牧師一家について教えてもらうという構成です。

その一家は、美男子で説教はうまいものの、神学に没頭するあまり、いつも上の空で、家庭生活と育児には関心がない父親のジョン・ノックス・メレディス牧師、そして母親のいない躾のなっていない四人の子どもたち、家事が苦手な年寄りのおばさんから成りますが、みな善良で、愛すべき人々であること……。それを聞いたアンは、そして私たち読者も、興味を引かれていきます。

続く第3章「炉辺荘の子どもたち」までに、モンゴメリは、アンの長男ジェム、次男ウォルター、双子のナンとダイ、三男シャーリー、三女リラを登場させて、まだ第六巻を読んでいない当時の読者に、ブライス家の子どもたち六人を紹介します。

次の第4章「牧師館の子どもたち」では、メレディス家の子ども四人が登場し、彼らが炉辺荘の子どもたち四人と出逢い、ブリキの空き缶を叩いて平らにした板で焼いた鱒《ます》のごちそうを共にして、固く結ばれた盟友となります。第5章で、家なき子メアリ・ヴァンスも登場して新しい人物が勢揃いすると、いよいよ物語が動きだしていきます。

本作の主人公は、メレディス牧師と四人の子どもです。この子どもたちが、様々な失敗や奇想天外な騒動を巻き起こしながらも、その解決や自立の道を探っていきます。また緑豊かな美しい虹の谷で、ブライス家の子どもたち、家なき子メアリ・ヴァンスと愉快に遊び、育っていく一年半の年月《としつき》、そしてメレディス牧師とローズマリーなど二組の中年男女の恋と求愛が、風光明媚なプリンス・エドワード島の四季の移り変わりも色鮮やかに描かれます。

夢のような虹の谷ですごす九人の子どもたちの無邪気で自由な子ども時代の輝きに、結末では、戦争の影が忍び寄ってきます。子どもらしいのどかな暮らしは、やがて戦争が始まる前の最後の平和な時代となるのです。本作のタイトルの「虹」は美しく夢のように楽しく、しかし永遠ではなく、いつか儚く消えていくものの象徴です。『虹の谷のアン』は、輝かしい少年時代、少女時代とその終わりのかけがえのない日々が、不気味な通奏低音を響かせながら描かれた意欲作です。

二、『虹の谷のアン』のエピグラフは米国詩人ロングフェローの詩「失われし青春」

彼らの子ども時代の終わりは、本作の冒頭にモンゴメリが置いた題辞の一節「若き日の想いは、遠い遠い想い」によって、物語の最初に、示唆されています。

これは米国詩人ヘンリー・ワズワース・ロングフェロー（一八〇七～八二）の詩「失われし青春」（一八五八）のすべての連でくり返される一節「少年の夢は風の夢。若き日の想いは、遠い遠い想い」からの引用です。

この詩「失われし青春」は、五十代になったロングフェローが、ふるさと米国東海岸メイン州の港町ポートランドですごした子ども時代の穏やかな暮らし、少年のころの空想や願いを回想しながら、それがすでに遠い昔になったことを郷愁をこめて詠う作品です。

また、詩の第五連では、一八一二～一五年の英米戦争の海戦の砲撃の轟《とどろ》きと、勇敢に戦って死んだ船長や兵士が眠る墓に胸を熱くした少年の心も描いて、本作において、勇敢な兵士に憧れて、戦争に連れだす「笛吹き」に胸はやらせるアンの息子ジェム・ブライスへの橋渡し、前触れともなっています。

この一節「若き日の想いは、遠い遠い想い」は、アン・シリーズ第三巻『青春』の第30章「石の家の結婚式」にも引用されます。アンは、ミス・ラヴェンダーの結婚式に出た後、迎えに来たギルバートが自分を見つめるまなざしに頬を染めます。するとアンの胸の奥にかかっていたヴェールが上がり、彼への本当の感情に気づきますが、すぐに胸のヴェールは下ります。このとき、アンの少女時代のページは目に見えない指によってめくられ、大人の女のページが開かれます。

このようにアンの子ども時代は、異性へのときめきという甘美な体験によって終わるのですが、本作の子どもたちは、初恋の芽生えではなく、近づいてくる戦争の翳りによって少年時代と少女時代を終えていくのです。

モンゴメリは、同じ詩「失われし青春」を引用することで、アンの十代を描いた十九世紀末のヴィクトリア朝と、二十世紀を生きる子ども世代を描いた本作との時代の違いを、明確に対比させています。

ロングフェローは亡くなった後、その胸像が、英国ロンドンのウェストミンスター寺院内にある詩人コーナーに、米国詩人として初めて飾られる栄誉を得ます。本作第1章で、アンが、欧州旅行中に、ウェストミンスター寺院を歩いたと語っているのは、本作の題辞を踏まえたと思われる興味深い符合です。モンゴメリは一九一一年に、この詩人コーナーを訪れており、そこには第一巻『アン』の題辞の作者ロバート・ブラウニング、第三巻『愛情』の題辞の作者アルフレッド・テニスンの墓もあります。

三、牧師館の子どもたちとメアリ・ヴァンス〜名作『ストーリー・ガール』の踏襲《とうしゅう》

『虹の谷』で新しく登場するメレディス家の子どもたちは四人。長男のジェリーことジェラルドは十二歳。父譲りの黒髪、父とは異なって夢見がちではない黒い瞳、グレンの学校で最も優秀な生徒です。

長女フェイスは十一歳。金褐色の髪と瞳で、赤い薔薇のように美しい少女です。彼女は、グリーン・ゲイブルズのアンのようにそそっかしく、後先考えずに動き回る一面がありますが、天真爛漫で、楽天的で、活発です。父の苦境を改善すべくノーマン・ダグラスの家に一人で乗りこんで直談判《じかだんぱん》したり、父の名誉を守るために演説や投書をする勇気と行動力があります。本作ではフェイスの活躍が最も多く書かれています。

次女ウーナは十歳。黒い髪に濃紺の目、体が小さく、真面目で、優しい女の子です。亡き母を恋しがり寂しい心を抱えていますが（少女時代のモンゴメリが投影）、彼女も、父のために自分の幸せは二の次にして大人を説得する覚悟と度胸があります。

次男カールことトーマス・カーライルは九歳。母と同じ明るい濃紺の目で、虫や蛙や蛇を愛し、行く末は生物学者になるとアンが言うほど熱心に昆虫観察をします。

一家は、母親がなく、家政全般が整っていません。家事の担い手はマーサおばさん、フェイス、ウーナと、女性だけです。現代の小説なら、父親と息子たちも料理や掃除を楽しみながら分担したでしょうから、この辺りは時代の制約と言えるでしょう。

メレディス家は、かつてスコットランドの国教だった長老派教会の牧師一家ですから、スコットランド系です。

本作で異彩を放つのは、家なき子メアリ・ヴァンス十二歳。艶のない麻くず色（ベージュ）の髪に、ほとんど白に見える薄青色の目、痩せ細った体で、どことなく異界めいた風貌です。彼女は納屋で見つかったとき、スコットランド高地《ハイランド》のタータンを着ていますから、やはりスコットランド系とわかります。

メアリは料理上手で、裁縫も手早く、働き者です。言葉づかいは粗野で、罵り言葉も話しますが、可愛らしい口もとときれいな白い歯並びをしています。

親のないメアリは、アンがいたノヴァ・スコシア（新スコットランド）州ホープタウン（希望の町）の孤児院から来て、ワイリーのおかみさんの農場でこき使われ、虐待されます。当時の農家が、孤児院の子を働き手として引きとることは、よくありました。グリーン・ゲイブルズのマシューとマリラは、アンを実の娘のように可愛がって育て、師範学校に進学させますが、これはむしろ珍しい例です。孤児院から来た子どもは、一般には、住みこみの雇い人のような待遇で、農作業や家事をする代わりに、衣食住を与えられました。メアリは苦労した経験から、世間と人情というものを知っており、世間知らずの牧師館の子どもに忠告を与える役回りです。

このように本作は、牧師館の子ども四人、ブライス家のジェム、ウォルター、ナン、ダイの四人、そしてメアリというスコットランド系の女子五人と男子四人が織りなす群像劇です。子どもたちの群像劇という形式は、モンゴメリの初期の会心作であり、ヒット作となった『ストーリー・ガール』（一九一一年）を踏まえています。

これは、プリンス・エドワード島の農村に暮らす思春期の少年少女たちを、話上手なストーリー・ガールことセアラ・スタンレーが巧みな話術で魅了します。この小説と続編の『黄金の道』（一九一三年）を元に、カナダでテレビドラマ「アボンリーへの道」（一九九〇〜九六）が製作され、個性豊かな子どもたちや島の人々の人生ドラマ、心暖まる家族の物語が、昔ながらの暮らし、田園の風景、衣裳の美しい映像で描かれ、日本でも人気を集めました。

さて、拙訳『炉辺荘のアン』が発行された後、読者の方々から、この第六巻において、ブライス家の子どもは、なぜいい友人がいないのですか、友だちに裏切られてばかりで不憫です、というご感想を頂きました。たしかに『炉辺荘』で、アンの子どもは友情に恵まれません。次男ウォルターはパーカー家の子たちにいじめられ、双子のナンとダイは信頼していた女の子に騙《だま》されます。その理由は、本作で明らかになります。

モンゴメリは、『炉辺荘』（一九三九年）よりも先に、第七巻『虹の谷』でアンの子どもと牧師館の子どもの厚い友情を描いています。もし『炉辺荘』で、アンの子どもが、アンとダイアナのような「腹心の友」と出逢い、生涯の友情を誓っていれば、第七巻『虹の谷』で初めて知りあう牧師館の子と、深くつきあうことができません。そのために二十年後に出た『炉辺荘』で、モンゴメリはアンの子どもたちの友情の不遇を描き、本作で大勢の子どもたちが愉快に遊ぶ楽しさが、いっそう際立つ効果をあげています。

本作には、アヴォンリーの人々、グリーン・ゲイブルズのマリラとリンド夫人、デイヴィ、ダイアナもちらりと登場し、読者は懐かしい喜びをおぼえます。またアンの長男ジェムが、クィーン学院を受験し、進学します。第五巻『アンの夢の家』で生まれ、アンが赤ちゃん言葉で語りかけて溺愛したジェム坊やが、本作では、『赤毛のアン』で十代のアンが学び、教員免許をとった師範学校に進むのです。それだけの年月が確かに流れたことを実感します。

四、魅惑の「虹の谷」のモデル、魔法がかかった泉

炉辺荘のモデルは、プリンス・エドワード島北岸パーク・コーナーにあるモンゴメリ家（父の実家）の古い屋敷です。現在のモンゴメリ家当主のポールさんに炉辺荘でお会いしたとき、「ぼくは、この家の前の谷が、虹の谷のモデルだと思います」とおっしゃり、目の前に開けた谷を、大きな手でさし示してくださいました。

たしかに、屋敷の前には谷が東西に横たわり、細長い池もあります。谷を上がったむこうの丘の上には、遠く一軒家も見えます。現在、炉辺荘の周辺は牧草地と畑に開墾されて木はありませんが、古い航空写真を見ると、炉辺荘は木立がとりかこみ、谷のむこうの丘も木々におおわれ、本作の描写の通りです。

島は、ゆるやかな起伏のある地形で、小さな谷間や窪地はいくつもあります。そこで

別の谷である可能性も考えられますが、モンゴメリ家の屋敷「炉辺荘」前の小さな谷が、虹の谷のモデルの一つと考えられるでしょう。

虹の谷は、子どもたちの理想郷であると同時に、そこにひっそりと隠れている羊歯におおわれた小さな泉は、愛と友情の魔法がかかった地でもあります。

この泉で、ローズマリーは十七歳のときに初々しい乙女の恋を誓いますが、それは虚しく喪われます。しかし彼女は泉のほとりでジョン・メレディスと出逢い、「白魔術」の祝福をうけ、一つの器で水を酌み交わし、やがて愛に結ばれます。またフェイスは、この泉でローズマリーと真実の友となり、のちに母娘となります。この泉にはローズマリーとメレディス牧師の大人たちの愛、ローズマリーが母のないフェイスにそそぐ母性愛（母の愛を求めたモンゴメリの深層心理）の清い水が、こんこんと湧いているのです。

アンが虹の谷に出かけて、魅惑の谷間を楽しんでいる描写は、本作にありません。しかしこの泉がアヴォンリーの木の精《ドライアド》の泉を思わせるために彼女は愛していると書かれていますから、アンも虹の谷と魔法の泉に行ったことはあるのです。

五、中年男女二組の恋〜「白魔術」の出逢い、昔の恋人との再会と愛の復活

本作の直前に書かれた第五巻『夢の家』は、モンゴメリ好みのゴシック・ホラーの怪奇趣味とロマンチックで劇的なストーリーの結末で、三組の男女が結ばれる華やかな祝

婚劇でした。本作でも男女二組の祝婚劇のめでたさが、喜びを添えています。

まず一組目は、ジョン・ノックス・メレディス牧師とローズマリー・ウェスト。二人はすでに大人で、過去に真剣な恋と愛の喜び、その悲劇的な喪失を経験しています。

メレディス牧師は黒髪に黒い瞳、色白の顔と白い手をしたハンサムな中年男性です。ちなみにジョン・ノックスという名前は、スコットランドで宗教改革を行って長老派教会を始めた牧師が有名ですから、いかにも神学にくわしい学究肌の牧師を思わせます。そんな彼の胸には今も、可憐な亡き愛妻セシリアが生きています。

ローズマリー・ウェストは、温かみのある金髪に大きな青い瞳の物静かな美女です。彼女も、海難事故で死亡した初恋の人マーティン・クローフォードとの甘い記憶を忘れることができません（モンゴメリも、二十三歳の教師時代に下宿した農家の長男ハーマン・リアードと愛し合いましたが、苦渋の別れを決断した翌年、彼は二十代の若さで流感により他界します）。

ジョン・メレディスとローズマリーは、それぞれに亡き人を忘れがたく、想い続けているのです。そんな若くはない男女が、白い月光に照らされた夕べに虹の谷の泉で、「白魔術」の祝福のなか、丘の上の屋敷へ、身を寄せるようにして登っていく第13章「丘の上の家」、そして求愛をめぐるこの二人の心理的葛藤を描いた第21章「言えない言葉」は『虹の谷』の名場面中の名場面です。

もう一組はノーマン・ダグラスとエレン・ウェスト。ノーマンは赤ら顔に、赤い髪と赤い長い口髭の大男で、気性が激しいが太っ腹で豪快。ノーマンという名前は古い英語で「北の男」、ダグラスはスコットランド語で「黒い海」ですから、モンゴメリが付けた名前も男性的です。彼が愛し続けたエレンは大柄で黒髪、冬の海のような暗い青い目、黒々とした太い眉、正直な人柄で、太くて気持ちのいい声、戦争や時事問題の論争で相手を論破する覇気と知性のある女性です。かつて愛し合ったノーマンとエレンの大人二人の再会の心理と、その後の恋の復活……。

この対象的な二組のカップルの恋の道筋、ともに頑固なエレンとローズマリー姉妹の葛藤と和解も、本作を読む醍醐味です。

六、「ハーメルンの笛吹き」〜若者たちを戦地へ連れていく「笛吹き」、近づく戦争の影

第一次世界大戦中に書かれた本作には、戦争の影響が随所にあります。

まず献辞では、モンゴメリが暮らすオンタリオ州リースクデイルの村から第一次大戦に出征して欧州で戦死した三人の名前が挙げられ、本作は祖国のために戦った兵士に捧げられています。

さらに全編を通じて「笛吹き」が象徴的な意味を持って登場しています。この「笛吹き」は、ドイツの伝説「ハーメルンの笛吹き」にちなんでいます。英語では The Pied

Piper of Hamelin と書きます。ドイツの地名ハーメルン Hameln の英語名がHamelinです。ドイツ中北部にあるハーメルンは、かつてはハンザ同盟の都市であり、小麦の集積地として古くから栄えました。今も石造りの壮麗な建物がたち並ぶ美しい町です。

小麦の集まるところ、ねずみも集まります。そこでハーメルンの人々は、ねずみを退治する笛吹きの男を雇いました。多色づかいの奇妙な服を着た男が笛を吹きながら通りを歩くと、不思議な音色が流れ、家々からねずみが出てきて、男の後をついて町を出ていき、大きな川を渡り、一匹残らず溺れ死にました。ところが町は、約束した代金を男に払いませんでした。

しばらくして男がまた町に現れ、笛を吹きながら通りを歩くと、今度は家々から子どもたちが出てきて、愉しげな音色につられて男の後をついていき、町を出て、山に入り、二度と帰ってきませんでした。ただ足の悪かった男の子が一人、残されました……。

これは実際に起きた歴史的事件とされ、ドイツの言語学者・文献学者のグリム兄弟が『ドイツ伝説集』（一八一六、一八一八）に収めています。

子どもたちが笛吹きに連れられて歩いた通りはハーメルンの中心部にあり、現在も歌舞音曲が禁止されているそうです。通りの壁にはプレートが埋め込まれ、「一二八四年六月二十六日、聖ヨハネと聖パウロの日に、ハーメルン生まれの子どもたちが、色とりどりの服を身にまとった笛吹き男に連れられて町を出ていき、カルヴァリーを通りすぎた後、百三十人が消息を絶った」と、ドイツ語と英語で書かれていました。

子どもたちが失踪した理由としては複数の仮説があります。人手の足りない農村や開墾地に売られた、または移民として行った、六月下旬の聖ヨハネと聖パウロを祝う祭りの混乱のなか町外れの沼にはまり溺れ死んだ、子どもの十字軍に加わった、ペストで隔離されて病死した……。

この謎めいた伝説は文学者の想像力をかきたて、十八世紀ドイツのゲーテが詩劇に盛りこみ、十九世紀英国の詩人ロバート・ブラウニングが長編詩『ハーメルンの笛吹き男』（一八四九）を書きました。そして二十世紀カナダの作家モンゴメリは、本作『虹の谷』において、笛吹きを、美しい音色（言葉）で、かえでの国の若者（カナダの青年）を遠い異国の戦場へ連れていく人物、社会の気運、時代として描いています。

その笛吹きが、本作『虹の谷』では、第1章の冒頭、第8章、最後の第35章の三カ所に、それぞれに異なる意味を持って登場します。

まず第1章の始まり、ミス・コーネリアが、アンに会いに炉辺荘へ歩いていく赤土の内海街道に、狡賢く陽気な風が笛吹きのようにやって来ます（a sly, jovial wind came piping down the red harbour road)。英語の sly は「狡賢い、たくらみを秘めた」という形容詞、そして jovial は「陽気な、愉しげな」という意味ですが、重要なことは男性にのみ使う点です。この風の男が「笛を吹きながら、笛吹きのように」piping、アンが暮らす内海の街道を吹いてくるのです。ハーメルンの笛吹きは、まさに狡賢く、たくらみを秘めた男であり、陽気な愉しげな音色を奏でて子どもたちを連れ去っていきます。モンゴメリが選んだslyとjovialという語彙の確かさに、訳しながら唸った次第です。

つまり、この小説の冒頭では、まだ「笛吹き」そのものは現れていませんが、先触れの風が、すでに吹き渡っているのです。このpipingという言葉も、日本初の訳出です。

そして第8章では、読書家で語り上手なウォルターが、古い伝説や不思議な伝承を女の子たちに読んで聞かせます。

たとえば中世キリスト教国の修道王「プレスター・ジョン」、十字架を背負ったイエスを嘲笑したために世界を流浪する宿命を負わされた「さまよえるユダヤ人」、地下の鉱脈や水脈をしめす不思議な「占い棒」、日本の民話「天女の羽衣」にも連なる伝説「白鳥の乙女」、そして「聖杯の物語」など、中世的で謎めいた陰鬱な物語が多く、これもウォルターたちにやがて迫る暗い影に呼応しています。そのなかで、ウォルターが最も愛する伝説が「ハーメルンの笛吹き」です。

この物語を聞いたダイは、自分は「笛吹き」の話を好み、母さん（アン）も好きだと語ります。ウーナは、足が悪くて山へ行けなかった男の子の母親は、息子が行方不明にならなくて嬉しかっただろうと語ります。これは戦地に息子を送らなかった母の安堵を意味しています（第一次大戦中の一九一五年一月一日、モンゴメリは日記に、長男チェスターはまだ子どもで戦地に行かなくてもよいことを神に感謝すると書いています）。

これに続くウォルターと少女たちの会話です。

「いつの日か」ウォルターが空の彼方を見ながら、夢見るように言った。「笛吹きは、明るいきれいな音色の笛を吹きながら、あの丘をこえて、虹の谷におりて来るよ。ぼくはついて行くんだ……海辺まで……それから海に入って……きみたちみんなと別れていく。ぼくは行きたくはないと思う……ジェムなら行きたがるね……大冒険だもの……でもぼくは行きたくないと思う……だけど、行かなくてはならない……音色がぼくに呼びかけて、呼びかけて、呼び続けるから、しまいには行かなければならなくなるんだ」

「じゃあ、みんなで行きましょうよ」ウォルターの空想の熱い炎が燃え移ったように、ダイが叫んだ。ダイには、人を嘲《あざけ》るように去っていく笛吹きの謎めいた後ろ姿が、虹の谷の遠くかすむ外《はず》れに、見えるような気さえした。

「いいや、きみたちは、ここにすわって、待っているんだ」ウォルターが言った。彼のぱっちりした輝く瞳は、奇妙な美しさを帯びていた。「ぼくらが帰ってくるまで、待っているんだ。でも、ぼくらは帰らないかもしれない……笛吹きが吹いている間は、帰ってこれないのだから。笛吹きは、ぼくらを世界中へ連れまわすかもしれない。それでもきみたちはここで待っていておくれ……待っているんだ」

「やめとくれよ」メアリが身を震わせた。「そんな顔をしないでおくれ、ウォルター・ブライス。ぞっとする。あたいを、おいおい泣かせたいのかい？　あたいには、そのおっかない笛吹きの爺さんが、どんどん行っちまって、その後ろを、あんたら男の子がついてくとこが、目に見えるような気がするんだ。そんであたいら女の子は、みんなここにすわって、待ってるんだ。どうしてだか、わかんないけど……あたいは、べそっかきじゃないのに、あんたがこの話を始めると、いっつも泣きたくなるんだ」

「笛吹き」をめぐる会話の締めくくりに、モンゴメリは書いています。

「ウォルターには、笛吹きは本当にいるように思われた——そして未来を隠して揺れているヴェールが、星の光る夕闇の虹の谷で、一瞬、風に吹かれて翻《ひるがえ》り、これから来《きた》る年《とし》月《つき》を、うっすらと垣間見せたような気がした。」

そして本作の結末、第35章では、子どもたち九人が虹の谷で最後の宴《うたげ》を開き、少しずつ輝きを失っていく夕焼け空を眺めながら、ウォルターが語ります。すなわち、笛吹きは前に幻影として見たときよりも、ずっと近くまで来ている。笛吹きのマントが風にはためいている。彼が笛を吹くと、ジェム、カール、ジェリー、そしてぼくは後をついていく、そして世界中をまわる、と言うのです。少女たちは、怖がって身震いしますが、腕っ節が強いアンの長男ジェム・ブライスは晴れ晴れと笑って、小さな丘に立ち、恐れを知らない目で、叫びます。

「笛吹きよ、来るがいい、歓迎するぞ」「ぼくは、喜んでついていくぞ、世界中をまわって、ついていくぞ」……。すでにジェムは、笛吹きに心奪われているのです。

第1章で、笛吹きの予兆の風が吹きわたり、第8章でウォルターは笛吹きの幻《まぼろし》を見て予言し、最後の第35章では、笛吹きはすぐそばまで近づいています。

つまり続く第八巻『アンの娘リラ』（一九二一）で、カナダの青年たちが笛吹きに連れられて戦地へむかうことが暗示されて、本作は終わるのです。本作を書いたとき、モンゴメリはすでに続く第八巻の構想が頭にあったものと私は考えています。

七、第一次世界大戦中に執筆された『虹の谷のアン』、モンゴメリ日記より

人類史上初となる世界大戦は、一九一四年七月に始まり、一九一八年十一月まで四年間続き、膨大な戦死者を出しました。

発端は、サラエヴォでセルビア人青年がオーストリア皇太子を暗殺した事件です。これをきっかけに、オーストリアがセルビアに宣戦布告をすると、セルビアを支援するロシア、さらにイギリス、フランスなどの連合国側と、オーストリア、ドイツなどの同盟国側が参戦し、世界戦争へと拡大していきます。

モンゴメリ日記によると、彼女はこの暗殺事件を新聞で知りますが、遠いヨーロッパの事件はカナダに影響はないだろうと、注意を払っていませんでした。

しかし英連邦の一国であるカナダが英国側として参戦し、カナダの若者たちが出征していくと、毎日、新聞で戦況を読み、地図でフランスやフランドル地方などの前線を確かめ、勝利と敗退に一喜一憂し、カナダ兵の戦死を嘆きます。また村から出征した兵士の無事を、家族とともに教会の祈禱会で祈り続けました。こうしてモンゴメリの精神状態と体調は、戦況に左右されるようになるのです。

大戦中のモンゴメリは、家事と育児、執筆、教会の仕事（日曜学校の教師、聖歌隊の指導、信徒の家庭訪問、冠婚葬祭、海外布教活動の協力など）に加えて、戦争の後方支援となる赤十字の活動も行い、多忙な日々を送っていました。

当時のカナダの国家元首は、英国王ジョージ五世（エリザベス女王二世の祖父）です。モンゴメリは、もし連合国側の英国が、同盟国側のドイツに敗北すれば、英国とカナダはドイツの植民地になり、ジョージ五世の王座は、ドイツの皇帝《カイゼル》ウィルヘルム二世に奪われるかもしれないと恐れていました。本作のエレン・ウェストが時事問題を語るとき、ドイツの皇帝《カイゼル》を批判する理由には、こうした背景があります。

本作を書き始めた一九一七年、四十三歳のモンゴメリは、オンタリオ州リースクデイル村の長老派教会の牧師夫人であり、スコットランドのグラスゴー大学大学院で神学を修めた牧師の夫ユーアン、五歳と二歳の息子、家政婦の五人で牧師館に暮らしていました。

アン・シリーズにおいて、牧師館一家を主人公にした小説は本作のみです。『虹の谷』には、モンゴメリの牧師夫人としての日常と教会活動、牧師の説教、信徒との関わり、キリスト教への考えが如実に反映されています。ちなみにアン・シリーズは各巻に英文学からの引用が多数ありますが、本作では、聖書からの引用の方が多いことが特徴です。またメレディス牧師には、家庭と育児にさほど関心をもたなかった学者肌の牧師の夫ユーアンも反映されているようです。

また一九一七年は、モンゴメリの自信作第五巻『夢の家』が、カナダのマクレランド社から出版されます。その前に書いた第一巻〜第三巻は米国のペイジ社から発行されましたが（第四巻は一九三六年刊）、モンゴメリは第五巻から版元を変えたのです。そのためペイジ社とは契約や印税などをめぐって関係が悪化し、後に法廷闘争に発展し、モンゴメリの心労の元となります。

一九一七年六月には、第一次大戦に出征した異母弟（父と再婚相手の息子）カールが、フランス北東部ヴィミーの丘の戦闘で片足を失い、十一月にカナダに帰国します。カールは松葉杖をついてモンゴメリが暮らすリースクデイルを訪れ、写真を撮っています。カールは愛称であり、本名はヒュー・カーライル・モンゴメリ（一八九三〜一九五九）。日記によると、この弟はモンゴメリの亡父の若いころに顔や姿がそっくりで、片足を失っても持ち前の快活な性格は変わらず、そんな末の弟を、彼女は愛していました。本作のカールこと、牧師館の末っ子トーマス・カーライル・メレディスは、ひょっとすると、モンゴメリの十九歳年下の弟カールにちなんでいるかもしれません。

本作『虹の谷』は一九一七年の秋に執筆を始め、一九一八年十二月二十四日に脱稿します。その日記です。

一九一八年十二月二十六日、木曜日、オンタリオ州リースクデイル
「私の九冊目の本『虹の谷』がクリスマスの前日に終わった。書き終わって、とてもありがたい。私が流感にかかってから、あるゆることが遅れたからだ。これは『アンの夢の家』ほどは良くない――私の考えでは――だがこの種のものでは平均よりは上だろう。」

この一九一八年から二〇年にかけて、当時「スペイン風邪」と呼ばれた新型インフルエンザが大流行します。全世界で約四千万～五千万人が死亡、日本でも、およそ四十五万人が亡くなったとされます。執筆中のモンゴメリは世界大戦の心労に加えて、感染症

パンデミックの不安にもさらされていたのです。

そして翌一九一九年、本作はマクレランド社から発行されます。初版の表紙には、金髪の美しいローズマリーが、一九二〇年前後に流行したウェストのくびれのない、ほっそりした白いドレスをまとい、淡い桃色のショールを天女のように羽織り、夕暮れの森に佇んでいます。まわりは白樺やえぞ松の若木の木立で、薄紫色のアスターの花々や黄色のあきのきりんそうが咲き、背景の丘へ赤い太陽が沈んでいきます。おそらく彼女は虹の谷の泉へむかうところでしょう。この一幅の絵画をとりかこむ周囲の枠には、虹の七色の花々が咲き乱れています。刊行後の日記です。

一九一九年十一月十九日、水曜日、オンタリオ州リースクデイル

［昨夜、ユーアンはクロラールを二錠服用、今度は効いて、それからは長時間よく眠った。私はチェスター（長男）と眠った。彼はひどい風邪をひいて、喉が腫れている。

（略）

今日、「カナディアン・ブックマン」が一部届いて、『虹の谷』のすばらしい書評が載っていた。私をとりまく苦労の濃い霧を突き抜けるほどだったら、嬉しかったのだが。］

一九一九年十一月二十二日、土曜日

［ストローク社（本作の米国の出版社）から手紙が来て、『虹の谷』がデンマーク語とスウェーデン語に翻訳されることになった。］

アン・シリーズには日本が少しずつ登場します。本作では、オーエンとレスリーのフォード一家が日本に一年間滞在すると書かれています。当時、カナダの宗主国イギリスは、日英同盟（一九〇二～二三年）を結んでおり、この同盟により、日本は第一次世界大戦に英国やカナダなどの連合国側として参戦します。本作執筆時のモンゴメリにとって日本は東洋文化の興味がつのる国であり、またカナダにとっては軍事、政治的には親しい関係にあったのです。

八、アンの明るく誠実な心、アンの幸せの在《あ》りか

この小説においても、アンは天性の明るく誠実で愛情深い心によって、悩みや苦難のある人々の心に、一服の清涼剤のような爽やかな清風を吹き込みます。

たとえば、メレディス牧師も、その子どもたちも、ミス・コーネリアも、困ったことがあると炉辺荘に行き、アンに話を聞いてもらいます。それだけで人々は気持ちが楽になり、慰められるのです。

またミス・コーネリアとスーザンが葬式の世俗的な話で盛りあがると、アンはそっと離れ、美しい内海の夕景に見惚《みと》れて、美の世界に遊びます。

さらに牧師館の子どもたちの失敗の数々に、村人たちが頭を痛め、弁護に疲れると、アンは現実のとらえ方そのものを根底から変える提言をします。つまり、メレディス家について愚痴や不平をこぼしたり、ため息をつくのではなく、牧師一家のすぐれた美徳を見つけて、それを誇りに思い、世間に広く伝えましょう、と語ります。困難に対するアンの前向きな姿勢に、ミス・コーネリアは、はっと新鮮な気づきを受けるのです。

アンの幸せは、家族がそろって暮らすありふれた毎日のいとなみに、田園の牧歌と平安に、庭に揺れる黄水仙の花々やその馥郁とした香りに、子どもたちの潑剌とした笑顔と笑い声に、一日の終わりを輝かせる見事な夕日に、夜の静寂とすこやかな眠りに、平和な世界にあります。このかけがえのない幸いを、奪い去っていくのが、戦争です。

続く第八巻『アンの娘リラ』*Rilla of Ingleside* は、アンの末娘リラを主人公にして、第一次世界大戦を描いたカナダの戦争文学です。そしてアン・シリーズの最終巻です。日本初の全文訳と訳註をどうぞご期待ください。

二〇二二年夏

松本侑子

謝辞

Acknowledgments; This translation and annotations could not have been possible without my English teacher, Ms. Rachel Elanor Howard, who kindly helped me comprehend the ambiguous expressions in *Rainbow Valley*. I heartily appreciate her professional suggestions and warm encouragement to me.

本書の編集と発行にあたり、文藝春秋、文春文庫編集部の池延朋子統括次長、文藝出版局の花田朋子局長、文春文庫局の大沼貴之局長、翻訳出版部の永嶋俊一郎部長、第二文藝部の武田昇部長、第二営業部の八丁康輔部長にお世話になりました。カバーの絵は勝田文先生に中世的な笛吹きの姿、フェイスの赤と青の長靴下《ストッキング》、アンの愛する黄水仙、虹を描いて頂きました。カナダを象徴するかえでの葉をあしらったカバー、口絵、扉、目次のデザインは、株式会社ムシカゴグラフィクス様にご担当頂きました。みなさまのお仕事に御礼を申し上げます。最後に、お読み頂いた心の同類のみなさまに、愛と感謝をお贈りします。

主な参考文献

英米文学など

"The Macmillan Book of Proverbs, Maxims, and Famous Phrases" Burton Stevenson, Macmillan Publishing Company, New York, 1987

'L.M.Montgomery's use of quotations and allusions in the "ANNE" books' Rea Wilmshurst, Canadian Children's Literature, 56, 1989

"The Poetical Works of Tennyson" Cambridge Edition, Houghton Mifflin Company, 1974

『マーミオン』ウォルター・スコット著、佐藤猛郎訳、成美堂、一九九六年

『対訳　コウルリッジ詩集―イギリス詩人選（7）』上島建吉訳、岩波文庫、二〇〇二年

『英詩を愉しむ　光と風と夢』松浦暢編訳、平凡社、一九九七年

『マクベス』ウィリアム・シェイクスピア著、小田島雄志訳、白水社、一九八三年

『ハメルンの笛ふき』ロバート・ブラウニング著、矢川澄子訳、文化出版局、一九七六年

『ハーメルンの笛ふき男』ロバート・ブラウニング著、長田弘訳、童話館出版、二〇〇三年

『ハーメルンの笛吹き男―伝説とその世界』阿部謹也著、ちくま文庫、一九八八年

『英米文学辞典』研究社、一九八五年

ＣＤ－ＲＯＭ版『世界大百科事典』平凡社、一九九二年

政治

『世界現代史31 カナダ現代史』大原祐子著、山川出版社、一九八一年

『カナダの歴史を知るための50章』細川道久編著、明石書店、二〇一七年

キリスト教と聖書

『聖書』新共同訳、日本聖書協会、一九九八年

"The Holy Bible: King James Version" American Bible Society, New York, 1991

『聖書人名事典』ピーター・カルヴォコレッシ著、佐柳文男訳、教文館、一九九八年

『聖書百科全書』ジョン・ボウカー編著、荒井献、池田裕、井谷嘉男監訳、三省堂、二〇〇〇年

『キリスト教大辞典』教文館、一九六八年改訂新版

モンゴメリ関連

"Lucy Maud Montgomery, The Gift of Wings" by Mary Henley Rubio, Doubleday Canada, 2008

"L.M.Montgomery's Complete Journals, The Ontario Years, 1911-1917" Edited by Jen Rubio, Rock's Mills Press, Ontario, Canada, 2016

"L.M.Montgomery's Complete Journals, The Ontario Years, 1918-1921" Edited by Jen Rubio, Rock's

Mills Press, Ontario, Canada, 2017
"The Selected Journals of L.M.Montgomery" Volume II: 1910-1921, Edited by Mary Rubio and Elizabeth Waterston, Oxford University Press, Ontario, Canada, 1987
『ストーリー・オブ・マイ・キャリア「赤毛のアン」が生まれるまで』L・M・モンゴメリ著、水谷利美訳、柏書房、二〇一九年
『〈赤毛のアン〉の素顔　L・M・モンゴメリー』メアリー・ルビオ、エリザベス・ウォーターストーン著、槇朝子訳、ほるぷ出版、一九九六年

英米文学と英語聖書

本作中に引用される英米詩、英語聖書の一節は、その英文を元にインターネットで検索し、該当するページの英文原典や原書を参照、邦訳して訳註に入れました。

Rainbow Valley
(1919)

by

L. M. Montgomery
(1874～1942)

本作品は訳し下ろしです。

デザイン　ムシカゴグラフィクス
イラスト　勝田文

RAINBOW VALLEY (1919)
by L.M. Montgomery (1874-1942)

文春文庫

虹《にじ》の谷《たに》のアン

定価はカバーに
表示してあります

2022年11月10日　第1刷

著　者　L・M・モンゴメリ
訳　者　松《まつ》本《もと》侑《ゆう》子《こ》
発行者　大沼貴之
発行所　株式会社　文藝春秋

東京都千代田区紀尾井町 3-23　〒102-8008
TEL　03・3265・1211㈹
文藝春秋ホームページ　http://www.bunshun.co.jp
落丁、乱丁本は、お手数ですが小社製作部宛お送り下さい。送料小社負担でお取替致します。

印刷製本・大日本印刷
Printed in Japan

ISBN978-4-16-791964-1